Tessa Bailey

ACTUALLY YOURS

ROMAN

Aus dem Englischen
von Nina Bellem

KYSS

Die Originalausgabe erschien 2023 unter dem Titel
«Unfortunately Yours»
bei Avon Books/HarperCollins Publishers, New York.

Deutsche Erstausgabe
Veröffentlicht im Rowohlt Taschenbuch Verlag,
Hamburg, Juni 2024
Copyright © 2024 by Rowohlt Verlag GmbH, Hamburg
«Unfortunately Yours» Copyright © 2023 by Tessa Bailey
Redaktion Marion Labonte
Die Nutzung unserer Werke für Text- und Data-Mining
im Sinne von § 44b UrhG behalten wir uns explizit vor.
Covergestaltung ZERO Werbeagentur, München,
nach dem Original von HarperCollins US
Coverabbildung Monika Roe
Satz aus der Edita
bei Pinkuin Satz und Datentechnik, Berlin
Druck und Bindung GGP Media GmbH, Pößneck
ISBN 978-3-499-01366-9

# KAPITEL 1

Solange August Cates denken konnte, hatte sein Schwanz ihn ins Unglück gestürzt.

In der siebten Klasse hatte er vor der ganzen Schule in kurzer Sporthose bei einer Veranstaltung einen Steifen bekommen. Da seine Klassenkameraden ihn im Beisein der Lehrerinnen und Lehrer nicht offen *Woody*, also Latte, rufen konnten, nannten sie ihn stattdessen Tom Hanks. Das klebte für den Rest der Highschool an ihm. Bis heute zuckte er zusammen, wenn man *Toy Story* auch nur erwähnte.

Hör auf deinen Bauch, Junge.

Das hatte ihm sein Vater, Kommandant bei der Marine, immer gesagt. Und das war auch so ziemlich das Einzige, was er je an Ratschlägen geäußert hatte. Alles andere galt als direkter Befehl. Das Problem war nur, dass August ein wenig mehr Erklärung brauchte. Ein Diagramm, wenn möglich. Er war nicht der Typ, der auf Anhieb alles richtig machte. Deshalb hatte er wohl auch das Gefühl in seinem «Bauch» mit dem Gefühl in seinem Schwanz verwechselt.

Was bedeutete, dass er den Rat seines Vaters gedeutet hatte als ...

Hör auf deinen Schwanz, Junge.

August rückte eines der Weingläser vor sich zurecht, um nicht dasselbe mit dem fraglichen Anhängsel tun zu müssen. Die Gläser standen auf einem silbernen Tablett und würden gleich vor die Jury gebracht werden. Im Moment nippten die drei selbstgefälligen Elitisten an einem Cabernet, den ein anderer örtlicher Winzer für den Wettbewerb *Bouquets and Beginners* eingereicht hatte. Die anwesenden Weinkenner aus dem Napa Valley lehnten sich in ihren Klappstühlen vor, um die Kritik einer bestimmten Jurorin zu hören.

Natalie Vos.

Tochter eines legendären Winzers.

Erbin von Vos Vineyard und Dauerplage für seinen verdammten Verstand.

August betrachtete ihre vollen Lippen, die sich an den Rand des Glases legten. Sie leuchteten heute in einem satten Pflaumenton. Der passte zu ihrer Seidenbluse, deren Saum in ihrem Lederrock steckte, und August schwor bei Gott, dass er dieses Leder auf seinen Handflächen fühlen konnte. Dass er förmlich spürte, wie seine Fingerspitzen über ihre nackten Beine strichen, um ihr dann diese nietenbesetzten High Heels auszuziehen. Nicht zum ersten Mal – nein, bei Weitem nicht zum ersten Mal – verpasste er sich insgeheim einen Tritt in den Hintern dafür, dass er sich jegliche Chance, mit Natalie Vos im Bett zu landen, kaputtgemacht hatte. Jetzt würde sie ihn selbst im Schutzanzug nicht einmal mehr anfassen. Das hatte sie ihm auch schon bei mehr als einer Gelegenheit gesagt.

Seine Chancen, diesen Wettbewerb zu gewinnen, standen nicht gut.

Nicht nur, weil er und Natalie Vos verfeindet waren, sondern auch, weil sein Wein so richtig zum Kotzen war. Das wusste jeder. Verdammt, auch August wusste das. Die Einzige, die ihm das je offen ins Gesicht gesagt hatte, machte sich gerade bereit, dem Publikum ihr Urteil über seinen Kontrahenten zu verkünden.

«Reifer Farbton, wenn auch ein wenig hell. Aroma von Tabak vorweg. Zitrusfrüchte im Abgang. Tendenziell viel Säure, aber ...» Sie hielt den Wein ins Sonnenlicht und betrachtete ihn durch das Glas hindurch. «Insgesamt sehr angenehm. Bemerkenswert für ein zwei Jahre altes Weingut.»

Gemurmel und Beifall aus dem Publikum.

Der Winzer bedankte sich bei der Jury. Er verbeugte sich tatsächlich vor Natalie, als er sein Glas wieder entgegennahm, und August konnte sich ein Augenrollen nicht verkneifen. Unglücklicherweise bemerkte Natalie es und hob eine perfekte schwarze Augenbraue als Zeichen für ihn, nun seinerseits vor den Richtertisch zu treten. Wie eine Prinzessin, die einen Bürgerlichen zu sich rief – was ihr Verhältnis perfekt beschrieb.

August gehörte nicht in diesen sonnenbeschienenen Innenhof eines Fünf-Sterne-Resorts mit angeschlossenem Spa, um an einem Samstagnachmittag auf einem silbernen Tablett Wein zu servieren, für wohlhabende Spatzenhirne, die die Bedeutung des Weins so sehr aufblähten, dass es schon an Satire grenzte. Er gehörte nicht ins mondäne St. Helena. Er wusste nicht einmal, wie man die besten Trauben im Supermarkt auswählte, geschweige denn, wie man Boden kultivierte und Trauben von Grund auf anbaute, um eigenen Wein herzustellen.

Ich habe es versucht, Sammy.

Er hatte es wirklich versucht, verdammt. Bei diesem Wettbewerb war der Hauptpreis zehntausend Dollar, und dieses Geld war Augusts letzte Hoffnung, das Unternehmen am Leben zu erhalten. Wenn er noch eine Chance bekäme, würde er während des Gärungsprozesses besser aufpassen. Er hatte auf die harte Tour gelernt, dass die Methode «Pressen und Vergessen» für einen guten Wein nicht funktioniert. Es galt, ständig zu probieren, zu korrigieren und Dinge anzupassen, um zu verhindern, dass der Wein verdarb. Vielleicht würde er es besser machen, wenn er eine weitere Saison zur Verfügung hätte, um sich zu beweisen.

Dafür brauchte er Geld. Aber seine Chancen, Natalie ins Bett zu kriegen, standen besser als die, diesen Wettbewerb zu gewinnen, was bedeutete, er hatte überhaupt keine Chance – weil ... Na ja. Sein Wein war beschissen. Er konnte von Glück reden, wenn es der Jury gelang, ihre Geschmacksknospen diesem Wein drei Sekunden lang auszusetzen, zum Sieger würden sie ihn ganz sicher nicht küren. Aber August würde es bis zum bitteren Ende versuchen, denn er wollte sich später nicht fragen müssen, ob er mehr hätte tun können, um diesen Secondhand-Traum zu verwirklichen.

August schritt zum Tisch der Jury und stellte die Weingläser mit weitaus weniger großen Gesten als seine Konkurrenten vor Natalie ab, atmete tief durch, trat einen kleinen Schritt zurück und verschränkte die Arme vor der Brust. Verachtung schlug ihm entgegen, aus den zwei wütendsten und schönsten Augen, die er je gesehen hatte. In einem Whiskey-goldenen Farbton, umrandet von einem dunkleren Braun. Er konnte sich noch an den Moment erinnern, als der Ausdruck in diesen Augen von *Bring-mich-ins-Bett-Daddy* zu *Schluck-Gift-und-stirb* gewechselt war.

Hexe.

Aber das hier war ihre Domäne. Nicht seine. Mit seinen eins neunzig und einem Körper, der noch immer durch seine Einsätze aus seinem früheren Leben als Navy SEAL geformt war, passte er ungefähr so gut in dieses Panorama wie Rambo auf einen Kuchenverkauf. Das Hemd, das die Teilnehmer des Wettbewerbs tragen sollten, war ihm zu klein, also hatte er es in die Gesäßtasche seiner Jeans gestopft, aus der es jetzt heraushing.

Vielleicht konnte er es benutzen, um den Wein aufzuwischen, nachdem die Juroren ihn ausgespuckt hatten.

«August Cates von Zelnick Cellar», sagte Natalie gelassen und reichte ihren Jury-Kollegen die Weingläser. Nach außen hin wirkte sie kühl wie immer, voll und ganz New Yorkerin, aber er konnte sehen, wie ihr Atem schneller ging, als sie sich darauf vorbereitete, das zu trinken, was schlussendlich Schlamm im Glas war. Von den drei Jurymitgliedern war Natalie die Einzige, die wusste, was sie erwartete, denn sie hatte seinen Wein schon einmal gekostet – und ihn prompt mit Dämonenpisse verglichen. In derselben Nacht, in der er seine einzige Chance vertan hatte, mit Prinzessin Vos die Laken zu zerwühlen.

Seit diesem unglückseligen Abend bestand ihr Verhältnis nur noch aus Krieg. Wenn sie sich zufällig auf dem Grapevine Way oder bei einer örtlichen Weinveranstaltung trafen, kratzte sie sich gerne diskret mit dem Mittelfinger an der Augenbraue, und August fragte sie, wie viele Gläser Wein sie sich seit neun Uhr morgens schon hinter die Binde gekippt hatte.

Theoretisch hasste er sie. Sie hassten sich gegenseitig.

Aber verdammt noch mal, irgendwie schaffte er es nicht, sie *wirklich* zu hassen. Vollständig.

Das lag daran, dass August in jüngeren Jahren sein Bauchgefühl mit seinem Schwanzgefühl verwechselt hatte.

Wie beim Ratschlag seines Vaters, der zu «*Hör auf deinen Schwanz, Junge*» wurde.

Laut diesem Teil seiner Anatomie sollte er längst mit Natalie Vos verheiratet sein. Verheiratet, dazu sechs gemeinsame Kinder, ein Leben auf dem Land, in der Nähe von Wien, identisch gekleidet in Klamotten, die aus Vorhängen geschneidert waren, wie in *The Sound of Music*. Wenn Augusts kleines Gehirn da unten irgendetwas zu entscheiden hätte, hätte er sich in der Nacht ihres ersten Streits entschuldigt und sie gebeten, ihm noch eine Chance zu geben, um sie von einem Orgasmus zum nächsten treiben zu können. Aber dazu war es jetzt zu spät. Er hatte keine andere Wahl, als ihre Abscheu zu erwidern, denn sein Gehirn da oben wusste nur zu gut, warum ihre Beziehung niemals länger als eine einzige Nacht halten würde.

Natalie Vos hatte Glanz und Privilegien – von Geld ganz zu schweigen –, und das alles im Überfluss.

August mit seinen fünfunddreißig Jahren war mittelloser als ein Pantomime ohne Finger.

Er hatte seine gesamten Ersparnisse in den Aufbau eines Weinguts gesteckt, ohne jegliche Erfahrung oder jemanden, der ihm erklären konnte, wie das funktionierte, und eine Niederlage bei diesem Wettbewerb wäre der Todesstoß für Zelnick Cellar.

Sie schaute ihn über ihr Weinglas hinweg an, und Augusts Brustkorb wurde eng, als hätte man ihn fest auf eine Trage geschnallt, aber er weigerte sich, den Blickkontakt mit der Weingut-Erbin zu unterbrechen. Der wachsende Schmerz in seiner Kehle musste sich in seinem Gesicht bemerkbar gemacht haben, denn langsam verflüchtigte sich Natalies selbstgefällige Miene und sie sah ihn stirnrunzelnd an. Sie beugte sich zu ihm vor und flüsterte so leise, dass nur er es hören konnte: «Was ist los mit dir? Verpasst du hierfür gerade WrestleMania, oder so?»

«Ich würde WrestleMania nicht mal für meine eigene Beerdigung sausen lassen.» Er schnaubte. «Probier einfach den Wein, sag, dass er wie schimmeliger Müll schmeckt, und bring es hinter dich, Prinzessin.»

«Eigentlich wollte ich ihn mit ... Rattenbadewasser vergleichen.» Sie deutete flüchtig auf ihn. «Im Ernst, was ist los? Du hast heute noch mehr Arschloch-Potenzial als sonst.»

Er seufzte und ließ seinen Blick über die Reihen der erwartungsvollen Zuschauer gleiten, die allesamt sportlich weiße Tennisoutfits oder edle Freizeitkleidung trugen, die vermutlich mehr kostete als sein Pick-up-Truck. «Vielleicht, weil ich in einer Folge von *Succession* gefangen bin.» Es war Zeit, den Sender zu wechseln. Nicht, dass er da eine Wahl hatte. «Los, sei richtig mies, Natalie.»

Sie rümpfte die Nase und schielte auf seinen Wein. «Das wird schwierig, wo du doch schon alles gegeben hast, so mies zu sein.»

August lachte auf. «Schade, dass es keinen Preis für die haarigsten Fangzähne gibt. Du wärst unschlagbar.»

«Vergleichst du mich etwa mit einem Vampir? Es ist doch dein *Wein*, der einem jegliche Lebensfreude aussaugt.»

«Kipp einfach das ganze Glas runter, ohne ihn vorher zu probieren, so wie du es sonst auch machst.»

War das ein Anflug von Kränkung, was kurz in ihren Augen aufblitzte, bevor sie es verbarg?

Ganz sicher nicht. «Du bist ein ...», setzte sie an.

«Sind Sie bereit anzufangen, Miss Vos?», fragte einer der Juroren, ein silberhaariger Mann in den Fünfzigern, der für die Zeitschrift *Wine Enthusiast* schrieb.

«J-ja. Ich bin bereit.» Sie schüttelte sich, setzte sich wieder hin und schloss ihre Finger um den Stiel des Weinglases, in dem sich Augusts neuester Cabernet befand. Eine Falte bildete sich zwischen ihren Brauen, während sie das Glas im Uhrzeigersinn schwenkte und es an die Nase hob, um das Bouquet zu erschnuppern. Alle am Tisch nahmen einen Schluck. Die anderen Juroren husteten und tauschten verwirrte Blicke. Hatte man ihnen versehentlich Essig serviert?

Sie spuckten den Schluck Wein fast gleichzeitig in die bereitgestellten silbernen Eimer aus.

Natalie jedoch schien entschlossen, so lange wie nur möglich durchzuhalten.

Sie lief bereits rot an, und in ihren Augen sammelten sich Tränen.

Doch zu seinem Entsetzen schluckte sie den Wein herunter und schnappte dann keuchend nach Luft.

«Ich fürchte ...», setzte einer der Juroren an, sichtlich durcheinander. Die Menge hinter August begann zu tuscheln. «Ich fürchte, da ist in der Herstellung etwas schrecklich schiefgelaufen.»

«Ja ...» Der andere Juror lachte hinter vorgehaltener Hand. «Oder ein ganzer Schritt wurde ausgelassen.»

Die Menge hinter ihm gluckste, und Natalies Blick heftete sich auf diese Menschen. Sie öffnete ihren Mund, um etwas zu sagen, und schloss ihn wieder. Normalerweise hätte sie nicht gezögert, ihn öffentlich niederzumachen, was also sollte das? Hatte sie Mitleid? Ausgerechnet *jetzt*? Ausgerechnet jetzt, wo er zumindest mit dem letzten Rest Stolz, der ihm geblieben war, hier rausgehen wollte, entschied sie sich, ihn zu verschonen?

Nein. Nicht mit ihm.

Er hatte es nicht nötig, dass diese verwöhnte Göre, die vom Geld ihrer Eltern lebte, ihm Schläge versetzte. Er hatte im Krieg Dinge gesehen, die sich die Leute auf diesem getrimmten Rasen nicht einmal in ihren kühnsten Träumen vorstellen konnten. Er war aus Flugzeugen gesprungen, geradewegs in die dunkelste Nacht. Er hatte aus purer Verbissenheit wochenlang in der Wüste überlebt. Er hatte Verluste erlitten, die sich immer noch anfühlten, als wären sie keinen Tag alt.

Und doch konntest du nicht einmal einen anständigen Wein machen.

Er hatte Sam enttäuscht.

Schon wieder.

Eine Tatsache, die viel mehr schmerzte als das harte Urteil dieses reichen Mädchens vor diesen Leuten, die er nach dem heutigen Tag wahrscheinlich nie wiedersehen würde. Eigentlich wollte er, dass Natalie es einfach zu Ende brachte, damit er ihr zeigen konnte, wie egal ihm ihre Meinung war. Dass der Traum seines Freundes nie verwirklicht werden würde, sollte ihm wehtun. Nicht ihr Urteil.

August stützte sich mit den Händen auf dem Jurytisch ab und beugte sich vor, sah nur die schöne schwarzhaarige Frau, die seine Träume heimsuchte, sah, wie sich ihre goldenen Augen in Anbetracht seiner Dreistigkeit weiteten. «Du erwartest doch nicht etwa Schmiergeld, oder? Nicht mit einem Nachnamen wie Vos.» Er zwinkerte ihr zu und beugte sich so weit zu ihr herunter, dass nur Natalie hören konnte, wie er mit tiefer Stimme sagte: «Es sei denn, du hoffst auf eine andere Art von Bestechung, Prinzessin, denn das lässt sich arrangieren.»

Sie schüttete ihm den Wein ins Gesicht.

Das war nun schon das zweite Mal.

Ehrlich gesagt, konnte er es ihr nicht einmal verübeln.

Er teilte aus, weil er versagt hatte, und Natalie war ein willkommenes Ziel. Aber er würde sich nicht entschuldigen. Wozu auch? Sie hasste ihn ohnehin, und er hatte gerade einen Weg gefunden, dieses Gefühl noch zu verstärken. Das Beste, was er tun konnte, um die Beleidigung gegenüber Natalie wiedergutzumachen, war, die Stadt zu verlassen – und genau das hatte er auch vor. Eine andere Möglichkeit blieb ihm nicht mehr.

August stieß sich vom Tisch ab, der Wein tropfte von seinen Bartstoppeln. Er strich sich mit dem Ärmel über das feuchte Gesicht und stürmte über den Rasen zum Parkplatz. Sein Versagen bohrte sich wie ein Pfeil in seine Brust. Er hatte seinen Wagen fast erreicht, als hinter ihm eine vertraute Stimme nach ihm rief. Natalie. War sie ihm tatsächlich *gefolgt*, nach dem ganzen Scheiß, den er gerade gesagt hatte?

«Warte!»

August drehte sich auf dem Absatz um in der Erwartung, in den Lauf einer auf ihn gerichteten Schrotflinte zu blicken. Misstrauisch beobachtete er, wie die wunderschöne Hexe herannahte. Warum verspürte er den lächerlichen Drang, so schnell er konnte zu ihr zu laufen und ihr mit einem Kuss zu begegnen? Sie würde ihm den verdammten Kiefer brechen, sollte er es versuchen, aber Gott steh ihm bei, sein Schwanz/Bauch beharrte darauf, dass es das einzig Richtige war. «Ja? Gibt es noch irgendetwas, was du mir ins Gesicht schleudern willst?»

«Meine Faust. Und einige andere, sehr scharfe Gegenstände. Aber ...» Sie zuckte mit den Schultern, als suchte sie nach den richtigen Worten. «Hör zu, wir sind keine Freunde, August. Das ist mir klar. Ich habe an dem Abend, an dem wir beide mehr voneinander wollten, deinen Wein beleidigt, und das hast du mir übel genommen. Aber das, was du gerade gesagt hast, diese Unterstellung, dass mein Nachname mich zu etwas Besserem macht ... Damit liegst du falsch.» Sie kam einen Schritt näher, lief nicht mehr über das Gras, sondern betrat den Asphalt des Parkplatzes. «Du weißt *nichts* über mich.»

Er lachte leise. «Nur zu, erzähl mir alles über deinen Schmerz und dein Leid, reiches Mädchen.»

Sie seufzte verächtlich auf. «Ich habe nicht gesagt, dass ich leide. Aber anders als von dir vermutet, habe ich meinen Nachnamen nie benutzt, um weiterzukommen. Ich bin erst seit ein paar Monaten wieder in St. Helena. Der Nachname Vos bedeutet in New York überhaupt nichts.»

August lehnte sich gegen die Motorhaube seines Pick-ups und

verschränkte die Arme. «Ich wette, das Geld, das er mit sich bringt, schon.»

Sie sah August an. Mit einem Blick, der andeutete, dass er wirklich gar nichts wusste, und das gefiel ihm nicht. Ihm gefiel nicht, dass er sich möglicherweise in dieser Frau getäuscht hatte. Vor allem, weil es jetzt zu spät war, sein Verhalten zu ändern. Er würde sich immer fragen müssen, was zum Teufel er bei Natalie Vos anders hätte machen können. Aber wenigstens konnte er diese Phase seines Lebens in dem Wissen hinter sich lassen, dass er sein Bestes für Sam gegeben hatte. Das war alles, was ihm jetzt blieb.

«Hattest du überhaupt jemals vor, mich richtig kennenzulernen? Oder ging es nur um ...» Ihr Blick fiel flüchtig auf seinen Reißverschluss, aber das reichte, um ihm das Gefühl zu geben, er sei wieder in der Mittelschule und versuche verzweifelt, keinen Ständer zu bekommen. «Nur um Sex?»

Was zum Teufel sollte er darauf antworten?

Dass er sie bei dieser blöden *Wine Down Napa*-Veranstaltung gesehen und das Gefühl gehabt hatte, ihm hätte ein fliegendes Baby einen Pfeil in die Brust geschossen? Dass seine Handflächen an diesem Abend zum ersten Mal wegen einer Frau schweißnass gewesen waren? In seinen Gedanken war er bereits in dieser Landschaft im Wiener Umland gewesen, mit einem Picknickkorb in der einen und einer Gitarre in der anderen Hand. Gott, sie war so schön und interessant und so verdammt witzig. Wo hatte sie nur sein ganzes Leben lang gesteckt?

Aber dann war alles irgendwie den Bach runtergegangen. Er hatte zugelassen, dass sein Stolz sich ihm in den Weg gestellt hatte und er nicht ... Was? Was wäre passiert, wenn er ihre laut geäußerte Kritik an seinem Wein einfach hingenommen und weitergemacht hätte? Was, wenn er ihre Kritik nicht gleich als

Beleidigung der Ambitionen seines besten Freundes gesehen hätte? Und sollte er sich jetzt über diesen ganzen Mist überhaupt noch Gedanken machen?

Nein.

Ihm war das Geld ausgegangen. Das Weingut war ein absolutes Desaster. Er war die Lachnummer von St. Helena, und er hatte den Namen seines besten Freundes in den Dreck gezogen.

Zeit zu gehen, Junge.

«Oh, Natalie.» Er legte eine Hand auf seine Brust. «Ich wollte dich natürlich hoch oben auf dem Gipfel eines Berges durch die Luft wirbeln, wo unsere Kinder in Kleidern aus Vorhangstoff herumtollen und singen. War dir das nicht klar?»

Sie blinzelte ein paarmal, ihre Miene wurde abwehrend, während sie rückwärtsging, bis sie den Rasen wieder erreichte. August musste seine Hände zu Fäusten ballen, um nicht nach ihr zu greifen.

«Nun gut», sagte sie, und ihre Stimme klang ein wenig rau. *Verdammt.* «Ich wünsche dir einen schönen Abend zu Hause, mit all deinen *The Sound of Music*-Fantasien und deinem gemütlichen Nest voller Weinratten. Ich hoffe, du bezahlst sie wenigstens anständig.»

«Es wird nicht mehr lange mein Zuhause sein.» Er deutete in Richtung der Veranstaltung, die hinter ihnen noch in vollem Gange war. Die Juroren machten Fotos mit den Zuschauern, auf silbernen Tabletts wurde mehr Wein serviert. «Nach diesem Wettbewerb war es das für mich. Ich ziehe weiter.»

Sie lachte, als hätte er einen Scherz gemacht, doch als er ihren Blick einfach erwiderte, wurde sie schnell wieder ernst. «Wow. Du verträgst nicht einmal das kleinste bisschen konstruktive Kritik, was?»

August schnaubte. «So nennst du das? Konstruktiv?»

«Ich dachte, Navy SEALs seien so hart. Und du lässt dich vom Weinanbau unterkriegen?»

«Ich habe kein unerschöpfliches Bankkonto wie andere Leute in dieser Stadt. Damit bist du gemeint, falls das nicht deutlich geworden sein sollte.»

Aus irgendeinem Grund brachte sie das zum Lachen. Eine Weile herrschte Schweigen, dann sagte sie: «Du weißt offensichtlich alles über mich, August. Glückwunsch.» Sie drehte sich auf dem Absatz ihres High Heels um und schritt davon, wobei ihr Lederrock grausam verlockend hin und her schwang. «Mein aufrichtiges Beileid an die Stadt, in der du als Nächstes landest», rief sie ihm über die Schulter hinweg zu. «Vor allem an die Frauen dort.»

«Das würdest du nicht sagen, wenn du diese Nummer mit dem Angewidertsein lassen und mit zu mir kommen würdest.» Irgendwie verursachte jeder Schritt, mit dem sie sich von ihm entfernte, in seinem Magen ein immer heftigeres Ziehen. «Es ist nicht zu spät, Natalie.»

Sie blieb stehen, und er hielt den Atem an, als ihm in diesem Augenblick zum ersten Mal bewusst wurde, wie sehr er sie wirklich wollte. Vielleicht sogar brauchte. Von ihrer Antwort hing ab, ob sein Blut weiter durch seinen Körper fließen würde oder nicht. «Du hast recht, es ist nicht zu spät», sagte sie und drehte sich um. Sie kaute auf ihrer Unterlippe, und der Ausdruck in ihren Augen war so verletzlich, dass er nicht einmal mehr schlucken konnte. *Ich werde nie wieder gemein zu ihr sein.* «Es ist *viel* zu spät», schloss sie und winkte mit ihrem kleinen Finger, wobei ihr Gesichtsausdruck von wehrlos zu boshaft wechselte. «Fahr zur Hölle, August Cates.»

Ihm drehte sich der Magen um, er hatte kaum Kraft für eine Antwort. «Die Hölle, hm? Dein altes Revier, stimmt's?»

«Jep!» Sie machte sich nicht einmal die Mühe, sich umzudrehen. «Da bin ich deiner Mom begegnet. Sie sagte, sie würde lieber in der Hölle leben, als deinen Wein zu trinken.»

Es wurde eng in seiner Brust, als sie außer Hörweite gelangte. Zu weit weg, um ihn über die Musik, die jetzt auf der Veranstaltung gespielt wurde, hören zu können. Definitiv zu weit weg, um sie zu berühren, warum also juckten seine Finger vor Sehnsucht nach ihrer Haut? Seine Chancen bei Natalie waren mittlerweile gleich null. Genau wie seine Chancen, als Winzer erfolgreich zu sein. Mit einem letzten langen Blick auf die Frau, die für ihn die Richtige hätte sein können, fluchte August laut, kletterte in seinen Pick-up und fuhr vom Parkplatz, wobei er das überwältigende Gefühl, etwas nicht zu Ende gebracht zu haben, einfach ignorierte.

KAPITEL 2

Natalie tastete im Dunkeln nach dem Knopf des Geräts, das weißes Rauschen erzeugte, und drehte die Symphonie aus Regentropfen und Ochsenfröschen auf die höchste Lautstärke. Julian und Hallie versuchten, leise zu sein. Das versuchten sie wirklich. Aber es gab nur einen Grund, weshalb Bettfedern um vier Uhr morgens knarzten – und wie sie knarzten. Natalie rollte sich rücklings auf ihr Bett zurück, drückte sich zusätzlich noch ein Kissen aufs Gesicht und begann mit dem, was sie die Hauptstadt-Methode nannte. Wann immer ihr Bruder und seine neue Freundin beschlossen, in dem Zimmer am anderen Ende des Flurs des Gästehauses, das sie teilten, miteinander zu schlafen, versuchte Natalie diese beunruhigenden Bilder auszublenden, indem sie die Hauptstädte der Bundesstaaten aufzählte.

Montgomery, Juneau, Phoenix ...

Quietsch, quietsch, quietsch.

Jetzt reichte es.

Natalie setzte sich im Bett auf, schob ihre Schlafmaske hoch und gab dem weinbedingten Schwindelgefühl einen Moment Zeit, sich zu verflüchtigen. Keine Ausreden mehr. Es war an der Zeit, in den sauren Apfel zu beißen und das Gespräch mit ihrer Mutter zu suchen. Es war an der Zeit, aus Napa zu verschwinden. Sie hatte schon viel zu lange ihre Wunden geleckt, und obwohl sie sich über alle Maßen freute, dass Julian die Liebe seines

Lebens gefunden hatte, musste sie die nicht in Surround-Sound miterleben.

Sie schlug die Bettdecke zur Seite und stand auf, prallte dabei mit der Hüfte gegen den Nachttisch und stieß ein leeres Weinglas um. Eines von *vier* – als wäre das ein weiterer Hinweis darauf, dass sie sich in eine Trinkerin verwandelt hatte in dem Versuch, ihren Problemen aus dem Weg zu gehen.

Ihr Leben war zum Stillstand gekommen.

Aus dem Fenster ihres Schlafzimmers auf der Rückseite konnte sie das Haupthaus sehen, in dem sie aufgewachsen war und in dem jetzt Corinne, ihre Mutter, lebte. Dorthin würde sie am Morgen gehen. Ihre Mutter um Geld zu bitten, würde wehtun wie die Stiche von tausend Wespen, aber was sonst sollte sie tun? Wenn sie nach New York zurückkehren und ihre eigene Investmentfirma gründen wollte, brauchte sie Kapital.

Ihre Mutter würde es ihr nicht leicht machen. Nein, wahrscheinlich wartete sie jetzt gerade schon vor einem prasselnden Kaminfeuer, in ihrem elegantesten Kleid, weil sie spürte, dass Natalie kurz davor stand, sich zu erniedrigen. Sicher, seit Natalies Rückkehr nach St. Helena hatte es auch ein paar zwanglosere Momente zwischen ihnen gegeben, aber unter der Oberfläche war sie für Corinne immer noch eine Enttäuschung.

Natalie warf ihre Augenmaske in Richtung des traurigen, leeren Weinglasquartetts und stapfte ins Bad. Sie konnte das Gespräch doch auch gleich hinter sich bringen, oder nicht? Sollte Corinne Natalies Vorschlag ablehnen, konnte sie sich wenigstens den Rest des Tages darin suhlen. Und sie befanden sich immerhin in Napa, da konnte sie das Suhlen sogar chic aussehen lassen. Sie würde an einer Weinverköstigung teilnehmen und dort alle Anwesenden bezirzen. Leute, die nicht wussten, dass man sie gebeten hatte, von ihrem Posten als Partnerin ihres Finanzunternehmens zurückzutreten, nachdem sie bei einem Deal einen gewaltigen Fehler gemacht hatte, der, oh, eine gefühlte Milliarde gekostet hatte.

Leute, die auch nicht wussten, dass ihr Verlobter sie vor die Tür gesetzt hatte, weil es ihm jetzt zu peinlich war, mit ihr vor den Altar zu treten.

Ihr Status in New York? Persona non grata.

Ihr Status in St. Helena? Adelige.

Als ob. Natalie entledigte sich ihres Schlafshirts und trat unter den heißen Duschstrahl. Und wenn die Bilder, wie ihr Bruder gerade seine Freundin beglückte, schon schwer aus dem Kopf zu bekommen waren, so war das nichts im Vergleich zu der Erinnerung an August Cates in seiner ganzen Muskelprotz-Pracht am gestrigen Nachmittag.

Ich habe kein unerschöpfliches Bankkonto wie andere Leute in dieser Stadt.

Wenn es doch nur so wäre.

Natalie konnte eigentlich nicht klagen. Herrgott noch mal, sie wohnte in einem schönen Gästehaus auf einem Weingut. Aber seit mehr als einem Monat lebte sie von ihren Ersparnissen, und mit dem, was davon noch übrig war, konnte sie nicht einmal mehr einen Getränkestand am Straßenrand eröffnen, geschweige denn eine Firma gründen. Sie besaß Privilegien, ja, aber finanzielle Freiheit zu erreichen, war eine Herausforderung. Eine, die sie hoffentlich an diesem Morgen bewältigen würde. Es würde sie lediglich ihren Stolz kosten.

Die Tatsache, dass August Cates St. Helena schon bald verlassen wollte, hatte nichts mit ihrem plötzlichen Drang zu tun, ebenfalls zu gehen. Überhaupt nichts. Dieser große, inkompetente Trottel und seine Entscheidungen hatten keinerlei Einfluss auf ihr Leben. Warum hatte sie dann dieses flaue Gefühl im

Magen? Es war da, seit August gestern an den Jurytisch getreten war, um seinen Wein beurteilen zu lassen. Das Schmollen dieses Mannes war schon legendär, aber da war immer diese ... Wärme in seinem Blick. Dieses entspannte, achtsame Funkeln, das besagte: *Ich habe schon alles gesehen. Egal was kommt, ich kann damit umgehen.*

Gestern aber war es nicht da gewesen.

Und Natalie war überrascht, dass sie das so sehr aus der Fassung brachte.

Er hatte resigniert gewirkt. Verschlossen.

Während sie sich jetzt vor dem beschlagenen Badezimmerspiegel die Haare trocknete, konnte sie nicht mehr so tun, als würde das Loch in ihrem Bauch nicht noch größer werden. Wohin würde August gehen? Was würde er tun, jetzt, da der Weinanbau vom Tisch war?

Wer *war* August Cates?

Ein Teil von ihr hatte sich gefragt – was sie nie laut zugeben würde –, ob sie das irgendwann herausfinden würde. In einem Moment der Schwäche. Oder aus Versehen.

Hatte sie sich darauf gefreut?

Natalie schaltete den Föhn abrupt aus, fuhr ein letztes Mal mit der Bürste durch ihr langes, schwarzes Haar und verließ das Bad in Richtung ihres Kleiderschranks. Sie entschied sich für ein ärmelloses schwarzes Kleid aus Jerseystoff und offene Schuhe aus Leder, trug einen Hauch von Lippenstift in einem Nude-Ton auf und legte goldene Ohrringe an. Als sie fertig war, bemerkte sie durch das Fenster des Gästezimmers, dass im Haupthaus Licht brannte. Sie atmete tief durch, um die Nervosität zu vertreiben.

Das Schlimmste, was Corinne sagen kann, ist Nein, dachte Natalie, während sie den Weg hinaufging, der an dem duftenden Weinberg entlangführte. Die Sonne war noch nicht aufgegangen, aber um den Mount St. Helena zeichnete sich bereits ein Goldrand ab. Sie konnte beinahe spüren, wie die Trauben erwachten und sich dem Versprechen von Wärme zuwandten. Ein Teil von ihr liebte diesen Ort wirklich. Es war unmöglich, es nicht zu tun. Der Geruch der fruchtbaren Erde, die Tradition, die Magie, der komplizierte Prozess. Vor Tausenden von Jahren hatten einige fleißige – und wahrscheinlich gelangweilte – Menschen Flaschen mit Traubensaft für den Winter unter der Erde vergraben und damit Wein erfunden, was Natalies Theorie bestätigte: Wo ein Wille ist, sich zu betrinken, da ist, verdammt noch mal, auch ein Weg.

Am Fuß der Verandastufen zum Haupthaus hielt sie inne. Jeder Zentimeter des Hauses ihrer Kindheit versprühte den Charme der alten Welt: das Grün der Blumenkästen unter jedem der Fenster, die Schaukelstühle, die zum Platznehmen und Entspannen einluden, und das Plätschern des Pools, das von hier aus zu hören war, obwohl er sich auf der Rückseite des Gebäudes befand. Ein prächtiges Herrenhaus, das alle Besucher des Weinguts jedes Mal in ehrfürchtiges Staunen versetzte. Wirklich unglaublich. Aber Natalie mochte das Gästehaus trotzdem lieber als das Herrenhaus, in dem sie von ihrer Geburt an bis zum College gelebt hatte. Im Moment war es einfach nur ein Hindernis, das vor ihr lag.

Kurz darauf klopfte sie an die Tür. Sie hörte, wie sich auf der anderen Seite Schritte näherten. Das Guckloch verdunkelte sich, das Schloss wurde geöffnet – und dann stand Corinne vor ihr.

«Echt jetzt?» Natalie seufzte und musterte ihre elegante Mutter mit ihrem zurückgekämmten schwarz-grauen Haar und dieser perfekten Körperhaltung. Selbst ihre Falten waren wie ein Kunstwerk und hatten sich nur mit ihrer Erlaubnis in ihr

Gesicht graben dürfen. «Du bist um fünf Uhr morgens schon komplett angezogen?»

«Dieselbe Frage könnte ich dir stellen», antwortete Corinne prompt.

«Stimmt», sagte Natalie und schob sich unaufgefordert ins Haus. «Aber ich wohne nicht hier. Besitzt du überhaupt so etwas wie einen Morgenmantel?»

«Bist du hergekommen, um über Nachtwäsche zu reden?»

«Nö. Aber gönne mir doch meinen Spaß.»

Corinne schloss die Tür mit Nachdruck und verriegelte sie dann. «Natürlich besitze ich einen Morgenmantel. Normalerweise würde ich ihn mindestens bis sieben Uhr tragen, aber ich habe heute Morgen ein paar Online-Meetings.» Ihre Mutter ließ ein Lächeln aufblitzen, was vollkommen untypisch für sie war, dann verschwand es ebenso schnell wieder. «Dein Bruder hat einen Deal ausgehandelt, der uns zum offiziellen Weinlieferanten mehrerer Hochzeitslocations an der kalifornischen Küste macht. Er sorgt wirklich dafür, dass unsere Situation sich ändert.»

«Ja, das stimmt.» Natalie konnte nicht umhin, einen Funken Stolz auf ihren Bruder zu empfinden. Immerhin hatte er seine eigenen Probleme, was diesen Ort betraf, überwunden, es ging ihm jetzt sogar besser als je zuvor. Gleichzeitig konnte Natalie aber auch die Wehmut nicht ignorieren, die in ihrer Brust aufstieg. Gott, sie würde sich so sehr wünschen, dass jemand nur ein einziges Mal so über sie sprach wie Corinne über Julian. Als wäre sie wichtig. Erwünscht. Als würde sie geschätzt *und* gebraucht. «Es ist schwer, ihm etwas zu entgegnen, wenn er mit dieser strengen Professorenstimme spricht. Da fühlt man sich direkt in die siebte Klasse zurückversetzt.»

«Wie auch immer er das macht, es funktioniert.» Corinne

straffte die Schultern und ging weiter ins Foyer. Sie gab Natalie ein Zeichen, ihr in den Wohnbereich zu folgen, wo man auf der rechten Seite einen Blick auf den weitläufigen Weinberg und die Berge dahinter hatte. Sie nahmen an gegenüberliegenden Enden der harten Couch Platz, die seit Natalies Kindheit dort stand und fast nie benutzt wurde. Die Mitglieder der Familie Vos *versammelten* sich nicht irgendwo.

Sie blieben immer in Bewegung.

Im Sinne dieser Familientradition wandte Natalie sich nun also Corinne zu und legte ihre gefalteten Hände auf dem Schoß ab. «Mutter.» Wenn sie von ihren frühen Anfängen in der Finanzbranche etwas gelernt hatte, dann, einer Person in die Augen zu sehen, wenn sie Geld haben wollte, und genau das tat sie jetzt. «Ich weiß, du siehst das genauso wie ich – es wird Zeit, dass ich nach New York zurückgehe. Ich habe mich mit Claudia, einer meiner ehemaligen Analystinnen, besprochen, und sie hat sich bereit erklärt, in meiner neuen Firma einzusteigen. Wir werden anfangs recht klein sein, eher eine Boutique unter all den Beratungsfirmen, aber wir beide haben genug Kontakte, um stetig zu wachsen. Mit ein paar klugen Geschäftszügen ... »

«Wow.» Corinne legte Daumen und Zeigefinger an ihr Kinn. «Du hast zwischen deinen Weingelagen wichtige Telefonate geführt. Davon wusste ich ja gar nichts.»

Ping. Der erste Einschlag in ihrer Rüstung.

Okay.

Damit hatte sie gerechnet und darauf war sie vorbereitet. *Mach einfach weiter.*

Natalie bemühte sich, ihre Gesichtszüge unter Kontrolle zu halten und zu verbergen, wie schnell ihr Herz schlug. Warum konnte sie millionenschwere Geschäfte abschließen, ohne dass ihr Puls in die Höhe schoss, aber eine spitze Bemerkung von

Corinne genügte, und ihr brach der Schweiß aus und sie fühlte sich, als würde sie nur an ihrem kleinen Finger an einem Wolkenkratzer baumeln?

Eltern. *Verdammt*, die konnten ihre Kinder so richtig verkorksen.

«Ja, ich habe ein bisschen rumtelefoniert», antwortete Natalie ruhig. Sie leugnete nicht, dass sie Wein getrunken hatte, denn, ja, das hatte sie definitiv getan. «Claudia arbeitet gerade daran, einen Investor zu finden, aber bevor uns jemand Geld gibt, müssen wir einen neuen Firmennamen eintragen lassen. Wir brauchen ein Büro und müssen ein paar Investitionen tätigen, wenn auch erst einmal nur kleinere.» Sie versuchte, unauffällig tief einzuatmen. «Unterm Strich brauche ich Kapital.»

Von ihrer Mutter kam nicht einmal die kleinste Reaktion. Sie hatte das erwartet und es tat weh, obwohl sie beide wussten, dass dieses Gespräch früher oder später hatte kommen müssen.

«Du hast doch sicher *etwas* Geld gespart», sagte Corinne ruhig und hob anmutig eine grauschwarze Augenbraue in Richtung ihres Haaransatzes. «Du warst Partnerin in einer sehr lukrativen Firma zur Verwaltung von Investmentfonds.»

«Ja. Das war ich. Leider muss man einen gewissen Lebensstil pflegen, damit die Leute einem als Finanzier ihr Geld anvertrauen.»

«Das ist eine schicke Umschreibung dafür, dass du über deine Verhältnisse gelebt hast.»

«Vielleicht. Ja.» Oje, es war doch schwieriger als gedacht, die aufkeimende Wut im Zaum zu halten. Corinne hatte sich bestens auf dieses Gespräch vorbereitet. «Dieses Übermaß hat aber eine wichtige Außenwirkung. Partys und Designerkleidung und Urlaube und teure Golfrunden mit Kunden. Morrison und ich hatten eine Wohnung in der Park Avenue. Ganz zu schweigen davon, dass wir eine nicht erstattungsfähige Anzahlung für unsere Hochzeitslocation geleistet hatten.»

Dieser letzte Teil tat weh. Natürlich tat er das.

Sie war von einem Mann fallengelassen worden, der behauptet hatte, sie zu lieben.

Aber aus irgendeinem Grund tauchte Morrisons Gesicht jetzt nicht vor ihrem geistigen Auge auf. Nein, stattdessen sah sie August. Sie fragte sich, was er zu einer sechsstelligen Anzahlung für das *Tribeca Rooftop* sagen würde. Er hätte unter den Hochzeitsgästen vollkommen deplatziert ausgesehen. Wahrscheinlich wäre er in Jeans, Baseballkappe und einem verblichenen grauen T-Shirt aufgetaucht. Außerdem hätte er ihren Ex im Armdrücken niedergerungen. Warum fühlte sie sich dadurch besser und sogar so gut, dass sie jetzt weitermachen konnte?

«Kurz gesagt, ja, ich habe etwas Geld. Wenn ich einfach nur nach New York zurückgehen würde, könnte ich mir eine Wohnung leisten und ein paar Monate lang bequem dort leben. Aber das ist nicht das, was ich will.» Der Adrenalinkick in ihrer Blutbahn fühlte sich gut an. Es war lange her, dass sie ihn zuletzt gespürt hatte. Möglicherweise hatte sie aus Versehen auch ihren Ehrgeiz betäubt, während sie sich betrunken und all das beweint hatte, was sie trotz ihrer harten Arbeit verloren hatte. Jetzt, in diesem Moment, war er wieder da. Sie war die Frau, die von ihrem gläsernen Büro aus auf die Reihen der Analysten herabblickte und von ihnen verlangte, die Eier ihrer Konkurrenten zum Frühstück zu verspeisen. «Ich will besser denn je zurückkehren. Ich möchte, dass meine ehemaligen Kollegen erkennen, dass sie einen Fehler gemacht haben ...»

«Du willst es ihnen unter die Nase reiben», ergänzte Corinne.

«Vielleicht ein bisschen», gab Natalie zu. «Mag sein, dass ich einen großen Fehler gemacht habe, aber ich bin sicher: Wenn an meiner Stelle Morrison Talbot der Dritte diese schlechte Entscheidung getroffen hätte, hätte man Entschuldigungen für sein Verhalten gefunden. Wahrscheinlich wäre er wegen seiner Risikofreude sogar befördert worden. Sie haben sich zu einer geheimen Sitzung getroffen und für meine Entlassung gestimmt. Meine Partner. *Mein Verlobter.*» Sie schloss kurz die Augen, um die Erinnerung an diesen Schock zu verdrängen. An diesen Verrat. «Wenn du an meiner Stelle wärst, Mutter, würdest du auch die Chance bekommen wollen, zurückzukehren und dich zu beweisen.»

Corinne starrte sie einige Augenblicke lang an. «Vielleicht würde ich das.»

Natalie atmete tief aus.

«Leider habe ich kein Geld, das ich dir leihen könnte», fuhr Corinne fort, und ihr Gesicht rötete sich leicht. «Wie du weißt, ist das Weingut nicht mehr so rentabel. Dank der unerwarteten Hilfe deines Bruders reißen wir im Moment gerade das Ruder herum, aber es könnte Jahre dauern, bis wir wieder schwarze Zahlen schreiben. Ich habe nur dieses Haus, Natalie, mehr nicht.»

«Mein Treuhandfonds», sagte Natalie entschlossen und brachte damit das Thema auf den Tisch. «Bitte gib das Geld frei.»

«Meine Güte, die Zeiten haben sich offenbar geändert», sagte Corinne mit einem Lachen. «Was hattest du beim Abendessen zur Feier deines Abschlusses an der Cornell doch gleich gesagt? Du würdest nie auch nur einen Cent von uns annehmen, solange du lebst?»

«Ich bin jetzt dreißig Jahre alt. Bitte halt mir nichts vor, was ich mit zweiundzwanzig gesagt habe.»

Corinne seufzte und faltete ihre Hände wieder in ihrem Schoß. «Du kennst die Bedingungen deines Treuhandfonds nur zu gut, Natalie. Dein Vater mag in Italien Autorennen fahren und sich mit Frauen vergnügen, die halb so alt sind wie er, aber er hat die Bedingungen des Treuhandfonds bestimmt, und über alles, was die Bank betrifft, hat immer noch er die Kontrolle.»

Natalie richtete sich auf. «Die Formulierungen in diesem Vertrag sind archaisch. Wie kann das in der heutigen Zeit überhaupt noch legal sein? Man muss doch irgendetwas tun können.»

Ihre Mutter atmete tief aus. «Du hast natürlich recht. Aber dein Vater müsste eine Änderung absegnen.»

«Ich werde vor diesem Mann *nicht* zu Kreuze kriechen. Nicht, nachdem er uns einfach abserviert hat und seitdem so tut, als würden wir nicht existieren. Nicht, nachdem er dich nach dem Brand vor vier Jahren mit den Trümmern allein gelassen hat und du alles allein wieder aufbauen musstest.»

Corinne blickte auf den Weinberg, der mit der ansteigenden Sonne immer mehr im Licht erstrahlte. «Ich wusste nicht, dass dich das beschäftigt.»

«Natürlich beschäftigt es mich. *Du* hast *mich* gebeten, zu gehen.»

«Oh bitte. Du hättest kaum deutlicher sagen können, dass du so schnell wie möglich zurück in das allmächtige Hamsterrad nach New York willst», schnaubte ihre Mutter.

Offensichtlich hatten sie beide sehr unterschiedliche Wahrnehmungen von der Zeit nach dem Brand. Aber es würde ihr nicht helfen, sich jetzt in Haarspaltereien über ihren letzten Aufenthalt in St. Helena zu stürzen. «Wir werden uns wohl darauf einigen müssen, dass wir uns nicht einig sind.»

Corinne schien ihr widersprechen zu wollen, entschied sich aber dann offensichtlich dagegen. «Mir sind die Hände gebunden, Natalie. Die Bedingungen des Fonds sind in Stein gemeißelt. Der Empfänger muss erwerbstätig *und* verheiratet sein, damit das Geld ausgezahlt werden kann. Mir ist klar, dass das wie etwas aus dem mittelalterlichen England und nicht aus dem modernen Kalifornien klingt, aber dein Vater ist Italiener der alten Schule. Die Ehe seiner Eltern war arrangiert. Für ihn ist das nobel. Es gehört zur Tradition.»

«Es ist sexistisch.»

«Normalerweise würde ich zustimmen, aber die Bedingungen für Julians Fonds sind dieselben. Als der Vertrag aufgesetzt wurde, hatte dein Vater eine große Vision vor Augen. Du und Julian, beide mit eigenen Familien, übernehmt gemeinsam das Weingut. Eine Menge Enkelkinder. Erfolg.» Sie winkte ab. «Als ihr beide gegangen seid und deutlich gemacht habt, dass ihr keine Ambitionen habt, in den Familienbetrieb einzusteigen, ist etwas in ihm zerbrochen. Das Feuer war letztlich der Tropfen, der das Fass zum Überlaufen brachte. Ich will sein Verhalten nicht entschuldigen, ich versuche nur, dir seine Beweggründe zu erklären.»

Natalie sank auf die Couch zurück und warf ihrer Mutter einen flehenden Blick zu. «Bitte, es muss doch etwas geben, was wir tun können. Ich kann nicht ewig hierbleiben.»

«Oh, es tut mir so leid, dass sich der Aufenthalt in deinem Elternhaus wie ein Exil anfühlt.»

«Probier du doch mal aus, wie es ist, jeden Morgen nach dem Aufwachen mitanhören zu müssen, wie Julian und Hallie erfolglos versuchen, ihre Sexgeräusche am anderen Ende des Flures zu unterdrücken.»

«Großer Gott.»

«Ja. Den Allmächtigen rufen sie auch an, wenn sie glauben, dass ich nicht zu Hause bin.»

Mit einem spöttischen Augenrollen erhob sich Corinne und schritt zum Fenster. «Man sollte meinen, die überstürzte Abreise deines Vaters hätte die Loyalität seiner Freunde und Bekannten in der Gegend erschüttert, aber ich kann dir versichern, das hat sie nicht. Für sie steht er noch immer auf einem Sockel – auch für Ingram Meyer.»

«Wer?»

«Ingram Meyer, ein alter Freund deines Vaters. Er ist Kreditsachbearbeiter bei der *St. Helena Credit Union*, aber was noch wichtiger ist, er ist der Treuhänder von deinem und Julians Treuhandfonds. Glaub mir, er wird die Anweisungen deines Vaters buchstabengetreu befolgen.»

Natalies Kinnlade berührte schon fast den Boden. «Ein Mann, von dem ich noch nie gehört habe – geschweige denn, dass ich ihm je begegnet wäre –, hält meine Zukunft in seinen Händen?»

«Es tut mir leid, Natalie. Alles, was ich für dich tun kann, ist ... zu versuchen, deinen Vater davon zu überzeugen, die Bedingungen zu ändern.»

«Das würde ich nie von dir verlangen.» Natalie seufzte. «Nicht, nachdem er uns auf diese Weise verlassen hat.»

Corinne schwieg einen Moment. «Ich danke dir.»

Das war's. Das Gespräch war beendet. Es gab nichts mehr zu sagen. Im Moment war Natalie alles andere als erwerbstätig. Und noch weiter davon entfernt, verheiratet zu sein. Das Patriarchat hatte wieder gewonnen. Sie würde wie ein Hund mit eingezogenem Schwanz nach New York zurückkehren und sich bei einer der Firmen, die sie einst als Rivalen bezeichnet hatte, um eine Position ganz unten bewerben müssen. Die würden ihre

Demütigung so richtig auskosten, und sie würde ... lächeln und es ertragen. Es würde wahrscheinlich ein Jahrzehnt dauern, bis sie genug Geld zusammen hatte, um ihr eigenes Unternehmen aufzubauen, aber sie würde es schaffen. Sie würde es aus eigener Kraft schaffen.

«Okay.» Resigniert und innerlich völlig leer stand Natalie mit wackeligen Beinen auf und strich den Rock ihres Kleides glatt. «Viel Glück bei deinen Meetings später.»

Corinne sagte nichts, als Natalie das Haus verließ, die Tür hinter sich schloss und mit gerecktem Kinn die Treppe hinunterging. Heute würde sie in die Stadt fahren und sich die Haare und Nägel machen lassen. Sie konnte doch zumindest gut aussehen, wenn sie wieder nach New York fuhr, oder?

Aber dann kam auf dem Rückweg vom Friseur alles anders – und wie in der schrecklich verdrehten Version eines Kinderlieds drehte sich alles um eine Katze, eine Maus ... und eine Robbe. Na ja, um einen Navy SEAL.

# KAPITEL 3

Er hätte die Eingangstür schließen sollen.
Jetzt war die verdammte Katze weg. Sie hatte sich aus Protest aus dem Staub gemacht, nachdem er angefangen hatte, seine Sachen zusammenzupacken. Wobei man das nur bedingt *angefangen* nennen konnte. Er hatte nur den Koffer aus dem Schrank geholt und ihn offen auf das Bett gelegt. Menace hatte das Gepäckstück beschnuppert, war hineingeklettert, hatte sich ein paarmal darin umgesehen und war dann in die Küche geschlichen. August hatte angenommen, es sei ihr vollkommen egal, dass er packte – und damit die wichtigste Regel zur Haltung von Katzen missachtet.

Veränderung war gleichbedeutend mit Angriff. Und ihre Rache kam beiläufig.

Jetzt war er hier, rannte diesen Pfad entlang, der sich zwischen seiner Katastrophe von einem Weingut und der Straße erstreckte, und rief nach einer tauben Katze. Wie hatte es nur so weit kommen können?

Menace verließ *nie* das Haus. August wusste das aus erster Hand, denn nachdem sie eines Tages aus heiterem Himmel aufgetaucht war und ihn zu ihrem neuen Dosenöffner erklärt hatte, hatte er zwei Wochen lang versucht, ihren pelzigen Hintern wieder nach draußen zu locken. Stattdessen hätte er es lieber mit Packen versuchen sollen, denn damit hätte er sie mit Sicherheit vertrieben.

«Menace», rief er laut und hielt die Hände wie einen Trichter vor den Mund. Vielleicht konnte sie die Schwingungen seiner Stimme in der Luft wahrnehmen? «Glaubst du, dass ich packe, bedeutet, ich lasse dich hier zurück? Muss ich dich daran erinnern, dass ich letzte Woche *achthundert* Dollar für den Tierarzt ausgegeben habe? Das ist Langzeit-Scheiß. Ich wusste nicht einmal, dass Katzen Zahnfleischentzündungen bekommen können.»

Schweigen.

Offensichtlich.

Seine Begleiterin, die so ungeplant in sein Leben gekommen war, miaute gelegentlich, das aber meist mitten in der Nacht, und er wusste bis heute nie, warum. Er hatte sich immer für einen Hundetyp gehalten. Nein, er *war* ein Hundetyp. Diese *eine* Katze war die Ausnahme.

Berühmte letzte Worte.

Vorne, in der Nähe der Straße, blitzte etwas orange auf. *Da ist sie.* August lief schneller und wurde zunehmend nervös, als er merkte, wie nah er der Straße war. Und als er das laute Rumpeln eines herannahenden Fahrzeugs wahrnahm, begann er zu sprinten, mit schweißnassem Rücken.

«Menace», bellte er und verfluchte sich dafür, dass er den Koffer hervorgeholt hatte. Vor ein paar Monaten hatte er ihr Katzenklo in die Waschküche verlegt, und im Anschluss hatte sie drei Tage lang nichts mehr gefressen. Offenbar hatte er nichts daraus gelernt. Hunde verhielten sich nicht so unsinnig, aber er hatte ja auch keinen Hund. Er hatte eine taube Katze, die kurz davor stand, von einem Auto überrollt zu werden. Sie war zu schnell, er würde es nicht rechtzeitig schaffen. Vielleicht sah der Fahrer sie rechtzeitig und drosselte sein Tempo? Verdammt, immerhin war Menace' Fell leuchtend orange.

Augusts Mund wurde trocken, als er das Quietschen von Reifen auf der Straße hörte, im nächsten Moment trat er zwischen den Bäumen hervor ...

Und stellte fest, dass seine temperamentvolle Katze sich auf den Rücken gedreht hatte und sich putzte, nur wenige Zentimeter vor der Stoßstange eines blauen Kleinwagens. Vollkommen unbeeindruckt davon, dass sie dem Tod gerade so von der Schippe gesprungen war. Für sie war das nur ein ganz normaler Tag, an dem sie das Leben von Menschen zerstörte und damit wegen ihrer rosa Nase und den niedlichen Zehen trotzdem ungestraft durchkam. Unglaublich.

August machte sich daran, auf die Straße zu gehen, um die Katze hochzuheben und dem Fahrer zu danken, der gerade aus dem Auto stieg, aber ein heiserer Schrei ließ ihn innehalten.

Natalie?

Er hatte diesen Laut noch nie gehört - nein, seine Träume zählten nicht mit -, aber August wusste sofort, dass sie die Fahrerin des Wagens war. Die Erkenntnis versetzte seinen Körper in höchste Alarmbereitschaft. Die Art von Alarmbereitschaft, die nur eine schlaflose Nacht wie gestern hervorrufen konnte, nachdem er stundenlang wach gelegen und sich selbst dafür verflucht hatte, immer weiter an diese Frau denken zu müssen, die er nicht mochte, die er aber auch nicht einfach hinter sich lassen konnte. Er hatte nicht erwartet, sie noch einmal zu sehen, aber nun stand sie da.

Sie hob seine Katze hoch und drückte sie an ihre Brust, entschuldigte sich mehrmals bei ihr, strich über ihr Fell und kraulte ihr Kinn. Er beobachtete verblüfft das Geschehen, da lehnte sich die Katze in Natalies Armen zurück und schaute ihm in die Augen. Ihr emotionsloser Blick teilte ihm unmissverständlich mit, dass sie noch andere Optionen hatte. Und diese Optionen würde sie nutzen, sollte er sich noch irgendeinen Fehler leisten, wie zum Beispiel, sich die Zähne zur falschen Tageszeit zu putzen.

Natalie sollte besser auch wissen, dass er hier war. Das war richtig.

Aber es konnte nicht schaden, sich ein paar Sekunden Zeit zu nehmen, um die Kehrseite dieser Frau zu bewundern. Verdammt, das hier war seine Lieblingsbeschäftigung. Diese Beine zu bewundern, gerade in dem Kleid, das sie trug. Die spitzen Schuhe, deren Absatz gerade hoch genug war, damit ihre Waden sich anspannten. Großer Gott, diese Beine waren ewig lang. Er würde noch auf dem Sterbebett bedauern, dass er die Chance verpasst hatte, sie an seinen Hüften zu spüren, zu fühlen, wie sie zuckten, wenn sie kurz davor stand zu kommen, und sich fester um ihn schlangen, wenn sie zum Höhepunkt kam.

«Armes Baby», schnurrte Natalie und wiegte die Katze wie ein kleines Kind. «Ich wollte dich nicht erschrecken. Wo ist dein Herrchen?», murmelte sie.

«Direkt hier, Prinzessin», rief August. Natalie drehte sich um, und er schluckte. *Verdammt!* Sie sah immer heiß aus, aber heute war sie ganz besonders verführerisch. «Du hast da was Schwarzes an den Augen.»

Bei seinem Anblick schien jegliche Kraft aus ihrem Körper zu weichen. Pure Verzweiflung in Menschengestalt. «Das ist Eyeliner, du Neandertaler.»

«Warum trägst du so viel davon?»

Sie zuckte mit den Schultern. «Vielleicht hatte ich ja ein Date.»

Unwillkürlich verschlang sich seine Speiseröhre zu einem Knoten.

«Mit wem?» Gott, die Vorstellung, dass sie sich mit jemandem traf, hasste er mehr als ... alles andere. Dass sie nicht zusammen waren, bedeutete noch lange nicht, dass sie sich einfach mit jemand anderem verabreden konnte. *Das* war doch sicher eine ganz rationale Einstellung, oder?

Sie wiegte die Katze in ihren Armen, als wolle sie das Tier in den Schlaf schaukeln. «Ich war mit niemandem aus», murmelte sie. «Ich wollte nur ein bisschen Schminke kaufen und habe mir dabei ein komplettes Make-over aufquatschen lassen.»

Er verbarg seine Erleichterung. «Die haben die Kreditkarte mit dem hohen Dispo schon von Weitem gerochen.»

Sie lächelte strahlend. «Solltest du nicht unterwegs sein, um ein Wollmammut zu erlegen oder irgendetwas anderes in der Richtung?»

August grinste. «Ich sollte *eigentlich* packen, aber meine Katze ist abgehauen.»

Natalie richtete sich auf und streckte dabei ihre wohlgeformte Hüfte vor. «Du erwartest von mir, dir zu glauben, dass das deine Katze ist? Sie ist dein *Haustier*?»

«Wenn man es genau nimmt, bin ich *ihr* Haustier.»

Sie musterte das Tier, hob es in die Höhe und reckte den Hals. «Warum trägt sie kein Halsband?»

«Na ja, ich weiß nicht, welche Katze zulässt, dass man ihr ein Halsband anlegt, aber Menace» – er deutete mit dem Finger auf das Tier – «gehört nicht dazu. Sie würde wahrscheinlich eine Stunde lang so tun, als würde es ihr gefallen, aber wenn ich das nächste Mal aufwache, finde ich eine mit Blut gekritzelte Morddrohung auf meinem Badezimmerspiegel, unterschrieben mit einem Pfotenabdruck.»

Zuckten Natalies Mundwinkel ein wenig, oder war das Wunschdenken?

Denn ja, die Frau hatte ein umwerfendes Lächeln. Er hatte es schon oft aus der Nähe gesehen. Er hatte es auf seinen Lippen geschmeckt. Seit jener Nacht waren Monate vergangen, und das Wissen, dass er sie nie wieder küssen würde, machte es nicht leichter. Zumindest nicht, solange er ihr weiterhin in St. Helena über den Weg lief. Diese erdrückende Anziehungskraft, die Natalie auf ihn ausübte, war ein Bastard. Wieder einmal hatte sein Schwanz alles kaputtgemacht – und jetzt im Moment hinderte er ihn daran, zu fliehen. Er sollte *wirklich* packen und sich auf den Weg machen, um zu vergessen, was hätte sein können, wenn er sich nicht wie ein Arschloch aufgeführt hätte. Oder sie nicht so eine verwöhnte Göre wäre.

«Awww. Du hast nur versucht, dem Gestank von Fürzen und schalem Bier zu entkommen, stimmt's, meine Süße?», schnurrte Natalie in Richtung der Katze, im selben Tonfall, als würde sie mit einem Baby sprechen.

«Falls du versuchen solltest, meine Katze gegen mich aufzubringen, kommst du zu spät. Der Zug ist längst abgefahren.»

«Sie hasst dich?» Natalie schien einen Moment lang überrascht zu sein, ruderte dann aber schnell zurück. «Ich meine ... Sie hasst dich. Offensichtlich.»

«Das ändert sich minütlich. Ich weiß nie, was als Nächstes auf mich zukommt.»

«Was hat sie dieses Mal so wütend gemacht?»

Warum zögerte er, bevor er ihr eine Antwort gab? Keine Ahnung. «Das Packen. Ich habe meinen Koffer rausgeholt, und sie hat beschlossen, draußen Selbstmordkommando zu spielen.»

Ihre Miene war wie versteinert. Wahrscheinlich hielt sie sich zurück, ihm noch einmal vorzuwerfen, dass er den Schwanz einkniff. «Oh.» Ein paar Sekunden verstrichen, dann kam sie auf ihn zu, offenbar in der Absicht, ihm die Katze zu übergeben. «Na ja, das Letzte, was ich möchte, ist, deine längst überfällige

Abreise aus Napa zu verzögern. Ich lasse dich dann mal weitermachen.»

Augusts Lächeln war brüchig. «Ich kann es kaum erwarten, die Stadt nur noch im Rückspiegel zu sehen.»

«Die Götter des Weins freuen sich sicher über diesen Tag.»

«Du musst es ja wissen, schließlich sind die Götter des Weins deine Eltern.»

«Oh, bitte. Sie sind keine Götter des Weins.» Natalie wollte ihm die Katze in seine bereits ausgestreckten Arme legen, aber die Krallen des Tieres gruben sich in den schwarzen Stoff ihres Kleides. Sie versuchte es noch einmal. Ohne Erfolg. Menace ließ sie nicht los. «Oh! Ich will nicht, dass sie sich an den Pfoten verletzt.»

Er fuhr sich mit einer Hand durchs Haar. «Sie will mich bestrafen.»

«Sie zieht die Person vor, die du am wenigsten magst. Langsam glaube ich, du hast nicht übertrieben, was die teuflische Seite dieser Katze angeht.»

Natalie Vos war bei Weitem nicht die Person, die er am wenigsten mochte, aber das behielt er für sich. Er war ihr gerade so nah, dass ihr verführerischer Duft nach Rauch und Blumen ihn sogar vergessen ließ, was er jemals gegen sie gehabt hatte. Wer könnte einer Frau etwas übel nehmen, die so schön und sanft aussah und die so viel kleiner war als er, sodass er sich wie ein Unhold vorkam? Zumindest bis sie sagte: «Hilfst du mir jetzt mal? Oder willst du weiter einfach nur so affig da rumstehen?»

«Verzeih, Prinzessin. Du bist es natürlich gewohnt, dass die Leute sofort aufspringen, um dir zu helfen.»

«Ach, halt die *Klappe*, August. Heute nicht.»

Besorgnis erfüllte ihn und ließ ihn nicht los. «Warum? Was ist heute passiert?»

Bevor sie antworten konnte, näherte sich ein Auto und manövrierte sich schließlich an Natalies Wagen vorbei, der immer noch auf der Straße nach Vos Vineyard stand. Natürlich hörte Menace das andere Auto nicht, doch als sie die Bewegung aus dem Augenwinkel wahrnahm, spannte sie sich an und grub ihre Krallen in Natalies Brust.

Die schrie vor Schmerz auf.

August geriet in Panik, so schlimm, wie er es seit seinen Einsätzen nicht mehr erlebt hatte, seine Kehle wurde so eng, dass er nicht schlucken konnte.

«Herrgott, Prinzessin. Okay.» Seine Hände fühlten sich schlaff und vollkommen nutzlos an, als er die Pfoten der Katze packte und daran zerrte. Aber irgendwie machte er es damit nur noch schlimmer. «Ich bin eher der Hundetyp. Ich weiß nicht, was ich machen soll.»

«Sorg dafür, dass sie sich entspannt.» Natalie schnappte nach Luft, als die Katze sich noch fester an sie krallte. «Beruhig sie.»

«Sie ist schwerhörig. Und sie zu streicheln funktioniert nur, wenn sie gerade in der Stimmung dafür ist. Manchmal mag sie es, manchmal ist sie wild wie der Teufel. Ich will es nicht noch schlimmer machen.»

«Ach, komm schon, du genießt das hier in Wirklichkeit doch.»

«Ich genieße es *nicht*, Natalie.» Er konnte den Anblick der Krallen, die sich in Natalies Körper gruben, nicht länger ertragen und zog die Katze von ihr herunter, wobei leider das Kleid zerriss und mehrere blutende Kratzer unterhalb ihres Schlüsselbeins offenbarte. «Oh Gott.»

Sie sah auf die Verletzungen hinunter und zuckte zusammen. «Halb so schlimm.»

«Doch, das ist schlimm.» Er stürmte zu ihrem Auto, wobei er

jedes Mal, wenn er beim Blinzeln die Augen schloss, die Kratzspuren vor sich sah. «Rühr dich nicht vom Fleck.»

«Kommandier mich nicht herum.»

August ignorierte sie, während er die Tür von Natalies Auto aufriss und sich die knurrende – ja, knurrende – Menace unter den Arm klemmte. Als er mit seiner vollen Größe auf den Sitz sank, presste sich das Lenkrad in seinen Körper, bis er ihn ganz nach hinten schob. Er startete den Motor und lenkte den Wagen auf den Seitenstreifen, bemerkte, dass das Auto ganz von ihrem Duft erfüllt war. Was war in diesen Einkaufstüten? Der Inhalt war in Seidenpapier gewickelt, was bedeutete, dass er ziemlich teuer sein musste. Natürlich war er das.

Warum hatte sie ihr Auto dann gemietet, und dann auch noch das absolute Basismodell?

Konnte sie sich keinen Mercedes oder etwas ähnlich Teures leisten?

August ermahnte sich, sich lieber auf seine eigenen Angelegenheiten und die bevorstehende Aufgabe zu konzentrieren. Er zog den Schlüssel vom Zündschloss, atmete ihren Duft ein letztes Mal ein und kletterte dann wieder aus dem Wagen.

«Was machst du da?», wollte Natalie wissen, die Arme vor ihrem zerrissenen Kleid verschränkt. «Ich muss nach Hause.»

«Erst, wenn ich mich um diese Wunden gekümmert habe.» Er ging mit der fauchenden Katze im Arm an ihr vorbei. «Komm, wir gehen.»

«Auf keinen Fall. Gib mir meinen Schlüssel zurück.»

«Vergiss es.»

«Du erwartest von mir, dass ich mit dir durch den Wald zu deinem Haus stapfe? Allein mit einem Mann, der mich ohne Zögern für die Hexenprozesse von Salem nominiert hätte?»

August blieb abrupt stehen. Drehte sich mit gerunzelter Stirn zu Natalie um, die immer noch am oberen Ende des Weges stand. «Hast du Angst, mit mir allein zu sein?»

Sie antwortete nicht. Offensichtlich *wusste* sie die Antwort nicht.

Unabhängig von der Feindseligkeit zwischen ihnen gefiel August diese Unsicherheit überhaupt nicht. «Natalie, der Anblick deiner Wunden macht mich fertig. Ich würde dir genauso wenig etwas antun, wie ich eine Ballettkarriere anstreben würde.»

Ihr Mund klappte zu. Sie blinzelte ein paarmal und stürmte an ihm vorbei auf den Weg. «Ich wusste nicht, dass Katzenmenschen so dramatisch sind», murmelte sie.

«Nur wenn ihre Integrität infrage gestellt wird», konterte er und folgte ihr.

«Sorry. Dann stelle ich lieber weiter deine Intelligenz infrage.»

«Danke.»

Ihre Schultern zuckten ein wenig. Vor Lachen? Warum jetzt, wo er nicht einmal ihr Gesicht sehen konnte? «Ich hoffe nur, dass du besser darin bist, Wunden zu versorgen, als Wein zu machen.»

«Wenn man bedenkt, dass ich mich während eines Sandsturms ohne Schmerzmittel selbst genäht habe – und das gleich zweimal –, würde ich sagen, ich bin durchaus in der Lage, deine Katzenkratzer zu flicken.»

Es war nicht so, dass er Befriedigung verspürte, als ihre Schritte kurz ins Stocken gerieten, es war nur ... Nun, er hatte es so satt, dass diese Frau ihn für unfähig und erbärmlich hielt, weil er nicht wusste, wie man ein paar verdammte Weintrauben gärte. War es jetzt überhaupt noch wichtig, ob Natalie ihn für fähig hielt? Nein. Er war kurz davor zu gehen. Und doch konnte er nicht anders, als sich diese Anerkennung von ihr zu wünschen. Mehr, als er es eigentlich sollte.

Sie gingen schweigend zu seinem Haus. Es war klein, hatte zwei Schlafzimmer in kalifornischem Stil, ein rotes Ziegeldach und eine Außenfassade mit beigem Stuck. Dieses Zuhause auf Zeit stand am Rand des Grundstücks, in der Nähe befanden sich zwei Scheunen. Die eine nutzte er für seine schlecht besuchten Weinverköstigungen, die andere für die Produktion und die Lagerung der Fässer. Zu allen Seiten des Grundstücks reckten sich Reihen duftender Trauben der Sonne entgegen. Er konnte sich noch an das Gefühl erinnern, als er es zum ersten Mal betreten und Sam ihm ins Ohr geflüstert hatte, dass es perfekt sei. Und das war es auch. Ein farbenfrohes Stück vom Himmel, wie er es sich in den unzähligen Tagen in der Wüste niemals hätte vorstellen können. Aber er war nicht für das Prozedere geeignet, das nötig war, um das Weingut richtig zum Laufen zu bringen.

Niemand wusste das besser als die Frau, die darauf wartete, in sein Haus gelassen zu werden.

Er schob den Schlüssel ins Schloss, ihre Blicke trafen sich, hielten einander fest, und in ihm wuchs das Gefühl, dass sich ein Stahlring um seinen Magen schloss. So wäre es gewesen, hätte er sie mit zu sich nach Hause nehmen können. Ihren Körper berühren können. Sie hätten diese verdammte Stadt in ihren Grundmauern erschüttert.

«Ich bin nur wegen eines medizinischen Eingriffs hier», sagte sie mit einem misstrauischen Ton in der Stimme.

«Mir ist schon klar, dass du nicht mehr von mir willst.»

«Gut.»

«Aber dafür, dass du nur ein Pflaster brauchst, starrst du meinen Mund ziemlich lange an.» Er stieß die Tür auf. «Ich mein ja nur ... »

KAPITEL 4

Natalie hatte ein großes Durcheinander erwartet. Pizzakartons, schmutzige Sportkleidung und Bierflaschen. Vielleicht ein paar verdächtige Taschentücher. Aber in Augusts kleinem Haus hätte sie vom Boden essen können. So sauber war es. Auf der Arbeitsplatte in der Küche standen in einer Reihe Gewürze vor einem Schneidebrett. Küche und Wohnbereich waren miteinander verbunden, der Raum war klein, darin stand als einziges Möbelstück ein Sessel, der zum Fernseher ausgerichtet war. Er hatte mithilfe eines Teppichs und eines Korbs mit einer Decke darin eine einladende Atmosphäre geschaffen. Es war ... nett.

Es war um Längen besser als ihr Gästezimmer, das sie in einen Friedhof für Weingläser verwandelt hatte.

«Enttäuscht, dass keine Poster von nackten Frauen an meiner Wand hängen?»

«Ich bin sicher, die sind in den Schränken versteckt, zusammen mit den Ratten», sagte sie lässig und sah der Katze zu, wie sie mit einem Anflug von Überlegenheit zum hinteren Teil des Hauses davonstolzierte.

August drehte sich um, sah Natalie ins Gesicht und stieß ein dröhnendes Lachen aus. «Du solltest dich mal sehen. Du bist schockiert. Du hast wirklich erwartet, dass es hier drin aussieht wie in einer Studentenbude, stimmt's?» Er betrat das Badezimmer, das sich hinter der einzigen Tür in dem kurzen Flur befand, der, wie sie vermutete, zum Schlafzimmer führte. Er knipste das Licht an und bedeutete ihr, ihm in den kleinen Raum zu folgen. Sie setzte sich in Bewegung, hielt aber auf der Schwelle inne, verunsichert durch den Gedanken, mit einem so großen Mann auf so kleiner Fläche zusammengepfercht zu sein. Einem Mann, zu dem sie sich offenbar immer noch hingezogen fühlte, obwohl er ihr gegenüber Vorurteile hatte, unhöflich war und in ihr offensichtlich immer nur das Schlimmste sah. «Hast du dich wirklich während eines Sandsturms zweimal selbst genäht?»

August, der in seinem Medizinschrank gewühlt hatte, hielt inne. Er nahm eine Flasche Reinigungsalkohol heraus und stellte sie auf den Waschtisch. «Ja.»

«Wo?»

Er drehte sich leicht und lehnte sich mit der Hüfte gegen das Waschbecken. «Warum interessiert dich das? Willst du meine Fähigkeiten beurteilen, bevor du mich für geeignet befindest, dein königliches Wehwehchen zu versorgen?»

Nein. Sie versuchte, den Moment hinauszuzögern, in dem sie sich so nahe waren, dass sie sich berühren konnten, weil er sie so sehr durcheinanderbrachte, dass sie selbst nach über einem Monat voller Beleidigungen und Hänseleien darüber nachdachte, eventuell doch mit ihm zu schlafen. «Es schadet nicht, nach Referenzen zu fragen.»

«Auch wenn die Referenzen sich auf der Innenseite meines Schenkels befinden?»

«Beide?»

«Eine davon.» Er wandte sich ab und zog sein T-Shirt hoch, sodass sein muskulöser Rücken zum Vorschein kam. Dort prangten keine Tattoos, im Gegensatz zu seinen Armen, von denen einer stolz das Abzeichen der Navy trug. Nicht, dass ihr eine Tätowierung auf seinem Rücken überhaupt *aufgefallen* wäre, angesichts der wulstigen, schmerzhaft wirkenden Narbe, die sich über seine rechte Schulter zog. «Hier ist die andere. Nicht meine beste Arbeit, aber ich hatte damals keinen Spiegel.»

«Ja.» Sie versuchte zu schlucken. Es ging nicht. Gott, er war wie ein menschlicher Bulldozer. Im Bett wäre er wahrscheinlich eine Naturgewalt. Was für eine furchtbare Vorstellung. Einfach nur schrecklich. «Du solltest dich auf jeden Fall von Spiegeln fernhalten.»

Mit einem Schnauben ließ er sein Shirt sinken. «Tu nicht so, als wärst du nicht bereit gewesen, mich wie eine Leiter zu besteigen, Prinzessin.»

Damit lag er nicht falsch. Aber das war damals. Jetzt war jetzt. «Was für eine Schande, dass du deinen Mund aufreißen musstest, nicht wahr?»

August fuhr sich mit der Zunge über die volle Unterlippe. «Du hättest meinen Mund geliebt.»

Ihre Haut wurde so heiß wie die Sonne. «Können wir das hier jetzt hinter uns bringen, oder hoffst du, dass ich einfach verblute?»

Innerhalb eines Herzschlags wandelte sich sein Gesichtsausdruck von arrogant zu besorgt. «Tut mir leid. Komm her.»

Die Entschuldigung traf sie unvorbereitet. So sehr, dass sie ins Badezimmer stolperte, so überrascht, dass sie nur die zerrissenen Ränder ihres Kleides loslassen und ihm zusehen konnte, wie er ein wenig Reinigungsalkohol auf einen Wattebausch auftrug. Sie bemühte sich, seinen frischen fruchtigen Duft zu ignorieren. «Warum riechst du nach Grapefruit?»

«Das liegt an dieser handgemachten Seife, die ich benutze», sagte er abwesend, runzelte die Stirn, während er ihre Kratzspuren abtupfte und sein ruhiger warmer Atem ihren Haaransatz umspielte. «Die einzige Person, die meinen Wein je gemocht hat, ist zu pleite, um ihn zu kaufen, also gibt sie mir ab und zu ein Stück Seife im Tausch für eine Flasche Wein.»

«Wie hat sie denn ihren Geschmackssinn verloren? Chilisaucen-Unfall?»

«Witzig.»

«Wer ist es?» Die Frage war gestellt, bevor sie sie zurück in ihren Hals stopfen konnte. Sie klang wie eine eifersüchtige Freundin, ähnlich wie August vorhin bei ihrer Lüge, sie sei auf dem Weg zu einem Date. Gut, dass dieser Mann die Stadt verließ, denn die Dynamik zwischen ihnen wurde von Tag zu Tag verwirrender. «Schon gut. Es geht mich nichts an.»

«Genau. Es geht dich nichts an», murmelte er und riss mit einem einzigen Ruck die Verpackungen von zwei Pflastern auf. «Aber ich werde es dir trotzdem sagen, damit du den Waschtisch nicht von der Wand brichst.»

Natalies Blick zuckte nach unten zu der Stelle, an der ihre Hände die Kante des Waschbeckens umklammert hielten. Hastig ließ sie den weißen Marmor los. «Der Alkohol hat gebrannt.»

«Aha.» Er biss sich auf die Unterlippe, offensichtlich um sich ein Lachen zu verkneifen, und platzierte das erste Pflaster auf ihrer Brust. Langsam. Mit dem Daumen strich er es sehr sanft von oben nach unten glatt. Und ihre einfältigen, doppelzüngigen Hormone erwachten wie eine frisch gegossene Zimmerpflanze. Natalie musste sich beherrschen, den Rücken nicht durchzudrücken, während er das zweite Pflaster anbrachte, sich dabei Zeit ließ, fast so, als würde er ihre Notlage genießen. «Sie ist Mutter von Drillingen – diese Frau, die mir die Seife gibt. Ihr schmeckt vermutlich alles, was sie beschwipst macht, nachdem die Kinder im Bett sind, denke ich.»

«Oh. Teri Frasier? Ich habe sie letzte Woche in der Stadt gesehen, da hat sie die drei in einem Kinderwagen geschoben, der so groß war wie ein Panzer. Wir sind zusammen zur Schule gegangen.»

«Ich weiß.»

Sie rümpfte die Nase. «Woher weißt du das?»

August schien sich insgeheim zu verfluchen. «Ihr beide müsstet ungefähr im gleichen Alter sein, also habe ich sie gefragt.»

«Warum?»

Er zögerte. Wurde er rot? «Reiner Small Talk.»

Irgendwann während ihrer Unterhaltung war er näher an sie herangetreten. Das Waschbecken grub sich in ihren Rücken. Der Teil von ihr, den er schon vor Monaten erregt, aber nie befriedigt hatte, verlangte nun volle Wiedergutmachung. Seine Jeans würde sich so gut an den Innenseiten ihrer nackten Schenkel anfühlen. Er würde sie mit seinen großen Fäusten an den Haaren packen, und sie könnte diesen Trottel endlich, endlich abhaken. Das konnte doch nicht schaden? Er zog ohnehin bald um, oder?

Natalie sah durch ihre Wimpern zu August auf, ihre rechte Hand hob sich mit der Absicht, diese harten Muskeln durch sein T-Shirt hindurch zu erkunden. «Ich dachte mir ...»

«Sie hat erwähnt, dass du damals auch die meiste Zeit betrunken warst.» Er gluckste.

Eiskristalle formten sich auf ihrer Haut, ihre Hand sackte ab, als wäre sie plötzlich aus Stein.

Er fing sie auf und runzelte die Stirn. Musterte ihr Gesicht. «Warte. Was wolltest du sagen? Was dachtest du dir?»

«Nichts.»

«Verrat es mir.»

Sie verbarg die unangenehme Last auf ihrer Brust hinter einem zuckersüßen Lächeln, schob sich zwischen seinem riesigen

Körper und dem Waschbecken hindurch und flüchtete aus dem Bad. Aber nicht, ohne ihm zum Abschied noch eine Gemeinheit zu hinterlassen. «Pass auf, dass du nicht stolperst und auf den Hintern fällst, wenn du die Stadt verlässt, August.»

«Natalie», knurrte er und stapfte hinter ihr her. «Warte.»

«Kann ich nicht. Ich brauche frische Luft. Deine Dämlichkeit ist offensichtlich ansteckend.»

«Ich habe deine Autoschlüssel.»

Sie blieb stehen, die Hand am Türknauf, drehte sich um und streckte ihre Hand aus. «Gib sie mir.»

Er machte keine Anstalten, sie aus seiner Tasche zu ziehen. Stattdessen deutete er mit dem Kinn in Richtung Badezimmer. «Du wolltest mich da drin *anfassen*.»

«Wie du schon sagtest, mein Leben besteht aus einer Reihe von Fehlentscheidungen.» Möglicherweise bedeutete der Ausdruck auf seinem Gesicht Bedauern, aber sie wollte es gar nicht genau wissen. Sie wollte nicht erforschen, was genau er bedauerte, denn in ihrer Kehle steckte jetzt ein Kloß. «Hör zu, ich hatte einen ziemlich harten Tag, falls ich also tatsächlich darüber nachgedacht haben sollte, mich an dich ranzuschmeißen, dann nur aus dem Bedürfnis heraus, mich abzulenken.»

Natalie ging davon aus, dass er sich auf diesen letzten Teil stürzen würde. Dass er versuchen würde, sie zu überreden, zur Ablenkung die nächsten Stunden im Schlafzimmer zu verbringen. Doch überraschenderweise tat er das nicht. «Warum hattest du einen harten Tag?»

«Diese Art von Munition werde ich dir ganz sicher nicht einfach so aushändigen.»

«Was soll schon passieren, ich bin doch sowieso bald weg?»

Damit hatte er leider nicht ganz unrecht.

Und verdammt, Natalie verspürte plötzlich das verzweifelte

Bedürfnis, sich endlich alles von der Seele zu reden. Julians und Hallies ungetrübtes Glück wollte sie nicht mit ihren Problemen stören. Alle ihre Freunde waren in New York – die meisten davon waren eher oberflächliche Bekannte, die auch im Finanzwesen arbeiteten. Sie rechnete ihnen hoch an, dass sie sie nach diesem schlechten Deal und ihrem Rücktritt aus der Firma nicht im Stich gelassen hatten. Aber die Anzahl an E-Mails und Textnachrichten, die sie von ihnen bekam, sank zunehmend. Ein schleichendes Ghosting, das ihnen ein reines Gewissen bescherte, Natalie aber niemanden mehr ließ, den sie anrufen konnte.

Konnte sie sich bei August ausheulen?

Obwohl sie nicht gerade freundlich miteinander umgingen, hatte sie das Gefühl, dass sie ... einander kannten. Er war kein Fremder.

Die Erkenntnis bereitete ihr Trost, aber sie schob das Gefühl gleich wieder beiseite.

Nein. Wie auch immer. Sie würde mit ihm reden, weil es eine Gelegenheit bot, mal alles rauszulassen. Er wollte von hier wegziehen, also würde er die Informationen kaum dazu nutzen können, sich über sie lustig zu machen.

«Ich, ähm ...» Sie verschränkte die Arme schützend vor der Brust und fragte sich, warum er sie so genau musterte. «Es wird dich freuen zu hören, dass ich mich heute Morgen habe demütigen lassen, indem ich meine Mutter um Geld gebeten habe. Ich habe sie gebeten, das Geld aus meinem Treuhandfonds freizugeben, aber sie hat das abgelehnt.»

Seine Augenbrauen zogen sich zusammen, als er verstand. «Treuhandfonds. Wird das Geld nicht normalerweise freigegeben, sobald man volljährig ist?»

«In den meisten Fällen ja, aber mein Vater hat gewisse ... Bedingungen daran geknüpft.»

«Zum Beispiel?»

Wollte sie ihm das wirklich verraten? Ja, natürlich. Und warum auch nicht? Nichts konnte den heutigen Tag noch schlimmer machen. Nicht einmal sein Spott. «Ich bin nicht nur verpflichtet, einer Arbeit nachzugehen, ich muss auch verheiratet sein, sonst kann der Treuhänder das Vermögen nicht freigeben. Bei Julian ist es genauso.»

Ganze fünf Sekunden verstrichen. «Du lügst.»

Es war keine Anschuldigung. Er war ... schockiert, und Natalie war darüber irgendwie zufrieden. «Nein», sagte sie langsam und hoffte, dass sie sich nicht in ihm getäuscht hatte. «Mein Vater lebt jetzt in Italien. Er ist da unten im fernen Mutterland und schafft es trotzdem, mir von dort aus seinen Willen aufzuzwingen. Außerdem waren die Bedingungen, die er aufgestellt hat, zuletzt 1930 modern. Sowohl meine Mutter als auch ich würden eher unsere Füße in einen See voller Piranhas stecken, als ihn nach vier Jahren Schweigen um einen Gefallen zu bitten. Schlimmer noch: Was, wenn wir unser letztes Fünkchen Stolz opfern, und am Ende sagt er doch Nein?» Sie zuckte mit den Schultern. «Außerdem glaube ich, dass meine Mutter es insgeheim genießt, dass Napa noch eine Weile meine einzige Option ist.»

«Deine einzige Option für was?» Er wich ein wenig zurück. «Du bist nicht ... pleite.»

«Nicht *pleite* pleite. Aber ich bin nicht flüssig genug, um ...» Sie hielt inne, leckte sich über ihre trockenen Lippen. «Ich gründe zusammen mit einer Kollegin in New York meine eigene Firma zur Betreuung von Hedgefonds, und wir brauchen Kapital, um für Investoren attraktiv zu sein.»

«So was hast du doch vorher auch schon gemacht. Diesen Wall-Street-Scheiß.»

Sie rollte mit den Augen. «Ja, das ist richtig. Bloß dieser *Scheiß*, der die Wirtschaft am Leben hält.»

Mit einem Schnauben winkte er ab. «Du würdest also lieber in einer überfüllten Stadt leben als auf dem Weingut deiner Familie in Napa?»

«Es ist kompliziert.»

«Klingt, als wärst *du* kompliziert.»

«Lieber kompliziert als dämlich.» Sie streckte ihre Hände nach den Schlüsseln aus, winkte mit den Fingern danach, aber er ignorierte die Geste. «*August.*»

«Eine Sekunde.» Er verschränkte die Arme vor seiner mächtigen Brust und räusperte sich. «Du hast keine Heiratsaussichten, richtig? Du würdest doch nicht heiraten, nur um an das Geld zu kommen, oder?»

«Vielleicht schon», sagte sie, obwohl sie diese Möglichkeit bisher noch nicht in Betracht gezogen hatte. Ihre Aussichten auf eine baldige Hochzeit waren gleich null. Warum also sollte sie darüber nachdenken?

Bildete sie sich das nur ein, oder blitzte etwas Böses in Augusts Augen auf? «Das gefällt mir nicht.»

«Ich will die Firma. Ich ... *brauche* die Firma. Sonst werde ich für immer als Enttäuschung gesehen werden. Als Versagerin. Eine Anekdote, die man auf einer Cocktailparty erzählt.»

Damit gab sie zu viel von sich preis. Diese letzte Sache musste sie nicht laut aussprechen. Die gehörte nur ihr. Aber sie konnte nicht leugnen, dass der Druck auf ihrer Brust am Ende ihres Geständnisses nachließ.

«Kann ich bitte meine Schlüssel wiederhaben?», sagte sie leise. «Ich muss los.»

August schüttelte sich, ohne seinen Blick von ihrem Gesicht zu nehmen. «Sicher. Ja.» Er reichte sie ihr, doch als sie sich zum

Gehen wandte, hielt er ihr Handgelenk mit lockerem Griff fest. «Hey, ich weiß, wie es ist, zu versagen. Ich habe jeden Cent, den ich hatte, in dieses Weingut gesteckt, und der Typ von der Bank hat mich ausgelacht und rausgeworfen, als ich einen Kredit beantragen wollte.»

Sie blieb stehen. «Hieß der Ingram Meyer?»

Er kramte offenbar in seinem Gedächtnis. «Ja. So hieß der Typ.»

«Was für ein Zufall. Er ist der Treuhänder meines Vaters», murmelte Natalie und blickte zu dem Ex-SEAL auf. Sie sah ihn jetzt in einem anderen Licht. Vielleicht aber sah sie ihn auch nur wieder so wie an dem Abend, an dem sie sich kennengelernt hatten. Als er ein perfekter Gentleman gewesen war. Als sie sich wie Magneten zueinander hingezogen gefühlt hatten.

Nein. Eher wie der Bug der Titanic, der auf den Eisberg zusteuerte. *Er ist derselbe Mann, der sich schon seit Monaten wie ein unerträglicher Trottel aufführt.*

Er fand alle ihre Schwachstellen und stocherte immer wieder darin herum. Höchstwahrscheinlich war er nur deshalb gerade sanfter, weil er eine Chance witterte, flachgelegt zu werden. Diese Genugtuung wollte sie ihm auf keinen Fall geben. Selbst wenn sie dabei auch endlich auf ihre Kosten kommen sollte. Und das würde sie, irgendwie wusste sie das genau. Aber die offensichtliche Chemie zwischen ihnen war nichts Halbes und nichts Ganzes. Das hier war das Ende der Fahnenstange.

«Viel Glück, wo auch immer du landest, August», murmelte sie, entzog ihr Handgelenk seinem Griff und versuchte, sich nicht anmerken zu lassen, was sein Daumen, der über ihre Pulsader strich, mit ihr anstellte. «Wenn du auf dem Weg aus der Stadt einen starken Luftzug im Rücken spürst, dann sind das die Weinberge, die erleichtert aufseufzen.»

Er zwinkerte ihr zu und trat dann mit einem Grinsen, das seine Augen nicht ganz erreichte, ein paar Schritte zurück. «Vielleicht. Aber du wolltest mich im Badezimmer mit ziemlicher Sicherheit küssen, Prinzessin.»

«Wenn ja, dann nur, um dich zum Schweigen zu bringen.»

Um August keine Gelegenheit zu geben, eine weitere Spitze zu setzen, drehte Natalie sich um und stakste zur Tür hinaus. Dabei wich sie der Katze aus, die das ganze Gespräch offenbar mitbekommen hatte und sich offenbar überhaupt nicht bei ihr dafür entschuldigen wollte, sie angegriffen zu haben. Sie hatte den Pfad zurück zur Straße schon fast erreicht, als Augusts Stimme aus dem Vorgarten ertönte.

«Es ist noch nicht zu spät, Natalie», rief er und wiederholte damit seine Worte vom Wettbewerb am Vortag.

Sie drehte sich um und sah August in der Tür seines Hauses stehen, die Vorderarme auf den oberen Teil des Geländers gestützt. Der Ausdruck auf seinem Gesicht war frech, und seine Bauchmuskeln waren gut zu erkennen. Er spannte den Bizeps an. Erst rechts, dann links, dann rechts. Dann wieder links. Etwas, das sie auf keinen Fall anmachte.

«Blödmann», murmelte sie, als er lachte.

Ein Lachen, das fast so schnell wieder verstummte, wie es begonnen hatte.

Warum fühlten sich ihre Beine auf dem Weg zu ihrem Auto mehr und mehr wie Gummi an?

Jetzt, wo sie sich endlich aus dem Dunstkreis dieses Mannes entfernte, sollte sie sich doch eigentlich frei wie ein Vogel fühlen.

Das tat sie auch.

Genau.

Mit einem harten Schlucken schob sie den Schlüssel ins

Zündschloss. Und nach einer langen Pause, in der ihr die wildeste aller möglichen Ideen kam, startete sie mit einem Schnauben den Wagen und fuhr davon.

Später an diesem Abend verließ Natalie das Haus, ohne wirklich zu wissen, warum.

Sie war nicht der Typ für einen Abendspaziergang.

In New York hatte sie immer den ganzen Tag hart gearbeitet und war am Abend mit einem Glas Wein auf die Couch gesunken. Heute Abend aber war sie seltsam unruhig. Hallie und Julian waren auf einem Doppeldate mit Hallies Freunden Jerome und Lavinia, was bedeutete, dass sie das ganze Gästehaus für sich allein hatte. Eigentlich sollte sie eine obszöne Menge Essen bestellen und sich Wiederholungen von *Below Deck* ansehen. Stattdessen spazierte sie geradewegs durch die Vordertür in die Nacht, die voll lieblicher Düfte war, und lief in Richtung der Innenstadt von St. Helena.

Vielleicht war sie in der Stimmung für etwas Unterhaltung. Für Menschen.

Etwas, das ihre Stimmung aufhellte.

Als sie vor ein paar Monaten nach Hause gekommen war, hatte sie mehrere Dates gehabt, in der Hoffnung, den perfekten Lückenbüßer zu finden, mit dem sie beschäftigt sein konnte, während sie sich in Napa im Selbstmitleid suhlte. Aber nach kurzer Zeit hatten diese Verabredungen ihren Reiz verloren, und Natalie weigerte sich herauszufinden, warum. Sie weigerte sich. Sie hatte so oft ohne guten Grund nach links gewischt, dass es sie schon anwiderte, und kurz darauf hatte sie Tinder ganz gelöscht. Verdammt, ihr Telefon war in letzter Zeit ein stiller, trostloser Ort. Sie sollte es als Briefbeschwerer oder Türstopper nutzen.

Die Lichter des Grapevine Way funkelten in der Dunkelheit, als sie den unbefestigten Weg entlangging, und aus einem der vielen Cafés wehte ihr Live-Jazz-Musik entgegen. August verstand zu Recht nicht, warum sie die Großstadt diesem üppigen Tal der Trauben, der Sonne und der Fröhlichkeit vorzog. Die Menschen kamen von überallher, um die einzigartige Glückseligkeit von St. Helena zu erleben. Aber als Natalie den Grapevine Way betrat und nach rechts abbog, ohne zu wissen, wohin sie eigentlich wollte, konnte sie keine Zuneigung für diese Stadt empfinden. Sie war schön, stilvoll, einladend. Ein Juwel am Fuße des Berges.

Aber für sie würde es immer der Ort sein, an dem sie nicht erwünscht war.

Vor dem Schaufenster einer Konditorei, die es schon seit ihrer Kindheit gab, blieb Natalie stehen. Der Laden hatte schon geschlossen, aber als sie durch das verdunkelte Glas in den Laden sah, erinnerte sie sich daran, wie es gewesen war, als sie und Julian als Kinder dort hineingegangen waren.

Ihr Bruder hatte in der Konditorei keinen Schritt machen können, ohne dass ein Klassenkamerad ihn ansprach und ihn bat, sich an seinen Tisch zu setzen. Auch wenn der zukünftige Geschichtsprofessor kaum ein Wort verlor, waren seine kurzen Gesprächsbrocken entweder lustig oder regten zum Nachdenken an. Und, was noch wichtiger war, er war dabei nie unfreundlich. Er war als Leichtathletik-Star und akademisches Wunder geradezu verehrt worden. Die Beliebtheit war Julian immer leichtgefallen – auch wenn er sie nicht wollte.

Aber Natalie sah hinter der Glasscheibe auch ihr jüngeres Ich, wie es sich abmühte, von irgendjemandem wahrgenommen zu werden. Von ihren Eltern, ihren Klassenkameraden oder dem coolen Teenager hinter dem Tresen. Aus irgendeinem Grund schien sich derselbe Reichtum, der Julian Beliebtheit bescherte, auf sie negativ auszuwirken. Sie war kein begabtes Genie. Sie war eine durchschnittliche Schülerin. Sie hatte keine großartigen sportlichen Fähigkeiten. Ihr stand all dieses Geld zur Verfügung, und doch würde sie wahrscheinlich ihr ganzes Leben lang einfach nur stumpf dahintreiben, weil sie eine Vos war.

Ungefähr zu der Zeit, als Natalie merkte, dass alle sie für jemanden hielten, der nur bei den Nachnamen das große Los gezogen hatte, fing sie an, aufmüpfig zu werden. Ihren Freunden Streiche zu spielen. Immer wieder ließ sie sich herausfordern. Und als sie älter wurde, war sie diejenige, die Schnaps besorgte und diese wilden Partys schmiss, die alle in Schwierigkeiten brachten. Das schien der einzige Weg zu sein, auf dem sie wahrgenommen oder anerkannt wurde. Wenn sie laut war. Wenn sie *wild* war. Ihre Eltern vorsichtig um Zuneigung zu bitten, funktionierte nie. Entweder waren sie beschäftigt, oder sie verbrachten ihre spärliche freie Zeit mit Julian, der Auszeichnungen, Medaillen und Stipendien sammelte.

Sie trat von dem Schaufenster zurück und ging weiter, diesmal in einem schnelleren Tempo. Sie war nicht mehr das aufmerksamkeitsbedürftige Kind von früher. Nach dem peinlichen Aufenthalt in einer Entzugsklinik nach der Highschool hatte sie die Hilfe ihrer Mutter angenommen, um auf die Cornell zu kommen. Aber danach hatte sie als Klassenbeste ihren Abschluss gemacht, aus eigener Kraft. Sie hatte es ohne das Zutun ihrer Eltern zum Partner geschafft. Sie hatte sich selbst bewiesen, dass sie dazu fähig und motiviert war.

Doch jetzt, wo sie wieder in St. Helena war – und gleichzeitig völlig am Boden –, spürte sie wieder dieses alte Jucken unter ihrer Haut. Den Wunsch, größer, besser und lauter zu sein, als sie war. Etwas zu tun, das ihr die positive Bestätigung verschaffte, nach der sie sich immer gesehnt hatte, die sie aber nie zu verdienen schien. Genau das war es, was diese Firma für sie sein würde. Ein Weg zurück an die Spitze. Ein Weg, sich selbst wieder zu respektieren.

Mit einem Mal drang eine vertraute Stimme an Natalies Ohren, und sie blieb mitten auf dem Bürgersteig stehen, als sich eine Gruppe beschwipster Touristen in Pantoletten und Sommerschals an ihr vorbeischlängelte. Vor ihr, am Bordstein, stand August vor einem geparkten Wagen. Er lud Kisten mit Wein in den Kofferraum von Teri Frasier, ihrer alten Klassenkameradin und Mutter von Drillingen.

«Bist du dir sicher?» Teri lachte, sichtlich überwältigt. «Könntest du ihn nicht verkaufen, statt ihn zu verschenken?»

«Das haben wir doch schon besprochen, Teri. Den Wein würde nicht einmal ein Mann, der kurz davorsteht, in der Wüste zu verdursten, als Geschenk annehmen. Er gehört allein dir.» Er deutete zum hinteren Teil ihres Wagens, in dem, wie Natalie annahm, Teris Drillinge saßen. «Außerdem glaube ich, du hast ihn mehr verdient als sonst irgendwer.»

«Lass mich dir wenigstens ein bisschen Seife dafür geben.»

«Nein, danke, behalt sie. Ich habe noch einen ganzen Jahresvorrat.» Er klopfte ihr auf die Schulter und trat einen Schritt zurück. «Grüß deinen Mann von mir, ja?»

«Mach ich.»

Natalies Puls war kurz davor, ihre Haut zu sprengen. Das war's. Endgültig.

Offensichtlich war August wirklich dabei, St. Helena zu verlassen. Er verschenkte seine letzten Weinvorräte, als hätte der Wein keinen Wert mehr. Den hatte er auch nicht. Wirklich nicht. Er schmeckte wie Benzin, in dem eine Woche lang Hundescheiße gelegen hatte. Aber zu hören, wie er das auf so selbstironische Weise zugab, drehte ihr den Magen um.

Ihre Fingerspitzen begannen zu kribbeln, genau wie vor einem wichtigen Deal.

Oh Gott, sie konnte fast hören, wie die schlechte Idee auf dem Fließband des Verderbens auf sie zurollte. Sie kam immer näher, selbst als sie intensiv versuchte, diese Chance, mit der sie August und sich selbst möglicherweise ... helfen konnte, zu ignorieren. Sie sollte ihn wirklich ein für alle Mal aus der Stadt verschwinden lassen, auf dass er St. Helena nie wieder betrat. Sie waren wie Öl und Wasser. Seine Vorurteile in Bezug auf ihren Status und ihre Privilegien in dieser Stadt waren so groß wie ein Büffel, und er würde sie nie aufgeben. Und Natalie ...

Nun, diesem Mann ihre Hilfe anzubieten und abgewiesen zu werden, war so ziemlich das Furchteinflößendste, was sie sich vorstellen konnte. Ihr ganzes Leben lang hatte sie sich Menschen angeboten, als Freundin, Verlobte, Arbeitskollegin, Schwester und Tochter. Und doch wurde ihre Anwesenheit – und sogar ihre Liebe – früher oder später zurückgewiesen. *Sie* wurde zurückgewiesen. Gefeuert, abserviert, rausgeworfen. Diesen Mann mochte sie nicht einmal. Warum also schlug ihr Herz bei dem Gedanken, dass *er* ihre Hilfe ablehnen könnte, so schnell wie die Flügel eines Kolibris?

Warum war ihr das so wichtig?

Tu es nicht.

Es ist den Schmerz nicht wert.

Natalie wollte in den Schatten zurücktreten und dort warten, bis August wegfuhr, aber nachdem Teri losgefahren war, ging er um die Rückseite seines Pick-ups herum und entdeckte sie, auch wenn er zweimal hinschauen musste.

«Natalie?» Er hielt stirnrunzelnd mitten in der Bewegung inne. «Was schleichst du denn da im Dunkeln herum?» Er schnippte mit den Fingern. «Lass mich raten. Du saugst die Seelen von Kindern aus, die nach acht Uhr abends noch draußen rumlaufen?»

«Ja, genau. Ich warte, bis sie sich den ganzen Tag mit Fischstäbchen und Eiscreme vollgestopft haben. Dann schlage ich zu.» Sie zuckte mit den Schultern. «Du hast immerhin den IQ eines Kindes, das muss genügen.»

«Du hast mir schon vor Monaten die Seele ausgesaugt, Prinzessin.»

«Du musst einen Teil davon behalten haben, wenn du Teri deinen gesamten Weinvorrat schenkst, bevor du die Stadt verlässt.» Er zuckte bei diesem seltenen - und unabsichtlichen - Kompliment ein wenig zusammen. «Ich meine ... Ein blindes Huhn findet auch mal ein Korn, oder?»

Er sah sie immer noch misstrauisch an.

Ihr Magen machte einen nervösen Hüpfer.

Dreh dich um und geh.

Stattdessen schlenderte sie vorwärts, beobachtete, wie sich seine Brustmuskeln anspannten und er sich aufrichtete. Machte er das immer, wenn sie sich ihm näherte? Warum bemerkte sie das erst jetzt? Dieses Zeichen dafür, dass er sich ihrer so bewusst war, ließ Natalie die Grenze nach Blöde-Ideehausen überschreiten. Wenigstens war sie für ihn nicht nur jemand, an dem man sich später nicht mehr erinnerte. Auch wenn er sie nicht ausstehen konnte, hatte ihre Anwesenheit doch eine Wirkung auf ihn. «Also, ich dachte ... »

«Du wünschtest, du hättest mich vorhin im Bad geküsst.»

«Eher würde ich einen laufenden Rasenmäher küssen.» Sie merkte, dass sie wild mit den Händen gestikulierte, und verschränkte sie vor ihrer Taille. «Eigentlich dachte ich, du könntest meine Hilfe gebrauchen.»

Er schnaubte. Lehnte sich gegen den Wagen und verschränkte seine muskulösen Arme. «Wie bitte?»

Natalie bemühte sich um eine gelassene Miene, auch wenn die Vorahnung der Ablehnung wie eine frisch geschärfte Machete über ihrem Kopf hing. «Du hast erwähnt, dass die Bank dir den Kredit für dein Unternehmen verweigert hat. Für Zelnick Cellar. Aber wenn, ähm ...» Mit einem Mal wurde ihr bewusst, wie lächerlich ihre Idee war, aber sie hatte schon zu viel gesagt, um jetzt einfach aufzuhören. «Wenn ich offiziell angestellt wäre. Und mit ... dir ... auf irgendeine Weise verbunden wäre, na ja, dann wäre die Bewilligung für deinen Kredit fast sicher. Wie du bei zahlreichen Gelegenheiten nicht müde wurdest zu betonen, hat mein Nachname in dieser Branche viel Gewicht.»

Einige Augenblicke lang starrte er sie schweigend an. «Ich warte auf die Pointe.»

«Es gibt keine Pointe, du Trottel. Ich will damit sagen ...» Sie fühlte sich, als hätte sie eine Handvoll Dreck verschluckt, und ihr Magen begann, Salti zu schlagen. «Ich schlage vor, dass ...»

«Heilige Scheiße.» August stieß sich von seinem Laster ab, seine Arme sanken langsam nach unten. «Vorhin. Du hast mir gesagt, Mommy und Daddy würden das Geld aus deinem Treuhandfonds nicht freigeben, solange du nicht verheiratet bist.» Sein Mund öffnete und schloss sich. Er fuhr sich durch das Haar. «Du willst doch nicht etwa andeuten ...» In seinem Blick flackerte etwas auf, das sie nicht genau einordnen konnte. «Du schlägst doch nicht vor, dass wir *heiraten*, oder?»

Die Art, wie er es sagte – als hätte sie ihm einen Spaziergang durch ein Minenfeld vorgeschlagen –, ließ Natalie einen Schritt zurückweichen. Eine Ehe zwischen ihnen *wäre* ein Minenfeld.

«Zum *Schein* heiraten», brachte sie hervor. «Aus finanziellen Gründen. Natürlich wäre das keine romantische Verbindung. Wir müssten lediglich Ingram Meyer überzeugen, den Mann, der unser beider Probleme lösen kann. Wir würden das nur wegen der finanziellen Vorteile machen.»

Das war der Moment, in dem ihm die Kinnlade herunterfiel. Das Schweigen dehnte sich aus, also füllte sie es mit nervösem Geplapper.

«Morgen Nachmittag findet das *Wine Train Event* statt. Die erste Fahrt nach der Renovierung der Innenräume des Zuges. Wir werden das Band durchschneiden ...»

«Siehst du, dieser ganze Scheiß – *Wine Train Events* und zeremonielle Bänder durchschneiden und renovierte Innenräume – ist hier eine so verdammt große Sache, genau das ist der Grund, warum ich es kaum erwarten kann, dieser Stadt den Rücken zu kehren.»

«Du hast deutlich gemacht, dass Weinkultur für dich nicht wichtig ist, August. Ebenso wie der Geschmack von Wein. Wie könnten wir das vergessen.» Sie bekreuzigte sich. «Wie auch immer. Falls du an meinem Angebot interessiert bist, könnten wir ...» Ihr Mut begann angesichts seiner sichtbaren Verwunderung zu schwinden. «Wir könnten uns mit meiner Familie an einem neutralen Ort treffen und das weitere Vorgehen besprechen.»

«Du meinst das wirklich ernst», sagte er mit einem langsamen, ungläubigen Kopfschütteln. «Hast du mir gerade einen *Antrag* gemacht, Natalie?»

Apropos Seelen, die ausgesaugt werden, ihre verließ in diesem Moment ihren Körper und betrachtete die Szene von oben. Da stand sie nun und fragte diesen Mann, den sie hasste, ob er ihr Ehemann werden wollte. «Verzweifelt» war das einzige

Wort, mit dem sie sich gerade beschreiben konnte. Sie hatte keine andere Wahl und niemanden sonst, an den sie sich wenden konnte. Und dieser Mann genoss jede einzelne Sekunde davon. Jeden Moment würde er ihr sagen, dass sie noch hoffnungsloser war, als er ursprünglich gedacht hatte, und dann würde er mit quietschenden Reifen losfahren, um ihr zu entkommen.

Diese Möglichkeit lag wie ein schweres Gewicht auf ihrer Brust.

Gott, sie war es leid, abgewiesen zu werden. Sie würde das nicht noch einmal zulassen, schon gar nicht von August. Von diesem Neandertaler würde die Wunde der Enttäuschung besonders tief sein. Ihm Macht über sie zu geben, schmerzte wie ein Brandzeichen auf ihrer Kehle.

«Vergiss es», schaffte sie mit trockenem Mund hervorzubringen. «Ich will nicht mit jemandem verheiratet sein, der nicht weiß, wie man eine gute Gelegenheit beim Schopf packt.»

Ein Lachen brach aus ihm heraus. «*Dich* zu heiraten ist eine gute Gelegenheit?»

Natalie drehte sich um und ging davon, ohne das Ziehen in ihrer Brust zu beachten.

Ein Arm schlang sich um ihre Taille, bevor sie drei Schritte weit gekommen war.

«Sei nicht sauer», sagte er ein paar Zentimeter über ihrem Kopf. «Ich habe nur Angst davor, dass du mir im Schlaf die Haut abziehst.»

«Wir werden nicht zusammen *schlafen*, Blödmann. Es wäre nur zum Schein.»

«Ich weiß nicht, wo da für mich der Vorteil liegen soll.»

Natalie widerstand dem Drang, sich an seine Brust zu schmiegen. Er war so *warm*. Und dieser dumme tätowierte Arm konnte vermutlich einen Kombi anheben. Warum entzog sie sich ihm nicht? Gleich. Sie würde es tun. Es war nur so viel ... einfacher, in die entgegengesetzte Richtung zu blicken. So konnte sie seine Verachtung und seinen Unglauben nicht sehen. «Lass es mich dir erklären, August. Es ist derselbe Mann, der unserem jeweiligen Erfolg im Wege steht – Ingram Meyer. Er ist Kreditsachbearbeiter bei der Bank, Treuhänder meines Geldes und einer der vielen Fanboys meines Vaters. Wenn ich verheiratet bin, kann ich mein Startkapital aus seinen Klauen befreien. Und was für dich rausspringt? Wenn du eine Vos heiratest und bei dir anstellst, bekommst du deinen Kredit.» Sie machte eine beiläufige Geste in Richtung seines Weinbergs. «Du könntest weiter Wein machen. Mit meiner Hilfe vielleicht sogar Wein, den die Leute nicht gleich wieder ausspucken. Willst du nicht, dass das Weingut ein Erfolg wird?»

«Doch, früher schon.» Ihre Augenbrauen zogen sich wegen des rauen Tons in seiner Stimme zusammen. «Früher wollte ich das. Aber ich habe mich mit der Tatsache abgefunden, dass dies das Einzige ist, bei dem ich absolut nichts zustande bringe.»

«Und du vergisst die grundlegende menschliche Hygiene.»

«So schlecht kann ich gar nicht riechen», sagte er nun an ihrem Hals, seine Lippen streiften die empfindliche Stelle unter ihrem Ohr, sein warmer Atem strich über den Kragen ihrer Bluse – und dieser Arm. Er war noch immer um ihren Bauch geschlungen, spannte sich leicht an, und als Antwort spannten sich auch andere, nicht sichtbare Teile von ihr an. «Immerhin schmilzt du gerade in meinen Armen dahin, wie ein Stück Schokolade auf dem Armaturenbrett eines heißen Autos.»

Natalie befreite sich aus seinem Griff und befahl ihrer Haut, sich abzukühlen, während sie sich umdrehte. Hob und senkte sich sein Brustkorb schneller als zuvor? «Wenn du St. Helena unbedingt verlassen willst, werde ich dich nicht aufhalten.»

Ein Muskel in seiner Wange zuckte. «Das war der Plan.»

«Pläne können sich ändern.»

Er gab einen Laut von sich. «Du musst den Treuhandfonds wirklich unbedingt wollen.»

«Ich will einen *Neuanfang*.» Einen Moment lang ließ sie zu, verletzlich zu sein.

Vielleicht, weil sie schon halb am Ziel war, indem sie August den Vorschlag gemacht hatte. Vielleicht hatte ihre Rüstung auch heute Morgen schon Risse bekommen, als sie sich von Corinne hatte demütigen lassen müssen. Was auch immer der Grund sein mochte, nichts hielt sie mehr zurück. «Ich brauche einen Neuanfang. Ich kann nicht einfach hierbleiben und im Schatten meiner Familie leben. Meines Bruders. Es ist, als wäre ich noch immer die siebzehnjährige Versagerin, die alle nur ... tolerieren. Woanders bin ich besser dran. Woanders bin ich etwas. Wenn ich nicht hier bin, bin ich jemand.»

Das Geräusch seines harten Schluckens wurde durch die kühle Nachtluft zu ihr herübergeweht.

Verdammt. Das war zu viel.

Sie hatte ihm ein ganzes Arsenal an Munition geliefert – und da er von der Idee offensichtlich nicht angetan war, musste sie von hier verschwinden, bevor er es benutzen konnte.

«Viel Glück, August», sagte sie, wich zurück, drehte sich schließlich um und lief schnell weiter. «Es hätte Spaß gemacht, dir das Leben zur Hölle zu machen.»

«*Natalie.*»

Sie blieb nicht stehen. Wollte nicht, dass ausgerechnet dieser Mann sie sanft zurückwies. Ihr Stolz war so gut wie gebrochen, aber an diesen letzten Rest konnte sie sich noch klammern. Auf dem Weg zurück zum Gästehaus fragte sie sich allerdings, wie lange sie sich noch daran festhalten konnte.

KAPITEL 5

August rückte seine Krawatte zurecht und betrachtete das Ergebnis im Rückspiegel des Pick-ups. Er schnaubte. Eine Marschkapelle verhunzte draußen gerade «America the Beautiful». Auf der anderen Straßenseite hatte man auf dem Parkplatz des Bahnhofs zwei große Zelte aufgestellt und einen königsblauen Teppich auf dem Asphalt ausgebreitet. Auf ihn wirkte das alles unglaublich aufgeblasen. Kellner im Smoking trugen Tabletts mit Rotweingläsern herum, andere brachten Horsd'œuvres unter die fein gekleideten Gäste.

Unglaublich. All diese Menschen hatten sich versammelt, um einen Zug zu feiern, in dem Wein ausgeschenkt wurde. Eigentlich konnte in jedem Zug der Welt Wein ausgeschenkt werden, aber diese Schnösel in Anzügen nutzten jede Gelegenheit, um sich in ihren Halbschuhen zusammenrotten und über den Nachgeschmack von Orangenschalen in ihrem Getränk schwadronieren zu können. Er hatte sich darauf gefreut, das Wort «Bouquet» nie wieder in seinem verdammten Leben hören zu müssen, aber jetzt war er hier. Im Begriff, in seinem besten Anzug an dieser Soiree für aufgeblasene Lackaffen teilzunehmen.

Und das alles nur wegen einer Frau.

Allerdings nicht irgendeiner Frau. Natalie Vos.

Herrgott noch mal. Ich muss den Verstand verloren haben.

Er sorgte sich seit letzter Nacht um seinen Geisteszustand. Sie war weggegangen, und er war in seinen Wagen gestiegen, ohne den Motor zu starten. Und dann hatte er eine Stunde lang dort gesessen. Eigentlich zwei.

Mit einem Fluch, der selbst für Navy-Verhältnisse ziemlich heftig war, hatte er den Wagen gestartet und war zu dem Weingut zurückgefahren, von dem er nie erwartet hätte, es noch einmal zu betreten. Er hatte geplant, den Verkauf im Internet über einen Immobilienmakler abzuwickeln, während er Zeit bei seinen Eltern in Kansas verbrachte und sich neu orientierte.

Er hatte sich damit abgefunden, dass er niemals einen Wein herstellen würde, der dem Andenken an Sam gerecht wurde. Er hatte die Wahrheit endgültig akzeptiert – dass er in dieser Stadt sein Bestes gegeben hatte, und dass Weintrauben einfach nicht sein Fachgebiet waren. All seine Bemühungen, erfolgreich zu sein, waren gescheitert. Er hatte die Schlacht nicht für sich gewinnen können.

Bis gestern Abend, als Natalie ihm eine neue Chance präsentiert hatte.

Und jetzt? Jetzt konnte August nicht mehr in der Gewissheit gehen, dass er alles getan hatte, was in seiner Macht stand, um Sams Traum zu verwirklichen. Es gab die Chance auf einen weiteren Versuch – also musste er sie ergreifen, sonst würden ihn seine Schuldgefühle und die Dinge, die er nicht getan hatte, für den Rest seines Lebens verfolgen.

Ebenso wie diese Frau. Sie würde ihn auch verfolgen.

Natalie brauchte etwas – das Geld aus ihrem Treuhandfonds. Er konnte ihr helfen, es zu bekommen.

August glaubte nur zu gern, dass er jeder Frau helfen würde, die sich gegen einen beschissenen Vertrag aus dem Mittelalter, der sie zu einer Ehe zwingen wollte, zur Wehr setzte, aber tief in seinem Inneren wusste er, dass es nur um diese eine ging. Natalie. Verdammt noch mal, was fand er bloß an ihr? Jedes

Mal, wenn sie zusammen waren, hatte er das Gefühl, dass eine Nadel durch seine Eingeweide fuhrwerkte. Seine Handflächen schwitzten. Sein Schwanz flehte ihn an, netter zu sein, damit er die Chance bekam, irgendwann mal wieder das Tageslicht zu sehen. Oder, besser noch, das Dunkel ihres Schlafzimmers. Sie stritten sich, als würden sie sich hassen, aber irgendwie war er gestern Abend auf dem Bürgersteig bereit gewesen, vor ihr auf die Knie zu fallen.

Woanders bin ich besser dran. Woanders bin ich etwas. Wenn ich nicht hier bin, bin ich jemand.

Nachdem der Schock über dieses gehauchte Geständnis abgeklungen war, war er *wütend* geworden.

Wer zum Teufel brachte sie dazu, so zu empfinden?

Wie lange fühlte sie sich schon so mies, ohne dass er davon wusste?

Dieser zweite Punkt war ziemlich lächerlich. Es gab vermutlich unzählige Dinge, die er nicht über Natalie Vos wusste. Ihre Beziehung war nicht gerade so, dass man sich vor einem Kaminfeuer gegenseitig das Herz ausschüttete. Trotzdem hätte er von ihrer Unsicherheit wissen müssen. Dass es ihr besser gehen würde, wenn sie diesen Ort verließ. Er hätte es merken müssen. Er hätte sein dummes Maul halten und besser achtgeben sollen.

Sie hatte August deutlich zu verstehen gegeben, dass der Zug für ihn abgefahren war; sie würde nichts mehr mit ihm anfangen. Auch wenn die Anziehung zwischen ihnen förmlich knisterte, würde sie ihn nicht einmal mit Gummihandschuhen anfassen, geschweige denn mit bloßen Händen. Trotzdem konnte er Natalie nicht im Stich lassen, wenn sie ihn brauchte. Nicht, wenn sie sich einen Ruck gegeben und um Hilfe gebeten hatte, obwohl es ihr offensichtlich sehr schwergefallen war, ihren Stolz abzulegen. Nein, das würde er sich nie verzeihen.

Also überquerte er zähneknirschend die blöde Straße in seinem viel zu warmen engen Anzug, während er die Menge nach der schwarzhaarigen Göttin absuchte, mit der er nie schlafen, die er aber offenbar heiraten würde, weil er den Verstand verloren hatte. Es war so heiß unter dem Zeltdach, dass er sofort zu schwitzen begann. Warum bestanden diese Leute darauf, sich zu treffen, um vergorenen Traubensaft zu feiern? Hatte keiner von ihnen jemals etwas von Baseball gehört? *Das* war ein Grund, draußen in der prallen Sonne zusammenzukommen ...

Natalie.

Direkt vor ihm.

So heiß. Verdammt. Wie immer, wenn August diese Frau sah, musste er seine Daumen fest in seine Handflächen pressen. Sie hatte diese unglaublich intelligenten Augen und einen weichen Mund. Er hatte nie zuvor das Bedürfnis verspürt, die Gesichtszüge einer Frau so genau zu erforschen. Er registrierte deren Augen- und Haarfarbe, fertig. Braun. Blau. Blond. Grün.

Ganz einfach.

Es war alles andere als einfach, Natalie anzuschauen. Ihr Gesicht zeigte so viel mehr als andere Gesichter, und aus irgendeinem Grund wollte er alles in sich aufnehmen. Manchmal sah sie gelangweilt aus, aber dann rieb sie immer wieder die Lippen aneinander, was ihm sagte, dass sie in Wirklichkeit ängstlich war und es verbarg. Ein anderes Mal bildeten sich zwei kleine Furchen zwischen ihren Augenbrauen, als sei sie in Sorge, aber dann reckte sie ihr Kinn vor, als würde sie von keiner einzigen Sorge geplagt. Unterm Strich war Natalie nicht einfach eine simple Zusammenstellung von einzelnen Farbtönen, sie war ein sich ständig veränderndes Kaleidoskop, in das er immer wieder hineinschauen musste.

Auch wenn heute die Farbe Lila im Vordergrund stand, denn

in diesem Meer von gedeckten Farben stach ihr kurzes lilafarbenes Kleid hervor. Es hatte einen hohen Kragen, dafür einen tiefen Rückenausschnitt, und der Rock sah weich aus und flatterte. Diese langen geschmeidigen Beine ließen seinen Adamsapfel hinter dem gestärkten Kragen seines Hemdes auf und ab zucken. Er konnte förmlich sehen, wie sie sich um seine Laken wickelten. Konnte sehen, wie sie von seinen Händen auf die Matratze gedrückt wurden.

Diese Bilder würden nie Wirklichkeit werden, und doch sollte niemand den Versuch wagen, ihn davon abzuhalten, diese Frau, die wie ein Kaleidoskop war, zu heiraten.

Auf seinem Weg durch das Zelt bemerkte er schließlich, dass Natalie mit ihrer Mutter, ihrem Bruder Julian und der Blondine, von der August annahm, dass sie Julians Freundin war, zusammenstand. Sie unterhielten sich gedämpft bei einem Glas Wein, als wüssten sie nicht, dass sie als legendäre Familie Vos für jeden Gast im Zelt von Interesse waren. Elegant, kultiviert. Eine unaufdringliche Dynastie, die möglicherweise schon bessere Tage gesehen hatte, legendär aber war sie noch immer.

Vielleicht würde es ja Spaß machen, dieses Image für eine Weile durcheinanderzuwirbeln.

Spaß hin oder her, es passierte jedenfalls.

Denn wenn Natalie verzweifelt genug war, sogar August zu fragen, ob er sie heiraten wollte, dann würde sie irgendwann jemand anderen finden – und allein der *Gedanke daran* ließ seinen Kopf explodieren. Vielleicht war es dieser hässliche Gedanke, der zu seinem unüberlegten Handeln geführt hatte. Sie hatte vorgeschlagen, auf neutralem Boden ein zivilisiertes Gespräch über ihre mögliche Ehe zu führen, oder? Leider war an August nichts Zivilisiertes, und es würde Spaß machen, sie genau daran noch einmal zu erinnern. Sie zu überrumpeln.

Als August etwa zehn Meter von ihr entfernt war, verharrte Natalies Weinglas auf halbem Weg zu ihrem Mund, und sie wandte sich ihm zu. Sie blinzelte überrascht, als er auf sie zuschritt, verlagerte ihr Gewicht auf ihren weißen High Heels, nippte an ihrem Wein, hielt wieder inne und starrte ihn an. Er hätte gelacht, wenn er nicht im Begriff gewesen wäre, sie endlich, *endlich* wieder zu küssen.

«Hey, Babe. Tut mir leid, dass ich zu spät bin», sagte August sanft, legte seine Hand an ihre Wange und zog sie zu sich heran, als sei es für ihn vollkommen normal, sie zu küssen. Als hätte er sich das zur Gewohnheit gemacht, während in Wirklichkeit ihr Duft nach Rauch und Blumen es ihm fast unmöglich machte, seine Zunge im Zaum zu halten. Er genoss es, zu sehen, wie sich ihre goldenen Augen vor Schreck weiteten – und dann spürte er nichts als Erleichterung. Ja, Erleichterung. Da war ihr Mund.

Perfekt wie immer. Berührte seinen. Erst mit einem Zucken, dann weicher.

Gott sei Dank.

Er wollte sie nur ein wenig überrumpeln, sie ärgern, sie vielleicht auch ein wenig dafür bestrafen, dass sie gezweifelt hatte, dass er zustimmen würde – aber sie atmete schnell an seinen Lippen ein, er sah aus nächster Nähe, wie ihre Wimpern zuckten, und ein überraschender Doppelschlag aus Lust und Befriedigung traf ihn in den Magen. Sie schlossen die Augen und schmiegten sich aneinander, nur für eine Sekunde, ein Gelage aus verschlungenen Lippen und rauem Atem, das besagte, dass dies *noch lange nicht genug war*. Aber dies war nicht der richtige Ort für mehr, also verschränkte er seine Finger mit ihren, zwinkerte ihr heimlich zu und tat sein Möglichstes, sich daran zu erinnern, dass das hier nicht echt war. Sie waren nur zwei Feinde, die einander halfen. Richtig.

«Ich ... ähm ...» Natalie schüttelte sich, blickte kurz zu ihrer Mutter, deren Augenbrauen sich fast in ihren Haaransatz gruben. «August. Ich dachte, du hättest gesagt, dass du nicht kommen kannst.»

«August? So förmlich.» Er stieß sie spielerisch mit der Hüfte an. «Was ist aus ‹mein Adonis› geworden?»

In Natalies Miene brandete Wut auf, aber zumindest half die Verärgerung ihr, sich zu konzentrieren, was ja auch seine Absicht gewesen war. «So nenne ich dich nur, wenn wir allein sind», sagte sie mit einem Lächeln, das mehr Zähne zeigte als nötig. «Du weißt schon, genau wie ‹dir hat man ins Hirn geschissen›. Und ‹Rattenkönig›.»

August lachte. «Ich liebe ihren Sinn für Humor», sagte er an die anderen gewandt, griff abwesend ein Glas Wein von einem vorbeikommenden Tablett und nahm einen tiefen Schluck. Die Stille hatte sich wie ein schwerer Vorhang nicht nur über die Gruppe, sondern auch über das ganze Zelt gelegt. Bis jetzt, in dieser Sekunde, hatte August nicht *wirklich* vorgehabt, Natalie in Verlegenheit zu bringen. Es war eine Art Last-Minute-Änderung seines Plans, geboren aus sexueller Frustration und der Tatsache, dass sie ihn wirklich für einen Einfaltspinsel hielt. Er trug vielleicht keinen Nachnamen, den die Leute in den Straßen von St. Helena ehrfürchtig flüsterten, aber er war kein Dummkopf. Seinen Part dieses Wortgefechts durchzuziehen, schien der einzige Weg, um sicherzustellen, dass sie das bemerkte.

Geschlagene fünfzehn Sekunden waren vergangen, und noch immer hatte sich niemand zu seiner Ankunft geäußert.

«Ich glaube, ich spreche für alle, wenn ich sage ...», wagte die verblüffte Blondine – war ihr Name Hallie? – sich schließlich vor. «Heilige ... Was geht denn hier ab?»

August tat, als sei er überrascht, und schüttelte Natalie ein wenig, deren Schultern jetzt völlig angespannt waren. «Du hast es ihnen nicht erzählt, Schatz?» Er leerte den Rest seines Glases und reichte es einem Mann, der verwirrt darauf starrte. Ups, also kein Kellner. «Natalie und ich sind schon seit einer Weile zusammen. Wie bei einem guten Cabernet wollten auch wir uns Raum zum Atmen geben, also haben wir es für uns behalten, aber ich hatte den Eindruck, dass wir heute damit an die Öffentlichkeit treten.» Er lächelte zu Natalie hinunter, die ganz offensichtlich unmittelbar davorstand, ihm mit ihren Zähnen die Kehle herauszureißen. «Du hast gesagt, du willst dich nicht mehr verstecken. Du hast gesagt: ‹Lass es uns von den Dächern schreien, mein Adonis›.»

Ein Laut, der irgendwo zwischen Lachen und Knurren lag, brach aus ihr heraus. «Ich glaube nicht, dass ich das exakt so formuliert habe ...»

«Doch, das hast du gesagt. Wortwörtlich.»

«Ich muss im Schlaf gesprochen haben.» Goldene Augen funkelten August an, und verdammt, ihr Temperament machte ihn wirklich an. «Menschen reden im Schlaf, das weiß man ja», fuhr sie fort. «In seltenen Fällen *töten* sie sogar geliebte Menschen im Schlaf. Solltest du vielleicht im Hinterkopf behalten.»

August legte den Kopf in den Nacken und lachte. «Da ist er wieder, dieser Sinn für Humor. Einer von Millionen Gründen, warum ich es kaum erwarten kann, dich zur Frau zu nehmen.»

Man hätte eine Stecknadel im Zelt fallen hören können.

«Wie war das?», hakte Corinne in sanftem Flüsterton nach, obwohl ihre Gesichtsfarbe um einige Nuancen heller geworden war. «Hat er ‹zur Frau nehmen› gesagt?»

«Das habe ich auch verstanden», erwiderte Julian, wobei sein Blick forschend zwischen seiner Schwester und August hin und her wanderte. «Und du, Hallie?»

«Zieh mich da nicht mit rein.» Dann fügte sie aus dem Mundwinkel hinzu: «Aber falls es das ist, was du gesagt hast, gibt es Familienrabatt auf Blumenschmuck für die Hochzeit.»

Abgesehen von dem kurzen, anerkennenden Lächeln, das Julian seiner Freundin schenkte, war die angespannte Stimmung im Zelt dicker als ein Porterhouse-Steak. Na gut, August war zu weit gegangen. Er hatte seinen Spaß mit Natalie gehabt, aber jetzt hatte sich ihre Verärgerung in etwas verwandelt, das an Bedauern und Panik grenzte.

Gott sei Dank hatte er gestern Abend noch etwas gekauft.

Von panischer Amnesie geplagt, begann er in seinen Taschen zu kramen, auf der Suche nach der Ringschachtel ...

Er wurde abgelenkt von Corinne, die sich zwischen ihn und Natalie stellte und ihre Finger in ihrer beider Unterarme grub. «Jetzt hört mir gut zu. Ihr habt gerade etwas sehr Heikles in Gang gesetzt. Das ist euch doch bewusst?» Sie durchbohrte August mit dem Blick. «Offensichtlich hältst du das hier für einen lustigen Scherz, aber eine Scheinehe könnte unserem Familiennamen nachhaltigen Schaden zufügen.» Ihr Blick wanderte zu Natalie und wurde so scharf, dass August Natalie zum Schutz am liebsten hinter seinen Rücken gezogen hätte. Das hätte er auch getan, wenn er nicht geahnt hätte, dass die Matriarchin ihm etwas Wichtiges zu sagen hatte. Etwas, das er unbedingt hören musste. «Ingram Meyer ist heute hier anwesend. Er ist immer anwesend. Bei jeder Gelegenheit. Überall. Er hat in ganz St. Helena Augen und Ohren und nimmt seinen Job in der Bank sehr ernst. Sollte er den Verdacht hegen, dass diese Beziehung nur Show ist, wird er die Freigabe deines Geldes schneller verweigern, als du gebraucht hast, um diesen dämlichen Plan zu schmieden, Natalie.»

Augusts Puls beschleunigte sich. Er warf einen kurzen Blick

über die Menge, und tatsächlich, da war der Kreditsachbearbeiter der Bank – groß, schlank und käsig, mit einem Strohhut auf dem Kopf. Der Mann hatte Augusts Antrag auf einen Kredit kaum überflogen, bevor er ihn abgewiesen hatte. Derselbe Mann, der Natalies Schicksal in der Hand hielt.

«Entweder ihr lasst das Theater jetzt», fuhr Corinne leise zischend fort, «oder ihr zieht die Sache ernsthaft durch. Ihr müsst nicht nur die Bank überzeugen, sondern ganz St. Helena, weil hier alles über eine einzige, riesige Pipeline miteinander verbunden ist. Ihr müsst zusammenwohnen und in der Öffentlichkeit gemeinsam auftreten. Eine richtige Hochzeit feiern. Wenn ihr euch für diesen Weg entscheidet, dann handelt entsprechend. Jetzt. Bevor ihr beide diese Familie als einen Haufen billiger Betrüger hinstellt.»

War es zu spät, zu gehen und seinen Auftritt noch mal neu zu gestalten?

Natalie hatte ihre Mimik unter Kontrolle, wie immer, aber das Blut war aus ihrem Gesicht gewichen, und August verabscheute sich dafür, diese Reaktion verursacht zu haben.

Warum tust du so etwas?

Ihm blieb jetzt keine Zeit, die Mysterien seines Universums zu erforschen, denn er hatte das Gefühl, dass Natalie kurz davor stand, einen Rückzieher zu machen. Die Scharade zu beenden. Natürlich würde sie das. Wer würde ihm in einer so heiklen Angelegenheit schon vertrauen, nachdem er sich wie ein Elefant im Porzellanladen benommen hatte?

Er durfte sich diese Chance nicht entgehen lassen. Sein Schwanz/Bauch sagte ihm, dass er das für immer bereuen würde.

So schnell er konnte, zog August die Ringschachtel aus seiner Hosentasche und sank auf ein Knie.

Natalie schwankte ein wenig, und Augusts freie Hand schoss automatisch hervor, um sie zu stützen. Sie schaute auf ihn herab, ohne zu atmen, ihr Blick wanderte zwischen ihm und der Ringschachtel hin und her, und dann ... sah sie nur noch ihn an. Einen Moment lang gab es niemand anderen mehr im Zelt. Nur sie. Und er war leicht beunruhigt über das raue Knirschen in seiner Brust, auch wenn er insgeheim dankbar für seine wachsende Nervosität war. Sie hatte es verdient, dass der Mann, der vor ihr kniete, nervös war, oder?

Verdammt, ja, das hatte sie.

«Was ich sagen wollte, Natalie, ist ... Ich möchte dich heiraten.» Er öffnete die schwarze Samtschachtel, ohne seinen Blick von ihr zu wenden. Man hätte ihn nicht einmal mit einer Brechstange von ihr lösen können. Himmel, gab es überhaupt auch nur den Hauch einer Chance, dass sie jetzt Ja sagte? Sein Herz kletterte seine Brust hinauf und klemmte sich hinter seine Halsschlagader. «Ich bitte dich, den Rest deines Lebens damit zu verbringen, zu versuchen, mich nicht im Schlaf zu töten. Bitte.»

Zuckten ihre Mundwinkel?

Hatte er es wieder geradegebogen?

Die Zeit stand still, während sie auf den Ring hinunterblickte und diese Furchen zwischen ihren Brauen auftauchten. Dachte sie darüber nach, Ja zu sagen? *Herrgott, komm schon, Natalie.* Schweiß rann ihm den Rücken hinunter. Er hatte schon weniger stressige Missionen auf Leben und Tod erlebt als diese.

Schließlich befeuchtete sie ihre Lippen, streckte ihre linke Hand vor und flüsterte: «Was diese Mordsache angeht, kann ich nichts versprechen.»

Augusts Herz rutschte wieder an seinen Platz und er hörte wieder normal. Wann hatte sich sein Hörvermögen so verzerrt? Kein noch so deutlicher mentaler Befehl konnte verhindern, dass seine Finger zitterten, als er den kleinen Diamantring herausnahm und ihn ihr an den Finger steckte. *Nur zum Schein*, ermahnte er sich wieder, als er aufstand und in ihr fassungsloses Gesicht sah. Instinktiv zog August Natalie an seine Brust, und sie überraschte ihn damit, dass sie ihre Arme um ihn schlang und sich fest an ihn schmiegte.

Die Leute applaudierten. Sogar Natalies Familie. Wann hatte das angefangen?

Na ja. Es klatschten alle, außer Ingram Meyer.

Der Mann betrachtete sie aus zusammengekniffenen Augen über den Rand seines Weinglases hinweg.

Gib dir mehr Mühe für sie.

«Danke», flüsterte sie in seine Schulter. «Du musstest dich gerade wie ein Mega-Arschloch aufführen, stimmt's? Aber ich schätze ... Danke.»

«Können wir jetzt über meine ehelichen Rechte sprechen?»

Großartig. Du wolltest dir doch mehr Mühe für sie geben. Sein Schwanz stürzte ihn schon wieder ins Unglück.

«Nö», sagte Natalie.

«Einen Versuch war es wert.»

Sie lächelte ihn zuckersüß an. «Du kannst dein Glück gerne versuchen. Ich trete dir im Gegenzug dafür direkt in die ... » Eine Stimme erfüllte das Zelt und schnitt den Rest ihres Satzes ab, obwohl August ziemlich sicher war, dass er das Wesentliche ihrer Drohung verstanden hatte. Natalie wand sich leicht, und er ließ seine Arme sinken. Aber sie ließ zu, dass er ihre Hand hielt, als sie sich dem Mann zuwandten, der jetzt in ein Mikrofon am sonnenbeschienenen Rand des Zeltes sprach. Er trug einen altmodischen Bowlerhut, dazu eine Nelke am Revers, und August fielen fast die Augen aus dem Kopf.

«Willkommen zur großen Wiedereröffnung des *Napa Valley*

Wine Trains, der 1864 ins Leben gerufen wurde. Wir freuen uns, Sie als unsere ersten Fahrgäste in dem neuen eleganten Ambiente begrüßen zu dürfen. Viele der alten Einrichtungsgegenstände und die Holzvertäfelung aus Honduras sind noch die Originale ...»

Mehrere Leute flippten vor Begeisterung schier aus.

Die Leute in St. Helena gerieten schon bei der bloßen Erwähnung des Wortes «Vintage» in Ekstase.

«... aber diese Elemente wurden auf Hochglanz poliert, sie sind noch schöner als früher.» Der Mann mit dem Mikrofon reckte den Hals und suchte die Menge ab. Warum sah er August und Natalie direkt an? «Ich habe gehört, dass es einen überraschenden Heiratsantrag gab? Nun, ich kann Ihnen sagen, dass das glückliche Paar gleich noch einen Grund zum Feiern bekommt. Es gibt keine romantischere Kulisse als Napa in der Abenddämmerung, an Bord unseres luxuriösen Zuges, und», er machte eine Pause, «dies ist der perfekte Zeitpunkt, um die Einführung unserer speziellen Flitterwochenplätze auf der zweiten Ebene zu verkünden. Ein privater Bereich unter der gläsernen Opulenz, den wir das ‹Liebesnest› nennen. Jetzt haben wir die perfekten Testpersonen dafür, nicht wahr?»

«Oh ...», rief Natalie höflich. «Wir brauchen keine Sonderbehandlung ...»

«Wir sind dabei», unterbrach August sie, begleitet von schallendem Gelächter.

Er drückte ihre Hand.

Sie grub ihre Nägel in das Fleisch seiner Handfläche, bis ihm die Luft wegblieb.

Jemand schoss ein Foto.

KAPITEL 6

Alle stiegen in den Zug, einer nach dem anderen ging die mit Teppich ausgelegten Stufen hinauf.

Natalies Nacken brannte. Und das aus gutem Grund. Corinne stand einige Meter hinter ihr und beobachtete sie wie ein Falke, ebenso wie ihr Bruder und Hallie. Ingram Meyer mit seinem Tommy-Bahama-Hut bildete das Schlusslicht der Schlange und machte keinen Hehl daraus, dass er August und Natalie unter Beobachtung hatte. Seine Augenbrauen waren skeptisch zusammengezogen, sie trafen sich schon fast in der Mitte seiner Stirn, er war ganz offensichtlich nicht davon überzeugt, dass Natalie und August ein glücklich verlobtes Paar waren.

Vielleicht war ein Coup wie dieser unmöglich.

Vielleicht war das alles enorme Zeitverschwendung.

«Das ist vollkommen unvernünftig», flüsterte Natalie. «Ich habe völlig die Kontrolle verloren.»

August beugte sich hinunter, bis sie fast auf Augenhöhe waren. *Sieh nicht seinen Mund an.* Natalie weigerte sich, an das Hochgefühl zu denken, das sie empfunden hatte, als ihre Lippen sich trafen. Die unkluge Reaktion ihres Körpers auf diesen Mann war das Letzte, woran sie gerade denken durfte. Sie musste sie verdrängen, weit weg, bis in die nächste Galaxie, denn sie spielte keine Rolle. Dieser Plan war als geschäftliche Vereinbarung gedacht – und stand schon jetzt auf wackligen Füßen. Vielleicht war er sogar überhaupt nicht machbar.

«Was ist unvernünftig?», erkundigte sich August.

«Das hier. Ich. Dich um Hilfe zu bitten. Du willst mich nur lächerlich machen.»

Kurz senkte er den Blick. «Ich gebe zu, ich war vorhin ein bisschen zu ungestüm. Ich bin einfach ... Ich fühle mich bei solchen Veranstaltungen nie besonders wohl.»

«Also musst du alle anderen in Verlegenheit bringen, um das zu kompensieren?»

«Genau.»

«Wenigstens bist du ein ehrlicher Vollpfosten.»

«Die Ehegelübde schreiben sich praktisch von selbst», murmelte er und rieb sich mit der freien Hand über den Nacken. «Okay, jetzt habe ich es aus meinem System gelöscht. Ich werde mich bessern.»

Natalie schloss die Augen. Sie war sich bewusst, dass Corinne sie von ihrer Position in der Schlange aus beobachtete. Natürlich hatte Corinne das Täuschungsmanöver sofort durchschaut. Selbst wenn der Treuhandfonds nicht wäre, der Natalie einen nicht zu ignorierenden Grund für eine überstürzte Heirat gab, hatte sie ihre Mutter noch nie erfolgreich belügen können. Corinne war ein menschlicher Lügendetektor, dessen Tests Natalie schon seit ihrer Geburt durchlaufen und nie bestanden hatte.

Das ist nicht mein Gras, Mom.

Unser Test hat ergeben, dass das eine Lüge ist.

Natalie versuchte, ihrer Mutter über die Schulter hinweg ein kleines Lächeln zu schenken, was die mit einem teilnahmslosen Blick erwiderte. Ingram Meyer beobachtete auch diesen Austausch und machte sich vermutlich innerlich Notizen, während nichts seinem scharfsinnigen Blick verborgen blieb. Er sah wirklich alles, oder? Wer in dieser Menge und in dieser Stadt lieh ihm wohl seine Augen und Ohren? War jeder zu jederzeit als Gefahr zu betrachten? Diese Verbindung vorzutäuschen, würde sehr viel komplizierter werden, als Natalie sich vorgestellt hatte. «Ich bin mir ziemlich sicher, dass es zu spät ist, Adonis», murmelte sie und ließ ihren Blick wieder zu Ingram schweifen. «Ich glaube, wir wurden durchschaut.»

August schüttelte den Kopf. «Wir kriegen das wieder hin.»

«Das bezweifle ich. Ich hoffe, du bekommst das Geld für diesen Ring zurück.» Ein Muskel zeichnete sich auf Augusts Wange ab. Seine riesige Hand in der ihren begann zu schwitzen. War er besorgt? Offensichtlich. Er wollte das Bankdarlehen so sehr, wie sie ihren Treuhandfonds wollte.

Sie waren fast bei der Schaffnerin angekommen, als sich einer der Passagiere an ihnen vorbei zum Ausgang drängte und Natalie näher an Augusts großen, warmen Körper drückte. Die Luft wurde kurz vor dem nahenden Sonnenuntergang allmählich kühl, und sie hatte ihre schwarze Seidenjacke im Auto vergessen. Mit anderen Worten: Die Wärme, die er abgab, fühlte sich auf ihren gänsehautgeplagten Armen unglaublich gut an. Und als sie nicht sofort von ihm abrückte, beugte er sich langsam zu ihr herunter und schloss seine Unterarme um ihren unteren Rücken.

«Willst du mein Jackett?», fragte er rau, und sein Atem brachte ihr Haar durcheinander.

Das gefürchtete Pulsieren begann sich zwischen ihren Schenkeln auszubreiten, ihre Zehen zuckten in ihren hochhackigen Schuhen. «Oh, natürlich. Nachdem du mich überrumpelt, mich absichtlich in Verlegenheit gebracht und mir öffentlich einen Heiratsantrag gemacht hast, ohne das vorher mit mir zu besprechen, spielst du jetzt den Gentleman.»

«Wie lange willst du denn noch sauer auf mich sein, Natalie?»

«Das alles ist gerade mal zehn Minuten her!», flüsterte sie wütend. «Wir hätten in aller Ruhe darüber reden und die Dinge regeln können. Aber nein. Du musstest ja die Oberhand behalten.»

«Es tut mir leid. Okay? Ist es das, was du hören willst? Denn es tut mir leid.» Er deutete mit dem Kinn in Richtung der Tür des Zuges. «Du hättest fast Nein gesagt.»

«Ich *hätte* Nein sagen *sollen*.» Natalie schüttelte den Kopf. «Und einfach in den sauren Apfel beißen und meinen Vater bitten sollen, die Bedingungen zu ändern.»

Sein breiter Körper versteifte sich, und es verging eine lange Zeit, in der diese Worte in dem spärlichen Raum des schwindenden Tageslichts zwischen ihnen hingen. «Hey.» Er senkte seinen Mund an ihr Ohr. «Wir stecken jetzt beide da drin. Hör auf, darüber zu reden, die ganze Sache abzublasen. Ich nehme das ab jetzt ernst.»

«Aber glaubst du wirklich, dass du das auch über einen längeren Zeitraum kannst? Diese Masche ernst nehmen? Laut meiner Mutter müssen wir eine gemeinsame Adresse haben, August. Damit die Ehe anerkannt wird *und* du so den Kredit bekommst. Dir geht es nur darum, mich dumm dastehen zu lassen. Ich vertraue dir nicht.» Ihr Herz pochte laut und sank von Minute zu Minute tiefer. «Oh mein Gott, was habe ich getan?»

Er überraschte sie, indem er seine Stirn gegen ihre legte. «Natalie.»

«Was?»

Drei Sekunden verstrichen. Vier. «Ich werde dich nie, *nie* wieder enttäuschen. Ist das klar?»

Nach diesem unerwarteten Schwur geschah etwas sehr Seltsames. Das klamme Gefühl auf ihrer Haut ließ nach, und ihr Puls normalisierte sich allmählich wieder. Sie ertappte sich sogar dabei, dass sie nickte, denn wie hätte sie etwas anderes tun können, wo sie ihn noch nie so ernst gesehen hatte? Und noch dazu zum ersten Mal diesen Anklang von Ehre gehört hatte, so tief in seinen Tonfall eingewoben? Das war August, der Navy SEAL.

Trotzdem war sie noch nicht hundertprozentig bereit, ihm zu vertrauen. Nicht nach allem, was geschehen war. Nicht, nachdem er gerade erst diesen Mist durchgezogen hatte. «Das werden wir dann sehen, denke ich.»

«Du *wirst* das sehen», konterte er ohne das geringste Zögern. «Kommst du jetzt mit mir ins Liebesnest oder nicht?»

Wann hatte August sie näher an sich gezogen?

Oder, was noch viel wichtiger war, wann hatte sie sich auf die Zehenspitzen gestellt, um ihre Arme um seinen Hals schlingen zu können? Sie wollte sich wieder lösen, aber er schüttelte den Kopf. «Wenn ich wirklich dein Verlobter wäre», sagte er leise, nur für ihre Ohren bestimmt, «würde ich dich so halten. Die ganze Zeit über. Also sollten wir so bleiben.»

«Stimmt.» Seine großen Brustmuskeln waren nur Zentimeter von ihrem Mund entfernt, und sie hatte das seltsame Verlangen, ihre Zähne darin zu versenken. Vielleicht ahnte sie auch, dass er das sogar genießen würde. *Das wird nicht passieren.* «Später können wir über alles reden und einige Grundregeln festlegen. Einen Zeitplan für unsere jeweiligen Ziele aufstellen. Aber zuallererst möchte ich noch einmal festhalten, dass es absolut keinen Sex geben wird. Das kann ich gar nicht oft genug betonen.»

«Das hast du ganz sicher oft genug betont, Prinzessin. So viel ist sicher.» Sein Daumen strich über ihren Steiß, und ein heißer Schauer rieselte von ihrem Kopf bis zu ihren Füßen. «Erklär mir noch einmal, warum wir keinen Sex haben können.»

Seine Stimme brach bei dem Wort «Sex», direkt an ihrem Ohr, und sie schluckte schwer. «Die Gründe dafür haben sich natürlich mit dieser brandneuen Entwicklung geändert. Grenzen, die klar definiert sein müssen, werden ... verschwimmen ... wenn wir das machen. Aber die zugrunde liegende Logik ist die gleiche. Ich darf in deiner Nähe meine Schutzmauern nicht einreißen.»

Seine große Hand auf ihrem Rücken verharrte. «Und beim Sex reißt du sie ein?»

«Ich meine ... das *habe* ich», sagte sie langsam und hörte ihre Antwort erst, als sie sie laut aussprach. «Irgendwie schon. Also, ich habe sie eingerissen. Aber ich kann das auf keinen Fall in Gegenwart von jemandem tun, der sich einen Spaß daraus macht, mich auf meine Unzulänglichkeiten hinzuweisen, und der sich über meine Unsicherheiten lustig macht. Das ist pure Selbstzerstörung.»

Er sah sie stirnrunzelnd an. «Was ist mit der Tatsache, dass du dich auch über meine Unsicherheiten lustig machst? Wäre das für mich nicht genauso selbstzerstörerisch?»

«Du bist ein Mann. Du würdest Sex bekommen. Dir wäre das egal.»

«Gutes Argument.» Seine Augen verengten sich noch ein wenig mehr. «Du willst damit also sagen, *dir* wäre es nicht egal.»

«Ich will damit sagen, dass ich mich darüber ärgern würde, nachgegeben zu haben, während du auf der anderen Seite des Bettes schnarchst.»

«Du bist dir also sicher, dass du direkt neben mir nicht schnarchen würdest?»

«Das werden wir nie erfahren.»

«Ich bin geneigt, alles zu tun, was dich glücklich macht, Natalie, aber der ‹Kein-Sex-Regel› werde ich nicht zustimmen. Tut mir leid. Wir sind erwachsen, und wenn wir beide etwas wollen, sollten wir es uns nehmen können, ohne dafür ein willkürliches Regelwerk konsultieren zu müssen.» Seine Brust hob und senkte sich, als er sie näher an sich zog. «Wenn du mich nicht direkt um Sex bitten willst, werde ich das respektieren. Aber wenn du gefickt werden willst, bekommst du das auch. Punkt, Ende.»

Oh verdammt. Das Pulsieren war wieder da, und jetzt kam auch noch Feuchtigkeit dazu.

Sie war sich jeder einzelnen ihrer erogenen Zonen bewusst. Ihre Hüftknochen, ihre Innenknöchel, ihr Hals, ihre Kehle und ihre Brüste.

Dieser Abend konnte gar nicht schnell genug enden.

«Ah, da sind sie ja», flötete eine Männerstimme hinter Natalie. Sie drehte sich um und entdeckte den Manager des *Wine Trains*, der seinen Hut in einem frechen Winkel auf dem Kopf trug. «Die frisch verlobten Turteltäubchen. Folgen Sie mir bitte.» Natalie löste ihre Arme von Augusts Hals und folgte dem Manager, wobei die kühle Luft ihre Haut wieder zum Kribbeln brachte. «Ich geleite Sie zum Liebesnest.»

«Krächz», zwitscherte August ihr ins Ohr und klang dabei wie eine sterbende Krähe. «Krächz.»

Natalie stieß ihn mit dem Ellbogen in den Magen.

Er gluckste.

Und ließ sein Jackett über ihre Schultern gleiten.

Ich werde dich nie, nie wieder enttäuschen. Ist das klar?

Seine Worte spukten ihr auf dem Weg zur zweiten Ebene des Zuges im Kopf herum. Das konnte er doch nicht *ernst* meinen, oder? Unmöglich. Er wiegte sie nur in falscher Sicherheit. Trotzdem gingen ihr dieser eindringliche Schwur und sein ernster Tonfall immer wieder durch den Kopf. Es war fast so, als hätte er versucht, ihr diese Worte ins Gehirn zu brennen. Und doch hatte er etwas unausgesprochen gelassen, etwas, das zwischen den Zeilen verborgen lag.

Aber nein. *Das ist doch lächerlich.*

Der Manager führte sie in die hinterste Ecke der obersten Ebene des Zuges und blieb vor einem roten Samt-Drehstuhl stehen, der zum Waggon oder zum Fenster hin ausgerichtet werden konnte. Er hatte eine hohe Lehne und weit ausladende Seiten, welche die größtmögliche Privatsphäre boten. Mit einem erwartungsvollen Lächeln auf den Lippen drückte der Manager auf einen Knopf, und unter dem Panoramafenster, durch das man während der Fahrt Ausblick auf die sanften Hügel von Napa hatte, erwachte ein kleiner Kamin zum Leben.

Aber ...

«Es gibt nur einen Stuhl», bemerkte Natalie.

«Ach, wirklich?» Der Mann tat überrascht. «Er ist doch sicher groß genug für zwei. Sie wissen erst, ob das so ist, wenn Sie es ausprobieren!»

«Haben Sie sich diesen Mann mal angesehen?» Sie deutete mit dem Daumen in Augusts Richtung. «Der ist ein echter Yeti. Er passt wahrscheinlich nicht einmal allein da rein.»

Der Mann wirkte einen Moment lang verwirrt, dann tippte er gegen seinen Hut. «Dann lasse ich Sie jetzt mal allein», säuselte er und zog sich zurück, offenbar in der Überzeugung, ihnen damit einen Gefallen zu tun. Und selbst Natalie musste es zugeben ... Die Einrichtung war geradezu widerlich romantisch. Der roségoldene Sonnenuntergang ließ den Samt-Drehstuhl aufleuchten, und das Feuer knisterte. Auf einem Beistelltisch stand eine offene Flasche Wein mit zwei Gläsern. Wäre ihre Beziehung zu August ernsthaft gewesen, hätte sie wahrscheinlich einen spontanen Eisprung gehabt.

Natalie drehte sich zu August, um ihm mitzuteilen, dass sie einfach auf zwei normalen Sitzen Platz nehmen sollten, wie auch die Handvoll Passagiere, die gerade auf dem Weg in die zweite Ebene waren. Bevor sie jedoch den Mund öffnen konnte, ließ er sich in den tiefen Drehstuhl fallen, streckte seine langen Beine aus und klopfte sich auf den Oberschenkel. «Euer Thron wartet auf Euch, Prinzessin.»

«Ich werde mich nicht ...» Als sie merkte, dass die Passagiere in Hörweite waren, senkte sie ihre Stimme zu einem Flüstern. «Ich setze mich in diesem öffentlichen Sexraum nicht auf deinen Schoß. Was *sollen* wir überhaupt hier?»

August betrachtete die gewölbten ausladenden Seiten des Drehstuhls, die offensichtlich dazu gedacht waren, sie vor Blicken zu schützen. «Auf jeden Fall ein bisschen fummeln.»

Bitte sag mir, dass meine Nippel nicht kribbeln. «Versuch, mit mir zu fummeln, und du wirst es bereuen.»

«Na schön.» Er seufzte und strich mit einer Hand über seine Krawatte. «Du kannst mich befummeln.»

«Du hast ‹erwürgen› falsch ausgesprochen.»

Er lachte als Antwort, verstummte aber nach einem Moment und beugte sich vor. «Natalie.» Er biss sich augenscheinlich auf die Zunge. «So überzeugen wir niemanden.»

Ein vertrautes Lachen kam aus Richtung der Treppe. Natalie sah hinüber und entdeckte Hallies blonde Locken in der Menge der Neuankömmlinge auf der obersten Etage. Also würde ihr Bruder auch gleich hier sein. Hallie sprach mit der Britin, die den Donut-Laden *Fudge Judy* in der Stadt führte, und wenn Natalie sich recht erinnerte, liebte diese es zu tratschen. Jeder in St. Helena, Teenager ebenso wie der Bürgermeister, besuchte den Laden. Hinter ihr drängten sich nun mehrere andere Geschäftsinhaber und Damen, die in ihrer Freizeit nichts Besseres zu tun hatten, als sich zum Mittagessen zu verabreden – allesamt begierig darauf, einen Blick auf das frisch verlobte Paar zu werfen. Wenn sie sich ihrem angeblichen Verlobten gegenüber abweisend verhielt, würde das bemerkt und kommentiert werden. Vielleicht wurde es auch gleich Ingram Meyer verraten, wie ihre Mutter prophezeit hatte?

Natalie sah zu August hinunter, der nun ins Feuer starrte. Vorhin im Zelt hatte sie in Sekundenbruchteilen eine Entscheidung getroffen. Entweder sie ließ sich voll und ganz auf diese Scharade ein und ging eine überzeugende Verbindung ein ... oder sie brach alles sofort ab – und stand damit wieder am Anfang. Sie hatte August angesehen, der vor ihr kniete, mit diesem ernsten und hoffnungsvollen Gesichtsausdruck, und ... sie hatte gespürt, wie sich etwas Unbestimmtes, aber Ergreifendes in ihr regte, und das hatte sie dazu gebracht, sich für Ersteres zu entscheiden. Natalie und August waren nun in den Augen der High Society von St. Helena verlobt.

Diese Vernunftehe war ihre Idee gewesen. Dass August aus heiterem Himmel wie eine Abrissbirne auftauchte, hatte sie im Zelt überrascht, aber jetzt? Wenn sie ihren Stolz nicht herunterschluckte, würde dieses Vorhaben sie beide ins Verderben stürzen, bevor es überhaupt begonnen hatte.

Im Finanzwesen lautete ihr Credo: *Geh aufs Ganze oder geh nach Hause.*

Das hatte sich offensichtlich nicht immer ausgezahlt, wenn man bedachte, dass sie ein hohes Risiko eingegangen ... und dann nach Hause *geschickt* worden war.

Die Zweifel an der Weisheit dieses Arrangements wurden stärker. Aber es war die Lösung für ihr Problem. Ein Schritt nach vorne. Und wenn sie ihn nicht machte, würde diese Chance an ihr vorüberziehen. Durch die Menschenmenge hindurch traf ihr Blick auf Hallies. Sie bemerkte die hochgewachsene Gestalt ihres Bruders, die sich ihr näherte, und ihr wurde klar, dass, wenn sie Schande über den Familiennamen brachte, Julians harte Arbeit, das Weingut wieder nach ganz oben zu bringen, zunichtegemacht sein würde.

Gott, das konnte sie nicht tun. Auf keinen Fall.

Schluss mit halben Sachen.

Natalie atmete tief durch, stellte ihre Clutch auf dem Beistelltisch ab, zögerte kurz und platzierte dann ihren Hintern auf Augusts Oberschenkel. Er hatte offensichtlich erwartet, dass sie während der ganzen Fahrt stehen oder sich irgendwo anders hinsetzen würde, denn seine Augenbrauen schossen in die Höhe, seine große Pranke wanderte sofort auf ihren Rücken und seine Finger legten sich auf den Ansatz ihrer Wirbelsäule.

«Ich sollte vermutlich einfach den Mund halten», sagte er, die Stimme um einige Oktaven tiefer, «damit ich nichts von mir gebe, das wieder alles vermasselt.»

«Das wäre das Klügste, was du je getan hast.»

«Wow. Zwanzig Minuten verlobt, und schon bin ich ein anderer Mensch.» In der Spiegelung des Fensters konnte sie sehen, wie Augusts Blick ihren Hals hinab wanderte. Sie spürte an ihrer Schulter, dass sein Herz jetzt schneller schlug. «Allerdings kann ich mir den Hinweis nicht verkneifen ... »

«Gott, du stehst dir einfach zu gerne selbst im Weg.»

«Dass du vielleicht Angst hast, mich zu küssen.»

Sie fixierte ihn mit ihrem Blick, und ihr Puls beschleunigte sich, als ihr bewusst wurde, wie sie dort saßen – die Gesichter nur wenige Zentimeter voneinander entfernt, seine Hand schützend auf ihrem Rücken, die Finger leicht gekrümmt, als wollte er sie näher zu sich ziehen. Tief in seinen Schoß. Sein Bartschatten, von dem bei seiner Ankunft noch nichts zu sehen gewesen war, ließ sein Kinn nun dunkler erscheinen, und seine Krawatte saß leicht schief. Ein Soldat, der in einen Anzug und in eine Ehe gezwungen worden war. Für sie. Mit ihr.

Sie waren ein Team, ob sie es wollte oder nicht. Natalie beschlich das Gefühl, dass seine nächsten Worte sie eindeutig in Richtung *oder nicht* katapultieren würden.

«Warum sollte ich Angst haben, dich zu küssen? Abgesehen davon, dass du abstoßend bist, meine ich.»

Er zuckte arrogant mit den Schultern. «Du hast Angst, weil du es möglicherweise genießen könntest.»

«Glaubst du wirklich, dass ich darauf reinfalle?», stieß sie hervor.

«Worauf reinfalle? Es ist die Wahrheit. Du kannst mich nicht ausstehen, aber wenn wir uns küssen würden, würdest du das vergessen.»

«Vergessen, dich zu hassen?» Sie schnaubte. «Unwahrscheinlich.»

Als wollte der Zug Natalies Bluff auffliegen lassen, ertönte ein lauter Pfiff, und der Wagen ruckte vorwärts, sodass sie gegen Augusts Brust gedrückt wurde und mit ihrem Hintern in seinen Schoß rutschte, worauf sie mit Schrecken feststellte, dass sie perfekt aneinanderpassten. Er atmete zischend ein, seine Hand verließ ihren Rücken und klammerte sich an die Kante des Samtstuhls. «Okay, ich warne dich lieber vor, ich werde gleich hart.»

«Im Ernst?» Sein Hosenstall schwoll unter ihrem Po rasant an, und Natalie errötete. *Nicht erregt.* Sie war *nicht* erregt. Wenn sie diese Worte immer weiter wiederholte, würden sie vielleicht wahr werden. «Ist das letzte Mal schon eine Weile her?»

«Egal ob zehn Minuten oder zehn Jahre Zölibat, mit deinem Hintern in dieser Position würde ich immer hart werden, Natalie. Aber ja, wenn wir schon beim Thema sind, es ist schon eine Weile her. Und bei dir?»

Sie konnte ihre Überraschung darüber, dass er seine Durststrecke offen zugab, nicht verbergen. Und so sprach sie, ohne nachzudenken, laut aus, wie es bei ihr war. «Na ja. Du solltest mein Lückenbüßer sein.»

«Lückenbüßer wofür?», fragte er scharf, wobei sich seine Brustmuskeln in ihrem Rücken anspannten.

Ah, stimmt ja. Er wusste es nicht. Natürlich nicht. Warum sollte er auch? «Ich war verlobt.» Sie bemühte sich um einen leichten Ton. «In New York. Jetzt bin ich es nicht mehr.»

Er brauchte ein wenig, um das zu verarbeiten, und zwischen seinen Augenbrauen bildete sich eine regelrechte Schlucht von Falte. «Warum nicht?»

«Ich will nicht darüber reden, okay? Nicht jetzt.»

Seine langen Finger krümmten sich auf ihrem Rücken. «Ist er noch ein Thema?»

«Nein.» Aus irgendeinem Grund fühlte sie sich gezwungen, ihm in die Augen zu sehen, um sicherzustellen, dass er ihre Antwort verstanden hatte. «Nein. Wir beide haben uns gerade verlobt, August. Er ist ganz offensichtlich kein Thema mehr.»

Durch die Erleichterung wirkten seine Pupillen jetzt weiter. «Gut.»

«Gut?»

Mehrere Sekunden verstrichen, in denen sie sich dabei ertappte, wie sie die Vertiefung in der Mitte seiner Unterlippe musterte. Die Stoppeln, die sich jetzt über der Oberlippe abzeichneten. Und warum war es irgendwie ... nervtötend sexy, dass ihre Füße nicht den Boden berührten, während sie auf seinem Schoß saß? «Genau das habe ich gesagt. Gut», wiederholte er, und in seinem Blick flackerte etwas auf. «Denn ich sollte doch nicht irgendwelche Verehrer meiner geheuchelten Verlobten verscheuchen müssen, stimmt's?»

«Stimmt.» Dieser winzige Anflug von Enttäuschung, den sie spürte, war zutiefst gesundheitsgefährdend. «Also, darüber musst du dir jedenfalls keine Sorgen machen.»

Ein Muskel in seiner Wange zuckte. «Gut.»

«Hör auf, ‹gut› zu sagen.»

«*Großartig.*» Die Spannung zwischen ihnen wuchs, wie bei einer Feder, die man anzog, auch wenn Natalie nicht genau sagen konnte, aus welchem Grund. Erregung – seine, *nicht* ihre – lag als Antwort auf der Hand, aber da war offenbar noch etwas anderes. Sie wurde auf jeden Fall herausgefordert, das war klar. August hatte sich jetzt vorgebeugt und brachte seinen Mund bis auf wenige Zentimeter an ihren heran. Vom Rest des Waggons waren sie vollkommen abgeschirmt. Draußen tanzte Napa in seiner ganzen üppigen, sonnenuntergangsgetränkten Pracht vorbei, Weinreben schlängelten unter dem verblassenden Sonnenlicht auf sanften Hügeln dahin, aber von all dem nahm Natalie kaum etwas wahr. Nur den Atem dieses Mannes auf ihrem Mund, und seine Stärke, die sie umhüllte. «Nur damit das klar ist, Natalie, mit ein paar Jungs in Halbschuhen aus der Stadt würde ich ohne Probleme fertigwerden.»

Bitte sag mir, dass meine Vagina sich bei diesen Worten nicht zusammengezogen hat. «Herrgott. Das ist so typisch für dich, gleich mal einen Schwanzvergleich mit jemandem anzustellen, den du nicht mal kennst.»

Warum atmete sie so schnell?

Die Worte überschlugen sich auf dem Weg aus ihrem Mund, aber er rückte einfach näher, legte seine Hand mit weit gespreizten Fingern auf ihre Hüfte und verstärkte den Druck, seine Lippen streiften kaum spürbar ihre. «Lückenbüßer, hm?»

«Bist du deshalb so sauer?»

«Wer sagt, dass ich sauer bin?»

«Dein Gesicht.»

Ihre Lippen lagen fast aufeinander. «Vielleicht bin ich nur sauer, weil ich die Chance verpasst habe, dir über deine geplatzte Verlobung hinwegzuhelfen.»

«Ich *bin* darüber hinweg.»

«Beweis es, Prinzessin.» Nur ganz kurz berührte seine Zunge den Rand ihrer Lippen, Strahlen der Lust strömten die Innenseiten ihrer Oberschenkel hinauf. «Überzeug diesen Zug voller Weinsnobs, dass du unbedingt mit mir vor den Altar treten willst.»

Dieser Bastard. «Bis zum heutigen Tag hat niemand in St. Helena meinen Rekord an Shots, die auf einer Party getrunken wurden, gebrochen. Sechzehn Shots, August. Ich müsste eigentlich tot sein.»

«Ich bin stolz auf dich, aber warum erzählst du mir das?»

«Damit du verstehst, dass ich nie verliere. Wenn mich jemand herausfordert.»

In seiner Brust ertönte ein Grollen. «Diesen Mund auf meinen zu legen, ist keine Niederlage.»

Sie nahm seine Krawatte und wickelte sie ganz langsam um ihre Faust, drängte ihn mit ihrem Körper zurück in die dunklen Tiefen des Liebesnestes und wandte sich um, sodass ihre Brüste gegen seine Brust drängten. «Bist du dir da sicher?»

«So sicher wie nie zuvor wegen irgendetwas», sagte August voller Zuversicht.

Aber als sie sich auf seinem Schoß ein wenig bewegte, schluckte er.

«Fuck» war das Letzte, was er sagte, bevor Natalie ihren Mund auf seinen legte und ihn auf eine Weise küsste, die reines

Vorspiel war. Feuchte Lippen glitten von einer Seite zur anderen, neckten ihn, zeigten ihm, was ihr Mund woanders noch anstellen konnte. Und der immer größer werdenden Erektion unter ihrem Hintern nach zu urteilen, stellte er sich das definitiv vor. Lebhaft. Sie umfasste sein stoppeliges Kinn mit ihrer rechten Hand, zog es leicht nach unten, er öffnete so seinen Mund und sich selbst die Gelegenheit, ihn tief zu lecken. Einmal, zweimal, dreimal, gemächlich und genussvoll. Sie schmeckte sein tiefes Stöhnen, spürte, wie sich seine Muskeln zum Zerreißen spannten. «Ich weiß genau, was du da machst», sagte er zwischen zwei Küssen. «Du machst mich heiß und lässt mich dann fallen, nicht wahr?»

«Glückwunsch», keuchte sie. «Du bist schlauer, als du aussiehst.»

Er hob ihr Kinn an, blickte aus glasigen Augen auf sie hinunter. «Du unterschätzt, wie sehr auch ich Herausforderungen liebe, Prinzessin.»

Diesen Fehler würde sie bestimmt nicht noch einmal machen.

Bevor sie wusste, wie ihr geschah, glitten Augusts Finger in ihr Haar, er packte eine dicke Strähne und zog ihren Kopf in den Nacken. Entblößte ihren Hals. Und dann ... oh. Oh Gott. Seine Zähne und seine Zungenspitze und seine Lippen bewegten sich wie ein sinnliches Trio die Wölbung ihres Halses hinauf, dann nach rechts. Zu einer Stelle hinter ihrem Ohr, bei deren Berührung sie reflexartig die Zehen spreizte und einer ihrer Schuhe mit einem Klatschen zu Boden fiel.

«Ich kann nicht glauben, dass du gewartet hast, bis wir in einem Zug voller Menschen sitzen, bis du mich wieder küsst.» Seine Zähne schlossen sich um ihre Ohrmuschel und schabten daran auf und ab, auf und ab. «Vielleicht war das Absicht, weil du genau weißt, was wir tun würden, wenn wir allein wären.»

«Streiten?»

«Vögeln.» Er leckte kreisförmig über die Stelle hinter ihrem Ohr, bahnte sich einen Weg zurück zu ihrem Mund und saugte ihre Lippen in einen harten Kuss. «Aber ich würde mit zwei Fingern anfangen, tief zwischen deinen Beinen, und sie dort lassen, bis du nass genug bist, um hart genommen zu werden.»

Mehr vaginales Zucken. Begleitet von einem leisen Stöhnen, das sie mit Husten zu kaschieren versuchte.

Was nicht gelang.

Er hatte den Spieß verdammt schnell herumgedreht.

Er erschien vor ihrem geistigen Auge, bewegte sich in einem Knäuel von Laken stoßend auf ihr, ihre Knöchel auf seinem großen, gebeugten Rücken verschränkt. Beide waren sie erregt und verschwitzt, versuchten, sich gegenseitig zu übertrumpfen, und das wäre sicher *umwerfend*, aber hinterher würde sie es bereuen. Bereuen, sich diesem Mann gebeugt zu haben, der sie für nichts weiter als eine verwöhnte Göre hielt.

Es war an der Zeit, wieder die Oberhand zu gewinnen.

«Vielleicht würde ich ja auch geben, statt zu nehmen», murmelte sie, fuhr mit einem Finger über die Vorderseite seines Hemdes und spielte an seiner Gürtelschnalle, genoss, wie stoßweise sein Atem ging. «Und zwar so gut, dass du es nicht einmal bis ins Endspiel schaffst.»

«Prinzessin, selbst wenn ich auf einem Bett aus Rasierklingen ins Endspiel gleiten müsste, würde ich es mit dir an diesen Punkt schaffen.» Er biss sich auf die Lippen. «Hör auf, diesen strammen Arsch zu bewegen, sonst ... Ich schwöre bei Gott, sonst muss ich ... »

«Was?» Sie biss in seine Unterlippe, ließ die Hüften kreisen und genoss dabei das besondere Privileg, zu beobachten, wie seine Augen glasig wurden. «Sonst musst du was?»

«Wahrscheinlich weinen.»

Sie lachte. Ein ehrliches Kichern über sein angestrengtes Eingeständnis.

Er lächelte an ihrem Mund, mit geschlossenen Augen.

Unvermittelt bewegte sich etwas Unerwartetes in Natalies Brustkorb, und ihre Lippen, die ihn zu einem weiteren Kuss hatten verführen wollen, hielten inne. Was, zum Teufel, passierte hier? Um nichts auf der Welt sollte in dem Bereich zwischen ihrem Gehirn und ihrer Vagina irgendetwas vor sich gehen. Er war bereit gewesen, die Stadt zu verlassen. Er hätte die Stadt verlassen, wenn sie ihm nicht angeboten hätte, ihm bei der Beschaffung eines Kredits zu helfen. Er hielt sie für ein verwöhntes reiches Mädchen. Sie lebten noch nicht einmal in einer richtigen Beziehung, und doch hatte er schon alles an ihr abgelehnt. Es wäre Zeit- und Energieverschwendung, ihm zu beweisen, dass er damit falschlag. Vor allem, wenn ihr Arrangement auf der Freigabe des Geldes aus ihrem Treuhandfonds basierte.

Sie verschwendete damit nur ihre Kraft.

«Komm wieder her», raunte er und musterte sie. «Folter mich. Ich kann das aushalten.»

Steh auf. Sie musste aufstehen.

Ihre Küsse waren ganz sicher in der Spiegelung des Fensters beobachtet worden, der Zweck des Liebesnestes war damit erfüllt. Warum also beugte sie sich wieder vor, voller Sehnsucht nach der Fülle seiner Lippen, nach seinen Händen, die langsam über ihren Körper wanderten, die Senke ihrer Taille erkundeten, die Form ihrer Kniescheiben, alles.

Natalies Mund war nur einen halben Zentimeter von Augusts entfernt, ihr Herz pochte wild. Das Säbelrasseln zwischen ihnen verklang. Bei diesem Kuss würde es nur noch darum gehen, zu genießen. Zu erforschen. Sie beide. Verzweifelt versuchte sie, sich an seine vielen Beleidigungen in Bezug auf ihren Alkoholkonsum zu erinnern und daran, wie er sie im Zelt mit Absicht überrumpelt hatte, aber sie spürte nichts als sein Herz, das wild pochte. Und ihr eigenes machte als Reaktion auf diesen Beweis dafür, dass er all das auch fühlte, einen Sprung ...

«Natalie.»

Es dauerte ganze fünf Sekunden, bis sie begriff, dass ihre Mutter gesprochen hatte.

Von wo?

Natalie hob den Kopf und beugte sich zur Seite, und da stand Corinne, die Arme über ihrer schlanken Mitte verschränkt, den teilnahmslosen Blick auf sie gerichtet. «Oh mein Gott», flüsterte sie. «Von meiner Mutter beim Knutschen erwischt. Bin ich aus Versehen in dem Zug gelandet, der mich zurück in meine Schulzeit bringt?»

«Könnten wir bitte unter vier Augen reden?», fuhr Corinne fort.

«Einen Moment.»

Natalie duckte sich zurück in die Schutzzone des Stuhls und versuchte, ihr Gesicht wieder auf Normaltemperatur herunterzukühlen.

Augusts Kopf fiel mit einem Stöhnen zurück. «Oh Gott.»

«In ihrem Fall lieber was mit Antichrist, denke ich.»

Seine Brust hob und senkte sich unter einem gequälten Lachen. «Du musst mir eine Minute geben. Oder ... sechzig. Damit der hier Zeit hat, sich abzureagieren.»

«Wenn das so ist, dann stell dir auf keinen Fall vor, wie *ich* mich an *dir* abreagiere», sagte sie und klimperte mit den Wimpern.

«Natalie», brachte er zwischen zusammengebissenen Zähnen hervor.

Sie senkte ihren Mund auf sein Ohr und stieß warm ihren Atem aus, was ihn erschaudern und sich in ihr Kleid krallen ließ. «Sieht so aus, als hätte ich gewonnen, Rattenkönig.»

Ihm fiel die Kinnlade herunter. «Dieses Mal.»

«*Dieses* ist das einzige Mal, wo *das hier* passieren wird. So haben wir es festgelegt.»

«Leider ist bei mir noch so einiges fest», murmelte er und deutete mit einem Nicken auf seinen Hosenstall.

«Du bist widerlich», blaffte sie ihn an, obwohl sie spürte, wie sich ein Lachen anbahnte, und kletterte von seinem Schoß. «Reiß dich zusammen, während ich» - sie sah Corinne in die Augen - «mit meiner wunderschönen Mutter rede.»

Corinne rollte mit den Augen und ging davon.

Natalie folgte ihr, lächelte und dankte im Vorbeigehen den Leuten, die ihr gratulierten. Als sie eine ruhige Ecke des Waggons erreichten, behielt Corinne ein gelassenes Lächeln auf ihrem Gesicht, die Wut in ihren Augen aber war nicht zu übersehen. «Findest du nicht, dass es nett gewesen wäre, deinen Bruder und mich vorzuwarnen, bevor du uns in diese Sache mit reinziehst?»

«Ja, das finde ich tatsächlich. Das wollte ich auch ...»

«Innerhalb von dreißig Minuten haben du und dieser ... Affe uns zum Spektakel gemacht.»

Von einer Sekunde auf die andere begann Natalies Blut zu kochen. «Er ist ein Kriegsveteran. Ein Navy SEAL. Sprich nie wieder so über ihn.»

Ihre Mutter klappte den Mund zu, fasste sich aber schnell wieder. Im Gegensatz zu Natalie. Seit wann verteidigte sie diesen Mann so leidenschaftlich, der eigentlich ihr Feind sein sollte? Sie selbst konnte ihn den lieben langen Tag beleidigen, aber wenn jemand anderes das machte, riss sie dem den Kopf ab?

«Du hast diesem Mann vor zwei Tagen beim *Bouquets and Beginners* Wein ins Gesicht geschüttet. Denkst du, das hat nicht jeder in der Stadt mitbekommen? Denkst du, die Leute fragen sich nicht, wie aus Feinden so schnell Verlobte werden konnten?»

Natalies Wangen wurden heiß. Wenn das so weiterging, würde ihr noch die oberste Hautschicht wegbrennen. «Paare streiten sich. Das solltest gerade du wissen, besser als jeder andere. Dass wir uns dort gestritten haben, dürfte also nicht so schwer nachzuvollziehen sein.»

Doch Corinne schüttelte den Kopf. «Du wirst diese Familie blamieren, so wie du es in der Highschool getan hast.»

Natalie zuckte zusammen, als hätte sie eine Ohrfeige erhalten. Ihr Körper reagierte auf den heftigen Vorwurf mit Rückzug – und stieß hart gegen ein starres Hindernis. Erschrocken drehte sie sich um und entdeckte August, der die Stirn runzelte. Erst mit Blick zu ihr und dann zu ihrer Mutter.

«Alles in Ordnung, Prinzessin?»

Corinne stieß beim Spitznamen ein Schnauben aus. In ihr tobte sichtlich ein Kampf zwischen ihren Manieren und ihrer offensichtlichen Wut. Zu Natalies Überraschung siegte die Wut. Anstatt August die Hand zu schütteln und etwas zu sagen, das die unangenehme Situation entschärfen könnte, wie sie es normalerweise getan hätte, stolzierte Corinne mit einem angespannten Lächeln an ihnen vorbei und wandte sich einer anderen Gruppe zu, mit der sie einen langweiligen Small Talk über die restaurierten alten Armaturen des Zuges begann.

«Wie viel hast du mitbekommen?», fragte Natalie, ohne sich umzudrehen.

Die Antwort ließ auf sich warten. «Einiges.»

Seinem schroffen Ton nach zu urteilen, hatte er den Teil mit dem Blamieren der Familie gehört. «Na toll. Ich war wohl ein bisschen voreilig.» Sie wusste nicht, was sie mit ihren Armen machen sollte. Sie verschränken. Sinnlos gestikulieren. Sie um sich schlingen. «Die heutige Schlacht gewinnst du.»

Einen Moment lang standen sie schweigend da. Dann überraschte August sie, indem er ihre rechte Hand nahm und sie zurück zum Liebesnest führte. Er ließ sich auf den Stuhl fallen und zog sie zu sich. Sie hatte nicht die Kraft, sich dagegen zu wehren oder so zu tun, als wäre ihr seine Wärme nicht angenehm, und so hatte sie schon im nächsten Moment ihren Kopf unter Augusts Kinn und die Beine über seine Oberschenkel gelegt, und betrachtete Napa, das still vorbeizog.

«Einigen wir uns für heute Abend auf ein Unentschieden», brummte er.

Natalie durchlebte den Schock ihres Lebens, schloss die Augen und nickte.

Seine Stimme klang beruhigend an ihrem Ohr. «Ich leihe einen Smoking, und du ziehst ein hübsches Kleid an. Oder eine Hose. Ich lege Wert auf meine Eier, also werde ich dir natürlich nicht vorschreiben, was du anziehen sollst, mir gefallen einfach deine Beine. Und zwar sehr. Eigentlich gehören sie in ein Museum.» Sie schniefte ein Dankeschön, und er tätschelte ihren Kopf. «Wir geben uns das Eheversprechen, und dann nehme ich dich mit nach Hause zu meiner launischen Katze. Vielleicht verbünden wir uns bei dem Versuch, uns gegen ihre katzenhafte Verschlagenheit zu verteidigen. Wenn wir es schaffen, uns gegenseitig – und Menace – zu überleben, ziehen wir die Sache durch, bis du das Geld hast, um deine Firma zu gründen. Okay?»

Hatte sich jemals jemand die Mühe gemacht, sie so zu beruhigen?

Möglicherweise Julian, als sie zum ersten Mal nach Hause zurückgekehrt war und sich in St. Helena schrecklich fehl am Platz gefühlt hatte. Aber die Bemühungen ihres Bruders berührten sie nicht so. Nicht durch und durch.

Seltsam, dass ausgerechnet August sie beruhigte, der so viel Zeit damit verbracht hatte, sie wütend zu machen.

«Okay», stimmte sie zu und legte versuchsweise eine Hand auf seine Brust. «Und du deinen Kredit.»

Eine kurze Pause entstand. «Ja, Prinzessin. Den auch.»

Und sie legte ihre Handfläche auf sein Herz, spürte das gleichmäßige Pochen, während der Zug auf den endlosen Horizont zufuhr und Augusts Kinn schließlich auf ihrem Kopf ruhte. Vielleicht würde das hier doch nicht so schlimm werden.

Ha.

KAPITEL 7

Vertraute Gesichter lächelten Natalie vom Bildschirm ihres Laptops entgegen. Aber jedes Mal, wenn sie ihre ehemaligen New Yorker Kollegen in den sozialen Medien besuchte, wurden ihre Mienen und sogar ihre Namen ihr fremder. Die Bilder auf der Dachterrasse eines Privathauses waren erst gestern aufgenommen worden, vielleicht sogar, während sie mit ihrem Erzfeind im *Wine Train* geknutscht hatte, aber es war, als würde sie sich Fotos aus der Vergangenheit ansehen.

Je länger Natalie New York fernblieb, desto fremder wurden ihr diese Menschen und ihre glitzernden Aktivitäten. Die Euphorie nach einem erfolgreichen Deal, das Adrenalin, das in die Höhe schoss, wenn die Eröffnungsglocke der Börse läutete – ihre Erinnerungen an diese Dinge verblassten allmählich, zusammen mit dem Duft der Siegeszigarren. Diese Teile ihres Lebens verloren immer mehr an Farbe, und sie wollte sie zurückhaben. Deutlicher. Sie wollte das alles wieder erleben, *am eigenen Leib*.

Als sie das erste Mal in St. Helena angekommen war, hatte sie die fast verzweifelte Angst verspürt, etwas zu verpassen. Ein klassischer Fall von FOMO. *Ich muss so schnell wie möglich zurück nach New York. Ich darf nicht zulassen, dass sie mich vergessen.* Das Gefühl war immer noch da, schlug wie ein zusätzlicher Puls in ihrem Blutkreislauf, aber die Dringlichkeit ging allmählich verloren – und das durfte nicht sein. Die musste sie wiederaufleben lassen. Fünf Minuten in New York entsprachen anderswo fünf Jahren. Die Leute vergaßen. Die Geschäfte gingen weiter. Asphalt wurde über den Star von gestern gegossen, und der war dann nichts weiter als ein Bremshügel auf der Straße Richtung Zukunft.

Sie gehörte auf dieses Dach, sollte einen Toast aussprechen. Sollte einen waghalsigen Deal feiern, der die Kasse des Fonds klingeln ließ. Nullen auf dem Bildschirm. Als sie noch für mehr Nullen gesorgt hatte, war sie Teil des Ganzen gewesen, ein Mitglied des Siegerteams.

Und hier in St. Helena?

Hier war sie das trottelige, cartoonhafte Maskottchen.

Obwohl gestern, da war sie für sehr kurze Zeit Teil eines Zwei-Personen-Teams gewesen. Mit dem unerwartetsten aller Verbündeten. August. Vielleicht war sie deshalb so früh wach – wieder einmal – und versuchte, Bilder aus der Zeit, die sie sich so sehr zurückwünschte, in ihr Gehirn zu brennen. Weil es ein bisschen zu einfach gewesen war, Waffenstillstand mit August zu schließen und einfach nur ... zu sein. Sich einfach gut zu fühlen, mit dem großen Arm um ihre Hüfte und seinem stoppeligen Kinn, das auf ihrem Kopf ruhte, während er ab und zu über ihr Haar strich.

War das nur Show für das Publikum gewesen?

Natalie seufzte und tippte auf ein paar Tasten ihres Macs herum, gab die Adresse einer Seite im Internet ein, die sie unbedingt meiden sollte, wie Schweinefleisch Spezial in einem Diner, das rund um die Uhr geöffnet hatte.

Der Instagram-Account ihres Ex-Verlobten.

Sie zögerte kurz, bevor sie auf «Enter» tippte – und dann war er da, mit seinem ganzen jungenhaften Charme. Ihr wurde übel, als sie sich daran erinnerte, wie er, völlig ruhig, ihren Verlobungsring zurückverlangt hatte. Er war sogar noch ruhiger gewesen, als er ihr erklärte, dass er sie zwar liebte, aber nicht zulassen konnte, dass ihre Beziehung ihn seine Karriere kostete, für die er so hart gearbeitet hatte.

Noch ruhiger, als er sie bat, zu gehen.

So würde August sicher nicht mit ihr Schluss machen – wenn sie *wirklich* zusammen wären und nicht nur so täten. Es würde Geschrei, Türenknallen und Beleidigungen von beiden Seiten geben. Sie würden das Haus niederreißen. Warum dachte sie überhaupt darüber nach? Und warum fiel ihr gerade auf, dass Morrisons Schultern vermutlich dreimal in die Schultern ihres falschen Verlobten passten? Das war kein Wettbewerb ...

Natalie sog tief die Luft ein, als ein neues Bild auf dem Bildschirm erschien. Gerade gepostet. Ein Bild von Morrison auf dem Balkon, wo sie immer ihren Kaffee getrunken hatte, mit Blick auf den Central Park South. Neben ihm stand eine vertraute Blondine in einem weißen Bademantel, die grünen Saft aus einem Glas trank und mit den Augen rollte, weil sie fotografiert wurde. Diese Blondine ... Krista, oder? Natalie kannte sie.

Die Tochter eines Vorstandsmitglieds.

Morrison hatte Natalie durch ein besseres Modell ersetzt.

Atemlos klappte Natalie den Laptop zu. Sie stand auf und lief in einem Halbkreis um das Bett. Ihr Herz brach nicht. Das war bereits vor langer Zeit passiert, und wenn sie ehrlich war, war es der am einfachsten zu behebende Schaden gewesen. Ihr Selbstvertrauen hingegen? Das war etwas anderes – und bekam jetzt weitere Schläge ab, wie von einem unsichtbaren Hammer, wurde platt geklopft wie ein Hähnchenschnitzel zwischen zwei Blättern Wachspapier.

«Tief durchatmen», murmelte sie, streckte die Arme über ihren Kopf und ließ sie langsam nach unten gleiten. Noch einmal hoch, wieder runter. Sie konnte diese erschütternde Entdeckung, dass ihr Verlobter sie abgehakt hatte, in etwas Positives verwandeln. Was sie nicht umbrachte, machte sie stärker. Die Tatsache, dass ihr Ex mit der schönen Tochter eines Milliardärs schlief, würde ihr Comeback nur umso befriedigender machen. Sie würde wieder dazugehören. Nicht genau wie früher, aber mit einem ähnlichen Leben. Sie würde das Gefühl zurückbekommen ... erwünscht zu sein. Gesehen zu werden.

Natalie beschloss, sich noch eine Tasse Kaffee zu holen, bevor sie duschte, und öffnete die Tür des Gästezimmers so leise wie möglich, um Julian und Hallie nicht zu stören, die im Zimmer auf der anderen Seite der Küche schliefen. Gott bewahre, dass sie sie aufweckte. Falls sie das tat, würde das Bett in zehn Sekunden wieder zu quietschen anfangen, und ehrlich gesagt war das Letzte, was sie an diesem Morgen brauchte, Zeugin des Orgasmus-Strebens einer anderen zu sein.

Sie steckte eine Kapsel in die Kaffeemaschine, stellte eine Tasse unter den Auslauf, zog den Hebel nach unten und entschied sich für die stärkste Variante. Und wartete.

Warum war Augusts Gesicht das erste Bild, das ihr buchstäblich fünf Minuten, nachdem sie herausgefunden hatte, dass ihr Ex mit jemand Neuem zusammen war, in den Sinn kam? Sie wusste es nicht. Aber es war auf jeden Fall ein Zeichen, dass sie heute noch einmal die Fronten klären musste. In der Öffentlichkeit mussten sie ja vielleicht für ein höheres Ziel zusammenarbeiten. Privat aber war es seine Lieblingsbeschäftigung, sie dafür zu verhöhnen, dass sie in ein privilegiertes Leben hineingeboren worden war, während er das Leben nur auf die harte Tour kennengelernt hatte.

Eigentlich ... wusste sie *nicht gerade viel* über seinen Lebensweg. Vielleicht sollte sie mehr darüber herausfinden. Nur für den Fall, dass jemand fragte.

Sie sollte wohl zumindest über die *Grundlagen* des Lebens ihres falschen Verlobten Bescheid wissen.

«Pst», zischte es aus der Dunkelheit.

Natalie stürzte Richtung Messerblock und blieb erst stehen, als Hallie in die schummrige Küche trat. Sie trug ein Stanford-T-Shirt, das ihr bis über die Knie reichte.

«Mein Gott», hauchte Natalie und legte eine Hand auf ihren Brustkorb, überzeugt davon, dass ihr Herz gleich herausspringen würde. «Was schleichst du dich an wie ein altes viktorianisches Gespenst? Ich hätte fast ein Fleischermesser nach dir geworfen.»

Hallie legte einen Finger an ihre Lippen. «Pssst.»

Natalie legte den Kopf schief. «Jetzt machst du mir wirklich Angst.»

«Tut mir leid», flüsterte Hallie, die mit nackten Füßen langsam vorwärts schlich. Jeder ihrer Zehen war in einer anderen Farbe lackiert, und das Bändchen um ihren Knöchel klingelte leise. «Ich will Julian nicht aufwecken.»

«Wirklich? Du liebst es doch offensichtlich, ihn aufzuwecken. Ihn und alle Toten.»

Die Freundin ihres Bruders errötete leicht, ließ sich aber durch die Anspielung nicht beirren. Nein, für sechs Uhr morgens wirkte sie äußerst konzentriert. «Können wir reden?»

«Ähm ...» Was war hier eigentlich los? Natalie nahm ihren frisch gebrühten Kaffee und schlürfte ihn schwarz, um sich den ersten Kick zu holen, bevor sie zum Kühlschrank ging, um die Milch herauszunehmen. «Klar. Was hast du auf dem Herzen?»

Was auch immer der Grund für dieses Rendezvous im Morgengrauen war, Hallie war todernst. «Ich bin hier, um meine Dienste anzubieten.»

Natalie dachte kurz nach, während sie einen Schuss Milch in den Kaffee goss. «Welche Dienste?»

Hallie runzelte die Stirn, als läge die Antwort auf der Hand. «Na, Dienste für deine Scheinhochzeit natürlich. Ich bin hier, um zu helfen.»

«Nenn das in Zukunft lieber nicht so. St. Helena hat überall Augen und Ohren, musst du wissen.» Natalie schüttelte sich. «Wir werden uns das Gelübde im Standesamt geben, aber, wenn du mir einen Blumenstrauß machen willst ...?»

Hallies Kichern unterbrach sie. «Im Standesamt. Das ist ja reizend. Hast du nicht mitbekommen, dass deine Mutter eine richtige Hochzeit fordert?»

Natalies Lächeln verschwand, und eine ungute Ahnung breitete sich in ihr aus. «Ja, aber in dem Zeitrahmen, den wir brauchen, kann sie doch unmöglich eine Hochzeit planen. Oder? Sag mir alles, was du weißt.»

«Deine Mutter hat Julian gesagt, er soll sich für Samstag einen Smoking leihen.» Hallie ließ sich Zeit, bevor sie fortfuhr. «Und dann musste sie auflegen, weil der Caterer auf der anderen Leitung anrief.»

«Caterer?», würgte Natalie hervor.

Sie hätte es vorhersehen müssen. Corinne würde sich auf keinen Fall mit einer Zeremonie im Standesamt zufriedengeben. Nicht bei dem Prunk und der Tradition, die mit dem Namen Vos einhergingen und die es zu aufrechtzuerhalten galt.

Was würde August dazu sagen?

Und warum versetzte allein sein Name sie zurück in den *Wine Train*, wo er sie mit Wärme umhüllt und ihren Herzschlag mit sanften Worten an ihrem Ohr auf ein normales Tempo verlangsamt hatte, während seine starken Arme ihr das Gefühl der Schwerelosigkeit gegeben hatten? Er hatte sie fast so etwas wie ...

Frieden spüren lassen. Das Gefühl, beschützt zu werden. Wie konnte derselbe Mann, der sie dazu brachte, wie eine Banshee zu kreischen, diese Reaktion bei ihr hervorrufen? Natalie wusste es nicht. Aber die Wirkung von ihm ... hielt an. Sehr stark sogar.

«Es war auch die Rede von großen, gemieteten Zelten. *Riesigen* Zelten.» Die Blondine mit den Korkenzieherlocken legte den Kopf schief, ob aus Mitgefühl oder Begeisterung, war schwer zu sagen. «Du bekommst das komplette Napa-Hochzeits-Paket, ob es dir gefällt oder nicht. Corinne versucht, die Einheimischen mit einer umwerfenden Hochzeitsfeier hinters Licht zu führen, und ich will mitmischen. Ich bin eine ‹Agentin des Chaos›, Natalie. Ich kann nicht anders, ich sehne mich nach der Gefahr.»

«Woher weiß ich, dass du nicht auf einer Undercover-Mission bist?» Natalie verengte ihre Augen und sah über den Rand ihrer Kaffeetasse. «Sind Sie verkabelt, Welch?»

Ohne einen Moment zu zögern, hob die Freundin ihres Bruders das Stanford-T-Shirt an und enthüllte ein regenbogenfarbenes Höschen und zwei sehr beeindruckende Brüste. Als sie das T-Shirt wieder sinken ließ, brummte Natalie in ihren Kaffee. «Welche Dienste bietest du an?»

«Blumenarrangements, natürlich. Aber auch ...» Hallie trat einen Schritt vor, weiter ins Licht. «Buchstäblich alles, was gefährlich ist. Vor allem die Planung von Junggesellinnenabschieden. Da kannst du auf mich zählen.»

«Du bist ein bisschen durchgeknallt, oder, Hallie?»

«Ich habe deinem Bruder anonyme Verehrerinnenbriefe geschrieben und war dann eifersüchtig, als er mir zurückschrieb.»

«Sag ich doch.» Natalie tippte mit einem Finger gegen den Rand ihrer Tasse. «Willst du nicht fragen, warum ich diese vorgetäuschte Verbindung mit jemandem eingehe, den ich mal als abgestorbene Vorhaut bezeichnet habe? Oder fragst du mich genau das *nicht*, weil du es schon weißt?»

«Julian und ich haben uns unterhalten, über ... Du weißt schon.» Hallie errötete so schnell, dass es an ein Wunder grenzte, dass in ihren Beinen noch genug Blut war, um aufrecht zu stehen. «Heirat. Unsere. Und er hat möglicherweise etwas von Geld aus einem Treuhandfonds erwähnt, das freigegeben wird, sobald das passiert. Er, ähm ... Na ja, er hat mich gefragt, ob ich etwas dagegen hätte, wenn er das Geld in das Weingut stecken würde. Wenn es so weit ist.»

Natalie spürte ein Stechen in der Kehle. «Nun, er ist viel selbstloser als ich.»

«Nein.» Hallie schüttelte den Kopf. «Er ist im Moment einfach in einer besseren Position, um zu helfen.»

«Ich würde helfen, wenn sie fragen würden. Wenn ich das Gefühl hätte, dass sie meine Hilfe wollen ...» Sie unterbrach sich selbst mit einer Handbewegung und zwang sich zu einem Lächeln. «Ich weiß dein Hilfsangebot zu schätzen, du lustige Nudel. Und ich nehme es an. Ich werde dein Bedürfnis nach Chaos stillen, solange du mein Geheimnis vor der Familie bewahrst.»

Hallie schloss langsam die Augen und drückte die Hände auf Höhe ihrer Brüste zusammen. «Ich danke dir. Ich erkläre mich hiermit zu deiner heimlichen Dienerin.»

«Bitte mich nur nicht, dich so zu nennen.» Natalie schaltete die Kaffeemaschine aus und schlenderte mit einer halb vollen Tasse in der Hand zum Flur. Bevor sie die Küche verließ, blieb sie vor Hallie stehen, die vor Aufregung leicht zitterte. «Mein Bruder hat keine Ahnung, worauf er sich da eingelassen hat, oder?»

«Doch, das weiß er genau.» Die Augen der Gärtnerin funkelten. «Er weiß genau, dass ich zu Zerstörung fähig bin, und er liebt mich trotzdem. Vielleicht ist er der mit dem Knall.»

«Vielleicht», murmelte Natalie und schüttelte den Kopf. «Ich habe schon erwähnt, dass ich dich mag, oder?»

«Ich mag dich auch.» Hallie blinzelte und verschwand wieder in der Dunkelheit, wobei sie flüsterte: «Lass uns den Scheiß so richtig durcheinanderwirbeln.» Natalie starrte lange in die Dunkelheit hinein, und Schuldgefühle begannen in ihrer Kehle zu kitzeln. Jetzt hatte sie also ihre ganze Familie *und* Hallie in ihren Plan verwickelt? Sollte dies die eine Lüge sein, die sich zu tausend weiteren auswuchs, obwohl sich die ganze Scharade mit einem einzigen demütigenden Anruf bei ihrem Vater in Italien beenden ließe?

Ja.

Sie legte den Kopf in den Nacken und schickte ein leises Stöhnen gen Decke. Ein Anruf. Das konnte sie schaffen. Am besten, bevor sie noch mehr Schaden anrichtete – oder noch mehr geliebte Menschen mit hineinzog. Aber Mann, das würde so richtig ätzend werden.

Natalie kritzelte wütend auf einem Notizblock herum, zog die Spitze des Kugelschreibers in einem blauen Graben hin und her, der langsam schon schwarz wurde. In ihrem Ohr summte die Leitung, die versuchte, eine Verbindung nach Europa herzustellen. Ihr brach der kalte Schweiß aus; sie blickte auf die Uhr und rechnete die Zeitverschiebung noch einmal nach. Acht Stunden Vorsprung in Italien. Es musste früher Abend sein. Sie hatte keine Ahnung, wie der Terminplan ihres Vaters aussah, keine

Ahnung, ob dies überhaupt noch seine Telefonnummer war. Aber sie wollte nicht in zehn Jahren zurückblicken und sich wünschen, diesen Versuch unternommen zu haben, um eine Katastrophe abzuwenden.

«Hallo.»

Kurz und knapp. Ohne irgendetwas preiszugeben. Das war ihr Vater.

Gott, es gab niemanden auf der Welt, der einschüchternder war, und sie hatte zu ihrer Zeit im Finanzwesen weiß Gott schon einige überlebensgroße Menschen getroffen. Dalton Vos urteilte mit den Augen und hatte nie Zeit. Er hatte es immer eilig, bewegte sich immer auf das nächste Ziel zu, als hätte er Angst, die Welt zu verlassen, ohne ihr seinen Stempel aufgedrückt zu haben. Er war wild entschlossen gewesen, sein Weingut zum erfolgreichsten in Napa zu machen. Sobald er das erreicht hatte, war es ihm ... langweilig geworden. Wie St. Helena. Wie seine Familie.

Das Feuer vor vier Jahren war für ihn nahezu inakzeptabel, als könne er nicht zugeben, dass eine Naturkatastrophe über ihn hereingebrochen war. Nachdem er seine zerrüttete Ehe mit Corinne beendet und ihr Vos Vineyard überschrieben hatte, hatte er seinen obsessiven Fokus auf ein Formel-1-Team gerichtet und zweifellos einen riesigen Batzen Geld darin investiert, den das Weingut dringend gebraucht hätte.

Es war die Erinnerung an das, was Dalton ihrer Mutter angetan hatte, die Natalie dazu brachte, den Stift wegzulegen und sich aufrecht hinzusetzen. «Hallo, Vater, hier ist Natalie.»

«Ja. Deine Nummer wurde im Display angezeigt», sagte er, fast schon abwesend. «Wie geht es dir?»

«Gut. Ich bin gerade in St. Helena.»

«Ah.» Eine kurze Pause. «Wie geht es Corinne? Sie ist vermutlich erschöpft, schätze ich. Es ist nicht einfach, ein Weingut zu führen, das hat sie sicher schon gemerkt.»

«Eigentlich geht es ihr sehr gut», sagte Natalie, ohne zu zögern. Sicher, es mochte Spannungen zwischen ihr und Corinne geben, aber sie würde auf keinen Fall zulassen, dass dieser Mann dachte, er sei das Stärkste an ihrer Mutter gewesen. Oder dass sie ohne ihn schlechter dran war. Jede Frau, die etwas auf sich hielt, hätte das Gleiche getan. «Besser als je zuvor.»

Keine Antwort. Sie konnte sogar hören, wie er am anderen Ende etwas tippte.

Unnahbar und abweisend wie immer.

Sie musste ihr Anliegen vortragen, bevor sie noch anfing zu schreien. «Ich rufe an, weil ich die Möglichkeit habe, meine eigene Investmentfirma in New York zu gründen. Meine Kollegin Claudia und ich wollen uns selbstständig machen ...»

«Ich weiß, dass du gefeuert wurdest, Natalie. Nach dem schlechten Deal Anfang des Jahres, der fast deine gesamte Firma in den Abgrund gerissen hätte.» Er räusperte sich. Ein Stuhl knarrte. «Ich bin immer noch Investor. Deine Firma hat vielleicht versucht, das totzuschweigen, aber mein Broker hat die Details hinter den Kulissen in Erfahrung gebracht.»

Übelkeit breitete sich in ihrem Magen aus wie Nebel über einem See, ein stechender Schmerz tauchte in der Mitte ihrer Stirn auf. Er wusste, dass sie gefeuert worden war, und er hatte einfach weitergemacht wie bisher. Warum sollte sie etwas anderes erwarten? *Reiß dich zusammen. Konzentrier dich.* «Ja, gut. Ich bin am Boden, aber nicht am Ende. Ich bin schon auf dem Weg da raus, darum ...»

«Darum rufst du an. Um Geld zu bekommen.»

«Ja.» Sie holte tief und leise Luft und zwang sich, den Kaffee, den sie getrunken hatte, nicht auszuspucken. «So ist es. Ich rufe wegen meines Treuhandfonds an. Ich denke, du wirst mir zustimmen, dass die Bedingungen dafür in der heutigen Zeit völlig überholt sind.»

«Ich bin es, der dieses Geld verdient hat, Natalie. Es liegt an mir, zu entscheiden, wie ich es verteile. Hättest du klügere Entscheidungen getroffen, hättest du dieses Problem nicht.»

«Was willst du denn von mir hören? Dass ich es vermasselt habe? Das weiß ich.» *Belass es dabei.* Er musste nur hören, dass er recht hatte. Ihn recht behalten zu lassen, würde wehtun, aber sie musste sich auf ihr Ziel konzentrieren.

Aber dann sprach er es aus. Er *sprach* es einfach *aus*.

«Vielleicht ist die Idee, zu heiraten, doch nicht völlig überholt. Vielleicht bist du für das Familienleben besser geeignet als für das Geschäftsleben, Natalie.»

Mit anderen Worten: Geh zurück in die Küche.

Jedes Haar an ihrem Körper richtete sich auf. «Offen gesagt, Vater, glaube ich nicht, dass ein Mann, der seine eigene Frau verlassen hat, in der Position ist, die Tugenden der Ehe anzupreisen.»

Ein Schnauben von Dalton. Dann war die Leitung tot.

Sie schloss die Augen und ließ das Telefon auf ihren Schoß sinken.

Die Hochzeit würde definitiv stattfinden.

KAPITEL 8

August strich sich mit der Hand über die verschwitzte Stirn und warf den Schraubenschlüssel auf den Boden.

Das Beste daran, das Weingut hinter sich zu lassen, war, dass er diese Weinpresse nie wieder in seinem Leben sehen musste. Sobald er das Anwesen verkauft hatte, würde die veraltete Ausrüstung das Problem von jemand anderem sein. Aber jetzt stand er hier und reparierte den temperamentvollen Schrotthaufen zum achthundertsten Mal.

Unternahm einen weiteren sinnlosen Versuch, Wein zu keltern.

Vielleicht würde sein Cabernet dieses Mal tatsächlich jemanden umbringen.

August ging die wenigen Schritte zum Arbeitstisch an der rechten Seite der Scheune, nahm seine Wasserflasche, leerte den größten Teil des Inhalts in einem Zug und schüttete sich den Rest über den Kopf. Seufzend lehnte er sich gegen den Tisch und ließ seinen Blick durch die Scheune schweifen und auf der Reihe von Eichenfässern verharren, in denen die gärenden Trauben und ihr Saft lagerten, der theoretisch zu Wein reifen sollte.

Um ehrlich zu sein, hatte ihn der Gedanke, diese Fässer zurückzulassen, ein wenig geschmerzt. Er hatte ihren Inhalt selbst angebaut, die Trauben mit bloßen Händen gepflückt, und wenn er nur den richtigen Umgang mit der Hefe finden könnte, würde es sicher klappen. Oder nicht?

Mit einem Schnauben erinnerte August sich an die vielen Leute, denen er dabei zugesehen hatte, wie sie seinen Wein wieder ausspuckten, wie Babys, die sich nach einer ganzen Flasche Milch erbrachen. Als er die Scheune das erste Mal betrat, hatte er so große Hoffnungen gehabt. Sie würde voll mit Leuten sein, die Wein tranken, auf dessen Etikett der Name seines besten Freundes stand. Irgendwo, irgendwie würde Sam das sehen und darauf mit dieser Kombination aus Klatschen und Lachen reagieren, die August in seinen Träumen noch hören konnte.

Dabei waren seine Versuche zu schlafen letzte Nacht von jemand ganz anderem gestört worden. Von Natalie. Und den Erinnerungen daran, wie sie das Liebesnest im *Wine Train* geteilt hatten.

Lebhafte Erinnerungen, die seinen Schwanz alles andere als glücklich machten.

Gott, ihr Arsch passte so perfekt in seinen Schoß.

August ließ den Kopf mit einem Stöhnen in den Nacken fallen. Warum konnte er nicht einfach abspritzen und es hinter sich bringen? Er wollte es. Unbedingt. Normalerweise könnte nicht einmal der Schlund der Hölle, sollte der sich in seinem Vorgarten plötzlich auftun, ihn davon abhalten, sich, wenn es nötig war, einen runterzuholen – und Himmel, jetzt war es nötig. Seltsamerweise schien sein Gehirn jedoch darauf aus zu sein, ihn mit unsexy Gedanken zu bombardieren, die den ganzen Prozess der Selbstbefriedigung schon in seinen Anfängen zum Erliegen brachten.

Vor allem die Erinnerung daran, wie Natalie bei der Kritik ihrer Mutter einfach in sich zusammengesunken war, gefiel ihm nicht.

Er hatte es genossen – er konnte gar nicht anders –, wie sie sich an ihn geschmiegt hatte, um Trost zu finden, aber der

Grund dafür gefiel ihm nicht. Ganz und gar nicht. Wenn Natalie traurig war, wurde sein Schwanz schlaff, noch bevor er richtig Fahrt aufgenommen hatte. Was ging denn da ab?!

Als die Quelle seines Unbehagens mit einem Notizbuch in der Hand in der Tür der Scheune auftauchte wie eine junge Angestellte auf dem Weg in den Konferenzsaal, konnte August sie einfach nur anstarren. War sie immer noch verärgert wegen gestern Abend, oder ging es ihr besser?

Denn sein Schwanz hatte keine Ahnung, wie er sich verhalten sollte.

Er erhielt die Antwort, als sie die Nase rümpfte. «Gott, ich kann dich von hier aus riechen.»

Es ging ihr definitiv besser.

Mit einem humorlosen Lachen klaubte er den Schraubenschlüssel vom Boden auf. «So sieht körperliche Arbeit eben aus, Natalie. Hast du das im wirklichen Leben schon mal gesehen oder nur in Filmen?»

Ihr abfälliges Seufzen erfüllte die Scheune. «Ich bin auf einem Weingut aufgewachsen, du Trottel. Ich weiß, wie körperliche Arbeit aussieht.»

«Nö. Du weißt, wie es aussieht, wenn *andere* Leute sie machen.»

Sie öffnete den Mund zu einer Antwort, schloss ihn aber genauso schnell wieder und wich seinem Blick aus. Sofort wünschte er sich ihren Blick zurück. Warum tappte er in ihrer Gegenwart immer wieder in dieselbe Falle? Warum stritten sie sich jedes Mal, wenn sie im selben Raum waren? Führte Natalie sie beide auf direktem Weg in diese Meinungsverschiedenheiten, oder war er derjenige, der immer wieder in ihr Fettnäpfchen trat? «Ich bin hier, um den ... das Ehegelübde zu besprechen», sagte sie und schenkte ihm ein unbekümmertes

Lächeln, obwohl ihre Augen eine Verletzlichkeit verrieten, bei der sich seine Kehle zusammenzog. Möge Gott ihn vor seiner kaleidoskopischen Frau behüten. «Es sei denn, du hast jetzt eine Nacht drüber geschlafen und beschlossen, einen Rückzieher zu machen.»

«Ich mache keinen Rückzieher.» Der lange Seufzer, den sie auf seine Antwort ausstieß, weckte in ihm das Bedürfnis, sie zu schütteln. Oder zu küssen. Oder etwas ganz anderes zu tun. «Wir planen also so richtig, mit Notizbuch und allem?»

«Ich schätze, du musst dir ein Oberteil anziehen. Es sei denn, du hast sie alle zerrissen, als du vor dem Spiegel Hulk gespielt hast.»

«Sollte ich es dir lieber gleichtun und den Spiegel fragen, ob ich die Schönste im ganzen Land bin, oh du Böse?»

«Hüte dich vor vergifteten Äpfeln, sobald wir verheiratet sind. Ich würde das ganze Anwesen erben und einen anständigen Wein machen.»

«Du meinst, du könntest andere Leute damit beauftragen, das für dich zu tun?»

«Besser, als stur zu versuchen, es allein zu machen, ohne jegliche Fachkenntnisse.»

«Meinst du, du kannst es besser, Prinzessin? Denn soweit ich das beurteilen kann, hast du nichts mit der eigentlichen Herstellung oder Abfüllung des Weins deiner Familie zu tun. Nur mit dem Trinken.»

Ein Schalter legte sich um.

In einer Sekunde war sie noch voller Leben, in der nächsten bewegte sie sich wie ein Roboter.

Und sein Gehirn, das im Oberstübchen, nicht das in seiner Hose, erinnerte sich nach und nach an die vielen Male, an denen er sich über Natalie lustig gemacht hatte, weil sie so oft betrunken war. Hatte sie da genauso reagiert? Ja ... August vermutete es, war sich aber nicht sicher, schließlich hangelten sie beide sich immer von einem Stück Stacheldraht zum nächsten, ähnlich wie Affen von Liane zu Liane.

«Möchtest du, dass ich aufhöre, dich mit dem Trinken aufzuziehen?», fragte er und ging auf sie zu. «Das kann ich nämlich.»

Sie schlug das Notizbuch auf der ersten Seite auf und tat so, als würde sie etwas aufschreiben, obwohl er sehen konnte, dass die Kappe noch auf ihrem Füller saß. «Das ist eigentlich egal. Alles, was du zu mir sagst, geht zum einen Ohr rein und zum anderen wieder raus.»

«Nein, die Sache mit dem Trinken stört dich.»

«Du machst aus einer Mücke einen Elefanten.»

«Gerade weil ich damit aufhören werde.»

«Legen wir jetzt etwa Parameter dafür fest, wie wir uns gegenseitig beleidigen?»

«Ja. Sieht so aus. Das Ziel ist nicht, deine Gefühle zu verletzen.»

Das überraschte sie. Weckte ihre Aufmerksamkeit. Gut. «Und was *ist* das Ziel?»

«Du bist so entschlossen, mich in meine Schranken zu weisen. Mir zu zeigen, dass ich unter dir stehe. Vielleicht versuche ich nur, dich auf dieselbe Ebene zu bringen, damit wir ... »

«Sex haben? Gott, du bist so berechenbar.»

«Ich wollte sagen, damit wir wieder auf Augenhöhe sind.»

«Im Bett.»

«Neben anderen Orten.»

Zum Beispiel beim Kuscheln in Zügen. Was er nicht laut aussprechen konnte, ohne dass sie ihn gleich steinigte.

Aber dieses eine Problem konnte er doch lösen, oder nicht?

Diese Frau sollte in seiner Nähe nicht auf der Hut sein müssen. Es störte ihn sehr, dass sie es war. Dass sie auf seinem Schoß saß und ihm vertraute, gefiel ihm viel besser. «Deine Mutter hat gestern Abend etwas über ... einen Vorfall in der Highschool gesagt?»

Ihre Muskeln spannten sich an, als sei sie überrascht, dass er das aufs Tapet brachte, und als müsse sie nun ihre Schutzmauern noch verstärken. Das würde er nicht zulassen.

«Natalie, ich habe mit siebzehn ‹Wanted Dead or Alive› von Bon Jovi auf der Talentshow meiner Highschool in ein Mikrofon gerülpst. Mit Perücke und in Kniestrümpfen mit Fransen. Ich stehe nicht hier, um dich zu verurteilen.»

Ein keuchendes Lachen entschlüpfte ihr. «Letzter Platz, nehme ich an?»

«Sie haben meine künstlerische Vision nicht wirklich verstanden.»

Sie ließ ihren Blick über ihn gleiten, als hätte sie die Szene vor Augen, und presste die Lippen zusammen, um ein Lächeln zu unterdrücken. Zögerte. Dann gestand sie mit einem kurzen Schulterzucken: «Ich neige dazu, Alkohol als Bewältigungsmechanismus zu nutzen. Natürlich tue ich das. Ich bin eine Erwachsene, die in einer Welt wie dieser aufgewachsen ist.» Sie kaute auf der Innenseite ihrer Wange herum, und ihr Gesichtsausdruck durchlief so schnell die gesamte Bandbreite an Emotionen, dass er Mühe hatte, zu folgen. Verdammt, sie war schon etwas Besonderes. «Damals in der Highschool war es allerdings mehr ... der Antrieb, mich auszuleben und die Aufmerksamkeit zu bekommen, die ich brauchte. Julian gelang das leicht. Er bekam Aufmerksamkeit für seine Leistungen und seine kluge Art, Probleme zu lösen. Ich hatte keine dieser Eigenschaften und geriet in Panik, denke ich. Ich fühlte mich mit der Zeit unsichtbar. Wenn ich viel trank und mich rücksichtslos verhielt, bemerkten die Leute das wenigstens. Sie hielten mich für lustig. Das Partygirl.»

August hätte am liebsten geschrien, dass alle, die ihr keine Aufmerksamkeit schenkten, Volltrottel waren, aber er hatte Angst, sie mit einem falschen Wort zu unterbrechen, und dass sie dann nicht weiterreden würde. Sie stritten weiß Gott oft genug wegen seines Hangs, immer das Falsche zu sagen.

Das hielt ihn allerdings nicht davon ab, sie verbal verteidigen zu wollen. Und vielleicht noch ein bisschen zu kuscheln.

«Meine Eltern haben mich für zwei Wochen in eine Reha-Klinik eingewiesen, eher um mir Angst zu machen als alles andere. Ich hatte zu viel Mist gebaut – ich glaube, der Tropfen, der das Fass zum Überlaufen brachte, war, dass ich am Abend vor dem Homecoming-Ball mit Bleiche riesengroß die Nummer neunundsechzig auf das Footballfeld gemalt habe ...»

«Hübsch.»

Sie gaben sich die Faust.

Gleich darauf sah sie ihn deswegen schockiert an.

«... und mein Ruf das Weingut allmählich in ein negatives Licht rückte. Klingt vertraut, nicht wahr?» Ihr Lächeln war ruhig, aber sie schaute neugierig auf ihre Faust hinunter, als müsste sie immer noch verarbeiten, dass sie mit seiner abgeklatscht hatte. «Es hat funktioniert. Ich hatte wirklich Angst.»

Diese Worte, in so sachlichem Ton ausgesprochen, weckten bei August heftige Ablehnung. «*Wer* hat dir Angst gemacht?», bellte er.

«Ich.» Eine Falte bildete sich auf ihrer Stirn. «Ich. Ohne die Party-Magie, hinter der ich mich verstecken konnte, hatte ich nur noch mich. Ich musste herausfinden, worin ich gut war. *Außer* darin, Partys zu schmeißen.»

August wünschte von Herzen, ihr Verhältnis wäre besser, um Natalie in den Arm nehmen und sie fest an sich drücken zu können – und sie bei Gott schwören zu lassen, dass ihr niemand in der Reha Angst gemacht hatte –, aber allein das war für ihn eine wichtige Information. Er musste *zuhören*, anstatt einfach zu reagieren. «Also, wenn ich mich über dich lustig mache, weil du zu viel Wein trinkst, macht dich das unglücklich», sagte er ganz langsam, während er die einzelnen Teile zusammensetzte. «Weil du für die anderen Dinge anerkannt werden willst, in denen du gut bist? Wie den Wall-Street-Scheiß?»

Sie konnte ihre Belustigung nicht ganz verbergen. «Na sieh mal einer an, übernimm deinen Denkapparat mal besser nicht, großer Junge.»

Er ließ den Atem, den er angehalten hatte, eilig entweichen. «Habe ich Nasenbluten?»

«Nein. Deine Nase ist immer noch hässlich, aber ansonsten geht es dir gut.» Ihre Lippen zuckten, dann bewegten sie sich nicht mehr. «Ich schätze ... ja. Ich bin im Moment nicht so gut in dem Wall-Street-Scheiß, und wenn du ständig Witze über das Trinken machst ...»

«Erinnert dich das daran, wie es war, als du siebzehn warst. Als du nichts weiter hattest als Trinken und Partymachen.»

«Und ich fühle mich dann nicht gut.» Die Farbe ihrer Wangen wurde dunkler. «Deswegen.»

Ein Feuerrad drehte sich in seinem Magen. «Ich mag es nicht, dass du dich nicht gut fühlst. Dass ich der Grund dafür bin. Es tut mir leid.» Er trat einen Schritt auf Natalie zu und hob ihr Kinn an, bewunderte die glatten Linien ihres Halses, die Art, wie ihre Augenlider sich bei seiner Berührung leicht senkten. Wie konnte er mit jemandem, der so zerbrechlich war, ständig im Streit liegen? «Keine Witze mehr über den Wein.»

«Alles andere ist erlaubt?»

«Ich denke, ich muss mich doch für die Bemerkung über die hässliche Nase revanchieren, oder?»

Natalie legte ihr Gesicht für einige Sekunden in seine Handfläche und seufzte, bevor sie den Kopf schüttelte und wieder zurückwich. «Meinst du, wir können uns eine halbe Stunde lang nicht streiten und uns überlegen, wie wir unsere standesamtliche Trauung so zivilisiert wie möglich über die Bühne bringen? Corinne war nämlich fleißig ...»

«Jawohl, Ma'am», brummte er und zwinkerte ihr zu. «Aber ich lasse mein Oberteil aus. Gern geschehen.»

«Mein Gott.» Sie wedelte hektisch mit der Hand. «Wie du *stinkst*.»

«Harte Arbeit hat ihren Preis. Das wüsstest du, wenn du es mal versuchen würdest.»

«Du meinst, ich sollte ein Loch graben, das groß genug für dein Grab ist? Denn daran würde ich mich versuchen.»

«Begrabt mich mit einem Sixpack von ...» Auf dem Weg raus aus der Scheune hielt August mitten im Schritt inne. Kälte breitete sich in seinem Inneren aus und ließ ihn zu Eis erstarren. Gleichzeitig begannen seine Augen zu brennen, und sein ganzer Körper spannte sich an, dann schlug er die Hand zum Gruß an seine Stirn. Das war nicht nötig. Nicht in diesem Umfeld. Er trug nicht einmal eine Uniform. Aber das Muskelgedächtnis führte die Handlung automatisch aus, als er seinen befehlshabenden Offizier über den Rasen auf sich zukommen sah. «Sir.»

«Rühren, Cates.»

Er ließ den Arm sinken. Zwang sich, dem Mann in die Augen zu sehen, auch wenn ihm das ein Loch in die Brust brannte. «Ich wusste nicht, dass Sie kommen würden.»

Ein Anflug von Belustigung. «Sie wissen, dass ich das Überraschungsmoment gerne auf meiner Seite habe.»

August zwang sich zu einem Lachen, aber es klang kratzig. Es waren fast drei Jahre vergangen, seit er seinen befehlshabenden Offizier das letzte Mal gesehen hatte, und das unter den denkbar schlechtesten Umständen. Auf der Beerdigung von dessen Sohn und Augusts bestem Freund, Sam. Obwohl es ihm äußerst schwerfiel, Commander Zelnick in die Augen zu sehen, wandte August den Blick nicht ab, als der Mann nähertrat und seinen Blick mit unverhohlener Neugier über den Weinberg schweifen ließ.

August wurde sich sehr deutlich bewusst, dass Natalie hinter ihm stand. Ihre Anwesenheit bei diesem Wiedersehen war ungefähr so, als hätte man seinen Torso von der Kehle bis zum Bauch aufgeschlitzt und ihr Einblick in sein Innerstes gewährt. Er war vollkommen entblößt, zutiefst verletzlich, ohne eine Möglichkeit, sich zu verstecken.

Er drehte sich leicht um, begegnete Natalies interessiertem Blick und streckte ihr die Hand entgegen. Er war sich nicht sicher, warum. Es erschien ihm nur natürlich, ihr zu versichern, dass das unerwartete Auftauchen eines Fremden keine Bedrohung darstellte. Vielleicht musste er auch ihre Wärme an seiner plötzlich klammen Handfläche spüren. Sie zögerte keine Sekunde, ergriff seine Hand und drückte sie. Vergessen war das Geplänkel. Interessant, dass sie den Schalter so schnell wieder umlegen konnten. Was bedeutete das?

«Das ist also der Ort, den Sie für meinen Sohn aufgebaut haben.» Commander Zelnick blieb stehen und verschränkte die Hände hinter dem Rücken. Sein Ton war forsch wie immer, aber es lag Wärme darin. «Ich habe eine Woche frei und mich endlich entschlossen, ihn mir selbst anzusehen.»

Oh Gott. Vor zwei Tagen hätte er beinahe alles aufgegeben. Aus der Not heraus, sicher, aber wäre Natalie nicht gewesen, hätte dieser Mann bei seiner Ankunft hier ein verlassenes Weingut vorgefunden.

Ohne nachzudenken, zog er sie näher zu sich heran. «Ja. Das Weingut für Sam. Aber es ist noch nicht fertig», konnte er, trotz des Kloßes in seiner Kehle, hervorwürgen. «Sir, ich möchte Ihnen Natalie Vos vorstellen. Meine Verlobte.» Es fühlte sich nicht gerade gut an, seinem befehlshabenden Offizier die vorgetäuschte Beziehung zu präsentieren, aber die Worte waren heraus, bevor er es sich anderes überlegen konnte. Sie waren einfach da und fühlten sich wie die Wahrheit an. «Natalie, das ist Commander Brian Zelnick.»

Zelnick nickte, sichtlich beeindruckt – und ein wenig überrascht. «Schön, Sie kennenzulernen, Natalie.»

Natürlich war er überrascht. Natalie war nicht nur eine elegante Schönheit, sie strahlte auch Raffinesse und Erfolg aus; beides umgab sie wie eine Aura. Mit anderen Worten, sie gehörte nicht zu der Sorte Mädchen, die bei einem lauten Arschloch landete, das gerne Geschichten über Kriegsverletzungen zum Besten gab und sich unter seinen SEAL-Kollegen den Spitznamen Bullhorn verdient hatte.

«Es freut mich auch, Sie kennenzulernen», sagte sie, während sie August eingehend musterte. Er spürte, dass sie nach Sam fragen wollte, und drückte einen Daumen auf ihr Handgelenk, in der Hoffnung, sie würde verstehen, was er ihr sagen wollte: dass er es ihr später erklären würde. Und tatsächlich verstand sie. Sie kommentierte die Aktion mit einem Nicken. «Ich lasse euch allein.» Zu August sagte sie: «Ich warte im Haus.»

Natalie zog dreimal an ihrer Hand, bevor August merkte, dass er sie immer noch festhielt. Schließlich ließ er sie los, und die beiden Männer sahen ihr dabei zu, wie sie auf das Haus zuging, es betrat und die Tür hinter sich schloss. August und der Commander drehten sich gleichzeitig um und gingen nebeneinander zum Rand der Weinberge, wobei der erdige, sonnenwarme Duft nach Blättern und Trauben von einer leichten Brise in ihre Richtung getragen wurde.

Eine Schweißperle kullerte an Augusts Schläfe hinunter, während er darauf wartete, dass sein befehlshabender Offizier etwas sagte.

Dieser Mann hatte August versichert, dass er ihn nicht für das verantwortlich machte, was Sam zugestoßen war – und der Commander wiederholte sich nie. Trotzdem kämpfte August gegen den starken Drang, noch einmal nach diesen Worten zu fragen. Gott, er musste sie hören, auch wenn sie nichts änderten. Er hatte zugelassen, dass sein Freund fünfzehn Meter von ihm entfernt getötet wurde.

Fünfzehn verdammte Meter.

«Ich weiß zu schätzen, was Sie hier aufgebaut haben, mein Junge», sagte Zelnick mit rauerer Stimme als zuvor. «Sam würde das auch.»

August räusperte sich heftig. «Um die Wahrheit zu sagen, ich bin ein beschissener Winzer, Sir. Ich glaube, er würde sich totlachen.»

Sein Commander lachte leise. «Ich habe meine Hausaufgaben gemacht. Ich weiß, dass Sie so Ihre Schwierigkeiten hatten. Das ist der andere Grund, warum ich hier bin.» Er schwieg einen Moment. «Sie waren schon immer ein Rammbock. Erst die Tür eintreten, dann Fragen stellen. Aber es gibt bestimmte Dinge im Leben, die Geduld und Fleiß erfordern. Einige dieser Lektionen müssen Sie bereits verinnerlicht haben, wenn Sie es geschafft haben, diese Frau davon zu überzeugen, Sie zu heiraten.»

Geduld und Fleiß.

War es das, was er bei Natalie brauchte?

Er prägte sich diese beiden Worte ein, notierte sie sich mental für später.

«Sie meinen, ich kann nicht sofort Perfektion erwarten», sagte August. «Dass das Zeit braucht.»

«Ja.» Zelnick verschränkte die Arme und stand breitbeinig da, eine Pose, die August so vertraut war, die ihn so sehr an Sam erinnerte, dass er den Blick abwenden musste. «Abgesehen davon weiß ich, dass Zeit für ein Projekt wie dieses auch Geld bedeutet. Sehr viel Geld. Deshalb bin ich hier, um zu investieren.»

 # KAPITEL 9

Natalie stand am Fenster und spähte durch die Jalousien, während Menace in Schleifen um ihre Beine lief. Sie bemerkte, dass Augusts Rücken bebte, und ihre Finger wanderten unruhig auf dem Fensterbrett hin und her. Es dauerte einen Moment, bis ihr auffiel, dass sie genau die Form der Narbe auf seiner rechten Schulter nachzeichnete. Sie hielt sofort inne und wich von den Jalousien zurück. Trat dann doch wieder an das Fenster heran und schaute hinaus.

Das ist also der Ort, den Sie für meinen Sohn aufgebaut haben.
Okay. Moment. Was?
Was hatte sie nicht mitbekommen?

Und warum bildete sich wegen dieser neuen unbekannten Komponente ein Knoten in ihrem Magen? Ihr kam ein Gedanke, und so trat sie noch einmal vom Fenster zurück, drehte sich um, zögerte einen Moment, dann ging sie in die Küche und riss die Schränke auf. Sie suchte nach einer Flasche Wein. Vielleicht würde die Lösung des Rätsels auf dem Etikett stehen, von dem sie sich bisher nie die Mühe gemacht hatte, es genauer zu betrachten.

Doch da war nichts. Im Haus war keine einzige Flasche von Augusts Wein zu finden - er hatte sie alle verschenkt.

Sie holte ihr Handy heraus und gab bei Google den Namen von Augusts Weingut ein. Mehrere negative Rezensionen tauchten auf. Ihr Blick blieb an den Worten *ungenießbar, wurde in einem*

Müllcontainer vergoren, am besten gleich anzünden hängen. Aber natürlich hatte er keine Website. Sie hatte gerade die zweite Seite der Suchergebnisse angeklickt, als sich die Haustür öffnete und August mit seinem breiten Körper im Türrahmen auftauchte, wobei er fast das ganze Sonnenlicht aussperrte.

Seine Kehle schien mitten während des Schluckens zu erstarren.

Natalie konnte sich nicht rühren, konnte nur zusehen, wie er beiläufig ein paar Schritte ins Haus machte und die Tür hinter sich schloss, wobei die Dielen unter seinen schweren Schritten ächzten. In der Ferne war mit einem Mal das Geräusch eines Automotors zu hören, das sich dann allmählich entfernte. War sein befehlshabender Offizier schon weg?

«Ist das ... Gespräch nicht gut verlaufen?»

August blieb im Flur auf dem Weg zum Schlafzimmer stehen. «Es ist gut gelaufen.» Er warf ihr kurz einen Blick über die Schulter zu, und sofort fiel ihr die tiefe Furche zwischen seinen Augenbrauen auf. «Danke, dass du die ganze Verlobungsgeschichte vor ihm mitgemacht hast. Er wird auf der Basis allen erzählen, dass ich eine echte Granate heiraten werde.»

Er ging weiter, das machohafte Kompliment hing noch in der Luft, und Natalie begann zu zittern. Er war nicht er selbst. Das erinnerte sie an den Nachmittag des Weinverkostungswettbewerbs. Wie er sich tief in seinen großen, albernen Kopf zurückgezogen hatte und nicht mehr herauszufinden schien. Also folgte sie ihm. Bis ins Badezimmer. Als sie die Tür öffnete, stand er da, die Hände auf das Waschbecken gestützt, den Kopf gesenkt.

«August, wer ist Sam?»

Nach einer Weile hob er den Kopf und drehte sich mit abgekämpfter Miene zu ihr um. «Er war mein bester Freund. Er ... ist im Kampf gefallen. Getötet bei einem Angriff. Er kam als

Letzter dazu. Er war *der Letzte in der Reihe*. Ich weiß immer noch nicht, wie wir die Zielperson nicht bemerken konnten, als wir die Treppe hinuntergingen. Fehlerhafte Informationen, haben sie gesagt, als würde das helfen.» Sie versuchte, diese schreckliche und erschütternde Information zu verdauen, bekam kaum Luft, während August mit den Fingern auf dem Rand des Waschtischs herumtrommelte. «Sam hatte diesen Traum, Winzer zu werden. Wir haben alle darüber gelacht. Nannten ihn *Napa Daddy*. Aber es war ihm ernst damit. Eines Tages, das war sein Plan, wollte er das Militär verlassen und ein kleines Weingut kaufen, wie dieses hier. Das ist sein Traum, nicht meiner. Ich bin nur derjenige, der ihn vermasselt.»

Natalies Magen sackte ab, landete etwa auf Höhe ihrer Knöchel. Alles Schreckliche, was sie jemals zu ihm gesagt hatte, kam in aller Deutlichkeit zurück, und ihre Kehle fühlte sich an, als hätte man sie ihr durchgeschnitten. «August ...»

«Du hast recht.» Er stieß sich abrupt vom Waschbecken ab, sein heiseres Lachen erfüllte das kleine Badezimmer. «Ich stinke grässlich. Ich werde schnell duschen, und dann können wir über den Hochzeitskram reden, hm?»

Er wartete ihre Antwort gar nicht erst ab. Er beugte sich einfach in die Duschkabine vor und drehte den Hahn auf, und das Geräusch von Wasser, das auf die Kachelwand prasselte, erfüllte die Stille. Wie betäubt verließ Natalie das Bad und schloss die Tür hinter sich. Schuldgefühle brannten in jedem einzelnen ihrer Organe. Ihre Glieder fühlten sich schwer und tot an. Die ganze Zeit hatte er versucht, seinem verstorbenen besten Freund diesen Traum zu erfüllen, und dafür hatten ihn alle verspottet?

Diese Erkenntnis war kaum zu ertragen.

Natalies Hand ruhte immer noch auf dem Knauf der Badezimmertür, und nun beobachtete sie mit verschwommenem

Blick, wie sich dieser in ihrer Hand drehte und sie wieder in den nun beschlagenen Raum eintreten ließ. *Was mache ich hier eigentlich? Keine Ahnung.* Aber sie wusste, dass sie dem Mann auf der anderen Seite des Duschvorhangs gegenüber äußerst unfair gewesen war. Er war sichtlich verletzt, nachdem diese schmerzhaften Erinnerungen wieder hochgekommen waren ... und sie wollte ihn unbedingt trösten. Auf jede ihr mögliche Weise.

Vielleicht auf die *einzige* Weise, die ihr in diesem Moment möglich war?

Natalie zog ihr T-Shirt aus dem Bund ihres Rocks und streifte es ab. Ihr Rock fiel zu Boden, gefolgt von ihren Sandalen. Ihre Finger zögerten nur einen Moment am vorderen Verschluss ihres BHs, bevor sie ihn öffnete. Und ihre Brüste in dem heißen, nebligen Raum entblößte. Zu begierig, ihn zu berühren, um zu bemerken, dass sie immer noch ihr mintgrünes Höschen trug, ging sie langsam zum Duschvorhang, zog ihn zurück und trat in die Kabine.

Oder ... besser gesagt, zwängte sich hinein. August nahm fast jeden Zentimeter darin ein.

Er stand mit hängendem Kopf unter der Brause, aber als er das Geräusch des Vorhangs, der zurückgezogen wurde, und ihr Eintreten in die Dusche hörte, spannten sich seine Schultern plötzlich an – und er drehte sich mit ungläubiger Miene um.

«Natalie? Was machst du ... ?» Als Zeichentrickhund wäre ihm die Zunge aus dem Mund gerollt. «Sind das deine *Titten*?»

«Nein, die gehören jemand anderem.»

Offenbar hatte er den Sarkasmus nicht bemerkt. Er war zu sehr damit beschäftigt, sich mit den Händen an der nassen Wand abzustützen und nach unten zu blicken, um sie zu betrachten. «Oh mein *Gott*. Sie sind unglaublich.» Er biss sich auf die Zunge und zuckte zusammen. «Mein Gott. Meine Eier sind noch nie in meinem Leben so schnell so hart geworden. Ich bin mir ziemlich sicher, dass jeder Tropfen Blut aus meinem Kopf gerade nach unten gewandert ist. Gib mir etwa ... acht Sekunden, um sicherzustellen, dass ich nicht ohnmächtig werde.»

Also, das war wirklich kein Problem.

Er stand mit zusammengekniffenen Augen da, biss sich auf die Unterlippe und gab Natalie damit die Gelegenheit, ihn zu betrachten. Angefangen bei seinem nassen, mit dunklen Haaren bedeckten Kopf, weiter über seinen Krieger-Oberkörper und seinen Bauch, dessen Muskeln der Struktur eines Eierkartons glichen, bis hin zu den ... whoa, Mama. Seine Eier waren nicht das Einzige, was hart war. Falls das mit dem Finanzsektor nicht klappen sollte, hatte sie möglicherweise gute Chancen als Schlangenbeschwörerin. Ihre Spalte zog sich zusammen und wurde warm, so warm. So bereit. Und wenn sie ehrlich war, kam diese Erregung nicht plötzlich. Diese körperliche Anziehung hatte sich seit Monaten aufgebaut. Plagte sie. Hielt sie nachts wach. Gott, es war ein unglaubliches Gefühl, nicht mehr dagegen anzukämpfen, ihr Herz rasen, ihren Körper nachgeben zu lassen und zu wissen, dass beides bald Erlösung finden würde. Endlich. *Endlich.*

«Okay», hauchte er an ihrem Scheitel. «Ich glaube, jetzt ist es wieder okay.» Er senkte den Kopf, sein Mund fand beinahe gleich den ihren, die Lippen schlüpfrig vom Dampf. Er zog sie in einen Kuss, der sie tief in ihrer Kehle wimmern ließ, ihre Handflächen legten sich auf die Täler zwischen seinen Brustmuskeln, ihre Nägel kratzten durch das grobe Haar auf seiner Haut. «Streich das letzte Wort», stöhnte er. «Jetzt ist es großartig.»

«In mir wird es sich noch besser anfühlen», flüsterte sie an seinem keuchenden Mund, ihre Fingerspitzen wanderten tiefer, tiefer. «Das ist schon lange überfällig, nicht wahr, Babe?»

«Babe?» Er hielt ihre Handgelenke fest, bevor sie sein steifes Glied erreichte, sein Atem traf ihre Stirn. «Warte mal. Was soll das hier, Natalie?»

«Ich ...» Sie versuchte, ihre Handgelenke aus seinem Griff zu winden, aber er ließ sie nicht los. Auch sein Blick ließ sie durch den wirbelnden Wasserdampf nicht los. «Ich will dich. Das soll das hier. Wir wollen uns beide.»

«Schon klar. Aber warum jetzt?»

Natalie öffnete ihren Mund, aber es kam nichts heraus.

«Wegen dem, was ich zu dir gesagt habe?» Langsam drückte August ihre Handgelenke hoch über ihrem Kopf gegen die Wand, sein Mund befand sich nur wenige Zentimeter von ihrem entfernt. «Glaubst du, ich lasse mich von dir aus Mitleid ficken, Prinzessin?»

Es ärgerte sie, dass er sie so deutlich durchschaute, auch wenn das, was er sagte, nur die halbe Wahrheit war. «So sehr, wie dein Schwanz gerade versucht, meinen Bauchnabel zu vögeln, würde ich sagen, ja, das glaube ich.»

«Es ist schon eine Weile her. Er ist nur verwirrt.» Er lehnte seine Stirn gegen ihre und sah ihr direkt in die Augen. «Du musst auch verwirrt sein, wenn du glaubst, dass ich dich hinterher einfach so einen Blödsinn behaupten lasse wie, dass du einfach nur Mitleid mit mir hattest. Auf keinen Fall.»

«Du hast versucht, etwas Nobles zu tun», flüsterte sie hastig. «Schon die ganze Zeit.»

Sein Kiefer zuckte. «Das hat nichts mit uns zu tun.» Sie atmeten schon so lange vor dem Mund des anderen, dass sie nicht mehr wusste, wer ein- und wer ausatmete. Sie wusste nur, dass ihre Brust genau so vor Erregung schmerzte wie die Stelle zwischen ihren Beinen, und August war so hart, dass sie sein Sehnen und seinen Hunger, der in jedem Zentimeter seines Körpers vibrierte, fast spüren konnte. «Ich kann dich nicht ficken, wenn du mit den Gedanken woanders bist.» Sein Mund wanderte zu ihrem Ohr, seine offenen Lippen strichen darüber, dann hinauf in ihr Haar. «Aber ich würde meine Seele verkaufen, um dieses Höschen herunterziehen und dich fingern zu können, Natalie. Die Tatsache, dass ich dich noch nie zum Kommen gebracht habe, frisst mich auf. *Verstehst du das?* Das ist das erste, woran ich denke, wenn ich morgens aufwache. Dass ich Natalie immer noch keinen Orgasmus verschafft habe. Zweiundachtzig Tage, an denen ich diese beiden heißen Beine *nicht* zum Beben gebracht habe oder dazu, die Lampe von meinem Beistelltisch zu kicken. Es ist die Hölle. Tagein, tagaus.»

Ihr Gehirn bemühte sich, seinen Worten einen Sinn zu geben. Die Worte waren sexy. Ihrem Körper gefielen sie sehr gut. Aber was Logik und ihre Fähigkeit, klar zu denken, anging? Fehlanzeige. «Du ... willst nicht, dass ich dich dazu bringe zu ...»

«Kommen? Ja. Ein anderes Mal. Wenn mich der Grund, aus dem du es tust, nicht so wütend macht.» Er schob seinen schwieligen Zeigefinger unter den Bund ihres Höschens, so nah an den oberen Rand ihrer Spalte, dass sie aufstöhnte und ihr Kopf dumpf gegen die Kachelwand schlug. «Sag Ja, wenn ich dir dieses Höschen bis zu den Knien runterziehen darf.»

«Ja», sagte sie und stieß zittrig den Atem aus. Sollte sie nicht hassen, dass er so grob mit ihr sprach? Ja? Und tat sie das normalerweise nicht auch? Wann war diese Art der Kommunikation zu einer verbalen Droge für ihre Sinne geworden? «Ja ... du darfst es.»

Mit einem Stöhnen, das sie von Kopf bis Fuß erschütterte, packte er die Vorderseite ihres Slips mit der Faust, so fest, dass sie hätte schwören können, er würde ihn ihr gleich vom Körper reißen, doch stattdessen zog er ihn hart nach unten. Sein schwerer Atem hallte laut in der Duschkabine wider, vermischte sich mit ihrem Keuchen. Einem Keuchen, das noch lauter wurde, als diese riesige Hand mit den breiten Fingern ihren Innenschenkel hinaufwanderte und ihre Pussy fest packte und massierte, ohne Natalie aus den Augen zu lassen. «Ich hätte das hier vor ein paar Monaten schon einmal haben können. Aber ich habe meine Chance vermasselt, und dafür habe ich mich gehasst.»

Sie klapperte buchstäblich mit den Zähnen. «Du hast jetzt die Chance.»

«Nein», knirschte er, teilte ihr Fleisch mit dem Mittelfinger und stieß ihn so schnell in sie hinein, dass sie aufschrie und auf die Zehenspitzen ging. Sein starker Körper drängte sie an die Wand, und sein Mund verschmolz mit ihrem. «Nein, jetzt will ich viel mehr von dir.»

«Bitte, bitte, bitte.» Der Wasserstrahl aus der Dusche prasselte über seine Schulter und regnete zwischen ihnen herab, die warme Nässe verteilte sich auf seiner Hand, die sie jetzt langsam vorbereitete. Er schob seinen Finger langsam, zu langsam, in sie hinein und aus ihr heraus, ohne ihr Gesicht aus den Augen zu lassen. Er lauerte offenbar auf jede noch so kleine Regung und reagierte darauf, schob seinen Finger tiefer in sie, wenn sie wimmerte, zog sich zurück, wenn sie schwer zu atmen und ihre Hüften zu bewegen begann. «Bitte, August. Ich brauche etwas.»

«Du wirst es bekommen. Du wirst es immer von mir bekommen. Lass mich dich einfach erst genießen.» Sein Daumengelenk schob sich auf ihre von Wasser nasse Klitoris und rieb sie, worauf ihr Rücken sich von der Wand abstieß und Sterne vor ihren Augen tanzten. «Mein Gott. Du bist so verdammt schön, Natalie. Ich wette, du reibst dich zweimal am Tag mit teurer Lotion ein, um so auszusehen ...» Er leckte sie. Von der Rundung ihrer Schulter hinauf zu ihrem Hals und ihrem Kinn, während er seinen Finger tief in ihre Weichheit drängte. «Verdammt. Verdammt, du bist so weich. Du würdest über mich gleiten wie ein verdammter Traum, nicht wahr, Prinzessin?»

Sie konnte den Dirty Talk nicht länger ertragen. Er überwältigte sie, ebenso wie seine Berührungen, von denen sie definitiv nicht erwartet hatte, dass sie so ... *erfahren* sein würden. Und dieser plötzliche Beweis, dass er das definitiv schon einmal gemacht hatte, machte sie auf irrationale Weise wütend. So sehr, dass sie, als er seinen Mund auf ihren drängte, in seine Unterlippe biss und kräftig daran zog. «Du bist zu gut», sagte sie, als sie den Atem ausstieß, und fügte mit leisem Seufzen hinzu: «Ich liebe es. Aber ich hasse das.»

Er musterte sie mit gerunzelter Stirn, ließ seinen Mittelfinger aus ihr gleiten, legte ihn dicht an seinen Ringfinger und rieb ihre Klitoris, erst langsam, dann druckvoller. Schneller. Es führte zu einem befremdlich weinerlichen Stöhnen von Natalie, von dem sie hätte schwören können, dass es von jemand anderem oder von irgendwo anders herkam. «Sag mir, warum du hasst, dass ich so gut bin», sagte August, und seine Lippen streiften ihre, von einer Seite zur anderen. «Und ich mache so lange weiter, bis dir die Knie weich werden.»

«Ich will nicht, dass mir die Knie weich werden.»

«Doch, das willst du.» Schneller. *Oh, mein Gott!* «Du weißt, dass ich dich auffangen werde.»

«Weiß ich das?», wimmerte sie.

Seine Zähne schnappten nach ihrem Kiefer. «Ja.»

Verdammt. Sie wusste es. Warum wusste sie das? Das war ihr nicht klar, nichts war im Moment klar, außer der Tatsache, dass eine Lunte angezündet worden war, der Funke raste über den Boden in Richtung des Pulverfasses, das aus Natalies Körper bestand. Sie würde in die Luft gejagt, sie würde explodieren.

Als seine Bewegungen ein wenig langsamer wurden, schrie sie auf.

«Du willst, dass ich weitermache, nicht wahr?», fragte er, den Mund an ihrem Hals.

«Wenn du aufhörst, bringe ich dich um.»

Die beiden Finger tauchten in sie ein, wanden sich tief in ihr, drängten weit vor. «Dann antworte mir, Natalie», knurrte er an ihrem Mund, als sie einen stummen Schrei ausstieß, mit blindem Blick, während ihr Höhepunkt am Tor rüttelte und flehte, freigelassen zu werden. «Es sollte nur dich und mich geben. Deshalb stört es dich auch, dass ich weiß, wie man eine Frau anfasst. Ist es so?»

Ja. War das hier Eifersucht? Sie konnte sich nicht erinnern. Hatte es seit der Highschool nicht mehr gespürt. Zumindest nicht in Bezug auf etwas, das nichts mit dem Job zu tun hatte. «Ich werde das nicht laut zugeben.»

«Die Mordlust in deinem Blick hat dich bereits verraten.» Ihr Atem ging jetzt flach, der Wasserdampf vernebelte jeden Winkel der Duschkabine, ihre Körper waren glänzend vom Kondenswasser, als August einen dritten Finger hinzunahm. Er trank ihr Stöhnen mit einem Kuss, drängte hoch, höher, bis er diese ... diese Stelle fand, von der sie sicher war, dass sie noch nie so empfindlich gewesen war, und mit den Kuppen seiner breiten Finger daran herumspielte. Und *oh nein, oh nein*. Sein Handballen drückte auf ihre Knospe, fester, fester, bis ihr Hintern sich flach gegen die Duschwand presste. «Ich kann mich nicht einmal mehr daran erinnern, wie es ist, irgendetwas anderes zu wollen als diese Muschi, Prinzessin. Deine Muschi. Ich schaue andere nicht einmal an. Ohne Ausnahme. Hast du das verstanden?»

Das klang gefährlich nach einem Treueschwur – und sie

sollte wirklich nicht erleichtert oder erfreut sein, diese Worte zu hören. Nicht in dieser Situation. Allein in seiner Dusche, als Einzige, die sie bezeugen konnte. Das machte diesen Austausch echt. Nicht zu einer Farce. Außerdem sollte sie sich nicht auf die Zehenspitzen stellen und ihre Münder miteinander verschmelzen lassen, ihn küssen, als wolle sie ihn belohnen, während diese Finger zwischen ihren Schenkeln Sex mit ihr hatten. Er steigerte das Tempo, auch seine Küsse wurden hungriger, bis sie sich nicht mehr auf beides konzentrieren konnte und ihr Kopf auf ihre Schultern sackte, sie seinen Namen keuchte und der Orgasmus ...

«August, oh Gott. Ja. *Ja.*»

«Braves Mädchen. Ich hab dich.»

Ich hab dich? Ja. Denn ihr *waren* die Knie weich geworden, wie vorhergesagt, und sie schaffte es einfach nicht, sich über seinen freien Arm zu ärgern, den er um ihren Rücken gelegt hatte, um sie aufrecht zu halten. Sie war zu sehr damit beschäftigt, sich durch den intensivsten Orgasmus der letzten Zeit zu zittern. Und er wusste, wie er sie durch diesen Orgasmus führen musste. Er wusste, dass er still- und sie festhalten musste. Er presste seine rechte Handfläche fest an ihr pulsierendes Fleisch und drehte seine Hand, stöhnte gegen ihren Mund wie ein befriedigtes Tier, als wäre er derjenige, der gerade kam, und nicht Natalie.

So geil. Dass er von ihrer Lust so erregt war, war so absurd geil.

Und unerwartet.

Dieses ganze Zusammentreffen – und August selbst – war vollkommen unerwartet.

Sobald Natalies Höhepunkt verklungen war, wurde ihr offener Mund auf seiner Schulter erschreckend intim. Das träge

Gleiten seiner Lippen über ihre Schläfe und über ihr Haar war ausgesprochen ... zärtlich?

Wow. Was war hier gerade passiert? Körperkontakt mit August war nicht Teil des Plans gewesen. Sie sollten lediglich eine Zweckbeziehung führen.

Aber ihre nassen, ineinander verschlungenen Glieder fühlten sich alles andere als scheinhaft an.

Sie würden heiraten, damit sie sich ihren Treuhandfonds auszahlen lassen konnte. Damit er ein Darlehen von der Bank bekam und es in einen zweiten Versuch investierte, dieses junge Weingut zu führen. Sie taten das alles wegen des Geldes. Was aber bedeutete es, wenn sie ihren Bund besiegelten, während sie wirklich eine Beziehung führten? Wurde die Ehe dadurch echt? *Legitim?*

Eine wahre Liebesheirat zwischen ihr und August Cates.

Das war die verrückteste Idee, von der sie je gehört hatte.

Denn erstens: Sie musste zurück nach New York. Ihr Leben dort lag auf Eis, bis sie die Scherben dessen, was sie sich aufgebaut hatte und das eingerissen worden war, wieder zusammengesetzt hatte. Zweitens: Sie würden sich schlussendlich gegenseitig umbringen.

Und drittens: Sie war gerade erst ohne Vorwarnung von ihrem Verlobten rausgeschmissen worden, war buchstäblich auf dem Bordstein stehengelassen worden wie ein Müllsack. Die Vorstellung, *diesen* Mann als seinen Nachfolger in Betracht zu ziehen und sich ihm zu öffnen, diesen Mann, dessen Hobby es war, ihre Schwächen zu suchen und ihr aufzuzeigen ... Nein. Da konnte sie ihm genauso gut ihr Tagebuch und ein Megafon in die Hand drücken.

Na gut, sie fühlten sich körperlich zueinander hingezogen. Um diese Tatsache kam sie nicht herum.

Sie hatte diesem Bedürfnis ja jetzt nachgegeben und war es damit endlich losgeworden, richtig? Ja.

Ja ...

Total.

Unglücklicherweise war Augusts Schwanz immer noch steif an ihrem Bauch, sein Mund bewegte sich wieder gefährlich nahe auf ihren zu. Sein Blick trübte sich vor Verlangen. Wenn er sie küsste, würde sie nicht länger widerstehen können und den kleinen Monolog vergessen, den sie sich gerade selbst vorgebetet hatte. Es konnte nicht sein, dass sie in ihren Schein-Ehemann verknallt war. Das würde nur zu Verwicklungen führen. Verwicklungen, die sie womöglich an St. Helena binden würden, wo sie sich immer wie ein unfähiger und unerwünschter Teenager fühlen würde.

Sie musste aber auch die Lust von August einmal abschütteln, oder nicht?

Damit sie nicht die Einzige war, die diesen Drang befriedigt hatte. Und der Lückenbüßer ... hätte gar nicht gebüßt.

Er hätte etwas, das er ihr vorhalten konnte.

Sie stellte sich auf die Zehenspitzen, brachte ihre Münder zueinander, ihre Fingerspitzen glitten über seinen Bauch – und wieder hielt er ihr Handgelenk in letzter Sekunde fest. «Dein Pokerface ist nicht so perfekt, wie du glaubst», raunte er ihr zu. «Mir ist es lieber, mein Schwanz bleibt hart, als dass du ihn streichelst, nur um dich zu revanchieren.»

Ein Anflug von Panik durchfuhr sie. Zum einen, weil dieser Mann ihr wirklich nichts durchgehen ließ, wodurch sie sich in mehr als einer Hinsicht nackt fühlte. Und zum anderen, weil ... sie in sich das echte Verlangen verspürte, ihm dasselbe Vergnügen zu bereiten, das er ihr bereitet hatte. «Funktioniert Sex nicht so, dass man sich für einen Gefallen revanchiert?»

Er schüttelte den Kopf. «So wird es bei uns nicht laufen.»

«Bei *uns*?» Die Panik steigerte sich zu einem tosenden Feuerwerk. Sie hatte hier wirklich genug Verwirrung gestiftet. Vor allem, wenn man bedachte, dass sie bei dem Wort «uns» eine verräterische Befriedigung verspürte. *Du musst damit aufhören.* «Diese Ehe wird nur auf dem Papier existieren, mein Freund.»

August musterte sie, offenbar um sicherzugehen, dass sie wieder auf eigenen Beinen stehen konnte, bevor er seinen Arm von ihrer Taille löste und mit der nun freien Hand auf die Fliesen über ihrem Kopf schlug. «Das entspricht aber vermutlich nicht dem, was du im Sinn hattest, als du, nur mit einem Slip bekleidet, meine Dusche geentert hast.»

«Keine Sorge, es wird nicht wieder vorkommen.»

Triefend nass, mit feuchten Haaren, die ihr am Gesicht klebten, schob sich Natalie um den Vorhang und begann, ihre Sachen vom Boden aufzusammeln.

«Warte. Können wir einen Moment zurückspulen?», sagte August hinter ihr und stieß einen leisen Fluch aus. «Ich bin nicht gut darin, zu streiten, während mein Schwanz versucht, das Auberginen-Emoji nachzustellen. Das war übrigens nie ein Problem, bis ich dir begegnet bin. Mein ganzes verdammtes System ist aus den Fugen geraten.» Er nahm ein Handtuch vom Regal und wickelte es sich um die Taille, dann fuhr er sich frustriert durch die Haare. «Ich will nur ... Ich bin ein bisschen empfindlich, was ... Mitleid angeht. Wenn jemand Mitleid *mit mir* hat, wegen Sams Tod. Verstehst du? Es fällt mir schwer, das von jemand anderem anzunehmen. Vor allem von dir.»

Natalie zog sich gerade ihren BH an, hielt aber inne. «Warum vor allem von mir?»

«Ich weiß es nicht. Ich wurde mit dem Grundsatz erzogen, mir alles, was ich will, erarbeiten zu müssen. Mir wurde beigebracht, stolz darauf zu sein, für mich selbst sorgen zu können. Dafür hart zu arbeiten. Die wohlhabenden Leute in Napa blicken auf eine solche Einstellung herab.»

«Und in deinen Augen bin ich für diesen Ort ein großes Aushängeschild.»

Er fuhr sich mit der Hand über das Gesicht. «Verdammt. Ich muss die Klappe halten, bis wieder etwas Blut in meinen verdammten Kopf gelangt. Ich mache es nur noch schlimmer.»

«Denkst du, ich kann nicht hart arbeiten? Denkst du, ich kann nicht richtig schuften?» *Hör auf, Mädchen.* Sie musste wirklich aufhören zu reden. Sie hatte ein Ziel und arbeitete daran, die Mittel zu sichern, um dieses Ziel zu erreichen. Da war auf dem Weg kein Platz für Umwege oder Kaninchenlöcher. Trotzdem hatte sie von den Andeutungen dieses Mannes, sie sei eine verwöhnte Prinzessin, die nicht wisse, was Arbeit bedeute, die Nase voll. Besonders nach dem Telefonat mit Dalton. «Ich könnte Zelnick Cellar einhändig in ein funktionierendes Weingut mit einem anständigen Jahrgang verwandeln.»

Seine Muskeln spannten sich an. «Okay, der Kredit ist eine Sache. Aber die praktische Arbeit? Die ist meine Sache. Für Sam. Ich habe dich nicht um Hilfe gebeten, um seinen Wein zu machen.» Dann fügte er leise, fast zerknirscht, hinzu: «Bitte. Halt dich einfach von der Scheune fern. Okay?»

Von allen Gründen, aus denen sie gestritten hatten, sollte ausgerechnet dieser, dass er ihre Hilfe ausschlug, der sein, der sie wirklich traf?

«Ich muss offiziell bei Zelnick Cellar angestellt sein, um die zweite Bedingung meines Treuhandfonds zu erfüllen», erinnerte sie ihn, während sie versuchte, den Beweis, dass seine Ablehnung wie ein Stachel in ihr saß, aus ihrer Stimme zu verbannen. «Und mich einzustellen, meinen Namen mit deinem Wein in Verbindung zu bringen, hilft *dir*, einen Kredit zu bekommen. Mir gefällt es genauso wenig wie dir, Mitglied dieses funktionsgestörten Teams zu sein, aber lass es uns so machen, dass es sich am Ende lohnt. Nutz mein Wissen.» Sie warf ihm einen vielsagenden Blick zu, obwohl sie wusste, dass er wahrscheinlich nicht verstehen würde, wie wichtig es war, dass sie ihm helfen durfte. «Ich werde dich nicht noch einmal bitten, August. Ich wiederhole mich nicht gern.»

«Bist du dir da sicher? Du hast mich schon mindestens vierundneunzig Mal einen Volltrottel genannt.»

Jap. Ihre Worte waren zum einen Ohr rein und zum anderen wieder raus gegangen.

«Jede Regel hat Ausnahmen.»

«Gut. Vor allem, wenn es eine Regel gibt, die mir das Küssen meiner unechten Ehefrau verbietet.»

«Die gibt es, zufälligerweise.»

Sein Kiefer spannte sich an. «Ich kann es kaum erwarten, sie zu brechen.»

«Bevor das passiert, werde ich dir deine hässliche Nase brechen», schnaubte sie und trat aus dem Badezimmer in den Flur, die Sandalen an die Brust gepresst.

«Warte. Ich dachte, wir wollten über den Hochzeitskram reden», brummte August und folgte ihr, seine riesigen, nassen Füße klatschten auf die Dielen. «Wann genau treffen wir uns am Samstag im Standesamt?»

«Gar nicht.»

«*Was?*» Ein Blick über ihre Schulter hinweg zeigte ihr sein Entsetzen. «Die ganze Sache ist abgeblasen, einfach so? Ich habe es vermasselt?»

Hin und wieder entschlüpfte ihm eine Bemerkung, die ihr bewusst machte, dass er *unter* der Oberfläche sehr liebenswert war. Warum konnte er das nicht für sich behalten? Es weckte in ihr den Wunsch, sich umzudrehen und in seine dummen, muskulösen Arme zu laufen und ihm gleichzeitig eine Enzyklopädie an den Kopf zu schlagen.

Und, verdammt, ihre Wut auf ihn befand sich gefährlich im Sinkflug.

Natalie beschleunigte ihre Schritte auf dem Weg zur Tür. «Entspann dich, wir werden trotzdem heiraten.» Sie blieb stehen. «Ich wollte eigentlich nur wissen, was du über die Dauer denkst. Vor dem Hintergrund, dass jeder von unserem öffentlichen Streit und der anschließenden Verlobung weiß, vermuten wahrscheinlich alle, dass das Ganze eher unbeständig und schnell vorbei wird. Ein Monat sollte genug Zeit sein, um unsere Ziele zu erreichen, bevor ...»

August kniff die Augen zusammen. «Bevor was?»

«Bevor wir es beenden, natürlich. Rechtlich gesehen.» Er sagte nichts. «Sind wir uns über den Monat einig?»

Als er schwieg, blieb ihr nur, seine nicht hervorgebrachten Argumente als Ja zu akzeptieren. Was hätte er auch sagen können? War er der Meinung, sie sollten *länger* verheiratet bleiben?

«Also, ähm, meine Mutter hat in Bezug auf die Planung die Leitung übernommen. Das ist der Hauptgrund, warum ich hier bin. Traditionen und das Aufrechterhalten des äußeren Anscheins – diese Dinge sind ihr wichtig. Es wird wahrscheinlich die versnobteste Veranstaltung, die diese Stadt je gesehen hat. Schwäne und Harfen und Kanapees auf vergoldeten Tellern. Du musst dir einen Smoking leihen.» Sie hielt inne und legte die Hand auf den Türknauf. «Ich verstehe, wenn du es dir anders überlegen willst.»

Genau fünf Sekunden verstrichen. «Ich will einen DJ. Mein einziger Wunsch ist der Song ‹Brick House›.»

«Oh mein Gott.» Ohne ihre Erleichterung zuzugeben, riss sie die Tür auf, und ein Lachen brach aus ihr hervor, als sie die Treppe hinunterging. «*Warum?*»

Er grinste. «Du wirst schon sehen.»

Natalie trat zu ihrem Auto, hielt aber beim Anblick von August inne, der nur mit einem Handtuch bekleidet in der Sonne stand, das Licht umspielte über sein Gebirge aus Brustmuskeln – und zeigte eine sehr auffällige Erektion, die versuchte, aus dem weißen Frotteestoff ein Zelt zu machen. Was ihr am stärksten auffiel, war, wie unberührt er davon war. Er unternahm nicht den geringsten Versuch, seinen Ständer zu verbergen. «Ja zum DJ. Nein zum Song», brachte sie mit trockenem Mund hervor und riss die Fahrertür etwas zu kraftvoll auf.

«Natalie», rief er, bevor sie einsteigen konnte.

«Ja?», antwortete sie über das Autodach hinweg.

«Können wir gemeinsames Duschen in unsere Gelübde aufnehmen?»

«Nein. Und ganz ehrlich, warum solltest du das wollen?» Mit einem Nicken deutete sie auf seinen Unterleib. «Du hattest offensichtlich nicht besonders viel davon.»

Er stützte sich mit den Händen über dem Kopf am Türrahmen ab. «Du verlässt meine Wohnung mit verschmiertem Lippenstift und nackten Füßen. Ich will noch hundert weitere Duschen wie diese mit dir.»

«Arschloch», murmelte sie, kletterte ins Auto und knallte die Tür zu.

Aber aus irgendeinem dummen Grund lächelte sie, als sie vom Hof fuhr.

# KAPITEL 10

Die letzte Person, die August vor seiner Haustür erwartet hätte, als er sie am nächsten Morgen öffnete, war Corinne Vos. Überzeugt, dass sie nur ein Hirngespinst war, blinzelte er mehrmals und rieb sich die Augen, aber sie stand immer noch da. Die Arme verschränkt, die Gesichtszüge verkniffen, versperrte sie ihm den Weg zu dem Fitnessbereich, den er hinter der Scheune im Freien aufgebaut hatte.

Er musterte ihr Gesicht auf der Suche nach Ähnlichkeiten mit Natalie und fand keine. Möglicherweise lag irgendwo in den goldenen Augen der Matriarchin noch ein Hauch von Natalies Lebendigkeit verborgen, aber wenn, dann war der unter einer dicken Schicht Vorurteile vergraben.

«Wie geht es Ihnen an diesem wunderschönen Morgen, Mr. Cates?»

Gute Frage. Das Wort «verwirrt» kam ihm in den Sinn.

Er war die ganze Nacht auf und ab gelaufen, hatte sich gefragt, ob die Entscheidung richtig war, die zweihunderttausend Dollar von seinem befehlshabendem Offizier anzunehmen. Er wollte dem Mann nicht die Chance nehmen, den Traum seines verstorbenen Sohnes zu unterstützen. Gott, nein. Aber August war sich auch schmerzlich bewusst, dass diese Investition auch bedeutete, dass er keinen Kredit mehr von der Bank benötigte. Und das bedeutete, dass er Natalie formal gesehen nicht heiraten musste.

Wenn er sie heiratete, dann nur, damit sie das Geld aus ihrem Treuhandfonds bekam.

Was würde sie sagen, wenn sie davon wüsste?

Sie wäre sicher nicht begeistert, das meinte zumindest Augusts Bauchgefühl. Vermutlich würde sie lieber das Katzenklo von Menace sauber machen, als in seiner Schuld zu stehen. Ja. Wenn er ihr von der Investition erzählte, würde sie gehen – und er wollte wirklich nicht, dass Natalie sich ins eigene Fleisch schnitt. Sie *brauchte* das Geld aus dem Treuhandfonds. August wollte ihr helfen. Und zum Teufel, was wäre denn, wenn sie stattdessen einen anderen heiratete? Jemanden, der *wirklich* vom Einfluss ihrer Familie profitierte?

In seiner Kehle wütete ein Feuer.

Vielleicht war es unter diesen Umständen besser, manche Dinge ungesagt zu lassen?

Zumindest, bis der richtige Zeitpunkt gekommen war.

«Mir geht es gut», antwortete er schließlich. «Und Ihnen?»

«Mir geht es so gut, wie man es unter diesen Umständen erwarten kann», erwiderte Corinne spitz und holte ihn damit aus seinem Sorgenstrudel.

«Möchten Sie reinkommen?»

«Nein.» Sie warf einen kurzen Blick an ihm vorbei ins Haus. «Ich bleibe gerne hier draußen, danke.»

Natürlich wollte sie nicht auf einen Kaffee reinkommen. Diese Frau hatte wahrscheinlich noch nie ein Gebäude betreten, in dem keine Horde Personal arbeitete und – nicht zu vergessen – das nicht mit echtem *Vintage* ausgestattet war. Sie ließ ihren Atem in die kühle Morgenluft entweichen und gestikulierte in Richtung der Scheune. «Fangen Sie so früh schon mit der Produktion an? Wir können reden, während Sie arbeiten.»

«Nein, eigentlich nicht. Ich fange erst später am Tag an. Ich habe mir hinter der Scheune einen behelfsmäßigen Fitnessbereich aufgebaut.» Er deutete mit dem Kinn in die entsprechende Richtung, obwohl der Ort von ihrem Blickwinkel aus nicht zu sehen war. «Da beginne ich in der Regel meinen Tag.»

«Wirklich? Ein Fitnessbereich unter freiem Himmel auf einem Weingut?» Sie blinzelte ungefähr sechshundert Mal hintereinander. «Nun, lassen Sie sich von mir nicht von Ihrer unorthodoxen Routine abhalten.»

Er konnte kein Gespräch führen, während er einen riesigen Reifen vor sich herschob, also schüttelte er den Kopf und imitierte ihre Haltung, indem er die Arme verschränkte und sich mit dem Rücken gegen das Geländer lehnte. «Es geht um Natalie.»

«Ja.» Sie musterte ihn für einen langen Moment. «Ich weiß, was Sie von mir denken müssen. Dass ich spießig und kontrollsüchtig bin, und ... Na ja, um es einfach auszudrücken, ich bin sicher, Sie halten mich für ein Miststück.»

«Ich werde nicht so tun, als hätte es mir gefallen, wie Sie mit meiner ... mit Natalie gesprochen haben. Aber ich kenne Sie nicht gut genug, um so über Sie zu sprechen, Mrs. Vos.»

«Sie würden mich für ein Miststück halten, seien wir doch ehrlich. Vielleicht bin ich das auch.» Sie hielt inne, ließ die verschränkten Arme sinken und faltete die Hände vor ihrem Körper. «Aber das heißt nicht, dass ich nicht das Beste für meine Kinder will. Ich habe vielleicht eine seltsame Art, das zu zeigen, aber ihr Glück bedeutet mir etwas. Vor allem, seit sie nach Hause gekommen sind, habe ich ...» Sie räusperte sich und reckte ihr Kinn. «Nun. Ich bin etwas wachsamer geworden, was unsere Beziehungen angeht. Leider kann man den Schaden nicht immer leicht rückgängig machen. Es ist zum Beispiel sehr schwer, jahrelange Kritik – von der ich dachte, sie sei konstruktiv – zurückzunehmen und sie stattdessen einfach nur ... zu unterstützen. Aber das versuche ich jetzt bei Natalie zu tun ... auf meine Weise.»

Über Natalie zu reden, ohne dass sie dabei war und für sich selbst sprechen konnte, fühlte sich wie Betrug an, und das gefiel ihm nicht. Je länger sie redete, desto schwerer wurde das Gewicht, das auf seiner Brust lastete. «Und wie sieht diese Weise aus?»

Sie zögerte einen Moment. «Ich glaube, ich bin noch dabei, das herauszufinden.» Sie strich ihre Ärmel glatt. «Es gibt nicht wirklich ein Beispiel, an dem ich mich orientieren könnte.»

August sagte nichts.

«Ich dachte immer, sie würde ihre Bestimmung weit weg von Napa finden. Das *hat* sie ja auch eine Zeit lang. Andererseits war dieser Ort hier, war meine Familie mein Anker, als ich in Natalies Alter war. Vielleicht muss sie hier sein. Vielleicht muss ihr gezeigt werden, dass Wurzeln nicht immer so leicht herausgerissen werden können wie in New York. Die der Familie sind stärker.»

Verdammt. Was genau war der Grund dafür, dass sie New York verlassen hatte?

Es gelang ihm nur mit Mühe, nicht nachzufragen, aber er wollte keine Geschichte ausgraben, die Natalie nicht bereit war zu erzählen. Er erinnerte sich, wie sie ihm im Badezimmer zugehört hatte, als er ihr die Geschichte mit Sam erzählte. Wie sie zu ihm gekommen war, um ihn zu trösten. Was, wenn er die Chance bekäme, dasselbe für sie zu tun? Er würde ihr alles geben, was sie brauchte, seelisch und körperlich. Ohne Fragen zu stellen.

Vielleicht muss ihr gezeigt werden, dass Wurzeln nicht immer so leicht herausgerissen werden können wie in New York. Diese Worte füllten jeden Zentimeter zwischen ihm und Corinne.

«Ich bin vielleicht nicht sehr geschickt darin, Zuneigung zu zeigen, aber ich bin *hier*. Sie wusste, dass sie zu mir nach Hause kommen kann. Ich bin fest in ihrem Leben verankert und meine Wurzeln reichen tief. Irgendwann wird sie merken, dass nicht alle Menschen ihre Wurzeln ausreißen und gehen. Aber ich könnte mir vorstellen, dass eine Scheinehe ohne wirkliche bindende Verpflichtungen den gegenteiligen Effekt haben könnte.»

Augusts Puls raste. Er hatte gestern seine ganze Kombinationsgabe genutzt, um Natalies Alkoholproblemen auf den Grund zu gehen, aber er würde versuchen, noch tiefer zu graben. «Ich wäre Ihnen sehr dankbar, wenn Sie mir verraten würden, weswegen Sie hergekommen sind, Mrs. Vos», sagte er schließlich.

Sie legte den Kopf schief. «Ich sollte der Sache sofort ein Ende setzen. Diese Hochzeit aus heiterem Himmel und die unvermeidliche, baldige Trennung könnten meine Familie und den Ruf, für den ich in guten und schlechten Zeiten so hart gearbeitet habe – und es gab Zeiten, in denen dieser Ruf alles war, was wir hatten –, gefährden. Eine Farce wie diese hier könnte uns zu Witzfiguren machen.» Sie tippte mit einem Finger auf ihren Handrücken. «Ich soll heute den Caterer bezahlen. Aber bevor ich ein Vermögen für Wan Tan mit Krabbenfüllung ausgebe ... Was würden Sie sagen, wenn ich Ihnen eine bestimmte Summe Geld anbiete, und dann gehen Sie und kommen nie mehr zurück?»

«Ich würde sagen: Verbrennen Sie das Geld», antwortete er, ohne nachzudenken. Das musste er auch nicht. «Und zur Hölle: Ja zu den Wan Tan.»

«Irgendwie wusste ich, dass Ihre Antwort in Bezug auf das Geld so lauten würde.» Ihre Augen verengten sich leicht. «Ich habe ... etwas gesehen. In der Art, wie Sie sich meiner Tochter gegenüber verhalten haben, neulich im Zug. Ich kann nicht genau sagen, was es war, vielleicht ... ging es darum, Ihre Investition zu behüten? Immerhin verschafft die Hochzeit mit einer Vos diesem Weingut eine Menge Aufmerksamkeit.» August wollte etwas entgegnen, war aber nicht sicher, was genau aus seinem Mund kommen würde, außer dass es ihm ernsthaft gegen den Strich ging, dass Natalie als Investition bezeichnet wurde. Aber Corinne hob eine Hand, bevor er auch nur ein Wort hervorbringen konnte. «Aber aus irgendeinem Grund hat sich diese Theorie bisher nicht bewahrheitet. Deshalb bin ich hierhergekommen, um Ihnen eine Frage zu stellen. Wenn Sie mir eine zufriedenstellende Antwort geben, bezahle ich den Partyservice und lächle mich durch Ihr Ehegelübde.»

«Sie können mich alles fragen», sagte August und sah ihr direkt in die Augen. Na, dann mal los. Er war einmal neunzehn Meilen im Stockdunkeln gewandert, noch dazu mit einem Schlangenbiss. Auch wenn sein befehlshabender Offizier bei seinem letzten Besuch auf dem Weingut herzlich gewesen war, hatte er August einmal gefragt, ob er statt eines Gehirns einen Haufen Scheiße im Kopf habe. Es gab keine Frage auf der Welt mehr, die ihm Angst einjagen konnte.

«Haben Sie echte Gefühle für meine Tochter?»

Na gut, bis auf diese vielleicht.

Hatte er Gefühle für Natalie?

Fast hätte August gelacht.

Ehrlich gesagt, hätte er einfach mit Ja antworten sollen. Das wäre vollkommen ausreichend gewesen. Es hätte der Wahrheit entsprochen, und es wäre nicht zu übersehen gewesen. Aber aus irgendeinem Grund – und das hatte wahrscheinlich viel mit den verdammten Gefühlen selbst zu tun – wollte er, dass diese Frau ihn für gut befand, unechter Schwiegersohn hin oder her. Gott steh ihm bei, in diesem Moment wollte er einfach nicht, dass das Arrangement vorgetäuscht war. Er wollte, brauchte vielleicht sogar jemanden, der ihm sagte, dass er Natalies würdig war.

«Ich kann die Gefühle, die ich für Ihre Tochter habe, gar nicht zählen. Verzeihen Sie mir, dass ich das sage, aber ganz oben auf dieser Liste steht Lust.» Sie rollte mit den Augen, also beeilte er sich, weiterzureden. «Aber das ist nur der Anfang, wirklich. Ich, äh ... Ich mache mir Sorgen um sie. Verstehen Sie?»

Dieses Geständnis ließ einen Damm brechen, der Rest sprudelte nur so heraus. «Manchmal sieht sie traurig aus, und ich stachle sie zu einem Streit an, nur damit sich das Kaleidoskop in ihren Augen wieder dreht. Und wenn es das tut, fällt es mir viel leichter, mich zu konzentrieren. Ich will ehrlich sein, manchmal nervt sie mich, aber viel öfter versuche ich einfach nur, nicht zu lachen. Sie ist wirklich verdammt witzig. Das Mädchen ist in der Lage, mir verbal die Eier abzuschneiden, und das respektiere ich, selbst wenn ich wütend bin. Ergibt das Sinn?»

Corinnes Miene blieb völlig ausdruckslos, bis auf eine Augenbraue, die sich langsam in die Höhe schob. «Ich weiß nicht, was ich noch sagen soll, außer ... Wenn ihr jemand wehtun würde, würde ich durchdrehen, Ma'am. Mein Kopf schmerzt schon beim Gedanken daran. Ich habe sogar Angst davor, herauszufinden, was in New York passiert ist, weil ...» *Ich habe es geschafft, sie nicht in meine Karten sehen zu lassen, aber sollte ich herausfinden, dass ihr jemand Unrecht getan hat, wird sie bald wissen, dass das mit ihr alles andere als nur eine unverbindliche Sache ist.* «Wie ich schon sagte, ich mag es nicht, wenn sie traurig ist. Ich möchte lieber, dass sie wütend ist, und ich bin ziemlich gut darin, sie dazu zu bringen, sauer zu sein. Ich möchte auch, dass sie mit mir öfter *glücklich* ist, als dass sie sich ärgert. Das ... wäre mir sogar am liebsten. Eine glückliche Natalie ist eine Mission, die ich annehmen und von der ich nie wieder zurückkehren möchte. Bin ich vom Thema abgekommen?»

Lange Zeit war nichts zu hören als das Rauschen des Windes. «Ich glaube, ich habe bekommen, was ich wollte.»

Oh Gott, das klang unheilvoll. «Ist das gut oder schlecht?»

«Das wird sich noch zeigen.»

«Sind Sie immer so geheimnisvoll?» War das ein Anflug eines Lächelns? Ja, das war es, glaubte er. Für einen kurzen Augenblick erkannte er eine Ähnlichkeit mit Natalie, und sein Herz klopfte laut. «Sie werden doch nicht versuchen, die Hochzeit zu verhindern, oder?» Er hielt den Atem an, als er die Frage gestellt hatte.

«Ich weiß es nicht», sagte sie, drehte sich um und ging davon. Zurück zu ihrem silbernen Lexus. «Werde ich das?»

«Ich beginne zu verstehen, woher Natalie diese Giftzähne hat.»

Corinne blieb auf der Fahrerseite stehen. Sie wirkte erschrocken. Und ein wenig erfreut? «Danke.»

August schüttelte den Kopf, bis seine zukünftige Schwiegermutter davongefahren war.

An diesem Morgen trainierte er viel länger mit dem Lasterreifen als sonst.

«Willkommen zu deinem offiziell inoffiziellen Junggesellinnenabschied.»

Natalie starrte Hallie an und versuchte, irgendeinen Sinn in den Worten auszumachen, die aus ihrem Mund kamen. Sie hatte gerade eine Bar namens *Jed's* betreten, die mehr als nur ein bisschen abgelegen war – sie befand sich gut drei Blocks vom

Grapevine Way entfernt in einer Seitenstraße. Bis vor einer Sekunde, als sie vor der rustikalen Lodge-Fassade stehen geblieben war, um die Adresse zu überprüfen, hatte sie nicht gewusst, dass dieser Ort existierte.

Sie setzte zu einer Antwort an, doch in diesem Moment hallte ein lauter Schlag durch den lebhaften Laden, so laut, dass sie zusammenzuckte und herumwirbelte. «Mein Gott. Wirft der Mann da mit einer Axt?»

«Ja.» Hallie klatschte in die Hände. «Es ist eine Axtwurf-Bar. Ich wollte schon immer mal hierhin gehen, und das war jetzt die perfekte Ausrede.» Sie hakte sich bei Natalie unter und zerrte sie durch die Menge der Leute in Jeans, T-Shirts und Flip-Flops, in der sich Natalie in ihrem schwarzen seidenen Tunikakleid und den nietenbesetzten Gladiatorensandalen geradezu lächerlich vorkam. «Meine Freundin Lavinia hat uns einen Tisch im hinteren Bereich besorgt, wo es halbwegs ruhig ist, damit wir die Details für Samstag, den großen Tag, besprechen können!»

«Toll», sagte Natalie. «Ich werfe aber keine Äxte.»

«Nach ein oder zwei Drinks wirst du deine Meinung ändern.»

«Ja, gute Idee, erst senken wir meine Hemmschwelle, und dann reichst du mir eine Waffe. Was sollte da schon schiefgehen?»

Bevor Hallie jedoch antworten konnte, stellte sich Natalie eine Frau in den Weg und umarmte sie. Ihre Kleidung roch so stark nach Zucker und Schokolade, dass Natalies Geschmacksknospen kribbelten. «Na, wenn das nicht die zukünftige Braut ist», säuselte die Frau mit starkem britischen Akzent. «Ich wollte eigentlich ein paar Stripper anheuern, aber stattdessen werden wir wohl von Äxten in zwei Hälften gespalten.»

Natalie musste lachen. «Ich nehme an, beides zusammen wäre zu gefährlich gewesen?»

Die Frau warf ihr blondes Haar zurück. «Wir können nicht zulassen, dass irgendwelche Schwengel abgehackt werden, Liebes. Vor der Hochzeit bringt das Unglück.»

Hallie geleitete die beiden zu einem Tisch in einer Ecke. «Natalie, ich würde dich Lavinia ja vorstellen, aber ich glaube, ihr habt euch gerade schon ganz gut kennengelernt.»

«Wo wir gerade von Schwengeln sprechen ...», fuhr Lavinia fort und ließ sich auf den Stuhl gegenüber von Natalie fallen. «Es ist schön, einmal keine dabeizuhaben. Verzieht euch, Jungs. Heute ist Ladies Night.»

«Wie hast du es geschafft, dich von meinem Bruder loszureißen?», fragte Natalie Hallie und verkniff sich ein Lächeln.

«Um ehrlich zu sein, er entführt gerade August.»

«August?» Natalie atmete tief durch. Sie hatte ihn seit zwei Tagen nicht gesehen. Nicht seit der Dusche. Er hatte ihr nur einmal geschrieben und sie gefragt, was für einen Smoking er ausleihen sollte. «Soll ich einen in Lila oder Taubenblau nehmen?», hatte er gefragt. Daraufhin hatte sie geantwortet: «Nimm einen mit Lätzchen für deine unvermeidlichen Kleckereien beim Abendessen», begleitet von einem Baby-Emoji. Er hatte ihr daraufhin ein Meme geschickt, das einen Mann zeigte, der mit einem Gewehrlauf im Rücken neben einer Frau am Altar stand.

Shotgun Wedding. Entscheidung zwischen Eheleben und Tod lautete der dazugehörige Text.

Lächerlich. Und trotzdem ...

Warum fühlte sie sich zum ersten Mal seit Tagen wach, nachdem sein Name gefallen war?

Beide Frauen starrten sie an. «Äh ...» Natalie schlug ihre Beine hastig übereinander. «Ist es überhaupt möglich, einen Navy SEAL zu entführen?»

«Vielleicht kommt er freiwillig mit, wenn er hört, dass es um seinen spontanen Junggesellenabschied geht und man eine ...» Hallie winkte ab. «Na ja, ich würde sagen, eine Party schmeißt, aber ...»

«Aber es handelt sich um meinen Bruder, sie werden wahrscheinlich nur *Jeopardy!* gucken und Schinkensandwiches essen?»

«Julian lernt gerade erst, etwas abenteuerlustiger zu werden», sagte Hallie und errötete bis zu den Schläfen. «Er hat mit keinem Wort erwähnt, *wohin* sie gehen, aber ich schätze, irgendwohin, wo Julian August die Leviten lesen kann.»

Natalie runzelte die Stirn. «Die Leviten lesen?»

«Du weißt schon ...» Hallie winkte der Kellnerin. «Tu meiner Schwester weh und ich bring dich um.»

«Genau.» Natalie schnaubte. «Das klingt nach Julian.»

«Ja, oder?» Hallie seufzte, ihr war Natalies Sarkasmus offenbar entgangen.

In den vergangenen vier Jahren hatte sie kaum mit ihrem Bruder gesprochen. Sie hatte sich nicht bei ihm gemeldet, als sie sich mit Morrison verlobt hatte. Oder als sie Partnerin in der Firma wurde. Nur der obligatorische Geburtstags- und Weihnachtsanruf, sonst nichts. Er likte nicht einmal ihre Instagram-Posts. In ihrer Kindheit war er derjenige gewesen, der sie getröstet, sie vor unerwünschtem männlichem Interesse in der Schule beschützt hatte – auf seine direkte und emotionslose Art. Aber als sie mit siebzehn aus der Reha kam, als Schande für den Namen Vos, während er bereits in Stanford erfolgreich war, hatte sie angenommen, dass seine ausbleibende Kontaktaufnahme seine Art war, seine Missbilligung zu zeigen. Oder, schlimmer noch, dass er sie überhaupt nicht mehr wahrnahm.

Das Gegenteil dieser Missbilligung hingegen erfuhr sie nie,

egal was sie tat, weder von Julian noch von ihren Eltern. Nicht, nachdem sie bessere Noten schrieb und an der Cornell angenommen worden war. Auch nicht, nachdem sie sich in der New Yorker Finanzwelt hochgearbeitet oder gemeinsam mit Morrison eine Eigentumswohnung am Central Park South gekauft hatte. Erst als Julian und sie eher zufällig das Gästehaus miteinander teilten, war ihr klar geworden, dass Julian die ganze Zeit über mit seinen eigenen Problemen zu kämpfen gehabt hatte. Das entschuldigte zwar nicht sein Schweigen, aber sie verstand ihn jetzt besser.

Ich bin froh, dass du hier bei mir bist.

Diese knappen Worte ihres Bruders, die er eines Abends vor etwas mehr als einem Monat auf dem Weg zum Haupthaus zu ihr gesagt hatte, gingen ihr nicht mehr aus dem Kopf. Es war der Abend gewesen, an dem sie August auf dem *Wine Down Festival* getroffen hatte. Bis dahin war ihr nicht klar gewesen, wie sehr sie sich nach irgendeiner Form von Zuneigung vonseiten ihrer Familie gesehnt hatte. Zu hören, dass Julian auf seinen Donnerstagabend verzichtet hatte, um August besser kennenzulernen ... bedeutete etwas. Es bedeutete eine Menge.

Auch wenn er von seiner Freundin dazu gedrängt worden war.

In der nächsten Stunde besprachen sie die Hochzeitsvorbereitungen. Auf Corinnes Wunsch würden Natalie und August bei Sonnenuntergang im Vorgarten des Haupthauses mit Blick auf den Weinberg heiraten. Eine Traumhochzeit, wirklich, wenn sie nur nicht zum Schein wäre. Hallie hatte sich mit den Blumenarrangements selbst übertroffen und ein geschmackvolles Farbschema aus Creme und Karmesinrot mit schwarzen Bändern kreiert. Ohne dass Natalie auch nur ein Wort gesagt hatte, hatte sie ihren Stil genau getroffen. Corinne hatte sich um die

Vorbereitungen für die Zeremonie gekümmert, gerade wurde ein Zelt für den Empfang aufgebaut und geschmückt. Natalies einziger Wunsch war «Klein, bitte» gewesen, aber der wurde augenscheinlich ignoriert.

Hallie schob einige Papiere hin und her. «Wenn es bestimmte Songs gibt, die der DJ spielen soll ...»

«Alles außer ‹Brick House›. Bitte.»

«Eine Anti-Playlist», mischte Lavinia sich ein, die ihren vierten Martini in der Hand hielt. «Das gefällt mir. Können wir bitte ‹Mambo No. 5› hinzufügen? Es gibt keinen Menschen auf der Welt, der gut aussieht, wenn er zu diesem Lied tanzt. Wir brauchen fucking *Abba* – und mehr auch nicht, wirklich. Abba.»

«Fucking Abba. Check», flötete Hallie und notierte das. «Ich muss auch wissen, zu welchem Lied du und August tanzen wollt.»

Aus irgendeinem Grund strömte eine Hitzewelle durch ihren gesamten Körper.

Mit August zu tanzen, der sie im Arm hielt.

Vor aller Augen.

Würde sie auch da nur so tun müssen, als ob sie sich freute?

«Wie wäre es mit ‹You're So Vain›?»

Hallie rümpfte die Nase. «Von Carly Simon?»

«Genau das.» Zufrieden mit ihrer Wahl lächelte Natalie. Sie nahm noch einen Schluck und stellte sich Augusts Gesichtsausdruck vor. Doch die kalte Flüssigkeit schaffte es nicht bis in ihre Kehle, denn die Tür öffnete sich, und hereinspaziert kam Julian, mit August im Schlepptau.

Wow! Im ganzen Laden wurde es still. Oder übertönte das plötzliche, schnelle Klopfen ihres Herzens das Stühlerücken und Lachen? Ihr Bruder allein sorgte für Aufsehen, wenn er eine Bar betrat. Er sah immer wie ein Adliger und ständig genervt aus – und ja, wahrscheinlich konnte man ihn als ziemlich gut aussehend bezeichnen.

Aber August.

Er betrat das *Jed's*, umgeben von einem Hauch von Gefahr, den sie noch nie zuvor bemerkt hatte. Vielleicht doch, in der ersten Nacht, in der sie sich kennengelernt hatten, als ihr das Marine-Tattoo aufgefallen war und sie ihn für den starken, fähigen, heldenhaften Typ Mann gehalten hatte. Seitdem war er jedoch mehr oder weniger zu einem großmäuligen Trottel geworden, zu dem sie eine gefährliche Anziehung verspürte. Sie hätte es ärgerlich finden müssen, dass er die Bar betrat, als wolle er sich als Alphatier etablieren. Großspurig und riesig, offensichtlich auf der Suche nach Ärger – und den Ausgängen. *Oh. Stimmt ja. Du heiratest einen SEAL.*

Es befanden sich etwa zwei Dutzend Frauen in der Bar, aber sein Blick blieb an keiner einzigen von ihnen hängen.

Erst, als er auf sie traf.

Oh, das war schlecht.

Sie hatte schon zwei Cocktails intus und die Erinnerung an seine erfahrenen Finger war noch zu frisch.

Außerdem, verdammt, breitete sich so etwas wie Freude in ihr aus, seit er aufgetaucht war. Als wäre ein unterdrückter Teil von ihr froh, diesen Trottel zu sehen. «Ich kann nicht glauben, dass Julian dieselbe Bar ausgesucht hat wie ich. Eine Bar, in der man mit *Äxten* wirft», murmelte Hallie neben Natalie. «Als Nächstes lässt er sich sein Septum piercen und fängt an, E-Zigaretten zu rauchen.»

«Nun, ich werde nicht das fünfte Rad am Wagen sein.» Lavinia leerte ihr Glas und stellte es auf den Tisch. «Der Ehemann hat ohnehin mal wieder Anrecht auf seinen Zweimal-im-Monat-Sex.» Auf dem Weg zur Tür grüßte sie die beiden Männer und rief über den Lärm hinweg: «Wir sehen uns am Samstag bei der Hochzeit. Ich werde die Einzige sein, die einen Fascinator trägt, da ihr Amerikaner euch weigert, Ihre Majestät zu respektieren.»

«Tschüss, Lavinia», rief Hallie und zog damit Julians Aufmerksamkeit auf sich.

Seine Augen weiteten sich leicht, und er bewegte sich wie gebannt auf Hallie zu, ein Lächeln umspielte seine Lippen. So verstörend Natalie es auch fand, zu hören, wie ihr Bruder und seine Freundin jeden Morgen das Kopfteil des Bettes gegen die Wand knallen ließen, so musste sie doch zugeben, dass sie die Reaktion des geradlinigen Professors auf die Anwesenheit der unruhestiftenden Gärtnerin sehr romantisch fand. Aber als Julian und Hallie sich neben ihr leise begrüßten, sah sie nur noch August. Wie auch nicht? Sein Kopf streifte fast die niedrige Pendelleuchte, die von der Decke hing.

Einen so großen Mann konnte man nicht übersehen.

Vielen Frauen im *Jed's* ging es offenbar ähnlich.

Manche Frauen standen tatsächlich auf den Typ muskelbepackter Held. Sehr offensichtlich.

Natalie versuchte, sich nichts daraus zu machen. Sie versuchte es wirklich. Aber als sie aus dem Augenwinkel sah, wie sich eine junge Frau bei seinem Anblick Luft zufächelte, erhob sie sich von ihrem Stuhl und drückte August einen Kuss auf seinen überraschten Mund. «Hi», sagte sie fröhlich und strich sich das Haar zurück. «Du bist hier.»

«Ja.» Sein Blick wanderte zwischen ihrem Mund und ihren Augen hin und her. «Können wir das noch einmal machen? Ich habe nicht damit gerechnet. Jetzt ist meine Zunge bereit.»

«Ich glaube nicht, dass dies der richtige Zeitpunkt für Zunge ist.»

«Wann ist der?»

Natalie legte den Kopf in den Nacken und stöhnte in Richtung Decke. «Wir unterhalten uns gerade mal dreißig Sekunden, und ich bin schon müde.»

«Du glaubst, du bist *jetzt* müde?» Er zwinkerte. «Warte bis nach der Zungenzeit.»

«Sag nie wieder ‹Zungenzeit›. Oder ich schwöre bei Gott ...»

August kicherte und legte seine Hand wie selbstverständlich um ihre Taille, strich mit dem Daumen ihren Rippenbogen hinauf und hinab, als würde er das ständig machen. Sie wollte seine Hand wegschieben, denn diese leichte Berührung ließ ihre Brustwarzen hart werden. Ironischerweise war das derselbe Grund, aus dem sie wollte, dass seine Hand genau dort blieb, wo sie war. «Sollte ich mir Sorgen darüber machen, dass wir uns in einer Bar befinden, in der Waffen leicht zugänglich sind?»

«Jep.» Sie fuhr mit der Hand durch die Luft, als würde sie etwas hacken. «Pass auf deinen Schwengel auf, Cates.»

Er erschauderte und blickte lange genug über seine Schulter, um zu beobachten, wie jemand eine Axt warf – ziemlich schlecht – und die Zielscheibe um gut einen halben Meter verfehlte. «Du bist nicht die Einzige, vor der ich Angst haben muss, Prinzessin. Ich bin mir ziemlich sicher, dass Julian mir bei dem kleinsten Anzeichen von vorehelicher Unzucht eine davon in den Rücken rammen würde. Sei doch einmal nett zu mir, hm? Ich bin zu jung zum Sterben.»

«Sag noch einmal ‹Zungenzeit›, dann können wir diese Theorie direkt austesten.» Eine Kellnerin trat zu ihnen und hielt lächelnd ihren Notizblock hoch, und August bestellte ein Pint Blue Moon. «Was hat mein Bruder dir gesagt?»

Natalie versuchte, die Frage lässig zu formulieren. Das gelang ihr aber offenbar nicht ganz, denn August schien sie zu durchschauen. «Das übliche Bruderzeug.»

«Ich weiß nicht, was das beinhaltet.»

«Warum nicht?»

Sie zuckte mit der Schulter. «Wir stehen uns nicht nahe. Ich meine, er hat Morrison nie getroffen, geschweige denn ihm mit der Axt gedroht.»

«Ich schätze, ich bin etwas Besonderes.» August atmete hörbar aus. «Ich werde nicht nach dem Ex-Verlobten fragen. Ich werde nicht nach dem Ex-Verlobten fragen.»

«Das ist wahrscheinlich auch besser so. Es ist keine schöne Geschichte.»

Ein leises Grollen drang an ihre Ohren.

Knurrte er etwa? Warum?

Natalie hatte keine Ahnung. Aber ein Themenwechsel war wahrscheinlich nicht die schlechteste Idee. Die letzte Person, über die sie sprechen wollte, war ihr Ex-Verlobter. «Also, wegen der Hochzeit ...»

«Weißt du, heute Abend war nicht das erste Mal, dass Julian gedroht hat, mir in den Hintern zu treten. In der ersten Nacht, als du mir den Wein ins Gesicht geschüttet hast, sagte er, dass er mir die Nase bricht, wenn ich noch einmal so mit dir rede. Das ist der eigentliche Grund, warum ich den Kerl mag.»

«Wirklich?» Sie lachte. Aber ihre Kehle war plötzlich so eng, dass das Wort ein wenig atemlos herauskam. «Ich wusste nicht ... Das wusste ich gar nicht.»

«Ja.» Ihr zukünftiger Ehemann beobachtete sie genau. Als könnte er sehen, was in ihrem Kopf vor sich ging – und was er sah, faszinierte ihn offenbar. Wahrscheinlich bewahrte er sich diese Informationen für später auf, damit er sie bei ihrem nächsten Streit, der vermutlich in den nächsten fünf Minuten beginnen würde, wieder hervorholen und gegen sie verwenden konnte. «Du bist ihm wichtig, Natalie. Deiner Mutter bist du auch wichtig. Aber es ist, als würdet ihr alle versuchen, eure Liebe voreinander geheim zu halten. Warum ist das so?»

«Ich weiß es nicht», sagte sie, halb abwehrend, halb ... ehrlich. Sie *wusste* es nicht. «Hat deine Familie auch immer eine große Sache aus der Liebe füreinander gemacht?»

«Nicht wirklich. Nicht *immer*. Aber wir haben sie uns gezeigt. Mit Geburtstagskarten. Oder wenn meine Mutter an Silvester zu viel getrunken hatte und rührselig wurde und anfing, alte Erinnerungen hervorzukramen.» Er nahm sein Bier von der Kellnerin entgegen, trank einen tiefen Schluck und starrte einen unsichtbaren Punkt über ihrer Schulter an. «Aber ich glaube, meine Eltern legten mehr Wert darauf, mir zu sagen, dass sie stolz auf mich sind. Ich hatte einen Job während der Sommerferien, um mir einen schrottreifen Honda Accord leisten zu können. Als ich die Papiere unterschrieb, sagten meine Eltern, sie seien stolz auf mich. Als ich zur Marine ging, waren sie stolz. Im Nachhinein denke ich, dass das vielleicht mehr ihre Art war, ‹Ich liebe dich› zu sagen, als genau diese Worte auszusprechen.»

Es nervte Natalie, wie sehr sie wollte, dass er weiter über seine Familie sprach. Aber den Hintergrund der Person, die sie zum Schein heiraten würde, kennen zu wollen, war doch gesund und normal, oder nicht? «Was ist dir wichtiger? Liebe oder Stolz?»

Er musterte ihr Gesicht. «Du zuerst.»

War es seltsam, dieses tiefgründige Gespräch mitten in einer lauten Bar zu führen? Wahrscheinlich schon. Aus irgendeinem Grund fühlte es sich aber nicht seltsam an. Bei diesem Mann gab es keine Formalitäten. Er sprang einfach kopfüber ins kalte Wasser und ließ sich von der Strömung treiben. «Ich schätze ... Stolz ist mir wichtiger. Stolz ist etwas, das man sich bewahren kann. Liebe wird zu oft verschwendet, wenn man sie verschenkt. Die Leute können sorglos mit deiner Liebe umgehen, aber deinen Stolz können sie nicht brechen. Sie können ihn nicht wie eine Trophäe in ihr Regal stellen. Er gehört dir.»

Etwas an seiner Haltung änderte sich. Seine Schultern spannten sich und seine Brust schwoll an, als ob er sich auf einen Kampf vorbereitete. Für sie? «Dein Ex hat dich verletzt.»

Das war keine Frage, sondern eine Feststellung.

Erschrocken darüber, dass sie ihm das bereitwillig erzählt hatte, griff sie nach ihrem Drink und starrte in ihr Glas. Sie nahm einen Schluck, um ihre Kehle zu kühlen, und spürte, wie sein Blick währenddessen einzig und allein auf ihr ruhte. «Du bist dran. Liebe oder Stolz?»

«Liebe», antwortete er, ohne zu zögern.

Warum blühte bei seiner Antwort etwas in ihr auf wie eine Rose? «Wirklich?» Ihre Stimme war brüchiger als die eines Schülers in der Pubertät. «Du hast mir gerade diese ganze Geschichte über den Honda Accord erzählt, und dass deine Familie Stolz schätzt.»

«Ich weiß.» Er wirkte nachdenklich. «Aber die Liebe scheint jetzt gerade wichtiger zu sein.»

Frag nicht, warum. «Warum?»

«Weil ich weiß, dass du nicht an sie glaubst. Und ich möchte, dass du es tust.» Nach dieser Frage sollte sie auf keinen Fall nach dem Warum fragen. Oder versuchen, zwischen den Zeilen nach etwas zu suchen, das nicht da war. «Das ist sehr großzügig von dir», sagte sie schnell, weil sie spürte, dass sie kurz davor war, vor sich hinzuplappern, was selten genug vorkam, und zu nervös war, um es zu verhindern. «Ich meine, beides ist doch letztendlich sehr eng miteinander verbunden, oder? Liebe bedeutet schließlich, seinen Stolz loszulassen.»

Er sah sie an, als hätte sie gerade etwas sehr Kluges gesagt. «Ach du Scheiße. Ist das so?»

«Ich weiß es nicht, August. Ich bin keine Expertin.» Er starrte sie weiter an. So lange, bis sie unruhig wurde. «Was?»

«Ich will wissen, was in New York passiert ist.»

Natalie schüttelte den Kopf. «Nein.»

«Wer hat Lust auf ein bisschen Axt-Werfen?», flötete Hallie, die plötzlich neben ihnen aufgetaucht war. Ihr Gesicht war gerötet und hinter ihr kam ein recht zufrieden aussehender Julian herangeschlendert. «Wir können Teams bilden. Pärchen gegen Pärchen.»

«Vergiss es.» Natalie stellte ihren Drink ab und zog Hallie an ihre Seite. «Männer gegen Frauen.»

Ein Lächeln umspielte Augusts Mundwinkel. «Wer bin ich, dass ich da widersprechen könnte?»

«Kampf der Geschlechter.» Hallie spannte ihren Bizeps an. «Kommt, es geht los.»

Julian und Hallie machten sich daran, ihrem Vierer-Gespann eine Bahn zu sichern, und ließen August und Natalie zurück, die sich in der Mitte der wachsenden Menge mit Blicken maßen. «Willst du es interessanter machen?», fragte er. «Dabei habe ich eigentlich sowieso schon gewonnen, wenn ich dir dabei zuschauen kann, wie du in diesem kurzen Kleid eine Axt wirfst.»

«Ich werde dir als Hochzeitsgeschenk einen Kurs in sexueller Belästigung besorgen.»

Sein Gesichtsausdruck hellte sich auf. «Wir schenken uns gegenseitig etwas?»

Natalie öffnete den Mund in der Absicht, ihn einen Trottel zu nennen – schon wieder –, aber die Gruppe in ihrem Rücken drängte unvermittelt in ihre Richtung, und sie stolperte und kippte nach vorne. August war blitzschnell zur Stelle, fing sie mit seinem linken Arm um die Taille auf, ohne dabei einen einzigen Tropfen seines Bieres zu verschütten. Es gelang ihr, einem Sturz zu entgehen, aber ihre Nase wurde mitten auf seine Brust gedrückt, genau zwischen seine Brustmuskeln, und der Geruch von Grapefruitseife und Rasierschaum ließ ihr Gehirn kurzzeitig aussetzen. Und dann schaltete es sich vollständig ab, als er sie näher zu sich zog. Beschützend. Mit einem finsteren Blick zu den Leuten hinter ihr. «Alles in Ordnung, Prinzessin?»

«Ja, mir geht's gut.» Sie atmete – diskret – ein letztes Mal tief ein.

Oder vielleicht nicht ganz so diskret, denn seine Lippen zuckten.

Schließlich gelang es ihr, sich zurückzuziehen. Sie strich ihr Kleid glatt.

Und sagte: «Du wolltest eine Wette vorschlagen?», und zuckte selbst über die Atemlosigkeit in ihrer Stimme zusammen.

KAPITEL 11

Es ist eine allgemeingültige Wahrheit, dass Menschen nicht die besten Entscheidungen treffen, wenn sie Alkohol getrunken haben. Tatsächlich kamen Menschen an Orte wie diesen mit der ausdrücklichen Absicht, fragwürdige Entscheidungen zu treffen. Sie wollten für eine Weile aufhören, Verantwortung zu übernehmen, und dem Schicksal freien Lauf lassen. Ein Beispiel dafür war das Axtwerfen in der Bar. Als Mann, der ein umfangreiches Waffentraining absolviert hatte und wusste, wie schnell etwas schiefgehen konnte, wollte August sich Natalie am liebsten über die Schulter werfen und hinaustragen. Die Tatsache, dass sie sich in der Nähe mehrerer Klingen befand, beunruhigte ihn in einem Maße, das er nicht ignorieren konnte.

Der wachsende Beschützerinstinkt, den er für seine Verlobte hegte, sagte August ...

Das hier war nichts Vorübergehendes.

Sie waren es nicht.

Tut mir leid, Prinzessin. Pech gehabt.

Diese Frau, die hier vor ihm stand, war sein Schicksal. Ein Teil von ihm hatte es schon an dem Abend gewusst, an dem sie sich kennengelernt hatten, als sie ihn im selben Atemzug zum Lachen gebracht und scharf gemacht hatte. Himmel, sie sah heute Abend wunderschön aus, mit all dem dunklen, aufgeschmierten Make-up um die Augen, und ihr Haar ... Es sah irgendwie aus wie Schamhaar. Als hätte sie sich zwischen den

Laken gewälzt. War das Absicht? Mist. Er würde freiwillig ein Jahrzehnt lang darauf verzichten, Baseball zu gucken, wenn er dafür jetzt seine Hand darin versenken könnte. Ihren Kopf hin und her bewegen, ihn nach hinten ziehen und ihren Mund aus der Nähe betrachten könnte.

Von ihren Beinen will ich gar nicht erst anfangen.

Wenn jemand im Umkreis von zehn Metern dieser Beine es wagen sollte, eine Axt in die Hand zu nehmen, würde er ihn aus dem Fenster werfen.

Und ihr Gesicht. Mann, er liebte es, diese kaleidoskopischen Züge zu betrachten, wie sie sich aufhellten und verdunkelten und veränderten. Sie waren der Grund, warum er so weit vom Weg abgekommen war.

Im Grunde wusste er genau, dass er ihr Gesicht auch in fünfzig Jahren noch sehen wollen würde.

Ziemlich sicher würde er nach dieser Gelegenheit hungern.

Er war von Natur aus ein Beschützer - und auch von Berufs wegen -, aber das Bedürfnis, für Natalies Sicherheit zu sorgen, war noch einmal etwas ganz anderes. Es war nicht nur ihre körperliche Sicherheit, um die er sich ständig sorgte, sondern auch die Sicherheit ihrer Gefühle. Die ihres Herzens. *Ich bin dafür verantwortlich.* Aber wie bei jeder Mission musste er erst mitten reingehen und herausfinden, womit er es zu tun hatte. Er brauchte Informationen.

Das war der Punkt, an dem ihr gemeinsamer Weg von vorübergehend zu dauerhaft führen würde.

Und wenn Natalie wüsste, dass er das Darlehen seines Commanders angenommen hatte und sie nur heiratete, weil er wollte, dass sie ihre Ziele erreichte - na gut, *und* weil er den Gedanken nicht ertrug, sie nie wiederzusehen -, würde sie ihn erdolchen.

Also würde er das erst einmal für sich behalten. Zumindest bis sie aufhörte, ihn zu hassen.

Liebe bedeutet schließlich, seinen Stolz loszulassen.

Diese Worte schwirrten ihm im Kopf herum. War er bereit, den Versuch aufzugeben, ihren ewigen Machtkampf zu gewinnen? Vielleicht nicht ganz. Wenn er in Bezug auf Natalie jegliche Vorsicht aufgab, konnte das dazu führen, dass ihm die Eier amputiert wurden. Aber er konnte schon mal anfangen vorzupreschen.

«August.» Sie wedelte mit der Hand vor seinem Gesicht herum. «Kampf der Geschlechter. Die Wette.»

«Wette. Genau.»

Wenn die Männer gewinnen, willigst du ein, mit mir alt zu werden.

Zu viel.

«Wenn die Männer gewinnen, erzählst du mir, was in New York passiert ist.»

Auch zu viel, aber seine große Klappe hatte die Herausforderung bereits ausgesprochen – und verdammt, er wollte wirklich wissen, was sie zurück nach Napa getrieben hatte. Wenn er gezwungen war, die Information aus ihr herauszupressen, war das nicht gut.

Natalies Gesichtsausdruck verfinsterte sich in dem Augenblick, in dem er ihr den Fehdehandschuh hinwarf, aber unmittelbar danach straffte sie die Schultern und sah ihn an. «Na schön. Und wenn ich gewinne, musst du meine Hilfe bei deiner Weinproduktion annehmen.»

Oh Mann. Auf keinen Fall.

Natalie hatte ihn so oft wegen seiner beschissenen Fähigkeiten als Winzer aufgezogen, dass es sich wie eine offene Wunde anfühlen würde, sie in das Allerheiligste seiner Produktionsanlage zu lassen. «Willst du wirklich helfen, oder versuchst du nur, mich zu übertrumpfen?»

Sie schürzte die Lippen und tat so, als würde sie darüber nachdenken. «Beides.»

Lass sie helfen. Was soll so schlimm daran sein?

Den Wein herzustellen, sollte sein Geschenk für Sam sein. Aber nicht bloß ein Geschenk, sondern eher die Buße dafür, dass er ihn sterben ließ. Es war Augusts Buße, und darum wollte er diese Arbeit nicht teilen. *Er* musste diese Arbeit verrichten. *Er* musste Wiedergutmachung leisten. Niemand sonst.

«Überleg dir etwas anderes. Irgendwas.»

Anstatt sich über seine Sturheit zu ärgern, schien sie irgendwie fasziniert davon zu sein. «Ähm ... okay, gut. Während des gesamten Monats, den wir verheiratet sind, darfst du dich nicht darüber beschweren, wie lange ich für mein Make-up brauche.»

«Abgemacht.» Gott sei Dank hatte sie kein großes Ding aus der Sache mit dem Wein gemacht. Er wollte nicht erklären, warum er in Bezug auf die Produktion so abwehrend war. «Aber wir müssen uns küssen, um die Wette zu besiegeln.»

«Du kannst dir nicht einfach irgendwelche Regeln ausdenken, Rattenkönig. Man besiegelt das mit einem Händedruck.»

Er schnaubte in sein Bier. «Da hat aber jemand Schiss.»

«Oh, ich habe Schiss?» Apropos Stolz. «Ich bin mir ziemlich sicher, dass ich diejenige war, die in die Dusche geklettert ist. Oder hast du das vergessen?»

Titten.

Wunderschöne, wunderschöne Titten.

«Prinzessin, das ist eine Erinnerung, die sich in meinen innersten Kern gebrannt hat. Die begleitet mich noch bis in mein Leben nach dem Tod.»

Sie schüttelte ihr Sexhaar. «Gut.» So abgeklärt. Nur dass er gesehen hatte, wie sie errötete.

Fand sie es gut, dass er sich für immer an ihre gemeinsame Dusche erinnern würde?

Ja. Es gefiel ihr.

«Komm her und küss mich.»

Sie schnaubte, packte die Vorderseite seines Oberteils und zog ihn zu sich. Aber sie zögerte, bevor sich ihre Lippen berührten. Befeuchtete ihren Mund und starrte seine Lippen an. «Na schön.»

Als ob es keine große Sache wäre.

Doch kurz bevor sich ihre Münder trafen, sah sie zu ihm auf, und das war der Beweis, dass sie irrte. Es war eine sehr große Sache. Sie küssten sich mitten in der Bar, als wären sie allein. August stellte sein Bier abwesend auf den nächstgelegenen Tisch, um endlich, gottlob, alle zehn Finger in ihrem Haar versenken und sich verdammt noch mal auf diesen Mund stürzen zu können.

Zunge, Lippen, Zähne. Er nutzte alles, was ihm zur Verfügung stand, um sie zum Stöhnen zu bringen, während sie ihre Münder aufeinanderlegten, kosteten, tief erkundeten. Noch tiefer. *Ich werde einen Weg finden, wie wir das hinkriegen*, sagte er ihr mit dem Kuss und meinte es mit jedem Atemzug durch seinen Körper. *Ich werde dich heiraten und dafür sorgen, dass es funktioniert.*

Als sie Luft holten, sah Natalie mehr als nur ein wenig durchgeschüttelt aus.

Verdammt, er war auch durchgeschüttelt. Jedes Mal, wenn sie sich küssten, brauchte er mehr. *Mehr* von ihr.

Sie atmete tief ein, ihre Lippen waren immer noch nur Zentimeter voneinander entfernt. «Wir sollten lieber aufhören ...»

«Bevor ich dich in die Gasse draußen trage und dir wieder das Höschen runterreiße?» Er zog mit seinem Daumen ihre Unterlippe nach unten. «Ja. Ich schätze, wir sollten aufhören.»

Natalie schlug seine Hand beiseite und marschierte an ihm vorbei in Richtung des Axtwurf-Bereichs, wobei ihr Gang mehr als nur ein wenig wacklig war. «W-wir haben nur die Wette besiegelt.»

«Was auch immer du dir einreden musst, Prinzessin», murmelte er, nahm seinen Drink wieder und folgte ihr.

Als August wenige Augenblicke später seine erste Axt in die Hand nahm, stellte er sein Bier nicht einmal ab. Er sah Natalie direkt in die Augen und warf, traf genau ins Schwarze. Dann leerte er sein Bierglas, während sie und Hallie ihn mit heruntergeklappter Kinnlade anstarrten. «Was zum ...», stotterte Natalie. «Du hast gerade einfach so ...»

August deutete auf sich. «SEAL. Schon vergessen?» Er winkte der vorbeigehenden Kellnerin mit seinem leeren Glas. «Ein weiser Rat: Wette nie mit einem von uns. Vor allem, wenn Waffen im Spiel sind. Was hast du dir dabei gedacht?»

«Ich dachte ...» Natalie zuckte kurz mit den Schultern. «Ich war noch nicht dran.» Sie trat an das hüfthohe Holzregal, das die Bar von der Axt-Wurfbahn trennte. «Ich kann immer noch gewinnen.»

«Das stimmt», meldete sich Hallie und klopfte ihr auf die Schulter. «Du schaffst das, Natalie. Unterschätze niemals das Glück eines Anfängers.»

«Oder eine Frau, deren Stolz auf dem Spiel steht», sagte August mit einem Lächeln.

Klasse, Kumpel, so wird auf jeden Fall eine dauerhafte Beziehung draus.

«Eine *schöne* Frau», fügte er schnell hinzu.

Natalie sah ihn an, als hätte er den Verstand verloren. Vielleicht hatte er das ja auch.

Immerhin zog er sie auf, während sie einen scharfen Gegenstand in der Hand hielt.

August sah ihr zu und starrte nur ein paar Sekunden lang auf ihren Hintern, während Natalie die Axt in die Hand nahm und sie direkt in der roten Mitte der Zielscheibe versenkte. Und dann begann sie regelrecht zu leuchten. Ihr Mund klappte auf, Licht flutete ihre Augen. Sie keuchte, schlug die Hände vor den Mund. Wie es eine Frau bei einem Heiratsantrag tat. Wie sie es vielleicht getan hätte, wenn er aus seinem Antrag nicht einen riesigen Scherz gemacht hätte.

Verdammt.

Bei Gott, die ganze Bar verschwamm um sie herum, während sie jubelte.

Spring mir in die Arme. Tu es. Bitte, tu es.

Spoiler: Sie tat es nicht.

Sie warf ihm einen prüfenden Blick zu und setzte sich an die Seite, viel zu weit von ihm entfernt. «Kannst du bitte hier rüberkommen, Natalie?», fragte er.

«Warum?»

«Die Leute werfen hier mit Äxten.»

«Gut, du hast das Thema der Bar erkannt.» Sie winkte ab. «Mir geht's gut.»

«Bitte? Ich möchte nahe genug bei dir sein, um mich, wenn nötig, vor dich werfen zu können.»

Ihre Gesichtszüge wurden für einen Moment weicher, schließlich rollte sie mit den Augen und schlenderte zu ihm hinüber, wobei sie sich notgedrungen an ihn drücken musste, weil die Bar so voll war, vor allem in der Wurfzone. Lässig pfeifend ließ er seinen Arm um ihre Schultern gleiten, was ihm einen strengen Blick einbrachte, aber zum Glück versuchte sie nicht, sich zu entziehen. Sie standen da wie ein richtiges, ehrliches Paar, während Hallie ihren Versuch durchführte - ein Wurf, der fast in der Decke gelandet wäre - und dann Julian, dessen Axt in der Zielscheibe landete, nur knapp neben der Mitte. Dieser Mangel an Perfektion schien ihn zu ärgern.

«Wir können nicht alle beim ersten Wurf Heldentaten vollbringen», sagte August und klopfte dem Professor auf die Schulter.

«Es gibt verschiedene Arten von Helden», bemerkte Natalie, was ihn neugierig machte.

«Was meinst du damit?»

Sie sah aus, als wollte sie ihre Bemerkung zurücknehmen. Auch Julian und Hallie schienen von dieser Aussage überrascht zu sein. Vielleicht war es ihnen sogar ein wenig unangenehm? «Damit meine ich ...» Natalies Kehle schnürte sich zu. «Meinen Bruder. Er ... hat mich aus dem Feuer gerettet.» Sie lachte, aber das Lachen erreichte ihre Augen nicht ganz. «Habe ich dir das nicht erzählt?»

August hatte Mühe zu hören, denn seine Gedanken kamen mit einem lauten Quietschen zum Stehen. «*Welches Feuer?*»

«Hör auf zu schreien», flüsterte Natalie und stupste ihn mit dem Ellbogen in die Rippen.

Hatte er geschrien? «Welches Feuer?», wiederholte er und klang dabei erstickt. Er *fühlte* sich auch, als würde er ersticken.

Lange Zeit sagte niemand ein Wort. Julian betrachtete fasziniert die an der Wand angebrachten Regeln für das Axtwerfen, studierte sie eingehend mit verschränkten Armen, wie ein Gemälde in einem Museum. «Vor vier Jahren», sagte Hallie schließlich leise. «Das Feuer, das in Napa gewütet hat. Es hat auf Vos Vineyard großen Schaden angerichtet. Julian und Natalie waren zur Weinlese nach Hause gekommen, zu dem Zeitpunkt, als das Feuer ausbrach. Darum konnten sie dabei helfen, ihre Eltern, das Personal und so viel Ausrüstung wie möglich in Sicherheit zu bringen, aber Natalie wurde eingekesselt, durch ...»

«Okay. Wow, wow, wow.» August begann zu schwitzen. «Natalie? *Eingekesselt?*»

«Geht es dir gut?», fragte die Frau, um die es gerade ging.

«Ja.» Nein. Ganz und gar nicht. «Wo wurdest du eingekesselt?»

«Hallie hat gerade versucht, es dir zu erzählen», erklärte Natalie.

«Das waren ziemlich viele Infos auf einmal.» Er wischte sich mit dem Saum seines T-Shirts über die Stirn. Und sein Puls ging zu schnell, als dass er sich darüber freuen konnte, wie Natalie sich beim Anblick seines Bauches auf die Lippe biss. «Ich bin jetzt bereit für den Rest.» *Ich werde nie bereit für den Rest sein.*

Es entging August nicht, dass Julian nicht mehr die Regeln, sondern stattdessen ihn sehr genau studierte. Wer konnte es dem Kerl verübeln? August verlor immer mehr die Fassung. Weil Natalie vor vier Jahren bei einem Brand in Gefahr gewesen war. Wirklich? Ein verdammtes *Feuer*? Vor vier Jahren war er noch nicht einmal im Land gewesen. War nicht nah genug gewesen, um etwas tun zu können. Tausende von Meilen entfernt.

«Das Feuer näherte sich viel schneller als erwartet. Es war Stunden früher bei uns, als man uns vorausgesagt hatte.» Zwischen Julians dunklen Brauen bildete sich eine Furche. «Sie wurde im Schuppen eingeschlossen, als sie die Ausrüstung zum Wagen tragen wollte. Es gab nur einen Eingang, und der war durch die Flammen versperrt.»

«Aber Julian kam gerade noch rechtzeitig. Er ist reingerannt, hat mein Gesicht bedeckt und mich rausgeholt.» August merkte erst, wie angespannt er war, als Natalie ihn anstupste und er dabei fast zur Seite gekippt wäre wie eine fallende Statue. «Und das ist gut, denn so bin ich heute Abend noch am Leben, in dieser Bar, und kann dir beim Axtwerfen in den Arsch treten.»

Hallie johlte und hielt ein Glas Wein hoch. «Genau so.»

«Du bist dran, August», forderte Julian ihn auf. Schmunzelte er etwa?

August spürte die Axt nicht einmal in seiner Hand, als er sie ergriff. Er drehte sie ein paarmal in seiner Hand, senkte den Blick und stellte fest, dass sie zitterte. Verdammt. «Äh, möchte jemand anderes noch mal werfen?»

«Es muss der Reihe nach gehen», sagte Julian und deutete auf das Poster mit den Regeln.

Da er keine andere Wahl hatte, vergewisserte sich August, dass niemand zu nahe bei ihm stand, dann warf er die Waffe – und sah zu, wie sie im äußeren Ring der Zielscheibe landete. Niemand sprach, als er zurücktrat und Natalie zu verstehen gab, dass sie dran war. Sie schaute ihn neugierig an, während sie sich auf den Weg zur Absperrung machte und den Griff ihrer Axt umfasste. Diesmal erwischte sie den mittleren Ring, gefolgt von Hallie, der das auch gelang. Julian landete einen Volltreffer. Sie unterhielten sich und planten schon die nächste Runde, aber August konnte sich nicht auf das Gespräch konzentrieren. Er sah nur Natalie, eingekesselt von den Flammen und verängstigt. Er brauchte dringend frische Luft. Und zwar sofort.

«Ich bin gleich wieder da.» August versuchte zu lächeln, war sich aber ziemlich sicher, dass er dabei aussah, als müsste er sich gleich übergeben. «Ich gehe nur mal kurz raus.»

«Hey.» Bevor er einen Schritt machen konnte, streckte Natalie die Hand aus und hielt sein Handgelenk fest. «Du bist doch nicht sauer, weil du die Wette verloren hast, oder?»

«Welche Wette?»

Sie blinzelte. «Komm, wir gehen.» Sie zog ihn durch die Menge zur Tür. «Du hast einen Nervenzusammenbruch. Entweder das, oder du hast gerade gemerkt, dass du die Chance verpasst hast, mich wegen meiner dreißigminütigen Make-up-Prozedur aufzuziehen, und täuschst darum eine Amnesie vor.»

Gott, er musste sich zusammenreißen. «Das weiß ich noch.» Sie traten in den klaren Abend hinaus, auf den leeren Bürgersteig vor dem *Jed's*, wo die letzten Reste des Sonnenuntergangs der Luft einen violetten Schimmer verliehen. Vielleicht hatte er aber auch nur wirklich einen Nervenzusammenbruch. Konnte Luft violett schmecken? «Aber ich habe irgendwie damit gerechnet, dass ich gewinne.»

«Was ist passiert?», fragte Natalie.

«Ich bin nicht sehr gut darin, mich hilflos zu fühlen. Aber genau so habe ich mich gefühlt, als ich diese Geschichte gehört habe.» Er musterte sie von Kopf bis Fuß und konnte dem Drang kaum widerstehen, seine Hände über ihre Haut gleiten zu lassen. «Geht es dir gut? Du hast keine Verbrennungen davongetragen?»

Ihr Mund öffnete und schloss sich, sie schwankte von einer Seite zur anderen. «Nein. Es war wirklich beängstigend, aber abgesehen davon, dass ich meine Rauchmelder jetzt immer dreimal kontrolliere, geht es mir gut.»

«Gut.» Er schwieg einen Moment. «Wie kannst du daran zweifeln, dass dein Bruder dich liebt, wenn er in einen brennenden Schuppen rennt, um dich zu retten?» August sprach die Worte aus, ohne nachzudenken, und strich sich mit einer immer noch zitternden Hand über das Gesicht. Gott, er musste Julian wirklich für das danken, was er getan hatte. Das *würde* er auch.

Sobald er wieder in der Bar war.

Er wollte ihn sogar fragen, ob er sein Trauzeuge sein wollte.

«Er ... ist einfach so. Er tut immer das Richtige.» Natalies Wangen färbten sich zunehmend rot. «Er hat danach eine schreckliche Panikattacke bekommen. Diese Angstzustände hat er schon seit seiner Kindheit, aber ich habe es noch schlimmer gemacht, weil ich nicht aufgepasst habe.»

«Ja, Natalie. Wie rücksichtslos von dir. Nächstes Mal versuch bitte, das Feuer vorherzusehen.»

«Wow. Nett von dir. Mit Logik zu versuchen, dass ich mich besser fühle. Das ist schwach.» Ihre Lippen zuckten leicht, um ihn wissen zu lassen, dass sie scherzte, und sein verdammtes Herz streifte sich prompt eine Schleife über, um sich ihr als Geschenk zu präsentieren. «Ich habe lange gedacht, dass er mir die Schuld an seinem Anfall nach dem Feuer gibt. Aber er ... tut es nicht. Er hat mir *gesagt*, dass er es nicht tut. Jetzt, wo wir ein bisschen Zeit miteinander verbracht haben, hat unsere Beziehung sich sehr verbessert.»

«Aber?»

Sie hob ihr Kinn. «Woher weißt du, dass es ein Aber gibt?»

«Nenn es Nat-tuition.»

Mit zuckenden Mundwinkeln musterte sie ihn einige Sekunden lang. «In dieser Familie machen wir alles im Alleingang. Aber sie ... Alle hier waren bereit, alles im Alleingang zu machen, bevor ich es war. Jetzt kommen Julian und meine Mutter sich näher, und *ich* bin diejenige, die eigenständig ist. Aber bei mir ist das mehr so ein: Hey, erinnert ihr euch noch daran, dass mir alle gesagt haben, ich soll meinen Scheiß auf die Reihe kriegen und lernen, auf eigenen Füßen zu stehen? Na ja, das habe ich getan. Und niemanden ... hat es interessiert, oder niemand hat es bemerkt. Und jetzt soll ich mich bemühen, wieder Anschluss zu finden? Nein. Ich habe das, wonach ich gesucht habe, woanders gefunden. Für eine gewisse Zeit. Und ich will es wiederhaben.»

«In New York.»

«Ja, deshalb auch unsere bevorstehende Hochzeit.» Sie wirkte nervös. «Können wir jetzt wieder reingehen?»

«Nein.» Er machte einen Schritt auf sie zu, legte den Kopf schief und sah sie in einem ganz anderen Licht. Immer noch zäh wie eh und je, aber verwundet. *Flick sie zusammen.* Das wollte er unbedingt tun, hatte aber keine Ahnung, wie. «Sie hätten es bemerken müssen. Du solltest immer bemerkt werden.»

Das überraschte sie, und sie brachte ein Dankeschön hervor.

«Es ist ein schwieriger Spagat, seine Familie stolz zu machen und sie gleichzeitig auf Distanz zu halten, damit man ganz man selbst sein kann.» Was er als Nächstes sagen wollte, fühlte sich zu persönlich an. Es ging um seinen besten Freund, und er wollte es am liebsten für sich behalten. Dennoch zwang er sich, die Worte auszusprechen, obwohl sie sich anfühlten, als würden sie durch Stacheldraht in seiner Kehle hindurchgezwängt werden. «Sam hatte mit vielem sehr zu kämpfen – unter anderem damit, den eigenen Vater als befehlshabenden Offizier zu haben. Sie haben den Vater-Sohn-Teil ihrer Beziehung abgetrennt, einfach weil sie es mussten. Damit es keine störenden Emotionen gab – die können einen Mann in unserem Beruf töten, verstehst du? Aber als sie beide eine Auszeit genommen haben, um wieder zueinanderzufinden, war das nicht so einfach. Wahrscheinlich, weil sie gesehen hatten, wie leicht es war, sich ... voneinander zu lösen, weißt du?»

«Ja», hauchte sie. «Das kenne ich.»

Heilige Scheiße, war er an etwas dran? Hatte er das Potenzial, tatsächlich zu *helfen*, indem er einfach nur ehrlich war? Der Stacheldraht war immer noch da, ebenso wie der Wunsch, all seine Erinnerungen an Sam für sich zu behalten, aber er war fest entschlossen, dafür zu sorgen, dass es Natalie besser ging. Wenn er das erreichen konnte, indem er sich zumindest heute Abend ein wenig öffnete und von Sam erzählte, dann würde er das durchziehen. «Deshalb standen Sam und ich uns so nahe. Er verbrachte die Feiertage bei meiner Familie. Meine Mutter schickte ihm Geburtstagskarten, in denen Zwanzig-Dollar-Scheine steckten. Mein Vater nahm ihn mit zum Angeln, selbst wenn ich nicht da war. Wir waren wie Brüder.»

In ihren Augen leuchteten verschiedene Gefühle auf. «Warst du neulich überrascht, als du seinen Vater gesehen hast?»

«Das ist noch milde ausgedrückt.» Das Narbengewebe an seiner Schulter pochte. «Nachdem wir Sam verloren hatten, verließ ich das Team vorzeitig und ging in Rente. Ich konnte einfach nicht mehr so weitermachen.» *Nicht nach dem, was ich habe geschehen lassen.* «Der Commander und ich haben uns nicht im Streit getrennt, aber es war ... Ich weiß nicht. Es war, als ob er es nicht begrüßen würde, dass ich wegen Sam etwas so Drastisches tat, während er blieb. Ergibt das Sinn?»

Es gefiel ihm, dass sie einen Moment darüber nachdachte. Und dann sagte sie: «Ja. Das tut es.»

«Vor allem wünsche ich, Sam wäre hier, um zu sehen, wie sehr er seinem Vater am Herzen lag, schon immer. Ich wünschte, er wäre hier, um mitzuerleben ...» August konnte nicht weitersprechen und deutete stattdessen auf sie beide.

«Dass wir heiraten.»

August räusperte sich heftig. «Ja.»

Der Abend legte sich um sie herum, der Lärm in der Kneipe ließ den Bürgersteig noch stiller erscheinen. Intimer. Er konnte Natalies Gesichtsausdruck nicht deuten, aber er meinte, darin vielleicht einen Hauch von Verwunderung zu sehen. Und dann platzte sie plötzlich heraus: «Ich wurde aus meiner Firma in New York rausgeworfen. Weil ich einen sehr schlechten Deal gemacht habe, der die Firma *viel* Geld gekostet hat. Genug Geld, um damit drei Privatinseln kaufen zu können, und dann wäre immer noch genug übrig gewesen, um eine Party zu schmeißen. Dabei habe ich auch viel an Respekt eingebüßt. Ich war der jüngste Partner. Die einzige Frau. Aber über Nacht wurde ich zu einer Belastung, und sie haben mich gefeuert. Mein Verlobter löste unsere Verlobung auf, weil ich nicht mehr in unsere Welt passte.» Sie hob eine Schulter und ließ sie sinken. «Das ist es, was in New York passiert ist.»

Verdammt. Er konnte sich nicht vorstellen, dass diese Frau auch nur beim Lackieren ihrer Fingernägel einen Fehler machte, geschweige denn einen so großen Fehler bei der Arbeit, der einen Haufen Anzugträger das Geld für ihre Villa kostete. Und was noch wichtiger war: Welcher Mann, der bei Verstand war, würde Natalie Vos gehen lassen?

Es gab eine Menge, was er herausschreien wollte – allem voran «dieses rückgratlose Arschloch» –, aber das hier war für sie ein verletzlicher Moment. Sogar er erkannte, dass dies nicht der richtige Zeitpunkt für Drohungen und Wut war, obwohl er sich liebend gern über das Unrecht ausgelassen hätte, das man ihr angetan hatte. Doch er zügelte seinen Adrenalinstoß und hielt seine Stimme so ruhig wie möglich.

«Wenn er dich so schnell fallen lassen konnte, Natalie, hatte er nie genug Anstand, um dich überhaupt zu verdienen.» Er behielt seine ernste Miene bei. «Gott sei Dank hast du mich gefunden.»

Ihre Lippen verzogen sich zu einem zittrigen Lächeln.

August erwiderte es.

Und er war sich nicht ganz, aber doch ziemlich sicher, dass sie heute Abend ein Stück weitergekommen waren. Ganz zu schweigen davon, dass er etwas gelernt hatte. Wenn er Dinge mit Natalie teilte, teilte sie auch etwas mit ihm. Das durfte er nicht vergessen, denn er wollte alles wissen, was in ihrem Kopf vor sich ging. Das wollte er unbedingt. Im Moment sonnte er sich im Glanz des Fortschritts mit einer Frau, die ihn einmal als wandelnde Kläranlage bezeichnet hatte.

«Sollen wir dieses bedeutungsvolle Gespräch mit einem Kuss feiern? Vielleicht mit etwas leichtem Petting?» Er hob seine Hände, die Handflächen nach außen. «Oder heftigem Petting. Ich bin bei beidem dabei ...»

Sie war bereits an ihm vorbeigerauscht und rollte mit den Augen. «Gerade als ich dachte, du wärst zu einem simplen Gespräch fähig.»

Er ging ihr nach und stieß an ihrem Hals prustend die Luft aus. «Ich sagte doch, ich lasse dich nicht im Stich.»

Sie wedelte mit der Hand, um ihn zu verscheuchen. «Deine Interpretation von jemanden im Stich lassen ist echt arschweit rückwärtsgewandt.»

«Arsch und rückwärts klingt noch besser als heftiges Petting», sagte er und zuckte mit den Augenbrauen. «Wo muss ich mich dafür anmelden?»

«Genau hier», sagte sie und zeigte ihm den Mittelfinger.

«Aha.» Er blinzelte. «Ich weiß noch, wie sehr du einen schönen Mittelfinger liebst.»

Natalies Stöhnen vermischte sich mit Augusts dröhnendem Lachen, während sie zurück in die Bar gingen.

# KAPITEL 12

Entschuldige. Hast du gerade gesagt, du hast einen potenziellen Investor für uns?»

Natalie kam auf ihrem Weg über das Gelände von Vos Vineyard ins Stolpern und blieb stehen. Ihre ehemalige Kollegin und künftige Partnerin Claudia hatte ihr gerade die frohe Botschaft verkündet und schrie jetzt jemanden an, weil er ihr das Taxi vor der Nase weggeschnappt hatte, während Natalie dreitausend Meilen entfernt den Atem anhielt.

«Claudia?»

«Ja, ich bin noch dran. Aber warte mal, ich bestelle mir eben ein Uber.» Genau sechsundzwanzig Sekunden später war sie wieder am Apparat. «William Banes Savage. Hat in den Neunzigern sein Geld in der Tech-Branche gemacht. Irgendwas mit Pentium-Prozessoren, als ob irgendjemand wüsste, was das ist. Aber er ist alt und gelangweilt, kann mit Geld um sich werfen und will bei den jungen Leuten mitmischen. Wenn du bis nächsten Freitag hier sein kannst, kann ich ein Abendessen mit ihm arrangieren.»

«Nächsten Freitag? Das heißt, heute in einer Woche?» Mit den Geräuschen von New York City im Ohr kam ihr der Weinberg um sie herum fast wie ein fremder Planet vor. «Ich werde morgen heiraten.»

«*Heiraten?*» Claudia gab am anderen Ende der Leitung einen würgenden Laut von sich. «Weshalb denn das, zur Hölle?»

«Für die Miete unserer neuen Büroräume. Equipment. Geld, um den Pentium-Prozessor-Mann zum Essen ausführen zu können ... »

«Schon verstanden. Verdammt. Also ist er stinkreich?»

Warum hatte sie Claudia überhaupt von der Heirat erzählt? Jetzt sprachen sie über August auf dieselbe Weise wie über William Banes Savage – als wäre er ein Mittel zum Zweck, und das gefiel ihr überhaupt nicht. Er war viel mehr als das. Letzte Nacht, nachdem sie vom Axtwerfen zurückgekommen war, hatte sie im Bett wach gelegen und sich noch einmal durch den Kopf gehen lassen, was er ihr über Sam erzählt hatte. Über seine eigene Familie. Wie sehr er diese Menschen in sein Herz geschlossen hatte. Wie sehr er sie schätzte. Wie es wohl sein würde, August so viel zu bedeuten? «Schon gut», krächzte sie. «Klopf das Treffen für nächsten Freitag fest, dann tue ich alles, um dabei zu sein. Im schlimmsten Fall sagen wir es ab und erzählen Savage, dass ich mich mit jemandem treffe, der wichtiger ist. Dann wird er mich mit Anrufen bombardieren.»

«Du alte Hochstaplerin. Da ist sie ja wieder, die Bitch, die ich von früher kenne.»

Natalies Lächeln fühlte sich steif an. «Ich war nie weg.»

Claudia lachte schnaubend. «Mein Uber ist da. Ich sag dir Bescheid, sobald ich die Details habe. Bye.»

«Bye.»

Nachdem sie das Gespräch beendet hatte, starrte Natalie noch einige Sekunden lang auf das Gerät in ihrer Hand und versuchte, das seltsam ungute Gefühl in ihrem Bauch zu beruhigen. Noch vor ein paar Wochen hätte sie ihre Seele verkauft für die Chance, in ein Flugzeug nach New York steigen und sich mit einem potenziellen Investor treffen zu können. Ihr Treuhandfonds würde die Grundlagen für die neue Firma schaffen, aber sie würden schnell an Einfluss gewinnen müssen. Sie mussten jemanden an Bord holen, der anderen Investoren signalisierte, dass Natalie und Claudia nicht nur eine sichere Investition waren, sondern ein glänzendes neues Unternehmen darstellten.

Aber nur sechs Tage nach der Hochzeit wieder abreisen?

Natürlich würde sie nicht für immer gehen. Nur lange genug, um sich mit William Banes Savage zu treffen. Konnte sie sich für ein paar Tage aus St. Helena wegschleichen, ohne dass die Leute es mitbekamen? Würde ihre Ehe weniger echt wirken, wenn sie kaum eine Woche nach der Eheschließung allein verreiste?

Wie würde August darüber denken?

Natalie schluckte schwer und näherte sich ihrem Ziel – dem Vos Weinkeller.

Es war ja nicht so, dass sie in die Flitterwochen fuhren, oder? Geschäft war Geschäft.

Irgendwann würde sie für immer weggehen, und August war sich dessen sehr wohl bewusst. Das war es, was sie beide unterschrieben hatten. Etwas Vorübergehendes.

Sie bog eilig in die Produktionsstätte ein und lächelte den Angestellten zu, die sie verblüfft ansahen. Nachdem sie ihre Überraschung überwunden hatten, nickten sie ihr zu und widmeten sich wieder ihrer Arbeit. Die Weinlese hatte gegen Ende des Sommers stattgefunden, gefolgt vom Pressen der Trauben. Jetzt, mitten im Herbst, befanden sie sich in der Gärungsphase, einem sehr empfindlichen Prozess, der Monate dauern konnte. Die Mitarbeiter rührten die natürliche Hefe sorgfältig um, damit sie sich nicht am Boden der Holzgefäße absetzte, den Wein mit Sauerstoff versorgte und den Geschmack kultivierte.

Natalie ging an ihnen vorbei in den hinteren Teil der Anlage, öffnete eine Metalltür und begann, den langen Weg über vier steinerne Treppen hinunterzusteigen. Als sie unten ankam, kitzelte der Duft feuchter Pilze in ihrer Nase, der Anblick Tausender alternder Weinflaschen und noch mehr Fässer empfing sie. Überall im Keller waren Tische aufgestellt für Gäste, die das Weingut besichtigten und das Gelände erkunden wollten, nachdem sie sich im Empfangsbereich bereits einen Schwips angetrunken hatten.

Besaß Zelnick Cellar überhaupt einen Weinkeller? Das musste sie August fragen. Viele Weingüter in Napa hatten einen, wenn auch in unterschiedlicher Größe. Vielleicht könnte August sie durch seinen unterirdischen Keller führen. Nicht, dass sie mit ihm allein im Dunkeln sein wollte, sondern aus rein beruflicher *Neugier*, da sie jetzt offiziell eine Angestellte seines Weinguts war.

Das Herz schlug ihr bis zum Hals, als sie Stimmen hörte, die sich von weit hinten im Keller näherten. Corinne und ... War das Julian?

«Es handelt sich um einen Service, der hochauflösende Luftaufnahmen des Weinbergs macht», erklärte Julian knapp. «Auf diese Weise können wir sehen, welche Rebstöcke zu stark oder zu wenig beansprucht wurden. Das kann uns eine Menge darüber verraten, warum der Geschmack uneinheitlich ist und wie wir bewässern müssen ... »

«Ich will gar nicht wissen, wie teuer Luftaufnahmen sind», warf Corinne ein.

«Für viele Winzer sind sie in den Ausgaben mittlerweile ein fester Posten», erwiderte Julian in seiner gewohnt ruhigen und prägnanten Art. «Im Laufe der Zeit lassen sich damit sogar Kosten einsparen, weil die Ressourcen an den richtigen Stellen eingesetzt werden, anstatt sie zu verschwenden.»

«Klingt gut», meldete sich Natalie zu Wort und trat hinter

einem Regal mit Fässern hervor. «Seit wann trefft ihr zwei euch wie Superschurken in einer unterirdischen Höhle?»

Corinne wirkte erschrocken über das plötzliche Auftauchen ihrer Tochter, während Julian eher neugierig zu sein schien, was sie hier heruntergeführt hatte. «Solltest du nicht bei deiner finalen Anprobe sein?», wollte Corinne wissen. «Es ist nicht leicht, einen Schneider zu finden, der praktisch über Nacht Änderungen an einem Hochzeitskleid vornimmt.»

«Mach dir keine Sorgen. Ich habe bis gerade noch Nadelkissen gespielt», sagte Natalie und wandte sich an Julian. Sie versuchte ihr Bestes, sich nicht anmerken zu lassen, wie es sich anfühlte, von diesem Familientreffen ausgeschlossen zu sein. Seit Julian begonnen hatte, im Betrieb mitzuarbeiten, geschah das ständig. Sie könnte genauso gut ein Geist sein. «Was war das für ein Service, von dem du gesprochen hast? Das klingt interessant.»

Bevor Julian antworten konnte, ergriff Corinne wieder das Wort. «Du hast mir immer noch nicht gesagt, was du hier unten machst.»

Natalie zuckte mit einer Schulter. «Keine Ahnung. Ich bin nur wegen der Ruhe hier.»

Das stimmte teilweise. Als Kind hatte sie sich gern in den Weinkeller geschlichen und sich mit dem Rücken gegen die kühle Steinwand gelehnt. Stundenlang saß sie dort und stellte sich vor, dass über der Erde ein Suchtrupp gebildet wurde, um sie zu finden. Sie stellte sich vor, wie erleichtert alle wären, wenn man sie tatsächlich fand. Sie würden sie umarmen und ihr das Versprechen abnehmen, sich nie wieder zu verstecken, ohne jemandem zu sagen, wohin sie ging.

Diese Vorstellung wurde nie Wirklichkeit, aber sie hatte sich immer besser gefühlt, wenn sie so getan hatte, als ob.

Heute Nachmittag war sie nicht in den Keller gekommen, um von einer besorgten Truppe von Angehörigen zu träumen, die mit brennenden Fackeln durch Sümpfe und Täler liefen und nach ihr suchten. Nein, sie war gekommen, um ein wenig in sich zu gehen. Heute war sie in die Stadt gefahren, um ein paar Flaschen Wein zu kaufen ... und mit leeren Händen wieder zurückgekehrt. Das Weintrinken war zu einem Bewältigungsmechanismus geworden, es war kein Genuss mehr. Wenn sie genau darüber nachdachte, schmeckte ihr der Wein seit Wochen *überhaupt nicht mehr*. Bald würde ihr Geld freigegeben werden, und sie würde einen klaren Kopf brauchen, um diese Chance zu nutzen. Ihre einzige Chance.

«Hmm», sagte Corinne und betrachtete sie wie ein Wissenschaftler einen Objektträger. «Willst du später vorbeikommen und kurz die Hochzeitsvorbereitungen durchgehen?» Der schwache Schimmer eines Lächelns umspielte ihre Lippen, dann verschwand es wieder. «Du wirst morgen Nachmittag heiraten, wie du weißt.»

Natalie fragte sich, ob sie sich dieses winzige Lächeln nur eingebildet hatte. Der Himmel wusste, dass Corinne nicht *glücklich* darüber war, dass Natalie August heiraten würde. «Ja, das ist mir bewusst. Und ... klar. Ich komme nach dem Essen vorbei.»

Ihre Mutter legte den Kopf schief. «Ingram Meyer war der Erste, der auf die Einladung geantwortet hat. Er hält deinen Treuhandfonds in seinen Händen, falls du das vergessen haben solltest. Es macht keinen guten Eindruck, wenn du ganz offensichtlich keine Ahnung hast, was morgen passieren wird.»

Und genau das war der Grund, weswegen sie trank. «Verstanden.» Bevor Corinne sie an weitere dringende Verpflichtungen erinnern konnte, fuhr Natalie fort: «Ich habe gepackt und bin bereit, das Gästehaus zu verlassen. Hallie hatte mir angeboten, meine Sachen heute bei August vorbeizubringen, während ich bei der Anprobe bin, also bin ich sicher, dass diese Aufgabe pünktlich erledigt wurde.»

Julian schnaubte. Auf liebevolle Art und Weise. Seine Freundin hielt sich nicht an die Zwänge von Zeit, Uhren und Kalendern. Infolgedessen hatte seine Neigung, jede Sekunde des Tages zu verplanen, abgenommen. Drastisch. Und er schien sich über diese Veränderung sehr zu freuen. Er trug nicht einmal eine Krawatte, und waren das ... Flip-Flops an seinen Füßen?

Bevor Natalie sich zu der verblüffenden Schuhwahl ihres Bruders äußern konnte, räusperte sich Corinne. «Wir sprechen gerade über den Betrieb, Natalie.»

Natalie setzte ein Lächeln auf und weigerte sich, sich den Schmerz darüber, wieder ausgeschlossen zu werden, anmerken zu lassen. «Julian, verrat mir bei Gelegenheit doch bitte den Namen dieses Services, von dem du gesprochen hast. Ich bin einfach nur neugierig.»

«Bleib doch, dann können wir uns gemeinsam darüber unterhalten», sagte er und sah sowohl Corinne als auch Natalie mit einem nachdenklichen Stirnrunzeln an. «Ich habe noch nicht einmal von deren Methoden zum Aufspüren von Krankheiten an den Reben angefangen.»

«Whoa. Ich bin zu jung, um vor Aufregung zu sterben.» Natalie lachte, hob ihre Hände und wich zurück. «Ist schon gut. Wir sehen uns dann über der Erde.»

«Natalie», rief Julian, als sie die Treppe erreichte, aber ihr Lächeln schwand allmählich, also ging sie weiter, als hätte sie ihn nicht gehört.

Schon gut.

Freitagabend in einer Woche stand vor der Tür. Dann würde sie sich beweisen.

Dann würde sie glänzen.

Für das hier war sie weiß Gott nie bestimmt gewesen.

August stellte ein Foto von Sam an den Grabstein, lehnte sich zurück und öffnete eine kalte Flasche Bier. «Prost, Kumpel.»

Er war heute Morgen noch früher als sonst aufgestanden, um zum San Joaquin Valley National Cemetery zu fahren, wo Sam begraben war. Es hatte Spaß gemacht, seine Eltern anzurufen und ihnen die Nachricht von seiner Hochzeit mitzuteilen. So viel Spaß wie eine Wurzelbehandlung. Seine Ohren klingelten noch immer von dem empörten Gekreische seiner Mutter. Sie waren auf einer Kreuzfahrt nach Alaska – er hatte nicht einmal gewusst, dass es so etwas gab – und würden es bis morgen auf keinen Fall nach St. Helena schaffen. Es war ihm gelungen, den letzten Rest seines Gehörs zu retten, indem er ihnen versprach, bald mit Natalie zu einem gegenseitigen Kennenlernen nach Kansas zu kommen.

Er sollte jetzt einfach in eines dieser Gräber kriechen, denn er hatte keine Ahnung, wie er das zustande bringen würde.

Aber der Gedanke war schön. Sowohl Natalie als auch seine Mutter waren knallhart, die beiden würden vermutlich versuchen, sich am Esstisch gegenseitig niederzustarren, keine von beiden würde als Erstes wegsehen. August konnte es kaum *erwarten*, das zu erleben.

Er stützte sich mit der linken Hand im Rücken ab, hob das Bier mit der rechten an die Lippen, während sein Blick die Buchstaben des Namens auf dem Grabstein nachfuhr. «Ich bin hier, um dich etwas Wichtiges zu fragen, Mann. Wirst du mich zum Altar führen?»

Sam sah ihn von dem Hochglanzfoto mit einem schiefen Lächeln an. August hatte das Foto am Ende des ersten Tages der Spezialausbildung, an dem sie sich kennengelernt hatten, mit seinem Handy geschossen. Auf dem Bild sah Sam hundemüde aus, aber auch mit einem Hauch von Freude im Blick, als wäre er erleichtert, die ersten vierundzwanzig Stunden überstanden zu haben.

«Willst du mir etwa sagen, dass nur die Braut zum Altar geführt werden darf?» August richtete sich kerzengerade auf. «Das ist nicht fair. Ich habe meinen Auftritt auf dem Laufsteg völlig umsonst geübt.»

Er lauschte eine Minute lang und versuchte sich vorzustellen, was Sam sagen würde.

«Natalie? Ja, sie ist ...» Er atmete tief ein. «Eine Nummer zu groß für mich. Weißt du noch, wie ich dir immer gesagt habe, dass mich keine Frau jemals in ihren Bann ziehen könnte? Also, diese hier könnte es. Ihr könnte ich schneller verfallen, als es dauert, ein Ei aufzuschlagen.»

Der Wind wehte über den sonnigen Friedhof und ließ die Bäume rascheln.

«Ich bin ihr schon verfallen, sagst du?» August lächelte und trank noch einen Schluck Bier. «Ich kann mich nicht erinnern, nach deiner Meinung gefragt zu haben.» Er räusperte sich. «Aber im Ernst, weißt du, ich habe keine Ahnung, was ich gerade mache. Ich versuche, dein blödes Weingut zu eröffnen, und mache meinen Job dabei richtig beschissen. Und auf einmal habe ich eine verdammte *Katze*. Hör auf zu lachen.» Das Bier in seinem Mund schmeckte plötzlich schal. «Du warst wirklich gut in den Dingen, in denen ich nicht gut war. Ich habe dir beigebracht, wie man angelt, du hast mich erinnert, wenn es an der Zeit war, neue Socken zu kaufen. Ich habe dir gesagt, dass du mit dem Schnurrbart wie ein Serienmörder aussiehst, du hast mir das Bitcoin-Mining ausgeredet. Jetzt ist dieses Gleichgewicht gestört. Aber, äh ...»

Er wischte sich über die Augen und setzte sich anders hin.

«Ich fühle mich nicht aus dem Gleichgewicht, wenn sie in der Nähe ist. Und trotzdem bin ich es. Sie gibt mir definitiv das Gefühl, als würde ich mit Tellern jonglieren. Da ist auch dieses Gefühl, als ob ...» Er dachte ein paar Sekunden lang darüber nach. «Weißt du noch, wie du dich gefühlt hast, als ich dieses Foto gemacht habe? Als wäre das Schlimmste überstanden? So fühle ich mich bei ihr. Oder dass es mit ihr an meiner Seite möglich wäre, mich so zu fühlen, schätze ich. Ich weiß auch nicht. Wenn wir diese schwierige Scheiße überstehen, all die Strapazen überwinden, und es auf die andere Seite schaffen ... dann werde ich mich mit Freude daran zurückerinnern, weil es mit ihr so leicht war.»

August lauschte dem Wind.

«Ja, sie ist auch heiß, du Hund. Die absolut heißeste Frau. Komm nicht auf dumme Gedanken.» Das Bier war leer; er ließ die Flasche seitlich ins Gras fallen, dann beschloss er, es ihr nachzutun, legte sich hin, eine Wange auf dem Boden.

«Ich wusste, dass du früher oder später nach dem Wein fragen würdest. Wie ich schon sagte, es läuft furchtbar. Die Weinlese ist der einfache Teil. Pflück die Trauben in der Nacht, halte sie kühl. Press die Trauben – ja, ich habe die Stiele und die Haut während der Gärung drangelassen, um die Tannine zum Leben zu erwecken. Wir machen einen Cabernet. *So viel* weiß ich auch, du Arsch.» Er atmete tief aus. «Jetzt ist das rote Zeug in den Fässern, und da kam ich letztes Jahr ins Stolpern. Wusstest du, dass man Eiweiß und Ton und Schwefel und alles Mögliche hinzufügt, um den Geschmack der Trauben zu verstärken? Es gibt kein Rezept. Das ist alles ... eine Wissenschaft, die nur aus Versuchen besteht, und entweder klappt es, oder es klappt nicht. Und das war immer dein Fachgebiet. Ich war derjenige, der den Wissenschaftlern die Unterhosen bis in die Kimme zog.»

Er rollte sich auf den Rücken und schaute in die Wolken hinauf, seufzte leicht, als eine von ihnen die Form von Natalies Lippen annahm.

«Ich weiß, was du sagen würdest, wenn du hier wärst. Bitte um Hilfe, August.» Seine Kehle schnürte sich ihm unerwartet zu. «Es ist trotzdem seltsam. Ich weiß, ich sollte es tun, aber ich kann es nicht. Ich sollte das machen, für dich. Ich hätte dir immer den Rücken freihalten sollen. Ich habe versagt. Es tut mir leid.»

Als seine Stimme brach, wusste er, dass es Zeit war zu gehen.

Mit einem weiteren harten Räuspern setzte August sich wieder auf, nahm das Foto, faltete es an der bereits deutlich ausgeprägten Falz zusammen und steckte es sorgfältig zurück in seine Tasche. «Wenn du Glück hast, komme ich bald wieder vorbei.» Er schlug mit der Faust den Grabstein ab. «Ich liebe dich, Mann. Wünsch mir Glück.»

# KAPITEL 13

Es wurde das genaue Gegenteil von dem, wie Natalie sich ihre Hochzeit einmal vorgestellt hatte.

Die - vereitelte - Hochzeit hatte modern sein sollen. Schick, elegant gekleidete Gäste, rauchiger Jazz, Kronleuchter. Eine Zeremonie auf einer Dachterrasse in der Abenddämmerung, gefolgt von Champagner und geselligem Beisammensein mit Kollegen. Auf ihrer eigenen Hochzeit berufliche Kontakte zu knüpfen, wäre selbstverständlich gewesen. Aber in gewisser Weise tat sie das auch hier. Sie heiratete für ihre Rückkehr in die Finanzwelt.

In das schnelllebige, oft hässliche Geschäft des Finanzwesens, ohne Zeit für Tränen.

Aber nie, nicht ein einziges Mal, hatte sie sich vorgestellt, in St. Helena zu heiraten, in dem Vorgarten, in dem sie einst unter einem umgestürzten Einrad aufgewacht war, zu den dröhnenden Klängen von Ludacris aus ihrem Bluetooth-Lautsprecher. Was nicht bedeutete, dass die Location hässlich war, im Gegenteil, die Umgebung war unvergleichlich. Der Mount St. Helena war in der Ferne klar zu erkennen, und die Sonne strahlte. Der Weinberg schien sich heute von seiner besten Seite zu zeigen, Reihen von üppigem Grün und satten Brauntönen lagen ausgestreckt da, wie glänzende Bänder im schmeichelhaften Nachmittagslicht. Natalie ging um das Zelt herum, in dem am Abend der Empfang stattfinden sollte. Es war kleiner, als sie nach der Beschreibung ihrer Mutter erwartet hatte, Gott sei Dank.

Sie hatte ihre Mutter davon überzeugen können, die Gästeliste nicht zu umfangreich zu gestalten, und ausnahmsweise hatten sie sich nicht darüber gestritten, obwohl nur ein Mann auf der Liste heute eine Rolle zu spielen schien – Ingram Meyer. Zumindest für Natalie und August. Für Corinne ging es bei der Hochzeit ebenso sehr ums Image wie darum, ihnen zum Erfolg zu verhelfen. Oder etwa nicht?

Hundert Meter vor sich sah Natalie Hallie, die in zerrissenen Jeansshorts und einem himmelblauen Neckholder-Top große, leuchtende Zweige mit purpurroten Rosen an den Stühlen im Gang befestigte, wo die eigentliche Zeremonie in etwa einer Stunde beginnen würde.

Natalie trug noch nicht einmal ihr Kleid.

Haare und Make-up waren fertig – darum hatte sie sich selbst gekümmert.

Alles war erledigt. Alles, was sie noch tun musste, war, diese Scheinehe zu schließen.

Sie musste nur den heutigen Tag überstehen, einen Monat lang verheiratet bleiben, um die Verbindung glaubhaft erscheinen zu lassen und den Namen Vos nicht mit einem Skandal zu beschmutzen. Dann würde sie verschwinden.

Natalie brauchte einige Augenblicke, bis sie merkte, dass sie den Vorgarten nach August absuchte.

Sollte er nicht längst hier sein, wo doch nur noch eine Stunde bis zur Zeremonie blieb?

Hatte er seine Meinung geändert?

Als sie sich vor zwei Nächten nach dem Axtwerfen voneinander verabschiedet hatten, war alles in Ordnung gewesen. Was bedeutete, dass sie ihn einen schwerfälligen Trottel genannt und er ihr Küsschen zugeworfen hatte, bis sie die Tür ihres Ubers zugeknallt hatte. Also alles ganz normal.

Lustigerweise wanderten ihre Gedanken nicht sofort zu ihrem Treuhandfonds, als sie über die Möglichkeit nachdachte, dass August einfach verschwunden blieb. Sie war irgendwie ... besorgt? Dass es ihm vielleicht schwer zu schaffen machte, die Hochzeit ohne Sam durchzuziehen?

Sie griff in die Tasche ihres Morgenmantels, holte ihr Handy heraus und strich mit dem Daumen über das Display. Sollte sie ihn anrufen? Fragen, ob er reden wollte? Noch vor einer Woche wäre der Gedanke, ein längeres Gespräch mit dem schlechtesten Winzer der Welt zu führen, lachhaft gewesen. Und hey, sie waren jetzt auch nicht beste Freunde oder so. Ha! So weit würde es nie kommen. Aber mit ihm zu reden, war doch nicht mehr ganz so ätzend wie früher. Es war irgendwie schön, dass sie so gemein und sarkastisch sein konnte, wie sie wollte, und er sich einfach der Situation anpasste. Sie brauchte sich nicht zu verstellen. Sie war sogar ehrlich zu ihm gewesen, was ihre familiären Probleme betraf, und hatte sich danach ein bisschen leichter gefühlt.

Vielleicht würde das Vortäuschen einer Ehe mit ihm nicht im Dritten Weltkrieg enden.

Es würde allerdings auch kein Spaziergang werden. Aber sie würden sich *vielleicht* nicht gegenseitig umbringen.

Gerade als Natalie ihren vermissten Verlobten anrufen wollte, rauschte sein Pick-up auf den Parkplatz und blieb abrupt stehen, wobei er eine Staubwolke aufwirbelte. Alle auf dem Rasen hielten inne und sahen dem riesigen Bräutigam zu, wie er aus seinem Wagen kletterte, dabei vorsichtig eine marmeladenfarbene Katze an seine Brust drückte und ihr beruhigend den Kopf streichelte.

Menace war hier. In einem Katzen-Smoking.

Natalie zog sich hinter das Zelt zurück und lachte, versuchte, möglichst schnell damit fertig zu werden und ihre Gesichtszüge wieder unter Kontrolle zu bekommen. Als sie hörte, wie August Hallie mit einem «Hallo» begrüßte, trat sie wieder hinter dem Zelt hervor.

August sah sie, zuckte zurück und hielt sich die Katze vor das Gesicht. «Mein Gott, Natalie. Ich darf dich doch noch gar nicht sehen.»

Sie flehte den Himmel um Geduld an. «Du sollst mich nicht in dem *Kleid* sehen, August.»

Er senkte die Katze noch immer nicht. «Das ist nicht das Kleid?»

«Es ist ein Morgenmantel.»

«Ahhh.» Endlich drückte er die Katze wieder an seine Brust. «Was auch immer es ist, du siehst scharf darin aus.»

Natalie schüttelte den Kopf. Wie ärgerlich, dass so viele Einheimische in Hörweite im Zelt Tische aufstellten und die Caterer Champagnerflöten und Gedecke arrangierten. «Du siehst auch sehr gut aus in deinem Smoking.»

Der Lügendetektortest zeigt an ... Das ist keine Lüge.

August Cates war *heiß*. Ein Mann mit Ecken und Kanten. Er fühlte sich vollkommen wohl in seinem enormen Körper, mit seinen riesigen Muskeln, die in dem gestärkten schwarzen Jackett und der Hose perfekt zur Geltung kamen. Sie bemerkte, dass er sich rasiert hatte, aber an seinem kantigen Kiefer und seiner Oberlippe waren bereits wieder erste Stoppeln zu erkennen, welche die Fliege darunter irgendwie weich aussehen ließ, als könnte sie jeden Moment einfach vom Wind weggeweht werden. Er hatte versucht, sein Haar zu bändigen, aber der Fahrtwind musste sich irgendwie daran zu schaffen gemacht haben, denn einige Strähnen weigerten sich, zu bleiben, wo sie hingehörten. Aber ganz ehrlich, wen interessierten schon seine Haare, bei diesen Schultern, die breit genug waren, um vier Personen darauf Platz zu bieten?

Er schlenderte heran, streichelte mit der rechten Hand abwesend über den Rücken der Katze. «Ja, ich sehe schon, ich gefalle dir im Smoking, Prinzessin.»

Sie lächelte ihn an und hoffte, dass die Hitze ihrer Wangen diese nicht rot färbte. «Schön, dass du auch endlich kommst.»

«Oh», erwiderte er lang gezogen. «Hast du dir etwa Sorgen gemacht?»

«Dass du in einer Pfütze deines eigenen Höhlenmenschen-Sabbers ausgerutscht bist und dir den Kopf gestoßen hast? Ja. Habe ich.»

Sein Lächeln entblößte seine gesunden, weißen Zähne. «Hast du dir so kurzfristig ein Kleid aus Dalmatinerfell besorgen können?»

«Ich hatte sogar schon eins im Schrank hängen. Ich musste nur noch einen guten Mann finden.» Ihre Mundwinkel hoben sich. «Und mit gut meine ich einen, der aufrecht steht und Puls hat.»

«Meine Güte, Natalie. Du weißt wirklich, wie man einem Adonis das Gefühl gibt, etwas Besonderes zu sein.»

«Es ist schließlich unser Hochzeitstag.» Jetzt, da sie sich vergewissert hatte, dass sie beide sich wieder auf vertrautem Terrain und in dem sicheren Raum befanden, in dem sie sich immer gegenseitig aufzogen, fühlte Natalie sich wohl genug, um diesen Gegenstand aus der Tasche ihres Morgenmantels zu ziehen und ihn ihm hinzuhalten. «Du hast von Hochzeitsgeschenken geredet, und ich habe dir eine Kleinigkeit besorgt. Es ist wirklich nur eine *sehr kleine* Kleinigkeit. Wie du schon sagtest, es war sehr kurzfristig und ...» *Hör auf zu schwafeln.* «Ich habe dein Facebook-Profil besucht, auf dem du seit etwa sieben Jahren nichts mehr gepostet hast, aber da war ein Bild von Sam, und ...»

Sie konnte irgendwie nicht aufhören zu zappeln, während er das laminierte Bild in seiner Hand umdrehte und die Worte auf der Rückseite las. Dann wieder die Vorderseite. Er sagte nichts, sah nur mit gerunzelter Stirn auf das kleine Plastikkärtchen hinunter.

«Das ist die Hymne der U.S. Navy», sagte er leise und blickte schließlich zu ihr auf.

«Ja.» Sie steckte eine lose Strähne ihres Haares zurück in ihren Dutt. «Ich musste sie natürlich googeln. Ich habe die Hymnen nicht auswendig in meinem Kopf.»

«Natalie ...»

«Sam kann nicht hier sein, aber du kannst das da in deine Tasche stecken und ... Ich weiß nicht. Vielleicht fühlt es sich dann ein bisschen so an, als wäre er hier. Wie ich schon sagte, es ist nur eine Kleinigkeit ...»

Er war schnell bei ihr, drückte seinen Mund fest auf ihren, schnitt ihr mitten im Satz das Wort ab. So verharrten sie einen langen Moment, in dem keiner von ihnen zu atmen schien. «Nein, das ist es nicht», sagte er, gab ihre Lippen frei, blieb aber ganz dicht bei ihr. So dicht, dass sie ihren Kopf ganz in den Nacken legen musste, um den ernsten Ausdruck in seinen Augen zu sehen. «Das ist keine Kleinigkeit, Prinzessin.»

Ihr fiel keine adäquate Antwort ein, es schien ihr sogar fast unmöglich, überhaupt etwas zu sagen, also nickte sie nur, wobei der Druck auf ihrer Brust wuchs, je länger er ihren Blick festhielt.

«Dein Geschenk steht zu Hause», sagte er und schob das Bild sorgfältig in seine Brusttasche.

«Großartig.» Sie musste schlucken, weil ihre Kehle ganz trocken war. «Ich kann es kaum erwarten, mein Gleitgel, frisch von der Tankstelle, auszupacken. Welche Geschmacksrichtung hast du denn für mich besorgt?»

«Tropical. Offensichtlich.»

«Schade, dass wir es nie benutzen werden.»

«Ja, nicht wahr?» Er ließ seinen Blick an ihrem Körper hinunter zum Knoten des Gürtels ihres Morgenmantels gleiten. «Was das angeht, brauchst du keine Hilfsmittel. Nicht, wenn du mich angucken kannst.»

«Das ist wunderbar. Hätten wir doch nur beschlossen, persönliche Ehegelübde zu verfassen, dann hättest du das darin aufnehmen können.»

«Wer sagt denn, dass ich keins verfasst habe?»

Das gab ihr ernsthaft zu denken. War das ein Scherz? «Hast du eins geschrieben?»

August hob die Pfote der Katze an, winkte damit und schlenderte an ihr vorbei in Richtung Haus. «Ich weiß nicht, habe ich das?»

«August!»

«Wir sehen uns vorm Altar, Natalie.»

Sie war gerade außer Hörweite, als ihr Handy in ihrer Tasche surrte.

Als sie den Namen ihres Vaters auf dem Display sah, verflog das warme Gefühl, das sie - zugegebenermaßen - bei ihrem Gespräch mit August empfunden hatte. Es konnte kein Zufall sein, dass ihr Vater ausgerechnet an ihrem Hochzeitstag anrief. Sie verschwand in einem kleinen Zelt am Rande des Grundstücks, das offenbar als Garderobe gedacht war. Dann nahm sie den Anruf an.

«Vater.»

Am anderen Ende der Leitung war kurz ein Schwall von italienischen Worten zu hören, dann vernahm sie, klar und deutlich, Daltons Stimme. «Natalie.» Sein Seufzer war getränkt von Resignation. «Du wirst dieses lächerliche Spektakel sofort abblasen. Was werden die Leute denken, wenn ich bei der Hochzeit meiner eigenen Tochter nicht anwesend bin?»

Das machte sie für einen Moment sprachlos. «Wer hat dir erzählt, dass ich heirate? Mutter war es ganz sicher nicht.»

«Ich habe eine Menge Freunde im Valley. Die Frage sollte eher lauten: Wer hat es mir *nicht* erzählt?»

«Nur, damit ich das richtig verstehe: Du bist mehr verärgert darüber, was für ein Licht das auf dich wirft ... als über die Tatsache, dass du deiner Familie nicht nahe genug stehst, um zur Hochzeit *deiner eigenen Tochter* eingeladen zu werden?»

Sein lang gezogener Seufzer wurde von jemandem unterbrochen, der ihn auf Italienisch ansprach, diesmal eine Frau. Dalton antwortete ihr in der gleichen Sprache. Schon bevor er sich wieder dem Gespräch mit ihr zuwandte, wusste Natalie, dass sie keine befriedigende Antwort auf ihre Frage bekommen würde. Aber was er stattdessen sagte, hätte sie nie erwartet. «Ist es das, was du willst, Natalie? Mich dazu zu zwingen, meine Meinung zu ändern?» Es folgte eine Pause. «Na schön. Sag die Hochzeit ab, und ich gebe das Geld aus deinem Treuhandfonds frei.»

«Du ... » Natalie blieb auf einen Schlag die Luft weg. «Das verstehe ich nicht. Jetzt bietest du an, mir das Geld zu geben? Warum dieser plötzliche Sinneswandel?» Der Boden schien unter ihren Füßen zu schwanken, also setzte sie sich auf eine umgedrehte Kiste. «Geht es dir nur darum, dein Gesicht in Napa zu wahren? Du lebst nicht einmal mehr hier, aber du hast immer noch Sorge, die Leute könnten denken, deine Tochter heiratet nur des Geldes wegen?»

«Meine Tochter heiratet einen *Niemand* des Geldes wegen», fauchte er eiskalt. «Einen Niemand, der eine Lachnummer ist und eine Traube nicht von einer Olive unterscheiden kann. Der versucht, an *mein* Erbe heranzukommen.»

«Eigentlich ist es *mein* Erbe», presste Natalie zwischen zusammengebissenen Zähnen hervor; die Wut pulsierte so stark in ihrem Körper, dass sie fast von der Kiste fiel. «Mein Leben.»

Und es wäre das Beste für sie, August zu heiraten. Denn sie würde sich für den Rest ihres Lebens verachten, wenn sie nachgab, den einfachen Weg einschlug, nachdem Dalton sie im Stich gelassen hatte. Ohne jegliche Entschuldigung oder Reue. Es war jedoch mehr als nur Groll, der sie davon abhielt, ihren Treuhandfonds als Gegenleistung zu akzeptieren, wenn sie August den Laufpass gab. Sie konnte die Übelkeit kaum beschreiben, die bei dem Gedanken, die Hochzeit abzusagen, in ihrem Magen rumorte. War sie vor ihrem Brautgang wirklich ... aufgeregt wegen des Mannes, der am Altar auf sie warten würde?

Diese Frage würde sie auf keinen Fall endgültig beantworten. Nicht einmal sich selbst.

Eines jedoch wusste sie: Dieser Mistkerl, den sie Vater nannte, würde nicht den Mann beleidigen, der diese Stadt hatte verlassen wollen, seine gesamten Pläne aber buchstäblich über den Haufen geworfen hatte, nur um ihr zu helfen.

Auf gar keinen Fall.

«Und es tut mir leid, dich enttäuschen zu müssen, Dalton, aber es ist eine echte Ehe. August Cates ist ein unglaublicher Mensch. Wusstest du, dass er nach St. Helena gezogen ist, um zu Ehren seines Freundes ein Weingut zu eröffnen? Sein Freund hatte diesen Traum, starb aber, bevor er ihn sich erfüllen konnte, also macht August das für ihn. Auch wenn er ein miserabler Winzer ist. Ich erwarte nicht, dass du diese Art von Integrität verstehst. Du hast Wein gemacht, weil du der Beste sein wolltest. Er macht ihn, um einen Freund zu ehren. August ... Er hört mir zu und versucht, mich zu verstehen, obwohl ich mich selbst die meiste Zeit über kaum verstehe. Er will, dass ich an die Liebe glaube. Das hat er gesagt. Ganz offen.»

Sie stand auf und begann, auf und ab zu gehen.

«Er ist verlässlich. Und witzig. Er ist einer der wenigen Menschen, die mich wirklich zum Lachen bringen. Ich muss nicht so tun, als ob. Und er ist mir wichtig.» Oh Gott, tat sie das wirklich gerade? Würde sie August aus irgendeinem undefinierbaren Grund heiraten, obwohl ihr Ticket zurück an die Ostküste zum Greifen nahe war? Ja. Ja, das machte sie. «Ich werde die Hochzeit nicht absagen, auch wenn ich dafür sofort das Geld bekommen sollte. Deine Bedingungen sind dämlich, aber offensichtlich ... werde ich sie trotzdem erfüllen. Ich werde ihn heiraten.»

«Meine Bedingungen mögen dämlich sein, aber du wirst dir wünschen, du hättest sie nicht erfüllt. Wenn du mein Angebot ablehnst, musst du Ingram Meyer davon überzeugen, dass ihr beide nicht dreiste Betrüger seid – und glaub mir, das wird nicht leicht werden.»

«Gut. Ich weiß die Herausforderung zu schätzen. *Arrivederci*, Vater.»

Augusts Handflächen begannen in dem Moment zu schwitzen, als der Hochzeitsmarsch einsetzte.

Okay, jetzt war es also wirklich so weit.

Dies war der Tag seiner Hochzeit. August hatte sich seine eigene Hochzeit nie wirklich im Detail vorgestellt. Aber er hatte immer angenommen, dass seine Eltern dabei sein würden. Und Sam. Er hätte mit viel mehr Leuten in Marineuniformen gerechnet und mit weniger Gästen in schicken Schals. Niemanden der Anwesenden kannte er besonders gut. Julian stand rechts von ihm und sah ihn mit seinem starren Professorenblick an, der August einen Anflug von Panik bescherte. Hatte er vergessen, seine Hausaufgaben einzureichen? Nein, das war sein Hochzeitstag, und er ... brauchte ein wenig Bestätigung. Jemanden, der ihm den Kopf geraderückte und ihn daran erinnerte, dass er seinen Hauptgewinn heiratete.

Denn das tat er. Das war es, was er wirklich brauchte. Natalie zu sehen. Sie kannte ihn. Sie kannten *einander*. In diesem Zelt war sie seine engste Freundin, in guten wie in schlechten Zeiten.

Ich werde aus den guten Zeiten noch bessere machen. Oder etwa nicht?

Ja, das wirst du, sagte Sams Stimme in seinem Kopf. *Hartnäckig genug bist du ja.*

Augusts Hand wanderte automatisch in seine Tasche, und sein Herzschlag beruhigte sich, als er den Umriss des laminierten Bildes spürte.

Oh Scheiße.

Oh ... Scheiße.

Augusts Gefühle waren von Anfang an aufgewühlt gewesen, aber als Natalie am Ende des Ganges auftauchte, stockte ihm buchstäblich der Atem. Seiner Meinung nach hatte sie in dem Morgenmantel schon unglaublich schön ausgesehen. Aber jetzt? Warum wurde er wegen eines verdammten Kleides auf einmal rührselig? Es hatte keine Bedeutung für ihn. Es sah teuer aus, bestand unten aus langem, fließendem, irgendwie durchsichtigem Stoff und einem glitzernden ... Busen-Booster obenherum? Es war trägerlos, da war nur ein eng anliegendes Stück

Stoff mit glitzernden Perlen darauf, das ihre Brüste nach oben schob.

Wie sollte er sich bloß normal verhalten, wenn sie so aussah? Die Kombination aus dem Kleid und ihrem Haar und dem Make-up ... Das war eine Braut.

Seine Braut.

Sie schritt über den Läufer aus Satin auf ihn zu, ganz allein, ohne einen Mann, der sie geleitete. War es für sie in Ordnung, allein zum Altar zu schreiten? Er wünschte, sie hätten darüber gesprochen. Julian hätte das doch machen können, oder? Vielleicht wollte sie es allein machen? Natalies Bruder stand gegenüber von Hallie, die einen Strauß aus Rosen und Schleierkraut in den Händen hielt. Ähnlich dem von Natalie, nur viel kleiner.

Seine zukünftige Frau war bereits den halben Gang entlanggegangen. Mit jedem Schritt, den sie machte, wurde sie schöner. Verdammt, sogar ihre Schuhe glitzerten.

Die Musik schwoll an, ebenso wie Augusts Kehle.

Wie war er nur hier reingerutscht? *Wie?* Er hatte wirklich keinen blassen Schimmer, aber eines wusste er: Kein Geld der Welt könnte ihn dazu bringen, woanders zu sein.

Vor allem, als Natalies Blick seinen fand und ihn festhielt, als würde sie Kraft daraus schöpfen. Sie war nervös. Der Schweiß rann ihm den Rücken hinunter, also ja, er konnte das nachvollziehen. Sie atmeten tief durch, starrten sich an und ...

Oh Gott, weinte er etwa?

Ja. Seine Augen waren tatsächlich feucht. Zu viel Feuchtigkeit, um sie wegzublinzeln.

Natalie zögerte kurz, sie sah verblüfft aus.

«Tut mir leid.» Er lachte und wischte sich mit dem Ärmel über die Augen. «Wer schneidet denn hier Zwiebeln?»

Das Zelt voller Fremder lachte. Bis auf Julian. August spürte seinen Blick auf sich, der ihn musterte. Corinne saß in der ersten Reihe, Menace zu ihren Füßen, und blickte zwischen August und Natalie hin und her, und aus irgendeinem Grund schienen sich ihre Schultern bei dem, was sie sah, zu entspannen. August hätte eine Million Dollar gegeben, um herauszufinden, was sie sah, denn er selbst hatte keine Ahnung, was vor sich ging. In seiner Brust wütete ein Baseballschläger, so fühlte es sich zumindest an.

Sie hatte ihm ein Foto von Sam gebracht.

Sie hatte es ausgedruckt und die Hymne gesucht. Hatte alles laminiert. Bis sie ihm die Karte überreicht hatte, hatte er keine Ahnung gehabt, wie sehr er die brauchte. Wieder spürte er das leichte Gewicht der Karte hinter seinem Einstecktuch, und das beruhigte ihn. Jemand hielt ihm den Rücken frei. Die Person, der er von allen Menschen in seinem Leben am meisten vertraut hatte, war anwesend. In seinen Gedanken, wenn auch nicht physisch. Und das hatte er der Frau vor ihm zu verdanken.

Die Frau, die mit weißen Knöcheln ihren Blumenstrauß umklammert hielt.

Beruhig sie.

«Deine Titten sehen fantastisch aus.»

Sie sah aus, als wollte sie ihm den Blumenstrauß über den Schädel ziehen.

Aber wenigstens kehrte das Blut in ihre Finger zurück.

Verdammt. Es hatte ihn ganz schön erwischt.

KAPITEL 14

Natalie sah entsetzt zu, wie August das Stück Papier entfaltete, das er aus der Tasche seines Smokings gezogen hatte. Um genau zu sein, war es eine Seite von einem Notizblock, mit durchgestrichenen Sätzen und eingezeichneten Pfeilen.

Es sah aus wie der erste Entwurf auf der Taktik-Tafel beim Football. Was in Gottes Namen würde er sagen?

Und, noch wichtiger: Hatte sie *tatsächlich* das Angebot abgelehnt, das Geld aus ihrem Treuhandfonds sofort zu bekommen und Single zu bleiben? Mit dem Geld hätte sie es sich wahrscheinlich sogar leisten können, Corinne die Kosten für das Catering zu erstatten. Sicher, die Absage in letzter Minute wäre weder für ihre Beziehung zu Corinne noch für den Ruf der Familie Vos gut gewesen, aber um beides war es im Moment doch ohnehin nicht zum Besten bestellt!

Obwohl ... wow! Hätte sie das Geld genommen und wäre abgehauen, wäre ihr der Anblick von August vor dem Altar entgangen – gut, vor einem mobilen Altar –, einem August, der sie in ihrem Hochzeitskleid voll unverhohlener Ehrfurcht anstarrte. Einen so fesselnden Moment erlebte eine Frau wahrlich nicht jeden Tag.

Meine Güte, auch er ist schön. In all seiner großen, schönen, kampferprobten Präsenz.

Sie hatte jedes Wort, das sie zu ihrem Vater gesagt hatte, ernst gemeint. Gott mochte ihr beistehen. Was jetzt?

Sie musste ihr Wort halten, das sie diesem Mann gegeben hatte. Das war sie ihm schuldig. So viel hatte er verdient.

Aber das war alles, was sie ihm bieten konnte. Alles, was er erwarten konnte.

Sie hatten die Hälfte des traditionellen Gelübdes hinter sich gebracht, als August sich räusperte und das zerknitterte Papier auf seinem Oberschenkel glatt strich. Aus dem Augenwinkel bemerkte Natalie, wie ihre Mutter nervös auf ihrem Sitz hin und her rutschte. Sie wusste, dass August eine tickende Zeitbombe war. Er hatte sich nie bemüht, seine Verachtung für die Elite von St. Helena zu verbergen, diese Beschreibung passte auf jeden der Hochzeitsgäste, einschließlich Ingram Meyer.

August streckte die Hand nach dem Mikrofon aus, und der Pastor reichte es ihm mit einem Blick in Richtung des Zeremonienmeisters weiter. Der zuckte mit den Schultern. August räusperte sich direkt in das Mikrofon, was eine dröhnende Rückkopplung durch das Zelt hallen ließ, der leises Gemurmel folgte. «Natalie Vos. Wow. Jetzt stehen wir also hier. Wir heiraten.» Er drehte das Papier zu ihr, um ihr zu zeigen, dass er genau diese Worte aufgeschrieben hatte, dann las er weiter. «Ich verspreche dir, dass ich bei jedem Streit auf deiner Seite sein werde – es sei denn, du streitest gerade mit mir, dann gebe ich dir Kontra. Was ich damit sagen will, ist, dass es also sein kann, dass wir uns streiten werden ...» Er ließ seinen Blick streng durch den Raum gleiten. «Aber Gott möge jedem beistehen, der versuchen sollte, sich mit dir zu streiten. Derjenige bekommt es mit mir zu tun.»

Oh ... mein Gott. Warum brannten ihre Augen?

Das hier war doch nicht einmal echt. Warum fühlten sich seine Worte so ... wichtig an?

Warum fühlte sich der ganze Tag so wichtig an?

«Ich verspreche außerdem, dich von diesem Tag an zu beschützen. Vor Katzenkrallen, Bränden und betrunkenen Menschen mit Äxten. Du wirst immer in Sicherheit sein. Dafür werde ich sorgen. Egal wo du bist – wenn du mich rufst, dann komme ich.»

Da stand noch mehr.

Noch die ganze zweite Hälfte der Seite. Aber er schien nicht in der Lage weiterzulesen. Vielleicht, weil die Gäste so still waren. Vielleicht war er auch verlegen. Aus welchem Grund auch immer, August hustete in seine Faust, faltete das Papier hastig zusammen und steckte das Gelübde zurück in seine Tasche. «Wir können jetzt weitermachen», sagte er mit einem kurzen Lächeln und reichte das Mikrofon an den Pfarrer zurück.

Aber Natalie ließ einfach ihren Blumenstrauß fallen, trat einen großen Schritt nach vorn und küsste ihn. Direkt auf den Mund, vor allen Anwesenden, während ihre Hände über das Revers seines schwarzen Jacketts strichen. «Küsst du mich wegen dem, was ich über deine Titten gesagt habe, Prinzessin? Das habe ich nämlich ernst gemeint. Sie sind so heiß wie ...»

«Um Himmels willen. Halt die Klappe.»

«Wird erledigt.»

Sie küsste ihn erneut und ignorierte das gefährliche Brennen in ihren Augen. Der Kuss drohte intensiver zu werden, bis August gegen ihre Taille drückte und sich mit einem leisen Pfiff von ihr löste. Seine Augenlider hingen schwer herab.

Sie sprachen die Gelübde, die sie offiziell zu Mann und Frau machten, zu Ende, doch sie stolperte über jeden einzelnen Satz, wegen der Art und Weise, wie August sie ansah.

Offenbar verbrachten Braut und Bräutigam auf einer Hochzeit nicht viel Zeit miteinander. August archivierte das unter Dingen, die er bis heute nicht gewusst hatte.

Zumindest waren sie nie allein.

Alle anderen im Zelt schienen tonnenweise Zeit mit Natalie zu verbringen, und er würde nicht einmal so tun, als wäre er nicht eifersüchtig. Wann immer ihre Aufmerksamkeit ihm galt, kam jemand und verwickelte sie in ein Gespräch. Männer. Frauen. Kinder. Sogar die Katze saß eine Zeit lang auf ihrem Schoß und legte sich dort wie eine faule Königin auf den Rücken.

Augenscheinlich jeder wollte mit seiner Frau sprechen, sie sah aus wie ein verdammter Engel.

In sechzig Jahren, wenn er an seine Hochzeit zurückdachte, würde er sich daran erinnern ... wie er ihr durch das von Kerzen beleuchtete Zelt gefolgt war, nur um sie mal allein zu erwischen. Damit er ... was?

Er war sich nicht einmal sicher, ob diese Hochzeit Natalie etwas bedeutete. Nicht so, wie sie ihm etwas bedeutete. Falls sie noch andere Beweggründe als das Geld aus ihrem Treuhandfonds hatte, konnte sie das gut verbergen. Und jedes Mal, wenn er sie ansah, wollte er wissen, woran er mit dieser Frau war. Ab heute würde er alles in seiner Macht Stehende tun, um das herauszufinden.

Auf August-Art, natürlich.

«Schön, Sie wiederzusehen, Mr. Cates. Unter besseren Umständen, natürlich», sagte eine Stimme zu seiner Rechten. August drehte sich um und bemerkte keinen Geringeren als Ingram Meyer neben seinem Ellbogen, mit einem Teller Kuchen in der Hand. Wer trug auf einer Hochzeit einen Strohhut? War das sein modisches Markenzeichen? «Ich bin Ingram Meyer.»

August schüttelte die freie Hand des Mannes. «Ja, ich glaube, als wir uns das letzte Mal gesehen haben, haben Sie mir beim Verlassen der Bank gesagt, ich solle aufpassen, dass mir die Tür nicht gegen den Hintern knallt.»

«Sie waren auch nicht sehr höflich, wenn ich mich recht erinnere, aber das ist jetzt Schnee von gestern.» Der Mann musterte ihn ein wenig zu genau, als dass es noch höflich wäre, aber August kommentierte es nicht. Für Natalie war es wichtig, einen guten Eindruck auf diesen Mann zu machen. Ingram hielt die Fäden in der Hand, und August würde Natalie nicht die Chance verbauen, sich davon zu lösen.

«Gefällt Ihnen die Party?»

«Ja. Corinne übertrifft sich wieder mal selbst.» Ingram schwieg einen Moment. «Wobei ihre Partys normalerweise nicht so kurzfristig stattfinden.»

Ein Kribbeln stieg Augusts Nacken empor. «Natalie und ich sind ihr sehr dankbar.»

«Ja.» Ingram neigte den Kopf zur Seite. «Wie *haben* Sie und Natalie Vos sich denn kennengelernt?»

«Natalie Cates», korrigierte August ihn und zwang sich zu einem freundlichen Lächeln. «Wir haben uns beim *Wine Down Napa* kennengelernt.» Gott, sie war an diesem Abend so wunderschön gewesen. Wie an jedem Abend seitdem. Damals allerdings gab es keinen einzigen Funken Bosheit zwischen ihnen. Nur diese schwerelose Erregung. «Sie hat dort das Weingut repräsentiert ...»

«Und sie hatte ein bisschen zu viel Wein getrunken, wie wir alle bei solchen Veranstaltungen», sagte Julian, der unerwartet an Augusts linke Seite trat. Er nickte ihm kurz zu. «Eine Weinbloggerin hat versucht, ein Foto von Nat in beschwipstem Zustand zu machen, aber August hat das verhindert.»

Habe ich das?

Ja, vermutlich hatte er das getan. Die ganze Nacht war in seiner Erinnerung nur noch verschwommen, alles, außer ... sie.

Die Art, wie sie gelächelt hatte. Ihr Duft nach Rauch und Blumen.

Wie er in dem Moment, in dem er sie sah, das Gleichgewicht verloren und nie wieder zurückerlangt hatte.

«In diesem Moment war ich mir sicher, dass wir ihn noch viel öfter zu Gesicht bekommen würden», brachte Julian seine Erzählung zu Ende, hob sein Glas und teilte ein flüchtiges Lächeln mit August. «Und ich hatte recht.»

Ingram ließ seinen Blick zwischen ihnen hin und her wandern. «Was für eine schöne Geschichte.» Er nahm sich die Zeit, in seinen Kuchen zu beißen, kaute, während er seinen Blick über die Menge schweifen ließ. «Corinne hat mich für Montagabend zum Essen auf dem Weingut eingeladen. Ich freue mich schon darauf, mehr darüber zu erfahren, wie es zu dieser Verbindung gekommen ist.» Er tippte sich grüßend an seinen Strohhut. «Genießen Sie den Abend.»

«Sie auch», sagte August und lächelte, wobei er mehr Zähne zeigte als nötig.

«Bastard», murmelte Julian neben seinem Ohr.

«Ja. Wir brauchen dringend eine Prinzessin, die den Kerl küsst und ihn in einen Frosch zurückverwandelt», stimmte August ihm zu und rieb sich den Nacken. «Danke, dass du mir den Rücken freihältst, Mann. Ich hatte die Sache mit der Fotografin schon wieder vergessen.»

«Ich nicht.» Julian schwenkte seinen Wein. «Ich erinnere mich auch noch daran, wie Natalie dir Wein ins Gesicht geschüttet hat, du aber so aussahst, als wärst du in erster Linie nur wütend auf dich selbst, weil du überhaupt Streit mit ihr angefangen hattest.»

«Ja, das klingt nach mir.»

Julian schüttelte den Kopf und seufzte. «Du bist in sie verliebt.»

Mit einem Mal konnte August nicht mehr schlucken.

Die Musik wurde in seinen Ohren immer lauter.

War er in Natalie verliebt? Keine Ahnung. Wenn der Schlüssel zu ihrem Glück auf dem Grund des Ozeans läge, würde er sich Flossen und Taucherbrille anlegen, um hinabzutauchen und ihn zu holen. Wenn sie irgendwelche Krankheitssymptome zeigen würde, und sei es nur die einer Erkältung, würde er darüber nachdenken, sie in die Notaufnahme zu bringen. Wenn sie ihn bitten würde, sich an Halloween als Ken zu verkleiden, damit sie sich als Barbie verkleiden konnte ... dann hätte er das schon weit vor ihr vorgeschlagen. War all das wie Liebe?

Für ihn? Ja.

Er liebte sie. Und zwar sehr, sehr stark.

Es war eine für Julian vollkommen untypische und seltsame Geste, den Arm um Augusts Schultern zu legen, aber er tat es. Ganz kurz. «Ich glaube an dich.» Er trat einen Schritt zurück. «Ich glaube auch ganz fest, dass sie das hier nicht gemacht hätte, wenn da nicht etwas wäre.»

«Danke, Julian», brachte er aus seiner ausgedörrten Kehle hervor.

«Und wenn du ihr wehtust, breche ich dir die Nase.»

«Das hab ich schon bei den ersten beiden Malen verstanden.»

Julian kehrte an die Seite seiner Freundin zurück, August nahm sich einen noch nicht geleerten Teller mit Essen von einem der Tische und stocherte mit einer kleinen Gabel darin herum. Kalter Wolfsbarsch war nicht gerade die leckerste Variante, aber er hatte schon Schlimmeres gegessen.

Wie konnte er Natalie auf sich aufmerksam machen?

Wie konnte er ...?

Vom DJ-Pult waberte langsam eine Nebelschwade auf die Tanzfläche.

August musste während des Kauens lächeln und hatte endlich einen Plan.

Wenige Minuten später schallten die ersten Klänge von «Brick House» durch das Zelt. Natalies Schulterblätter zuckten, dann drehte sie sich um und erdolchte ihn regelrecht mit dem Blick. Er zwinkerte ihr als Antwort lediglich zu. Als die erste Textzeile einsetzte, stolzierte August auf die Tanzfläche und zeigte direkt auf seine frischgebackene Ehefrau, forderte sie heraus. Zuerst war er sich sicher, dass sie ihm den nächstbesten schweren Gegenstand an den Kopf werfen würde, aber sehr zu seiner Freude trat sie zu ihm auf die Mitte der Tanzfläche, was die anwesenden betrunkenen Gäste dazu veranlasste, Beifall zu klatschen.

«Ist das dein Ernst?», brummte Natalie ihm über die Musik hinweg zu.

August knöpfte sein Jackett auf, ließ es auf die Tanzfläche fallen und machte dann mit den Manschettenknöpfen weiter. Krempelte seine Ärmel hoch. Und dann fing er an zu tanzen – obwohl selbst er zugeben musste, dass dieser Begriff für seine übertriebenen Disco-Moves und Sprünge nur äußerst entfernt zutraf. Ganz zu schweigen von den *vielen* Fingerpistolen, die er abfeuerte. Er hatte diese Tanzmoves vor Jahren entwickelt, um die bedrückte Stimmung aufzulockern, die seine Kameraden oft überkam, wenn sie zu lange von ihren Familien getrennt waren, und, ganz ehrlich, sie sahen einfach lächerlich aus. Aber sie waren durch und durch *er*, während diese Hochzeit das definitiv nicht war.

Es sei denn, er rechnete Natalie mit ein.

Diese Frau war ... er. Sie war der Grund, warum er überhaupt hier war.

«Dazu werde ich nicht tanzen», rief sie über die Musik hinweg.

«Ist das dein Ernst? Dieses Lied *handelt* von dir», rief August zurück und tanzte zu ihr.

«Ich war noch nicht einmal geboren, als dieses Lied geschrieben wurde.»

«Die Commodores müssen vorausgesehen haben, dass du kommen würdest.» Er schnappte sich ihr Handgelenk und wirbelte sie herum, wobei sich allmählich ein Lächeln auf ihrem Gesicht ausbreitete. «Ich habe das nicht», sagte er und beugte sich zu ihr hinunter, sprach dicht an ihrem Hals. «Ich meine, ich habe dich noch nicht kommen sehen.»

Ihr Blick schoss zu ihm, auf ihrer Stirn bildete sich eine Falte. Als ob sie versuchte herauszufinden, ob er sie veräppeln wollte oder nicht. «Der einzige Grund, warum ich jetzt mit dir tanzen werde, ist dieser: Meine Mutter hat für unseren ersten Tanz ‹The Time of My Life› aus *Dirty Dancing* ausgesucht. Ich weiß nicht, was zum Teufel sie sich dabei gedacht hat. Jeder erwartet am Ende dieses Liedes eine Hebefigur. Oder einen tanzenden Flashmob. Sie hat das eindeutig nicht durchdacht.»

«Des einen Freud, des anderen Leid. Welches Lied hast *du* ausgesucht?» Er rieb sich das Kinn, als hätte er nicht schon Stunden damit verbracht, darüber nachzudenken. «Lass mich raten. ‹You're So Vain›?»

Natalie blieb der Mund offen stehen.

«Wusste ich's doch. Na los, beweg dich.» Er gab eine ziemlich steife Version des Hustle zum Besten. Nicht, weil er es nicht besser konnte, sondern weil Natalie kurz davor war, den Widerstand aufzugeben. Sie fing an, mit den Schultern zur Musik zu wippen, und Gott, wenn Natalie sich erlaubte, mit ihm zusammen Spaß zu haben, und sei es auch nur für ein paar Minuten, war das, als hielte sie einen Welpen in der einen und ein dreißig Zentimeter langes Sandwich in der anderen Hand. Pure Glückseligkeit. «Nur fürs Protokoll: Ich hätte dich auch im Johnny-Castle-Stil hochheben können.»

Natalie schüttelte sofort den Kopf. «In dieses Kleid sind ungefähr vierzig Pfund Kristalle eingenäht. Damit hätte ich dich im Sprung k. o. geschlagen.»

«Ich bin dafür bekannt, dass ich Schläge auf den Kopf gut wegstecken und trotzdem weitertanzen kann.»

«Sollen wir diese Theorie überprüfen?»

«Nein, aber die Hebefigur-Theorie sollten wir auf jeden Fall überprüfen, sobald wir zu Hause sind.»

Sie waren jetzt mitten auf der Tanzfläche, aber August war sich verdammt sicher, dass Natalie gar nicht wusste, dass sie tanzte. Als ob diese Frau nicht schon weit jenseits des menschlichen Verstandes attraktiv wäre, sah sie auch noch gut aus, wenn sie über die Tanzfläche wirbelte. Mühelos und fließend und sexy. Im Rhythmus. Das war doch einfach nicht fair.

«Du schlägst also vor, dass wir uns, nachdem wir beide jede Menge Champagner getrunken haben, zu Hause an der Dirty-Dancing-Hebefigur versuchen?»

Er zwinkerte ihr zu. «Damit liegst du verdammt richtig, Prinzessin.»

Sie lief lachend auf ihn zu. «Meinst du, die geben uns in der Notaufnahme einen Lutscher, wenn wir richtig tapfer sind?»

«Mit ein bisschen Glück kommen wir in diese Sendung, in der Leute gezeigt werden, die mit Sexunfällen in der Notaufnahme landen.»

«Nur in deinen wildesten Träumen, Cates.»

«In *deinen* wildesten Träumen, Cates.»

Natalie zuckte leicht zusammen. «Oh mein Gott, ich bin jetzt Natalie Cates.»

Seine Fliege saß plötzlich viel zu eng. «Das klingt gar nicht so schlecht.»

Der «Shake it down, shake it down now»-Teil des Songs begann, und er performte den Running Man, während sie mühelos im Go-Go-Stil die Tanzfläche unsicher machte. Scheiße, er verliebte sich immer mehr in sie, je länger der Song dauerte. Sein Team würde sie lieben. Sie würden den Boden huldigen, auf dem sie ging, weil sie sich seinen Mist nicht gefallen ließ, aber gelegentlich auch nachgab, denn genauso war es doch, oder? «Wir machen die Hebefigur.»

«Wir machen *auf keinen Fall* die Hebefigur.»

«Wovor hast du Angst?»

«Zum Beispiel vor einer Gehirnerschütterung.»

Er schnaubte. «Glaubst du ernsthaft, ich würde dich jemals fallen lassen? Meine geliebte *Ehefrau*?»

Als sie dieses Mal lachte, funkelten ihre Augen, und der Klang traf ihn mitten ins Herz. Aber würde sie auch noch lachen, wenn sie wüsste, dass seine Worte gar nicht so weit von der Wahrheit entfernt waren, wie er vorgab? Sie tanzte noch ein paar Sekunden, dann verdrehte sie die Augen gen Decke. «Gut, wir versuchen es. Aber wenn ich mich dabei verletze, wirst du mich von vorne bis hinten bedienen, bis ich wieder gesund bin.»

«Das würde ich sowieso tun, wenn du mich darum bittest.»

Wäre die Musik nicht so laut, August wäre ziemlich sicher, Natalie schlucken gehört zu haben. «Du würdest mich von vorne bis hinten bedienen?»

«Ja. Zumindest so lange, bis ich dich so sehr verärgert habe, dass ich dein Zimmer nicht mehr betreten darf. Selbst wenn ich mich gut benehme, könnte es ziemlich schnell so weit sein.» Sie biss sich auf die Unterlippe, um zu verhindern, dass ihr Lächeln wieder aufblühte. Sie waren sich jetzt nah genug, dass er die glatten Oberflächen ihrer Zähne und den leichten Schimmer in der winzigen Grube an ihrem Halsansatz sehen konnte, der von einer guten Tanzsession zeugte. Seine Hände lagen auf ihren Hüften, bevor er merkte, dass sie sich bewegten, und, Gott sei Dank, ihre Augenlider senkten sich bei der Berührung, gefolgt von einem tiefen Einatmen. «Falls wir bei der Hebefigur versagen, werde ich dein Diener. Falls wir sie erfolgreich über die Bühne bringen ...»

Er strich mit seinen Daumen die Kurve ihres Hüftknochens entlang und zog sie am Rock des Hochzeitskleides zu sich heran.

«Was?», fragte sie, auch wenn er das Wort nur bemerkte, weil er es von ihren Lippen ablas. Sie musste geflüstert haben.

«Schenke ich dir eine richtige Hochzeitsnacht», sagte er.

Sie stieß ein ungläubiges Lachen aus. «Das wäre doch sicher eher eine Belohnung für *dich*.»

Er brachte seinen Mund an ihr Ohr und spürte, wie der Hauch ihres Duftes seine Augenlider schwer werden ließ. «Keine Lüge aufgedeckt. Ich werde es lieben, dich zu lecken, Prinzessin.»

Ihr schneller Atem strich über seine Kehle, sodass seine Eier schwer wurden und er im Nacken zu schwitzen begann. «Das ist ... deine Belohnung, falls wir es schaffen?», fragte sie schließlich, ihre Stimme kaum mehr als ein Flüstern.

«Ah-hm.» Er ließ seine Handflächen auf ihren Rücken wandern und drängte sie näher an sich, ließ sie das tiefe Grollen in seiner Brust spüren. «Um ehrlich zu sein, besteht diese Belohnung aus zwei Teilen. Erstens darf ich dich endlich, *endlich* schmecken, Natalie.» Sie erschauderten beide. «Zweitens wird dir, jedes Mal, wenn du mich in Zukunft ansiehst, dieses Wissen ins Gesicht geschrieben stehen. Dieses Wissen, dass ich genau weiß, wo sich deine Klitoris befindet und was zum Teufel ich damit anstellen kann.»

Das Lied endete.

Sie stieß sich mit gerötetem Gesicht von ihm ab.

Applaus ertönte vom Rand der Tanzfläche, schreckte sie auf. Und es freute August ungemein, dass sie, als der Beifall sich streckte, instinktiv nach ihm griff und ihre Finger in den gestärkten weißen Stoff seines Hemdes krallte. Bevor sie sich wieder fangen und abermals von ihm wegbewegen konnte, legte August einen Arm um ihre Taille und zog sie näher zu sich heran, beugte sich vor und drückte ihr einen Kuss auf den Scheitel, während der Hochzeitsfotograf ein Foto nach dem anderen schoss, jedes Mal begleitet von einem leuchtenden Blitz.

Oh ja. Sein Herz hämmerte. *Sie zogen das hier durch.*

Der Applaus und die Begeisterungspfiffe verebbten, Natalie entfernte sich von ihm und verließ die Tanzfläche mit einem misstrauischen Blick zu August über die Schulter. Korrektur: *Er* zog das durch.

Damit er nicht Gefahr lief, dass sein Herz in winzig kleine Stücke gehackt wurde, musste er sie dazu bringen, mitzuziehen.

Angefangen mit einer Hebefigur über seinem Kopf. *Oh Gott.*

Auf dem Weg von der Tanzfläche holte er sein Handy aus der Tasche und begann zu googeln.

KAPITEL 15

Die Fahrt mit der Limousine zurück zu Augusts Haus war kurz.

Aber wirkungsvoll.

Alles, was heute in Verbindung mit diesem Mann zu tun hatte, konnte nur als potent eingestuft werden.

Sie konnte es nicht einmal auf den Champagner schieben, denn sie hatte während der vielen Gespräche kaum Zeit gehabt, etwas zu trinken. Nachdem sie den Empfang verlassen hatten und mit dem obligatorischen Reis beworfen worden waren, hatte August sie auf dem Rücksitz der Limousine auf seinen Schoß gezogen und ihr die winzigen weißen Körnchen aus dem Haar gepflückt, wobei seine Fingerspitzen immer wieder über ihren Nacken strichen. Aus reinem Selbsterhaltungstrieb war sie irgendwann auf den gegenüberliegenden Sitz geklettert und hatte ihm einen verärgerten Blick zugeworfen.

Aber der Schaden war bereits angerichtet.

Ihr unechter Ehemann hatte sie scharf gemacht.

Da summte aber auch nicht einfach die geladene Energie der Anziehung. Es war ein regelrechter Meteoritenschauer von Hormonen, wie sie ihn noch nie in ihrem Leben erlebt und empfunden hatte. Nicht für ihren ehemaligen Verlobten. Für niemanden.

Sie musste das sofort abstellen.

Das hier war eine Ehe, deren Reiz auf Vorteilen beruhte.

Geld. Irgendwann würde sie vorbei sein, und sie würden wieder getrennte Wege gehen, hoffentlich beide in einer besseren Position als zu Beginn. Dies war nichts Langfristiges, und Sex mit reinzuschleusen, würde nur zu Komplikationen führen und war eine sehr, sehr schlechte Idee.

Möge Gott sie davor behüten, dass sie sich als gut herausstellte.

Was sollte sie dann machen?

Tu nicht so, als wüsstest du nicht schon, dass es gut wird.

Die Tatsache, dass August ihre Klitoris überhaupt erwähnt hatte, verhieß, um ehrlich zu sein, sehr viel Gutes. Das kam einem Mann normalerweise nicht über die Lippen – weder *vor* noch *während* des Aktes –, es sei denn, er schätzte die Lust der Frau genauso sehr wie seine eigene. Das hätte sie bei diesem bulligen SEAL nicht vermutet, dem es irgendwie gelungen war, sich rote Hochzeitstortenglasur ins Haar zu schmieren, obwohl sie beide Gabeln benutzt hatten.

Andererseits *war* es vielleicht ein Zeichen dafür, dass er ziemlich gut darin war ... Lust zu bereiten?

«Du stellst dir vor, wie ich dich da unten lecke», brummte August von der anderen Seite der Limousine, die Katze schlief zwischen seinen Füßen und schnurrte laut genug, um den Motor der Limousine zu übertönen. «Wie fühlt sich das an? Ich denke schon seit über einem Monat daran.»

Sie hielten vor seinem Haus, und der Fahrer stieg aus, seine Schritte auf dem Kies klangen in der plötzlichen Stille sehr laut. «Ich denke, wir sollten diese Wette verschieben, bis wir beide komplett nüchtern sind.»

Eine Augenbraue wanderte in die Höhe. «Du hattest ein, vielleicht zwei Gläser Champagner, Natalie.»

Hatte er wirklich so gut aufgepasst? «Wenn das stimmt, warum ziehe ich dann eine gefährliche Hebefigur mit Oralsex als Belohnung in Betracht?»

Ein Grinsen zeichnete sich auf seinem Mund ab. «Vielleicht bist du betrunken von meinem Charisma.»

«Nö.» Ihr dummes Herz wollte sich einfach nicht beruhigen. *Beruhig dich.* «Definitiv nicht.»

Die Tür der Limousine wurde geöffnet, und August stieg aus, die Katze im linken Arm. Er reichte Natalie seinen anderen Arm, um ihr zu helfen, und ließ sie dann gerade lange genug los, um dem Fahrer einen Zwanziger zu geben und ihn zu verabschieden, bevor er Natalies Hand ergriff und sie die Treppe zum Haus hinaufführte.

«Du hast gesagt, zu Hause wartet ein Hochzeitsgeschenk auf mich», sagte sie und versteifte sich. «Befindet sich da drinnen ein Eimer Wasser, der prekär auf dem Türrahmen balanciert?»

«Selbst ich würde es nicht wagen, das Make-up einer Frau an ihrem Hochzeitstag zu ruinieren», sagte er und kicherte. «Übrigens, wenn du das Wort ‹prekär› in einen Satz einbauen kannst, bist du stocknüchtern.» Er setzte die Katze zu seinen Füßen ab, kraulte sie kurz hinter den Ohren, schloss die Tür auf und öffnete sie. Natalie war zu sehr von dem Streifen Fell abgelenkt, der in der Dunkelheit verschwand, um zu erkennen, was August vorhatte – und dann war es auch schon zu spät.

Sie lag in seinen Armen und wurde über die Schwelle getragen.

«Das ist vollkommen unnötig.»

«Das ist in der Adonis-Kultur Tradition.»

Sie schnaubte und versuchte, keinen Gefallen daran zu finden.

«Natalie ... » Er blieb mitten in der Küche stehen und hielt sie immer noch ohne jegliche Anzeichen von Anstrengung fest –

was ihre Chancen, die Wette zu gewinnen, äußerst gering erscheinen ließ. «Ich habe dein Geschenk besorgt, bevor du mir meins gegeben hast. Das Bild von Sam. Ich war ein bisschen schwer von Begriff und habe nicht bemerkt, dass wir ... na ja, dass es darum ging, das absolut bestmögliche Geschenk zu finden.»

«Das war nicht ...» Ihr Lachen war verstummt. «Ich würde das nicht so nennen ...»

«Doch, das war es.» Sein Tonfall war bestimmt. Klang ein bisschen rostig. «Das war es.»

Angespannte Stille erfüllte die Luft um sie herum. «Okay.»

«Und im Grunde habe ich für dich nur ein Stück Papier besorgt.»

«Ein was?»

Schließlich setzte er sie ab, aber nur, um sich die Hände vors Gesicht zu schlagen. «Ich bin ein beschissener Geschenke-Verschenker. Ich bin darin absolut furchtbar. Als ich sieben war, habe ich meiner Mutter zum Muttertag einen Pfannkuchen geschenkt. Allerdings hatte ich das schon lange im Voraus geplant, sodass er drei Wochen lang eingepackt in meinem Schrank lag. Seitdem bin ich nicht besser darin geworden.» Er deutete zu ihrem Zimmer. Die Tür stand offen, sie konnte auf dem kleinen Nachttisch einen Rahmen sehen. «Ich habe einen Ticketabriss vom *Wine Down Napa* eingerahmt – du weißt schon, die Veranstaltung, bei der wir uns kennengelernt haben?» Er schüttelte den Kopf. «Du würdest jene Nacht wahrscheinlich lieber vergessen.»

Hatte sie eine Handvoll Federn verschluckt? «Nein. Das war ein guter Abend», murmelte sie und erinnerte sich an den Moment, in dem sie ihn in seiner *Küss den Winzer*-Schürze gesehen hatte, den Mann, der einen Kopf größer war als alle anderen im

Raum. An dieses dröhnende Lachen. «Aber du warst doch als Aussteller auf dem *Wine Down*. Du hättest keine Eintrittskarte gebraucht. Wo hast du die denn her?»

Er zuckte mit einer breiten Schulter. «Ich habe vielleicht ein paar Leute gefragt.» Er hustete. «Ein paar Dutzend.»

Oh man.

«Lass uns die Hebefigur machen», unterbrach sie ihn und überraschte sie damit beide.

«Wow.» Sein Tonfall wechselte von überrascht zu schroff. «Das nenne ich mal einen Gang hochschalten.»

Was für eine Untertreibung. Vor ein paar Minuten war sie noch fest entschlossen gewesen, die Grenzen und Kampflinien dieser Beziehung neu zu definieren. Jetzt warf sie ihren gesunden Menschenverstand wegen eines eingerahmten Ticketabschnitts in den Müll.

Vielleicht hatte sich diese lästige Anziehungskraft von August einfach zu einem Fiebertraum gesteigert. Dazu kam die unbestrittene Tatsache, dass Napa-Hochzeiten selbst eine Leiche in romantische Stimmung versetzen konnten, ganz zu schweigen von einer warmblütigen Frau, und ihre Immunität ihm gegenüber war im Moment so gut wie nicht mehr vorhanden. Warum auch immer, sie wollte eine Ausrede, um von ihm berührt zu werden, und dies war die perfekte Gelegenheit. Selbst wenn die Nacht deshalb auf einer Trage in einem Krankenwagen enden würde.

Das wird nicht passieren.

Du weißt, dass das nicht passieren wird.

August würde sie nicht fallen lassen. Niemals. Ende der Geschichte. War das der Grund, weswegen sie die Hebefigur machen wollte? Genoss sie es, dass er ihr das Gefühl gab, bei ihm körperlich in Sicherheit zu sein? Vielleicht. Ja. Es tat gut, dieses

Vertrauen in einen anderen Menschen zu haben. Es war eine Seltenheit. Also begab sie sich durch die Küche, bis in die hinterste Ecke, um genügend Anlauf zu haben. Und dann rannte sie los.

Rannte direkt auf ihn zu, in ihrem Hochzeitskleid und den hohen Absätzen.

Der Mann blinzelte nicht einmal.

Er fasste sie einfach um die Taille und hob sie über seinen Kopf, drehte sie langsam im Kreis herum und schenkte ihr ein schiefes Lächeln.

«Sag es nicht», flüsterte sie. «Mach es nicht kaputt.»

«Meine Natalie gehört zu mir», platzte er heraus, gefolgt von diesem satten, lauten Lachen, das mit ihrem Stöhnen kollidierte. «Ich schwöre, das musste raus, aber jetzt ist es auch schon wieder vorbei.»

«Zu spät, ich werde bereits von Reue überschwemmt.»

«Nein, wirst du nicht.»

«Nein ...» Sie seufzte, als er sie absetzte, ihr Herz schlug mit einer Million Meilen pro Minute. «Werde ich nicht.» Heilige Scheiße.

Sein Mund war ganz nah. Sehr nah. Die Fingerspitzen seiner rechten Hand zeichneten ihren Wangenknochen nach, ihre Lippen näherten sich einander, bis sie einen Atemzug teilten. «Ich habe gewonnen», raunte er und berührte mit seiner Zungenspitze die Mitte ihrer Oberlippe. «Versprich mir, dass es sich so anfühlen wird, als hätten wir beide gewonnen. Ja, Natalie?»

Nickte sie?

Sie ließ zu, dass er ihr Handgelenk nahm und sie den Flur entlangführte, am Badezimmer vorbei zu seinem Schlafzimmer. Er zog sie hinein und trat die Tür mit einem endgültigen Knall zu. Und dann begannen sie sich zu küssen. Obwohl, war das wirklich die richtige Bezeichnung für die Art und Weise, wie sie sich gegenseitig verschlangen? Seine Hände suchten und umklammerten und erforschten sie, während seine Zunge tief in ihren Mund eindrang und sie ins Delirium versetzte.

August führte sie rücklings zum Bett, und sie sank darauf nieder, sein breiter Unterarm schob sich unter ihre Hüfte und zog sie ein Stück höher, bis sie mit dem Hinterkopf auf einem Kissen landete. Sein schwerer Körper drückte sie fest gegen die Matratze, als gehöre er verdammt noch mal dorthin. Und das tat er in diesem Moment auch. Er gehörte dorthin, wie Luft in ihre Lunge gehörte.

Er verschwendete keine Zeit und presste seinen Mund wieder auf ihren, stöhnte und legte seinen Kopf zur Seite. Ihre Nasen berührten sich, während seine Hände den Saum ihres Hochzeitskleides höher und höher zogen. Ihre Waden hinauf. Bis zu den Knien. *Oh Gott.* Als der schwere Rock über ihre Oberschenkel kratzte, hob er die Hüften, um den zusammengeknüllten Stoff beiseitezuschieben, und ließ seinen Unterkörper in die Kuhle ihrer gespreizten Beine sinken, hart presste sich auf weich. *Er stieß vor.* Sie fluchten beide, und Natalies Atem entwich ihr in einem zittrigen Luftzug.

«Ich will Sex», keuchte sie, krallte sich an die Seiten seiner Smokinghose und zog ihn fest an sich. In sie hinein. Sie genoss seine Härte an dieser Stelle. «Ich nehme regelmäßig die Pille, und ich will mit dir schlafen.»

Er vergrub mit einem erstickten Knurren sein Gesicht an ihrem Hals. «Natalie, ich will dich so sehr ficken, ich habe heute schon befürchtet, Gott würde mich gleich niederstrecken, als ich das Zelt betrat.» Er ließ seine Hüften kreisen, und die Reibung trübte kurzzeitig Natalies Sicht. «Aber ich könnte dich ficken, bis deine Schenkel zu Gummi werden, und trotzdem würdest du dich beim ersten Tageslicht dafür hassen, nachgegeben zu haben. Solange ich nicht sicher weiß, dass du ohne Reue neben mir aufwachen wirst, bekommst du nur meine Zunge.»

Dieser Argumentation konnte sie nicht widersprechen.

Wenn sie in der ersten Nacht, in der ersten Stunde, gegen ihr Sexverbot verstieß, würde sie diese Indiskretion als vorübergehende Hochzeitshysterie oder schlechte Entscheidung abtun. Oder sich einreden, dass sie einfach nur ihre Gier nach Sex gestillt hatte und es nicht mehr vorkommen würde. August wollte offenbar nicht, dass sie es bereute.

Und er sprach bereits davon, dass es ein nächstes Mal geben würde?

Eine Mischung aus Panik und Erleichterung ließ sie nach Luft schnappen.

Natürlich benutzte er das Futur.

Welcher Mann würde sich die Vorteile einer Beziehung, die mit einer Beziehung einhergingen, *nicht* wünschen? Ihre Gedanken zerstreuten sich wie Perlen einer zerrissenen Kette, als er seine Hand zwischen ihre beiden Unterkörper schob, ihre Spalte hart packte, seinen Mittelfinger über ihr Höschen rieb, entlang ihres empfindlichen Tals. Er teilte ihre Lippen, machte sie feucht. «Du würdest es lieben, bis zum Anschlag ausgefüllt zu sein. Das weiß ich. Aber ich verspreche dir, Prinzessin, das wird ein verdammt guter Trostpreis.»

Es war nicht ihr erstes Mal. Da unten hatten schon ein paar Männer ihr Bestes versucht. Mit ausgefallenen Techniken, Spielzeugen und einmal sogar Gleitmittel mit Geschmack – ohne Erfolg. Dabei waren nur klebrige Laken und der künstliche Geruch von Banane die Folge, der eine Woche lang in ihrem Schlafzimmer in der Luft hing. Aber sie erinnerte sich an die Art, wie August sie in der Dusche berührt hatte, was er mit ihr angestellt hatte, also machte sie sich gefasst und packte die Bettdecke mit zwei Händen. Diesmal war sie vorbereitet ...

«Heilige. Sch-sch... *eeiiißeee*», stieß sie mit einem explosionsartigen Ausatmen hervor, als er sie da unten küsste und liebkoste. Er zog ihr das Höschen über die Knöchel herunter, warf es kurzerhand über die Schulter in die Dunkelheit und vergrub sein Gesicht zwischen ihren Schenkeln, als gelte es, so viel wie möglich zu verschlingen. Sein Stöhnen bestand zu gleichen Teilen aus Erleichterung und Lust. Sie konnte seinen Bartschatten grob an ihrer weichsten Stelle spüren, dazu seinen heißen Atem. Schnell. Erwartungsvoll.

«Ich schwöre, Natalie, wenn ich nicht von deiner Pussy träume, dann *stelle ich sie mir vor*. Ich habe dich schon so oft geleckt, dass sich der imaginäre August den Kiefer ausgerenkt hat. Jetzt kann ich dich endlich aus der Nähe betrachten. Und es scheint, als wäre meine Fantasie echt mies.» Er glitt mit seiner Zunge durch das Tal ihres Geschlechts, zog sich leicht zurück, leckte sich über die Lippen und schüttelte den Kopf. «Sie ist diesem hübschen Ding nicht gerecht geworden. Das ändert sich jetzt.»

Schnell öffnete er die Knöpfe seines Hemdes und warf es beiseite, dann zog er in einer schnellen Bewegung sein enges, weißes Unterhemd aus, und das Anspannen dieser hart erarbeiteten Muskeln brachte sie dazu, an dem Laken zu zerren und die Absätze ihrer Schuhe in die Matratze zu graben.

«Oh», sagte sie und klang benommen. «Ich habe vergessen, meine Schuhe auszuziehen ... »

August drückte ihre Schenkel auseinander und legte sich bäuchlings vor sie, wobei sich eines seiner großen Knie in das Bett bohrte und ihn nach vorn schob. Sein offener Mund traf auf ihr Fleisch, und er saugte daran, *nahm alles auf einmal auf*, stöhnte, bevor er seine Zunge wieder in ihre Spalte tauchte, darin jeden Millimeter bis zur Spitze erforschte, sorgfältig und ausführlich, was sie die Augen verdrehen ließ. Seine Zunge streichelte ihre Klitoris, als wäre sie seine lang verschollene Liebe. Nicht hastig, eher gründlich. *So gründlich.* Verdammt. *Verdammt.*

Innerhalb von einer Minute verwandelte sich die Situation von vorsichtigem Optimismus zu einem lauten Startschuss. Sie befand sich auf einer Achterbahnstrecke und steuerte senkrecht auf den höchsten Punkt der Fahrt zu. Sie bereitete sich auf den Kick vor. Ihr Magen wurde ganz leicht, und tief unten, dort, wo sie es noch nie gespürt hatte, begann ein kitzliges Pochen. Das hier würde nicht wie einer ihrer selbst herbeigeführten Orgasmen sein. Er würde sich aufbauen und aufbauen und sie unter sich begraben, oder? Oh Gott, *oh Gott.*

«August, bitte», wimmerte sie, ihre Fingerspitzen flogen von der Bettdecke zu seinem Haar, umfassten die kurzen Strähnen und hielten ihn fest, obwohl er eindeutig nicht die Absicht hatte, seinen Platz dort zu räumen. «Mach weiter so. Mach es. Mach es. Das.»

Er nickte und drückte ihren Schenkel. Warum war diese intime Beruhigung so sexy?

Genau dort.

Ich kann nicht glauben, dass ich so nass bin.

Und er genoss es, nutzte ihre Lust zu seinem Vorteil. Er stieß zwei riesige Finger in sie hinein, während er mit der Zunge über ihre Knospe strich. *Oh. Mama.* War das sein Ernst? «Babe, bitte», keuchte sie, ohne zu wissen, wen sie mit Babe meinte. Aber sie wiederholte das Wort trotzdem, schon im nächsten Atemzug, denn wie sollte sie einen Mann nennen, der dafür sorgte, dass sie sich so gut fühlte? Ihr ganzer Körper war so heiß wie die Oberfläche der Sonne. Ihre Knie zitterten. Ihre Kehle war rau, als käme sie gerade von einem Harry-Styles-Konzert. Hatte sie geschrien? Schrie sie jetzt? «Härter, Babe. Bitte. Okay?»

Um was genau bat sie da?

Keine Ahnung.

Aber er gab es ihr, zog seine Finger fast ganz heraus, stieß sie dann tief hinein und hielt sie dort, während sein Lecken rauer wurde. Lichtpunkte tanzten in ihrem Blickfeld, bildeten Konstellationen an der Decke, sie warf den Kopf zurück und ließ sich von der Lust durchfluten. Hedonismus in Reinform. Genau das war das hier.

Sie wickelte Strähnen seines Haares um ihre Finger und stemmte ihre Hüften gegen seinen Mund, und er hielt seine Zunge steif für sie, passte sich sofort an und vertraute darauf, dass sie wusste, was sie in diesem Moment der Euphorie, auch bekannt als der beste Höhepunkt ihres Lebens, wollte. Sie zitterte und murmelte vor sich hin, als sie vom höchsten Gipfel wieder herunterkam. August küsste die Innenseiten ihrer Oberschenkel und sah aus, als würde er bereits über eine zweite Runde nachdenken, seine Schultermuskeln spannten sich an, als warte er nur auf grünes Licht.

«Rotes Licht», lallte sie, schlug sich eine Hand gegen die Stirn und versuchte verzweifelt, wieder zu Atem zu kommen. Auf keinen Fall konnte sie zulassen, dass er das noch einmal mit ihr machte. Wer konnte schon wissen, was die lusttrunkene Natalie als Nächstes tun würde? Runde eins: ihn Babe nennen. Runde zwei: anbieten, ihm Söhne zu schenken.

«Ich wäre glücklich, egal ob es ein Sohn oder eine Tochter wird.» Er grinste. «Solange sie glücklich und gesund sind, richtig?»

Genau. Na toll. Sie hatte das laut ausgesprochen.

Wie gründlich hatte dieser Mann ihr das Gehirn vernebelt?

Grinsend küsste er ihren Oberschenkel.

«Du bist ein bisschen selbstgefällig, oder?», sagte sie, immer noch unter Sauerstoffmangel, was ihrem Vorwurf den Stachel nahm. Ihr Tonfall war eher schmeichelnd als böse.

Das konnte nicht gut gehen. Die Nacht durfte nicht so enden. Er würde die Oberhand behalten und unausstehlich sein. Sie hatte sich völlig in diesem Sex verloren, und er würde keine Gelegenheit auslassen, sie daran zu erinnern, wie sie ausgebrochen war, wie der Vesuv, ihn mit einem Kosenamen angesprochen *und* jegliche Kraft in ihren Gliedern verloren hatte. Minuten später, und ihre Beine waren schlaff. Sie ruhten auf seinen Schultern. Wann war das passiert?

Es gab nur eine Möglichkeit, das Gleichgewicht wiederherzustellen.

«Du glaubst nicht, dass ich dich dazu bringen kann, mich Babe zu nennen?»

Sein Mund, der die Innenseite ihres Knies liebkost hatte, hielt inne. «Natalie ...»

Ein Ziel zu haben, hauchte ihrem schlaffen Körper wieder Leben ein. Sie ließ ihre Beine von den steilen Hügeln seiner Schultern auf das Bett gleiten, richtete sich auf, drehte sich um und deutete auf den Reißverschluss ihres Kleides. «Kannst du mir da raushelfen?»

«I-ich weiß nicht ...» Seine Stimme war tiefer geworden, tiefer als ein Bariton. «Das ist vielleicht keine gute Idee.»

«Ich brauchte Hilfe, um in dieses Kleid zu kommen.» Sie blinzelte ihn unschuldig an. «Jetzt brauche ich Hilfe, um wieder herauszukommen. So einfach ist das. Außerdem ist es Tradition.»

Eine seiner Augenbrauen zog sich bei dem T-Wort in die Höhe. «Wirklich?»

Sie nickte ernst und drehte ihm den Rücken zu.

Die Wärme von Augusts Händen traf auf den Bereich unter ihren Schulterblättern. Seine Finger an ihrem Reißverschluss zögerten. «Was genau trägst du unter diesem Kleid?»

«Nichts Aufregendes.»

Seine Skepsis war offensichtlich, auch ohne dass er etwas sagte. «Ich merke, wenn du lügst.»

Sie schnaubte. «Nein, tust du nicht.»

«Nur wenn du lügst, klingst du so locker.»

Natalie runzelte die Stirn. Hatte er recht?

«Ich frage dich noch einmal: Was befindet sich unter diesem Kleid, Prinzessin? Ich muss vorbereitet sein.»

«Ein trägerloser BH und ein Höschen. Mein Gott! Du tust so, als wäre da ein Scharfschütze.»

«Ein trägerloser BH an diesen Titten ist, was mich betrifft, mindestens genauso gefährlich. Ich habe nicht gelogen, als ich sagte, sie sehen fantastisch aus.»

«Mach das Kleid auf, Bananenhirn. Oder ich muss darin schlafen.» Sie schaute ihn über ihre Schulter hinweg an und fuhr die harten Geschütze auf. «Bitte, August?», flüsterte sie fast und versuchte, so hilflos wie möglich auszusehen. «Ich brauche deine Hilfe.»

Er verzog die Lippen, atmete tief ein, und sein Blick verfinsterte sich. «Komm her», grollte er, zog sie rücklings auf seinen Schoß und öffnete langsam den Reißverschluss. «Ich habe dich.»

Sie hatte ihn auch.

Genau da, wo sie ihn haben wollte.

Sobald der Reißverschluss offen war, schob sie das Kleid nach unten, hob ihre Hüften an, um sich des schweren Stoffes zu entledigen. Mit dem Fuß schob sie es vom Bett, neben dem es als elfenbeinfarbener Haufen liegen blieb, und ihr Hinterteil landete wieder in Augusts Schoß, was ihm ein Stöhnen entlockte.

«Ich komme nicht umhin zu bemerken, dass du auf einmal halb nackt auf meinem Schoß sitzt», brachte er mit schwerer Zunge heraus.

«Das ist dir also aufgefallen, ja?»

«Tradition bedeutet dir nichts.» Sein warmer Atem glitt an ihrem Hals entlang, die Fingerknöchel beider Hände wanderten ihren Brustkorb hinauf. «Das war ein Trick.»

«Das war sehr böse von mir, nicht wahr?» Sie ließ ihre Hüften auf seinem Schoß kreisen. «Es muss einen Weg geben, wie ich das wiedergutmachen kann.»

«Natalie ...», warnte er sie mit zusammengebissenen Zähnen. «Ich habe es dir schon gesagt. Wir werden keinen Sex haben, bis ...»

«Du kannst meine Brüste anfassen.»

«Im BH oder ohne?», platzte er heraus, und seine große Brust hob sich spürbar an ihrem Rücken.

Ihre Mundwinkel hoben sich. *Hab dich.*

Sie zog die Körbchen ihres trägerlosen BHs herab und führte seine Hände dorthin und war überrascht, als sie nicht einfach zupackten oder ihre Brüste grob begrapschten. Vermutlich sollte sie einfach aufhören, von August überrascht zu sein. Überrascht davon, wie er sanft mit ihren Brustwarzen spielte, mit den Daumen darüber strich, von einer Seite zur anderen, und sein Mund begann, an ihrem Hals zu lecken und zu knabbern. Oh. *Wow.* Wenn sie nicht die Kontrolle über diese Situation behielt, würde sie morgen aufwachen, ohne die Oberhand zu haben. Dann konnte sie genauso gut die weiße Fahne hissen und jedes Druckmittel aufgeben, das sie noch hatte.

Sie kletterte von Augusts Schoß, ging auf die Knie und drehte sich herum, erlaubte sich eine Sekunde lang, seinen erstickten Fluch beim Anblick ihrer nackten Brüste auszukosten.

Und dann drückte sie ihn auf den Rücken.

Sie fuhr mit einer Hand über den ausgebeulten Schritt seiner Hose und streichelte ihn fest durch den Stoff hindurch. «Ich bin dran.»

«Blowjob?», fragte er heiser. Unverhohlen hoffnungsvoll und sichtlich schockiert.

Sie nickte.

«Oh. Okay. Wow. Herrgott.» Ein kraftvolles Schaudern durchlief seinen riesigen Körper, und er ließ sich ganz auf das Bett fallen, wobei seine muskulöse Brust sich in schnellem Tempo hob und senkte. «Wenn du gefickt bist, bist du gefickt», murmelte er schwer, scheinbar zu sich selbst.

Er griff nach unten und begann, seinen Gürtel zu öffnen.

Das sollte doch nicht so heiß sein. Wirklich nicht.

Aber diese großen Hände, die an der Metallschnalle herumfummelten, und das enthusiastische Zucken seines Unterleibs machten ihre Zunge schwer in ihrem Mund. Sie war derart begierig darauf, seinen Bauch zu küssen und in die Sehne zu beißen, die in einem V entlang seiner Hüften verlief.

«Beiß fester zu», sagte er und rang nach Luft, während seine Hände von seinem Gürtel rutschten. «Fester, bitte.»

Oh Gott. Als er sie anflehte, fester zuzubeißen, wollte sie das auch.

Unbedingt.

Sie atmete tief ein und schoss vorwärts, versenkte ihre Zähne in das Fleisch seiner Hüfte, was August einen Schrei entlockte, der durch ihren ganzen Körper hallte. «Verdammt, ja», knurrte er. Es gab eine kurze Pause, bevor er den Kopf hob und auf sie hinunterblickte. «Beiß mir nur nicht in den Schwanz.»

Natalie kicherte.

Er grinste zurück. Ein großer, böser Krieger mit einer unbequem-charmanten Seite. Es war beunruhigend, das heftige Zwicken, das sie in diesem Moment in ihrer Brust spürte, also schloss sie die Augen und leckte über die Muskelstränge, die an den Seiten entlangliefen, dann hinunter zu seinem Bauch und bahnte sich einen Weg durch die groben Löckchen seines Schamhaares. Ihre rechte Hand wanderte in seine Hose und ... Okay, damit hatte sie gerechnet.

Natürlich war das Ding XL. *Er* war XL.

Aber sie konnte es nicht einmal ganz mit einer Hand umfassen.

«Versuch es einfach», keuchte er, eine Hand umklammerte die Laken, die andere umschloss ihr Gesicht. Aber nicht, um sie nach unten zu führen. Es schien fast, als wäre er schon im Voraus dankbar. *Oh mein Gott, Natalie ist dabei, mir einen zu blasen. Oh, mein Gott.*

Hatte sie sich je zuvor beim Sex selbstbewusst gefühlt? Sie hatte es zumindest immer angenommen. Hielt sich sogar für experimentierfreudig.

Aber jetzt, mit diesem Mann, der schon bei der Vorstellung von ihrem Mund auf ihm fast hyperventilierte, fühlte sie sich wie eine Göttin. Verführerisch. So überzeugt von sich selbst und dem bevorstehenden Vergnügen, dass sie fast schnurrte, als sie Augusts Schaft durch die Öffnung seiner Hose herauszog.

«Wow», flüsterte sie und schluckte. «Wow.»

Er schwoll weiter an, und August stieß einen Fluch aus, wobei er die Hüften nach rechts drehte. «Das ist die Reaktion, die sich ein Mann in seiner Hochzeitsnacht wünscht.»

Wie genau lautete noch mal ihr Plan, um die Oberhand zu behalten?

Wie auch immer, sie konnte sich nicht an die Details erinnern. Sie konnte sich nur vorbeugen und mit ihrer Zunge an seinem herrlich dicken Schaft entlangfahren und beobachten, wie sich seine Oberschenkelmuskeln darauf anspannten. Aus seinen geblähten Nasenlöchern entwich sein Atem, fast wie ein Dampfstoß. Von nur einmal Lecken.

Sie hatte noch nie die Eier eines Mannes in der Hand gehabt, aber ihr Instinkt ließ sie nach Augusts Hoden greifen und sie sanft in ihrer Handfläche rollen. Um ehrlich zu sein, blieb ihr auch gar keine andere Wahl, als sich mit ihnen zu beschäftigen, denn sie waren, in Ermangelung eines besseren Wortes, prominent.

«*Verdammte Scheiße.* Es tut mir leid, aber heute Abend wird hier viel geflucht werden. Jetzt. Oh *fuck*, zieh ein wenig an ihnen. Reib sie, verdammt, sei ruhig ein bisschen grob. Ja ... oh ... *ja.* Und jetzt mach's noch mal, während du diesen Mund wie Geschenkpapier um meinen Schwanz gewickelt hast. *Ja.*»

Natalies Selbstvertrauen wuchs immer weiter. Wow, er hatte wirklich Spaß an dem, was sie tat. Sie brauchte sich nicht zu fragen, ob ihre Zunge an der richtigen Stelle war oder ob sie ihn zu fest mit ihrer Hand rieb, denn August sandte eine klare Botschaft, und die lautete: *Heilige Scheiße, ich bin noch nie so gut berührt worden. Noch nie hat sich etwas so gut angefühlt.*

Die Angst vor Ablehnung oder Kritik, die sie normalerweise fürchtete, war einfach ... weg.

Die Abwesenheit dieser Last machte sie begieriger, ihm Freude zu bereiten, ihre Lippen wanderten über den Punkt hinaus, den sie bisher für möglich gehalten hatte, sie machte sich keine Gedanken darüber, ob zu viel Speichel zu sehen oder ob es seltsam war, zu stöhnen, während sie jemanden oral befriedigte. Als würde es ihr Vergnügen bereiten.

Aber war es nicht auch so? Mit ihm?
Wow.
Ganz ruhig, Mädchen.

«Nenn mich Babe», flüsterte sie, fuhr mit ihren Zähnen sanft vom Ansatz bis zur Spitze und wirbelte mit ihrer Zunge um seine geschwollene Spitze. «Aber nur, wenn du es zu Ende bringen willst.»

«Babe, Baby, Prinzessin, Liebe meines Lebens, ich werde alles tun und sagen, was du willst. Nur hör nicht auf. Hör bei mir nicht auf. Ich bin so kurz davor.»

Okay, das mit der *Liebe meines Lebens* hatte er natürlich nicht ernst gemeint. Er hatte sich einfach von dem Moment mitreißen lassen. Warum brachte es sie dann dazu, ihn fast ganz in ihrem Mund aufzunehmen, und ließ ihren Puls wild in ihren Schläfen klopfen? Ihre Lippen dehnten sich um seine üppige Länge, und als seine Spitze ihre Kehle berührte, zuckten seine Knie hoch, und die Hand, die ihre Wange umschlossen hatte, versank jetzt in ihrem Haar und ruinierte binnen eines Sekundenbruchteils ihre Hochsteckfrisur.

«Fuck», stieß er zwischen zusammengebissenen Zähnen hervor. «Natalie. *Fuck!*»

Ihre Faust bewegte sich in schnellen Bewegungen auf und ab, sie spürte, wie sich sein Höhepunkt anbahnte. Stöhnte sie immer noch?

Reiß dich zusammen. So gut schmeckt er nun auch wieder nicht.

Lügnerin. Sein Geschmack war einfach unglaublich.

Der Duft der Grapefruitseife haftete an seinem Schamhaar, und in ihrem Gehirn musste sich das irgendwie mit etwas verbunden haben, denn als sie die Frucht roch, während sie ihn in den Mund nahm, schmeckte er fast genauso, und irgendwie wusste sie, dass sie im Supermarkt nie wieder einfach an einer Grapefruit vorbeigehen konnte.

«Wenn du nicht schlucken willst», keuchte er, «dann wäre jetzt ein guter Zeitpunkt, um aufzuhören, aber bitte hör nicht auf. Bitte. Babe. Aber wenn es sein muss, lass mich dich bitte auf den Rücken drehen und auf deinen Titten kommen. Ich bitte dich als aufrechter Bürger und Ehrenmann der Navy.»

Sie konnte jetzt einfach nicht mehr aufhören. Nicht, wenn er sie während eines *Blowjobs* zum *Lächeln* brachte.

Das verdiente irgendeine Art von Auszeichnung – und sie war in der Lage, ihm eine zu geben.

Sie machte weiter, rieb ihn hart und schnell mit der Faust, und ihr Mund folgte ihrer Hand jedes Mal ein wenig tiefer. Sie hörte, wie sein Atem stoßweise ging und sich in seiner Brust ein Stöhnen zusammenbraute. Abwechselnd presste er seine Lider zusammen und riss sie wieder auf, um zu beobachten, wie ihr Mund ihn tief aufnahm, ihn fast vollständig, bis auf die glatte Spitze, wieder entließ, und ihn sich dann wieder tief einverleibte. Und schließlich wurden die Adern in seinem Unterleib dick, und ... er ... *brüllte*. Brüllte ihren Namen.

Sein Sperma traf so schnell und in solcher Menge auf ihre Kehle, dass sie damit zu kämpfen hatte, schnell genug zu schlucken, während ihre Hand sich immer noch bewegte. Sie bearbeitete weiter seinen glitschigen Schaft. Er hatte seine Hand noch immer in ihr Haar gekrallt, aber sie spürte, wie er dem Drang widerstand, ihren Mund nach unten zu drücken und sie an Ort und Stelle zu halten. Und in Anbetracht des animalischen Zustands, in dem er sich befand, fand sie das seltsam rührend. Verlor sie tatsächlich den Verstand?

August sank in sich zusammen, seine Arme fielen einfach herab.

Sein Schwanz blieb leicht steif, nass und glatt. Irgendwie immer noch verführerisch.

«Ich kann nicht glauben, was du gerade für mich getan hast», sagte er zwischen schweren Atemzügen und griff nach ihr, um sie auf seine Brust zu ziehen. «Natalie, so wie du ...» Er schüttelte den Kopf, fuhr sich mit der linken Hand durch die Haare, wirkte vollkommen benommen. «Verdammt, Weib.»

Sie schmiegte sich an ihn, legte eine Handfläche auf seine Brust, bettete ihren Kopf an seine Schulter.

Nur vorübergehend. Bis sie wieder zu Atem gekommen waren.

«Okay, mir bleiben noch ungefähr drei Komma acht Sekunden, bevor ich bewusstlos werde, dank dir. Also werde ich sie nutzen, um dir zu sagen, dass du bleiben sollst. Schlaf genau hier. Auf mir.» Er beugte sich vor und küsste sie fest auf die Stirn, seine Lippen verweilten noch einige Sekunden an dieser Stelle. «Das ist der sicherste Ort, an dem du jemals sein wirst.»

Sie ignorierte das Flattern, das sich in ihrer Kehle festsetzte. «Vielleicht ist es ja Tradition.»

«Tradition», stimmte er zu.

Weniger als zehn Sekunden später schliefen beide tief und fest.

KAPITEL 16

Mit einem Lächeln im Gesicht wälzte August sich aus dem Bett.

Es gelang ihm nur mit Mühe, nicht fröhlich zu pfeifen, während er sich die Unterhose anzog. Verdammt! So starteten zwei Menschen in eine Ehe. Mit einem Oralsex-Wettbewerb, bei dem es keinen Verlierer gab.

Die Sonne war noch nicht aufgegangen, aber er war Frühaufsteher, auch wenn er ein wenig aus der Übung war. Er würde schnell ein paar Eier essen, hinter der Scheune Sport treiben und dann mit der Produktion beginnen. Zuerst aber blieb er am Fußende des Bettes stehen und bewunderte die Aussicht. Menschen, die anderen Menschen beim Schlafen zusahen, waren verdammt gruselig. Aber ihm würde doch wohl niemand verübeln, dass er den Hintern seiner eigenen Frau betrachtete, oder? Da lag er, in seiner ganzen Pracht. Ohne Höschen oder so.

«Was bin ich? Ein Mönch?», murmelte er leise vor sich hin, drehte sich im Türrahmen um und warf einen letzten, langen Blick aufs Bett, bevor er die Tür hinter sich schloss und in die Küche ging. So leise wie möglich schenkte er sich ein Glas Orangensaft ein, machte sich Rührei mit fünf Eiern und aß es mit genauso vielen Bissen. Ein Schnarchen drang aus dem Schlafzimmer, er hörte kurz auf zu kauen und seine Lippen zuckten. Er konnte sich nicht erinnern, letzte Nacht ein

Schnarchen gehört zu haben. Andererseits war er nach dem besten Blowjob seines ganzen Lebens auch fast sofort tief und fest eingeschlafen.

Natalie schnarchte. *Gut.* So würden sie sich gegenseitig übertönen.

Seine Teamkameraden hatten ihm mal gesagt, er klinge wie ein Grizzly mit Schnupfen.

Mit einem Lächeln im Gesicht stellte August die Schale, in der das Ei gewesen war, in die Spüle und ließ Wasser in das leere Orangensaftglas fließen. Er klopfte sich selbst auf die Schulter und machte sich auf den Weg in den Vorgarten. Als er die Tür schloss, prüfte er zweimal, ob sie auch wirklich zu war, schließlich hatte er jetzt eine Frau zu beschützen. Er dehnte seinen Arm, um die Muskeln zu lockern, und ging zu seinem Trainingsbereich, tastete in der Scheune nach dem Lichtschalter.

Dann machte er sich an der Klimmstange zu schaffen.

Der erste Tag als verheirateter Mann.

Die sexuelle Chemie zwischen ihnen stimmte. Er wollte nichts lieber, als wieder zu Natalie ins Bett zu kriechen und sie wach zu küssen. Er wollte sich zwischen ihre Beine legen und sie zum Schwitzen bringen, ihr Orgasmen schenken. *Das* war die körperliche Ertüchtigung, die er wirklich wollte. Aber irgendetwas ließ ihn zögern, diesen letzten Schritt zu tun, bevor sie nicht beide dieselben Erwartungen an diese Ehe hatten. Er war sich nicht sicher, wie er sich fühlen würde, wenn sie Sex hätten, während Natalie immer noch so tat, als wäre ihre Ehe eine Farce.

Oder, nein. Er wusste genau, wie er sich fühlen würde.

Er wäre am Boden zerstört.

Es brauchte keinen weiteren Beweis dafür, dass er sich immer stärker in seine Frau verliebte. Dieser verdammte, mit einem

Bogen bewaffnete Engel hatte ihm einen Doppelpfeil mitten in die Brust geschossen. Entweder, der durchbohrte bald sein Herz und tötete ihn, oder er gab ihm einen neuen Grund zu leben.

Du lebst bereits für sie, und das weißt du.

August schluckte, ließ die Klimmstange los und lief über das platt gedrückte Gras zu seinem Squat Rack, das er dem örtlichen Fitnessstudio abgekauft hatte, als die ihre Geräte aufgerüstet und die alten entsorgt hatten. Er senkte den Kopf und legte sich die schwere Hantelstange auf die Schultern, trat zurück und begann mit seiner Runde Squats.

Er und Natalie waren doch gar nicht so weit entfernt davon, eine gemeinsame Basis zu finden, oder?

Sie hatte mit dem Rücken an seiner Brust geschlafen, Schenkel an Schenkel. Ja, sie hatten möglicherweise noch viel zu klären, bis diese Ehe solide oder «echt» oder was auch immer war, aber sie fühlte sich wohl bei ihm, oder nicht? Zumindest vertraute sie ihm im Schlaf.

Mann. Er wollte ihr volles Vertrauen, auch in wachem Zustand.

Er wollte es so sehr, dass er das Verlangen danach wie ein schmerzhaftes Ziehen in seinem Magen spürte.

Irgendetwas hielt sie zurück. Was?

Seine Aufgabe war es, das herauszufinden und zu eliminieren, was es auch sein mochte.

August hatte gerade die Hantelstange in die Ablage zurückgelegt, als sein Handy klingelte. Er zog sein Telefon aus der Gesäßtasche, während er sich stirnrunzelnd fragte, wer ihn so früh anrief. Seine Schultern spannten sich leicht an, als er den Namen seines befehlshabenden Offiziers auf dem Display sah.

«Sir», antwortete er zackig, wobei sich seine Wirbelsäule aus reiner Gewohnheit aufrichtete. «Guten Morgen, Sir.»

«Cates. Es tut mir leid, dass ich am Morgen nach Ihrer Hochzeit anrufe. Ich bin sicher, Sie sind sehr beschäftigt.»

Wenn es nur so wäre. August seufzte innerlich und sah zu seinem Schlafzimmerfenster. Wer würde schon mitkriegen, wenn er einfach zum Fenster schleichen und noch einmal einen kurzen Blick auf diesen Hintern werfen würde?

«Das ist kein Problem, Sir.»

«Ich rufe an, weil das Geld überwiesen ist und heute kommt. Zweihunderttausend.» Er hielt inne, um sich zu räuspern. «Ich habe die Investition in Sams Namen getätigt.»

Etwas zupfte an Augusts Brustbein. «Das ist ...» Verdammt. Es tat weh, zu atmen. «Sie kannten ihn natürlich viel länger als ich, aber ich denke ... Ich weiß, dass ihm das sehr viel bedeutet hätte, Sir.»

«Ich kannte ihn vielleicht länger, aber leider nicht besser, denke ich. Diesen Traum von einem Weinberg habe ich nie verstanden. Oder ich habe nicht *versucht*, ihn zu verstehen, nehme ich an.» Die gestelzte Art zu reden machte deutlich, wie schwer dem Commander dieses Eingeständnis fiel. Zum Teufel, ein persönliches Gespräch zu führen, lag diesem Mann einfach nicht, schon gar nicht, wenn es um ein so emotionales Thema wie seinen Sohn ging. «Vielleicht ist das meine Art, dem Abhilfe zu schaffen. Im Nachhinein.»

August legte den Kopf in den Nacken und atmete tief durch. «Ich werde mein Bestes geben und das Geld gut anlegen, Sir. Ich bin nicht besonders gut in so etwas. Nicht so, wie Sam es war. Aber ich werde versuchen, Sie beide stolz zu machen.»

«Versuchen Sie es nicht, Cates. Tun Sie es einfach.»

Die Entschlossenheit ließ seine Muskeln hart werden. «Ja, Sir.»

Der Commander legte auf. Lange verharrte August auf der

Stelle, das Telefon noch immer an sein Ohr gepresst. *Versuchen Sie es nicht, Cates. Tun Sie es einfach.*

Ja, genau das würde er tun. Aufhören, vor sich hinzustümpern, und stattdessen ein dauerhaftes Vermächtnis in Sams Namen schaffen. Sam zu Ehren. Hatte sein Freund das nicht verdient? Es lag in seinen Händen. Es gab niemanden sonst, der diesen Traum verwirklichen konnte. Niemanden sonst, der die Zeit dafür aufbringen würde. Dieser Traum ruhte auf seinen Schultern, und er musste sich besser darauf konzentrieren. Ihn Wirklichkeit werden lassen.

Die Haustür öffnete sich, und dann stand Natalie im Türrahmen. Ihr Haar war verstrubbelt, sie hatte das Laken wie eine Toga um ihren Körper gewickelt. Sie blinzelte ihn über den nebligen Hof hinweg an. «Ich habe gerade einen ganz seltsamen Traum.» Sie gähnte. «Ich stehe mitten in der Nacht auf, um auf die Toilette zu gehen, und du trainierst.»

«Das ist kein Traum.» August spannte seinen Bizeps an. «Du bist wirklich mit all dem hier verheiratet.»

«Nein.» Sie rieb sich die Augen und seine Zuneigung stach wie ein Speer in seinen Bauch. «Es ist noch dunkel draußen.»

«Es ist fünf Uhr morgens, plus/minus ein paar Minuten.» Er schlenderte über den Rasen auf sie zu, wobei ihn die Schuldgefühle wegen des Anrufs, den er gerade getätigt hatte, noch immer quälten. «Ich stehe immer um diese Zeit auf.»

«Oh.» Wieder gähnte sie, dieses Mal riss sie den Mund noch weiter auf. «Wenn das so ist, will ich die Scheidung.»

«Tut mir leid, in die werde ich nicht einwilligen.»

Ihr Lächeln war schläfrig und süß. «Dann eben eine Arsenvergiftung.»

«Um mich zu vergiften, müsstest du erst einmal wissen, wie man kocht, Prinzessin.»

Der war vielleicht ein bisschen zu gemein, zumindest verrieten das ihre geröteten Wangen. Er war kurz davor, sich zu entschuldigen, als sie sagte: «Ich kann nicht glauben, dass ich mit dir geschlafen habe.»

«Wir haben noch nicht miteinander geschlafen. Wenn wir es tun, wirst du es wissen.»

Warum nur? *Warum* konnte er nicht aufhören, sie zu ärgern? Sein Gehirn versuchte, ihm den Mund zuzuhalten, aber offensichtlich waren dessen Arme nicht lang genug, um ihn zu erreichen. «Dann werde ich es wohl nie erfahren», sagte sie mit einem Achselzucken. Eine Pause entstand, und sie sah auf das Handy, das immer noch in seiner rechten Hand lag. «Habe ich dich mit jemandem reden hören?»

«Nein.»

Verdammt.

Sein Magen schickte eine Welle von Säure seine Kehle hinauf.

Sein Verstand schmiedete sofort einen Plan, wie er die Lüge wieder geraderücken konnte. Dazu musste er ihr nur von der Investition seines Commanders erzählen, mehr nicht.

Ganz einfach.

Na klar.

Er würde Natalie einfach sagen, dass er das mit der Hochzeit nur wegen seiner Gefühle für sie durchgezogen hatte. Dass er sie liebte und nicht anders konnte, als ihr zum Erfolg zu verhelfen. Und nicht wegen des Einflusses ihrer Familie auf den örtlichen Kreditsachbearbeiter. Sie würde das natürlich verstehen und ihm vor allen Dingen nicht in die Eier treten.

Zwischen ihnen breitete sich Schweigen aus, und zwischen ihren Augenbrauen zeichnete sich eine Falte ab. Sie blickte ein letztes Mal auf das Handy – er hatte gelogen, und sie wusste es.

Bring es in Ordnung, bevor du eine Grenze überschreitest, hinter der es kein Zurück mehr gibt.

Dass sie ihm gegenüber misstrauisch war, war doch wohl schlimmer, als ein bisschen Wut auszuhalten, oder?

«Natalie, ich muss dir etwas sagen ...»

«Ich fliege nach New York», platzte es aus ihr heraus. «In fünf Tagen.»

«Was?»

Ohne zu antworten, wandte sie sich um und schlug die Tür hinter sich zu, während er keuchend in der Kälte stand und sein Atem Wolken aus Kondenswasser vor seinem Gesicht bildete. War das gerade passiert? Was *war* passiert? Vor weniger als sechs verdammten Stunden hatte er sie noch vernascht. Jetzt ging es offenbar mit ihm den Bach runter. Ebenso wie mit ihrem kurzlebigen, unausgesprochenen Waffenstillstand.

«*Natalie*», knurrte er mit zusammengebissenen Zähnen und stürmte hinter ihr ins Haus. Gerade noch rechtzeitig, um zu sehen, wie sie in ihrem Schlafzimmer verschwand, wobei sie das weiße Laken auf dem Boden hinter sich her schleifte. Die Katze stürzte sich auf das Laken, rang kurz damit und rannte dann in die Dunkelheit. «Komm zurück.»

Er drehte den Türknauf, in der Erwartung, die Tür verschlossen vorzufinden, und wurde nicht enttäuscht.

«Mach die Tür auf.»

«Warum?», drang ihre Stimme durch das schwere Holz hindurch.

«Du kannst nicht einfach eine Bombe wie ‹Ich gehe nach New York› platzen lassen und dann mit breiter Brust davonstolzieren.»

«Oh, ich bin diejenige mit breiter Brust, Bizepsbeuger?»

«Das hab ich verdient.» Er legte seine Hände flach auf die Tür und wünschte, die würde sich auflösen. «Tut mir leid, dass ich dir unterstellt habe, dass du nicht kochen kannst.»

«Das kann ich auch nicht», glaubte er sie ganz leise sagen zu hören.

Und dieses winzige Eingeständnis ließ seine Kehle in Flammen aufgehen. «Natalie, bitte. Ich möchte nur reden.»

Keine Reaktion.

Sie ist nicht sauer wegen des Kochwitzes, du Arschloch. Sie hat dich ausgesperrt, weil du gelogen hast und sie schlau genug ist, diese Lüge zu durchschauen. «Ich habe mit meinem Commander telefoniert.» August scrollte krampfhaft durch die Anruferliste, kniete sich hin und schob sein Telefon unter der Tür durch. «Wir sind beide Frühaufsteher.»

Je länger die Stille andauerte, desto mehr wollte er seinen Kopf gegen die Tür schlagen. Doch schließlich hörte er das leise Knarren der Dielen im Schlafzimmer, und ein Schatten bewegte sich. Er atmete unhörbar aus und schloss die Augen, der Druck in seiner Brust ließ leicht nach. Er musste ihr den Rest erzählen. Beichten, warum sein befehlshabender Offizier angerufen hatte. Aber vorher musste er noch eine Sache klären.

«Hast du gedacht, ich telefoniere mit einer anderen Frau?»

Als wäre das überhaupt möglich. Andere Frauen waren für ihn so gut wie unsichtbar, seit er diese hier getroffen hatte.

«Nein», sagte sie sofort, und seine Schultern entspannten sich. «Das habe ich nicht gedacht.»

Er ließ seine Stirn gegen die Tür sinken. «Gut.»

«Obwohl ... Technisch gesehen sind wir nur auf dem Papier verheiratet. Ich ... Ich schätze, du dürftest das, richtig?»

Seine Schultern spannten sich wieder an, und etwas in seiner Körpermitte verknotete sich. «Falsch. Für mich gibt es nur dich.» Gott, das laut auszusprechen, war, als würde man aus großer Höhe springen und auf einer Wolke landen. «Und für dich gibt es nur mich.»

«Nur bis das hier vorbei ist.»

«Genau», sagte er und knirschte mit den Zähnen. «Bitte, mach die Tür auf.»

Sekunden vergingen. «Das möchte ich lieber nicht.»

August atmete langsam durch die Nase ein und ließ die Luft wieder entweichen. «Babe.»

Stockte ihr der Atem? «Ist das jetzt ein Codewort oder so was?»

«Ja. Ist es. Weil wir wahrscheinlich beide denken, dass es ein blöder Kosename ist, habe ich recht?»

Sie brummte zustimmend.

«Wenn ich also bereit bin, mich so weit zu erniedrigen, es zu sagen, meine ich es ernst. Und andersherum genauso.» Eine bedeutungsschwangere Sekunde verging. «Babe.»

«Oh, Herrgott noch mal!», brummte sie, öffnete die Tür und stieß ihm sein Handy entgegen, wodurch sie fast das Laken fallen ließ, mit dem sie ihre Blöße bedeckte. Hastig raffte sie es wieder um sich, er aber nahm nichts anderes wahr als die Blässe ihres Gesichts. Etwas hatte sich verändert. Sie fühlte sich in seiner Gegenwart nicht mehr so wohl wie vorher. Auch wenn sie sich um eine lässige Miene bemühte.

«Okay, ich habe überreagiert.» Sie fuhr sich mit fünf schlanken Fingern durch das Haar. «Morrison war immer ein Geheimniskrämer, und ich schätze, das ist ein wunder Punkt bei mir. Wir wurden gleichzeitig von unserer Firma eingestellt, sodass wir anfangs oft in Konkurrenz zueinander standen. Dieser Konkurrenzkampf ist nie ganz verschwunden. Er verglich gerne sein Portfolio mit meinem, aber nur, wenn *er* vorne lag. Wenn seine Bilanzen schlecht waren, verheimlichte er sie. Versteckte Geld vor mir. Er bestand darauf, die Finanzen getrennt zu halten. Wie auch immer ... Es ist nicht wichtig.» Der Boden hatte sich in Treibsand verwandelt, und er war dabei, darin zu versinken. Einiges davon kam ihm erschreckend bekannt vor. «Es klingt aber wichtig.»

«Vielleicht ist es das auch. Ja.» Sie dachte einen Moment lang nach. «Mein Vater hat auch immer Geld benutzt, um mich zu manipulieren. Vielleicht denke ich, dass es ein Warnsignal ist, wenn Leute Geld als Waffe benutzen. Oder ihren finanziellen Status verbergen. Was verbergen sie sonst noch? Ich finde einfach, dass Offenheit ein Zeichen für einen guten Charakter ist.» Sie winkte ab. «Wie gesagt, ich habe total überreagiert. Du hast doch nur telefoniert.»

Sein Magen fühlte sich an wie eine Tomate, die eine Woche lang in der Sonne gelegen hatte. Heilige Scheiße. Natalies Ex hatte mit dem Geld Psychospielchen gespielt. Ihr Vater machte das immer noch mit ihr. Und jetzt verheimlichte er ihr zweihunderttausend Dollar? Offiziell auch der Grund, warum er sie überhaupt geheiratet hatte. Sie hatte ihn geheiratet, weil er sich so dargestellt hatte – als Winzer, dem das Kapital ausgegangen war.

Das entsprach seit fast einer Woche nicht mehr der Wahrheit. Seit vor der Hochzeit.

Was würde sie tun, wenn er ihr jetzt die Wahrheit sagte? Nichts Gutes. Sie drohte schon jetzt damit, dreitausend Meilen weit weg zu fliegen, und er hatte noch nicht einmal gestanden.

«Was ist das für ein Blödsinn mit New York?»

«Es gibt einen Investor, der sich mit mir treffen will.»

August richtete sich leicht auf. Er bemerkte, dass sie das Laken wie einen Schild vor sich hielt, und er hasste es. «Wozu brauchst du einen Investor, wenn das Geld aus deinem Treuhandfonds freigegeben wird?»

«Mein Treuhandfonds ist ein guter Anfang, aber mit zusätzlichen Mitteln könnten wir uns von Anfang an stärker aufstellen. Ein namhafter Investor würde uns wettbewerbsfähig machen und weitere anziehen.»

«Du willst also schon sechs Tage nach unserer Hochzeit abhauen. Weißt du, wie das aussieht?»

Es war ihm völlig egal, wie das aussah, aber er war bereit, so ziemlich alles zu sagen, um sie davon abzuhalten, St. Helena zu verlassen, solange das zwischen ihnen noch so fragil war.

«Ich bin nur eine Nacht weg. Keiner wird merken, dass ich weg bin.»

«Ich werde es merken.»

Sie öffnete den Mund, musterte sein Gesicht. «Okay. Ich bin sicher, du willst diese Sache mit dem Kredit für das Weingut ins Rollen bringen. Ich rufe Montagmorgen an und vereinbare einen Termin.»

«Nein», sagte er viel zu hastig und räusperte sich. *Man reiche mir einen Spaten, damit ich mir mein eigenes Grab schaufeln kann.* Was blieb ihm anderes übrig, als seine wahren Gründe für die Hochzeit mit ihr für sich zu behalten? Es war mehr als offensichtlich, dass sie in Sachen Liebe etwa hundert Schritte hinter ihm lag, sie waren nicht einmal *annähernd* gleichauf. Die Wahrheit könnte sie völlig aus der Bahn werfen. «Ich meine, wir sind am Montagabend mit Meyer bei deiner Mutter zum Essen verabredet. Da können wir das ins Rollen bringen.»

Sie nahm diese Information mit einem tiefen Atemzug auf und nickte. Befeuchtete ihre Lippen. «Okay. Das geht auch.»

Sein Herz pochte, seine Arme wollten sie umfangen. Es gab definitiv immer noch diese neue Distanz zwischen ihnen, die ihm sehr missfiel, aber ihre Verbindung war stärker als zu dem Zeitpunkt, als sie die Tür geöffnet hatte. Oder?

Das musste er überprüfen, ansonsten könnte er nicht eine Sekunde lang entspannen und würde nur unruhig sein.

Er stützte sich mit dem Unterarm an der Tür ab und beugte sich ganz langsam vor, um seinen Mund bis auf wenige Zentimeter an ihren heranzubringen. Leicht drehte er den Kopf und küsste ihre Nase, und dann presste er seine Lippen auf eine Art und Weise auf ihre, die sie beide schneller atmen ließ.

«Geh nicht nach New York, Prinzessin.»

Natalie drehte ihren Kopf, und ihre Münder schoben sich hart übereinander, ihre Lippen öffneten sich und suchten einander, ihre Zungen drangen tief in den Mund des anderen ein. Nur einmal. Und dann zog sie sich zurück, ließ seinen Körper hart zurück, sein Atem ging scharf und stoßweise.

«Wir sehen uns, sobald es wirklich Morgen ist, August.»

Sie schlug die Tür zu. Schon wieder. Und er konnte nicht umhin zu befürchten, dass auch eine emotionale Tür zwischen ihnen geschlossen worden war.

# KAPITEL 17

Natalie wachte zum zweiten Mal an diesem Tag auf, aber jetzt war es schon Nachmittag. Ihre Augen waren verklebt und sie war verwirrt. Ihr Streit mit August in den frühen Morgenstunden kam ihr wie ein Traum vor, aber das flaue Gefühl in ihrem Magen sagte ihr, dass er definitiv stattgefunden hatte. Sie hatte vor dem ersten Kaffee versucht, ein Gespräch zu führen, bevor ihr Gehirn vollends wach war – und hatte sich wie eine Dumpfbacke benommen.

War sie wirklich in einem Laken davongestürmt, weil er nicht gleich erklären wollte, mit wem er telefoniert hatte? *Gütiger Gott.* Diese Ehe sollte eine geschäftliche Verbindung sein. Sie war diejenige, die das vorgeschlagen hatte. Und vom ersten Tag an verhielt sie sich wie eine eifersüchtige Geliebte.

Außerdem hatte sie in seinem *Bett* geschlafen.

Das war so weit von einer geschäftlichen Verbindung entfernt, wie es nur sein konnte.

Nervosität – und das dringende Bedürfnis nach Ablenkung – zwang Natalie aus dem gemütlichen Chaos der zerknüllten Laken, in dem sie gegen sechs Uhr morgens wieder eingeschlafen war. Langsam öffnete sie die knarrende Tür zum Gästeschlafzimmer, spähte hinaus und fand Menace, die sie vom Küchentisch aus neugierig anstarrte. Aber keinen August. Gott sei Dank. Sie musste erst einmal richtig wach werden und zu sich kommen, bevor sie ihrem Mann wieder begegnete.

Sie holte ihre Kleidung und ihren Kulturbeutel aus dem Zimmer und schloss sich einen Moment später in dem gemeinsamen Badezimmer ein. Der schwere Duft von Grapefruit schlich sich an sie heran, überfiel sie aus dem Hinterhalt, und sie stieß einen Seufzer aus. Erinnerungen an das letzte Mal, als sie unter dieser Dusche gestanden und sich mit August vergnügt hatte, drängten sich auf. Bilder, in denen sie nackt war, prasselten auf sie ein und machten ihre Bewegungen unbeholfen, als sie den Griff des Wasserhahns aufdrehte und die Wassertemperatur auf brühend heiß einstellte.

Sie duschte, wobei sie sich möglicherweise ein- oder zweimal zugestand, an Augusts handgemachter Seife zu riechen. Dabei dachte sie über ihre neue Rolle als unechte Ehefrau und Angestellte von Zelnick Cellar nach. Ihr Titel sollte nicht einfach nur eine Bezeichnung sein. Sie konnte dazu beitragen, dass dieser Laden erfolgreich lief. Zumindest hatte sie einen ganzen Monat Zeit, um August zu einem guten Start zu verhelfen.

Natalie drehte das Wasser ab, stieg aus der Kabine und zog sich eine kurze Hose und ein lockeres, langärmeliges Oberteil an. Sie ging zurück in ihr Zimmer, trocknete ihre Haare und verließ das Haus mit einer Absicht: Sie würde einen Weg finden, ihm zu helfen. Eigentlich sollte sie sich einfach im Gästezimmer einschließen und beten, dass das Geld aus ihrem Treuhandfonds umgehend auf ihrem Bankkonto eintraf. Aber sie hatte zu viel Zeit darauf verwendet, über Augusts Winzerversuche zu lachen, obwohl er das alles für eine gute Sache machte. Eine ehrenvolle Sache.

Und vielleicht wollte sie irgendwie ein Teil davon sein.

Vielleicht bedeutete ihr sein Glück etwas.

Natalie blieb in der Einfahrt zur Produktionsscheune stehen, als sie August vor den aufgereihten Fässern bemerkte, in denen er die angesetzte Hefe umrührte. Die Temperatur in der Scheune war für diese Jahreszeit etwas zu warm, und es war durchaus möglich, dass sich das auf den Gärungsprozess auswirkte. Zugegeben, er hatte nicht das Budget für eine modernere Anlage, aber es gäbe mit Sicherheit einen Weg, die Fässer ein paar Grad abzukühlen. Hatte er den Stickstoffgehalt der Trauben getestet?

Plötzlich drehte August sich um, sein Gesichtsausdruck wechselte von überrascht zu zurückhaltend. «Sorry, was hast du gesagt?»

Offensichtlich war es ihr neuerdings zur Gewohnheit geworden, ihre Gedanken unbewusst laut auszusprechen. «Ich habe mich nur gefragt, ob du den Stickstoffgehalt getestet hast. Den der Trauben.»

Sie wollte näher herangehen. Wollte selbst in die Fässer schauen und die Werkzeuge auf dem Tisch daneben durchsehen, um herauszufinden, mit welchen er arbeitete, aber Augusts angespannte Schultermuskeln formierten eine unsichtbare Barriere. Oder bildete sie sich das vielleicht nur ein?

Sicher, er hatte sie gebeten, die Scheune nicht zu betreten. Aber das war vor der Hochzeit gewesen, und sie hatten sich gerade gestritten. War seine Bitte ernst gemeint gewesen?

«Ähm ...» Sie straffte die Schultern und wagte sich vor. «Wie lange nach dem ersten Abstich hast du den groben Trub entfernt?»

«Groben was?» Nach einer gefühlten Ewigkeit räusperte sich August. «Meinst du die dicke Schicht, die sich auf dem Boden abgesetzt hat, nachdem ich den Traubenmost in die Fässer gefüllt habe?»

Sie atmete aus. «Ja.»

Die Tatsache, dass sie beide sich nicht weiter streiten wollten, brachte seine Schultern dazu, sich zu entspannen. «Ich weiß es nicht. Ich schätze ... etwa eine Woche.»

Problem Nummer eins erkannt. Der Grobtrub sollte nach spätestens einem Tag abgezogen werden. Aber sie sprach es nicht laut aus. Sie nickte nur, als er über seine Schulter zu ihr blickte. «Ich habe das im Griff, Natalie», sagte er. «Wenn du zurück ins Haus gehen willst, ist das in Ordnung. Oder ... »

«Oh», sagte sie leicht überrascht. Sie war es gewohnt, mit August auf Konfrontationskurs zu sein, noch nie hatte er sie einfach so abgewiesen. «Ich dachte, wir würden uns um die Probleme kümmern, die du bei der Produktion hast.»

«Ja. Es ist nur, äh ... » Er hüstelte. «Es ist nur so, dass ich das Gefühl habe, ich muss das allein machen, für Sam. Es liegt in meiner Verantwortung. Ich *will* die Verantwortung.»

Natalie ignorierte die Wunde, die mitten in ihrem Bauch aufgerissen worden war. Genau wie Corinne und Julian wollte August, dass die Dinge auf eine bestimmte Art und Weise erledigt wurden, und dabei hatte Natalie nichts verloren. Sie war nicht erwünscht. Selbst wenn beide Weingüter kurz vor der Pleite stünden, würden sie ihre Hilfe nicht wollen. Dieselbe alte Geschichte. Aber warum tat es mehr weh, dass August es allein schaffen wollte? Dass er keine Hilfe – *ihre* Hilfe – bei der Weinherstellung wollte? Sie war es gewohnt, dass ihre Familie ihre Bemühungen ablehnte, aber August ... Na ja, *er* sollte sie nicht wegstoßen. Das tat weh, auch wenn sie verstand, dass seine Trauer um Sam ihn zu einem Verhalten veranlasste, das niemand so recht nachvollziehen konnte.

Sie schob den Schmerz beiseite und versuchte, die Dinge aus seiner Perspektive zu sehen. Er war für seinen besten Freund auf diese Mission gegangen. August war der Einzige hier, der wusste, was Sam gewollt hätte. «Ich habe niemanden verloren, der mir nahestand, aber ich denke, Trauer kann sich auf viele verschiedene Arten ausdrücken.»

Augusts Schultern sackten ein wenig herab, und er blickte mit verhaltener Dankbarkeit in ihre Richtung. «Ich wollte mit den Jungs nicht über Sams Tod sprechen. Ich habe nicht einmal irgendjemandem, außer meinem Commander, erzählt, dass ich hierherkommen und ein Weingut kaufen wollte. Ich wollte nicht, dass einer von ihnen mich fragt, ob er mir dabei helfen kann. Ist das nicht beschissen?» Er rieb sich über den Hals. «Es ist nur so, dass ich ihm näher stand als jeder andere und ...»

«Du willst die ganze Last allein tragen.»

«Ja. Wenn ich jemand anderem etwas von dieser Last überlasse, fühlt sich das wie eine Ausrede an. Oder als ob ich mich vor der Verantwortung drücken würde. Also muss ich es allein machen.»

Natalie war erstaunt darüber, dass sie so viel Mitgefühl für jemanden empfinden konnte, den sie mal für einen tumben Oger gehalten hatte. Gelegentlich tat sie das immer noch. «Glaubst du, er würde es so wollen? Dass du die ganze Last trägst?»

August hielt mitten im Nicken inne. «Nein.» Er atmete tief aus. «Nein, das würde er bestimmt nicht. Aber das ändert nichts.»

«Ja», sagte sie leise. «Du musst es auf deine Art machen, August. Du bist der Einzige, der weiß, wie die geht.» Sie starrten sich in der Scheune einige Augenblicke lang an, bevor Natalie aufging, dass sie ja der Eindringling war. Wartete er darauf, dass sie ging, damit er weitermachen konnte? Der Gedanke ließ sie eilig etwas sagen. «Wie auch immer, ich lass dich dann mal weiterarbeiten. Tut mir leid, dass ich mich heute Morgen wie eine eifersüchtige Ehefrau benommen habe.»

«Mir hast du als eifersüchtige Ehefrau gefallen ...» Sofort ruderte er zurück. «Nein, warte. Nein, so habe ich das nicht gemeint. Mir hat es nicht gefallen, dass du eifersüchtig warst, aber ich fand es toll, dass du mehr von mir erwartest.»

Ein schweres Gewicht wanderte langsam von ihrer Kehle bis zur Mitte ihres Brustkorbs.

Manchmal sagte er Sachen mit größter Wirkung. Und meinte sie auch so.

Aber der arme Dummkopf war nicht fähig zu erkennen, dass die größte Wirkung darin bestehen würde, sie einfach *helfen zu lassen*. Aber ihm das zu erklären, würde ihn zwingen, sich ihr zu öffnen, bevor er bereit dazu war.

Vielleicht würde er nie bereit sein.

«Tja.» Die Grenzen, die sie im Morgengrauen zu müde gewesen war, zu ziehen, waren jetzt errichtet, Gott sei Dank. Sie ging rückwärts aus der Scheune, reckte das Kinn. «Ich gehe ein bisschen spazieren. Ich muss Claudia noch anrufen ...»

«Warte noch ein paar Minuten», sagte er schnell und hantierte ein wenig mit dem langen Holzlöffel. «Ich komme mit und führe dich herum.»

«Nein, danke. Ich gehe allein.» Bevor sie sich abwenden konnte, um seine gerunzelte Stirn nicht sehen zu müssen, fiel ihr etwas ein, und sie schnippte mit den Fingern. «Oh, warte. Ich wollte dich noch was fragen: Gibt es hier auf diesem Anwesen einen Weinkeller?»

«Äh ... ja.» Er strich sich mit der Hand über die Stirn, das Stirnrunzeln aber blieb. «Ja, der Eingang befindet sich auf der Rückseite der Event-Scheune. Oder dem, was die Event-Scheune *werden sollte*.»

«Du hattest dort eine Verköstigung.»

«Und habe minus drei Flaschen Wein verkauft. Ich bin mir nicht einmal sicher, wie das möglich ist.»

«Die Hälfte von einer davon landete in deinem Gesicht.»

«Minus dreieinhalb. Ich komme mit auf deinen Spaziergang.»

Sie winkte ab. «Den Weinkeller finde ich schon allein.»

«Ich war seit Monaten nicht mehr da unten, aber ich weiß noch, dass es kein Licht gibt, und die Treppe ist steil ...» Er begann, sich Luft unter die Achseln zu fächeln. «Ich schwitze schon bei dem Gedanken daran, dass du allein in diesem Keller bist. Gib mir nur eine Sekunde, damit ich das hier zu Ende bringen kann.»

«Mach dich nicht lächerlich. Ich kenne mich in einem Weinkeller aus - und ich habe meine Taschenlampen-App.»

«Warte auf mich», knurrte er.

«Nein.»

Diese ganze Diskussion fühlte sich allmählich an, als ginge es um etwas ganz anderes, dabei war sie heute Morgen aufgewacht - zum zweiten Mal - und hatte beschlossen, ihre Beziehung zu entkomplizieren. Je mehr Zeit sie jedoch mit August verbrachte, desto verworrener wurden ihre Verantwortlichkeiten für den jeweils anderen offensichtlich. Und sie waren noch nicht einmal vierundzwanzig Stunden verheiratet.

Gott steh uns bei.

Er folgte ihr, als sie den unbefestigten Weg zwischen den beiden Scheunen entlanglief, zog im Gehen seine Handschuhe und die Lederschürze aus und ließ sie auf den Boden fallen. Lächerlich.

Sie beschleunigte ihre Schritte.

Er passte sich an.

Und jetzt rannten sie, weil nichts mehr einen Sinn ergab.

«Verdammt noch mal, Natalie.»

Sie umrundete die Ecke der Event-Scheune und erblickte

die Betontreppe mit dem verrosteten Metallgeländer. «Warum willst du nicht verstehen, dass ich keine Begleitung will?»

«Zu schade. Du bekommst sie trotzdem.»

«Ich bin gern allein, wenn ich im Weinkeller bin.» Diese Aussage klang selbst in ihren eigenen Ohren verwirrend, also versuchte sie, sich zu erklären. «Im Vos-Weinkeller, meine ich.»

Er war direkt hinter ihr. Nur wenige Schritte trennten sie. «Wie viel Zeit verbringst du dort unten?» Sie waren jetzt auf gleicher Höhe. Verdammt seien seine langen Beine. «Und womit, zum Teufel?»

«Das spielt keine Rolle.»

«Klingt aber so, als wäre es wichtig.»

«Nein.» Am oberen Ende der Treppe blieb sie abrupt stehen, drehte sich um und sah ihn an. «Ich meine ... Es spielt keine Rolle. Dass ich da unten bin. Keiner merkt, dass ich weg bin.»

«Ich würde es verdammt noch mal merken», rief er ihr zu.

In diesem Moment stellte sie sich vor, wie es wäre, ihm eine zu knallen. Hart. Das tat sie wirklich. Dass er so fürsorglich und beschützend sein konnte und dabei *trotzdem nicht merkte*, wie sehr es sie schmerzte, dass er sie von seinem Kummer, von seiner Weinherstellung ausschloss – das war frustrierend. Und wann hatte sie ihm diese Macht über sie gegeben? Wie hatte er es geschafft, sich in ihr Innerstes zu schleichen und alles umzukrempeln?

«Du merkst nicht so viel, wie du denkst», sagte sie, stieß ihn zurück und stapfte dann die Betontreppe zum Kellereingang hinunter. Nach einem kurzen Augenblick folgte er ihr, und sie konnte, ohne sich umzudrehen, förmlich spüren, wie sein armes Männerhirn Überstunden machte. Fast empfand sie einen Hauch von Mitleid. Fast.

Natalie öffnete langsam die Tür und begrüßte den Geruch von

Erde und Schimmel. Da dieser Keller lange nicht mehr benutzt worden war, lag viel Staub in der abgestandenen Luft, aber die kalte, vertraute Dunkelheit war nichtsdestotrotz willkommen. Sie aktivierte ihre Taschenlampen-App, hielt den Strahl vor sich und stellte schnell fest, dass August recht hatte. Die Treppe war tückisch. Aber sie war trocken und das Geländer nicht verrostet wie draußen. Sie fühlte sich sicher genug, sich hineinzuwagen und langsam in den Untergrund hinabzusteigen.

«Natalie ...», sagte August erstickt. «Warte. Ich glaube, ich sollte vorangehen.»

«Ich verspreche dir, es ist alles in Ordnung. Ich habe keine Angst vor ein oder zwei Fledermäusen.»

«Fledermäuse?»

«Klar. Sie lieben Höhlen. Du könntest hier unten einer ganzen Kolonie begegnen ...»

«Du gehst zu schnell. Mach langsamer.»

Natalie ignorierte seinen seltsamen Tonfall und schwenkte das Licht der Taschenlampe nach links, wo sie einen langen, ovalen Raum bemerkte. Mit Spinnweben bedeckte Regale säumten die Wände, Weinflaschen lagen auf dem Steinboden verstreut. Dahinter befand sich in der Dunkelheit etwas, was ein zweiter, kleinerer Raum zu sein schien. «Oh mein Gott, das ist ja unglaublich, August. Du könntest die Räume herrichten und hier unten Privatpartys veranstalten. Oder den Keller zu einem Lagerraum machen. Es gibt so viele Möglichkeiten ...»

Sie brach ab, als ihr aufging, dass August ihr schon eine Weile nicht mehr geantwortet hatte.

Sie hielt auf halbem Weg inne, drehte sich um, leuchtete ihm mit ihrer Taschenlampe ins Gesicht und bemerkte, dass er weiß wie ein Geist war. Seine Augen waren geschlossen, Schweißtropfen lagen ihm auf der Stirn.

«August», hauchte sie, und die Angst schnürte ihr die Kehle zu.

«Es tut mir leid. Ich mag das nicht. Ich will nicht ...» Er griff auf die Mitte seiner Brust, fast so, als hätte er erwartet, dort etwas zu finden. Dann klopfte er auf seine Taille, seinen äußeren Oberschenkel. Er suchte offensichtlich nach einer Waffe. Und fand keine.

Und von diesem Moment an nahm sie die Situation anders wahr. Sie waren hier unten in fast völliger Dunkelheit und bewegten sich in einem unbekannten Raum. Erinnerte ihn das an seine Kampfeinsätze?

Erinnerte ihn das an ... das, was mit Sam passiert war?

«Natalie, ich will nur, dass du hier rausgehst, okay?», sagte er rau und stockend.

«Ja. Ja, okay.»

Sie ging so schnell wie möglich wieder die Treppe hinauf, aber August kam ihr entgegen, hob sie hoch und lief den Rest des Weges hinauf ins Sonnenlicht. Er nahm die letzten beiden Betonstufen auf einmal, dann schienen seine Beine einfach nachzugeben. Noch immer mit ihr auf dem Arm ließ er sich auf einem schattigen Rasenstück nieder, und Natalie schmiegte sich instinktiv an ihn. Sie wand jedes nur mögliche Körperteil um den zitternden Mann und klammerte sich an ihn, während sich Tränen in ihren Augen sammelten.

«Es tut mir leid. Oh, mein Gott. Ich habe nicht ... Es ist mir nie in den Sinn gekommen, dass der Keller schlimme Erinnerungen wecken könnte ...»

«Natürlich ist dir das nicht in den Sinn gekommen. Das sollte es auch nicht.» Seine Worte tropften regelrecht auf ihre Schulter. «Ich will nicht, dass du solche schrecklichen Dinge denkst.»

Natalie schlang ihre Arme um seinen Hals, und er legte sie

langsam, ganz langsam, seitlich ins Gras, sie konnte spüren, dass sein T-Shirt schweißgetränkt war und sein Herz immer noch mit einer Million Meilen pro Stunde schlug. «Ich hätte nicht einfach so dort hineinspazieren sollen. Ich habe nur versucht, einen Weg zu finden, um zu helfen, und dir dabei nicht im Weg zu stehen.»

Sein rauer Atem blies in ihr Haar, und er zog sie näher an sich. «Du stehst nicht im Weg, aber ich weiß das zu schätzen.»

Sie strich ihm mit den Fingerspitzen über den Rücken, und er seufzte, wobei die Spannung in seinen Muskeln leicht nachließ. «Ist dir das schon einmal passiert?»

«Nein.» Er umfasste ihren Hinterkopf und drückte ihr Gesicht fester an seinen Hals, als fände er darin Trost. «Nein, ich habe das Team nach Sams Tod verlassen. Ich habe keine Kämpfe mehr miterlebt. Ich konnte es nicht. Gelegentlich tauchen Träume auf, aber keine Flashbacks oder Panikattacken. Nichts ... derart Abgefucktes.»

«Das ist nicht abgefuckt», flüsterte sie nachdrücklich.

Er gab einen Laut von sich, als würde er ihr nicht glauben. Eine Minute verstrich, sein Puls schlug allmählich langsamer. Dann sagte er: «Der Weinbau war sein innigster Wunsch. Er wollte das so sehr. Und ich habe schon ... Ich habe ihn schon einmal im Stich gelassen, Natalie. Ich hätte ihn nicht sterben lassen dürfen. Ich hätte ihn beschützen müssen.» Er schluckte schwer. «Er hätte nicht zugelassen, dass mir das passiert.»

Natalies Tränen sickerten jetzt in die Schulter seines T-Shirts, ein quälender Hauch fuhr durch sie hindurch. «Ich bin kein Soldat, August, und ich weiß nichts über den Krieg, aber ich kenne dich. Und ich weiß, dass du beim geringsten Anzeichen einer Bedrohung für jemanden, den du liebst, alles tun würdest, um sie zu verhindern. Ich weiß das, so wie ich weiß, dass die Sonne morgen aufgehen wird.» Sie küsste seine salzige Haut. «Es war nicht deine Schuld.»

In der Nachmittagssonne hielten sie sich fest umschlungen, die Zeit verrann einfach so. Natalie schob die anhaltende Traurigkeit darüber, dass August ihre Hilfe ablehnte, so weit wie möglich beiseite, vergrub sie unter Mitgefühl und Verständnis. Und einem eindringlichen, noch nie dagewesenen Gefühl, das zu beängstigend war, um es zu benennen.

KAPITEL 18

Ein Abendessen im Haus seiner Schwiegermutter.
August hätte nie gedacht, dass er so aufgeregt sein würde.

Stilvoll, aber nicht zu elegant gekleidet, verabschiedeten er und Natalie sich von der Katze und verließen gemeinsam das Haus. August öffnete die Beifahrertür für Natalie, sodass sie auf den Sitz gleiten und den selbst gebackenen Kuchen auf ihrem Schoß balancieren konnte. Dies war so ein Abend, an dem sich die Ehe echt anfühlte, und verdammt, es gefiel ihm, vor allem, nachdem sie sich umkreisten wie Planeten, ohne sich jedoch zu berühren oder viel zu reden, und das seit gestern.

Seit er im Weinkeller durchgedreht war.

Ja, es waren nicht viele Worte gefallen, seit sie sich stundenlang vor der Event-Scheune aneinandergeklammert und den Atem des anderen eingeatmet hatten. Ihr Herzschlag war ein Lied gewesen, dem er hatte folgen und so der Dunkelheit entkommen können. Aber sie hatten sich auch oft angestarrt. Waren in der Küche oder auf dem Weg ins Bad aneinander vorbeigegangen und hatten sich angesehen. Hatten sich berühren wollen.

August wusste verdammt gut, dass Natalie darauf wartete, dass er den ersten Schritt machte – und sie nicht mit ins Bett zu nehmen, war die reinste Folter, so viel war sicher. Aber wenn der gestrige Tag ihm eines gezeigt hatte, dann, dass er Natalie dauerhaft in seinem Leben haben musste. Er musste diese gemeinsame Zeit ernst nehmen und durfte sich nicht von ihrem heißen, einzigartigen Vorbau ablenken lassen. Er brauchte sie für sechzig Jahre in seinem Leben, nicht für sechzig Minuten. Oder was sonst konnte es bedeuten, wenn die Vorstellung, dass sie verletzt werden könnte, jedes Molekül in seinem Körper zum Schreien brachte wie ein Kind, das aus Versehen in ein Kino geraten war, in dem gerade *Es* lief?

Das Hinabsteigen in den Keller war dem Betreten des Unterschlupfs mit Sam vor drei Jahren so unheimlich ähnlich gewesen. Derselbe staubige Hauch von Verfall, die Stille und die pechschwarze Dunkelheit. Und alles, was ihm durch den Kopf ging, war: *Ich darf sie nicht auch noch verlieren. Das darf einfach nicht passieren.*

Es wäre so befriedigend, mit ihr zu schlafen und alle Hindernisse auf ihrem Weg zum Eheglück einfach zu vergessen, aber wenn er sich dafür entschied, würde er eines Tages aufwachen und sie wäre schon auf dem Weg nach New York. Sein Schwanz hätte ein Work-out bekommen, na schön. Aber sie würde ihn nicht einen Deut mehr lieben als vorher. Oder gar glauben, sie könnten es über die Gesamtdistanz schaffen.

Wenn das so weiterging, würden in seinem Kopf von ganz allein kitschige Achtzigerjahre-Songs entstehen, aber wer konnte ihm das verdenken, wo sie auf seinem Beifahrersitz doch so hinreißend aussah und ihr linkes Knie in einer nervösen Geste auf und ab wippte, die den Kuchen umzuwerfen drohte.

«Hey.» Er nahm seine rechte Hand vom Lenkrad und strich mit dem Fingerknöchel an der Außenseite ihres Knies entlang, was sich als großer Fehler erwies, denn, allmächtiger Gott, diese Haut war glatt, und diese Kniescheibe würde genau in seine Handfläche passen. *Konzentration.* «Bist du nervös, weil Ingram Meyer auch da sein wird? Wir haben das im Griff, Natalie. Am Ende des Abends wird er sich so sicher sein, dass wir aus Liebe geheiratet haben, dass er uns ein zweites Hochzeitsgeschenk schicken wird. Ich hoffe, es wird ein Schokoladenbrunnen.»

Sie stand offenbar kurz davor, mit den Augen zu rollen, sah ihn dann aber verschmitzt an. «Ah, dieses Modell von Williams-Sonoma, den man auch als Fonduetopf benutzen kann, du weißt schon.»

Er schlug auf das Lenkrad. «Sind wir sicher, dass uns niemand so etwas geschenkt hat?»

«Hallie hat unsere Geschenke mit nach Hause genommen, sie geöffnet und weggestellt. Kein einziger Schokoladenbrunnen, der gleichzeitig als Käsetopf dienen kann, aber ich würde es Julians Freundin zutrauen, so etwas selbst zu behalten. Sie hat schon mal am helllichten Tag einen Käseladen ausgeraubt.» Auf sein ungläubiges Heben der Augenbrauen nickte sie feierlich. «Wieso bist du so zuversichtlich, dass wir Meyer überzeugen können?»

Wenn der Mann nicht sieht, dass ich für dich sterben würde, ist er blind.

«Ich bin bei Dinnerpartys großartig. Obwohl, in Kansas nennen wir sie Barbecues.»

Ihr Lachen klang irgendwie getrübt. «Ein Abendessen mit meiner Mutter in ihrem formellen Esszimmer ist etwas anderes als ein kühles Bier im Garten von irgendjemandem.»

«So schlimm, hm?» Sein Bauch flehte ihn an, die nächste Frage nicht zu stellen, aber verdammt, er tat es trotzdem. «Hast du jemals deinen Ex-Verlobten zu einem Essen mit nach Hause gebracht?»

«Morrison? Nein.»

«*Yeah, verdammt!*» Der triumphierende Schlag in die Luft

kam so unwillkürlich, dass er fast ein Loch in das Dach des Pickups gehauen hätte. *Fahr wieder runter, Tiger.* «Ich wollte sagen, ich bin froh, dass du diesen ganzen zähen Prozess, deine Familie wieder von dem Kerl zu trennen, nicht auch noch durchschreiten musstest. Du weißt, wie das läuft. Man trennt sich nicht nur von jemandem, sondern auch von dessen Familie und Freunden. Ein Schlamassel.»

Natalie starrte ihn an.

Jeden Moment würde sie ihn für diesen Faustschlag und den anschließenden Schwachsinn, den er von sich gegeben hatte, zur Rede stellen. Stattdessen aber fragte sie: «Weißt du ... Weißt du, wie das läuft? Hattest du schon ernsthafte Beziehungen?»

Irgendwie beschlich August das Gefühl, dass das Thema gefährlich war. «Mein Vater hat immer gesagt, dass Frauen Fragen stellen, die sie eigentlich nicht beantwortet haben wollen, und dass es unsere Aufgabe ist, herauszufinden, welche davon ungefährlich sind und welche nicht. Und dass wir immer falschliegen werden.»

Natalie schnaubte und rückte den Kuchen auf ihrem Schoß zurecht. «Was willst du damit andeuten? Dass ich nicht wirklich etwas über deine früheren Freundinnen wissen will?»

«Ich kann das nachvollziehen, Prinzessin. Ich will von dieser Morrison-Pflaume so viel hören wie von einer Tackerpistole, die auf meine Eier gerichtet ist.»

«Du hast gefragt.»

«Ich lebe jetzt mit einer Frau zusammen. Vielleicht färbt sie auf mich ab.»

«Egal. Beantworte einfach die Frage.» Sie gluckste.

Oh nein. Dieses Glucksen war trügerisch.

Hör auf *deinen Bauch, mein Sohn.*

Oder auf seinen Schwanz? Denn sein Schwanz sagte, er sollte

Natalie alles erzählen, was sie wissen wollte. Er sollte ihr ohne Zögern alles geben, was sie wollte.

«Ja, ich hatte ernsthafte Beziehungen», sagte er langsam. Vorsichtig. «Eine. In der Highschool. Sie wohnte nebenan. Ich glaube, sie wohnt immer noch in dem Haus neben meiner Mutter und meinem Vater.»

«Wie war sie denn so?»

O-kay. Natalie lächelte immer noch. Es schien also in Ordnung zu sein. «Carol? Sie war ein süßes, bodenständiges Mädchen aus Kansas. Ihre eingelegten Gurken haben einen Preis auf der *State Fair* gewonnen.»

«Oh.» Das Lächeln wirkte jetzt ein wenig gezwungen. «Wow. Sie klingt wie das genaue Gegenteil von mir.»

Moment mal. Jetzt wurde es brenzlig.

«Warum habt ihr euch getrennt?»

«Natalie, bist du sicher, dass der Kuchen auf deinem Schoß nicht zu heiß ist? Ich kann ...»

«Ich meine, wenn sie so *süß* ist, was lief dann schief?»

«Habe ich süß gesagt?» So hatte seine Mutter Carol immer bezeichnet. Ein süßes, bodenständiges Mädchen aus Kansas. Das war offensichtlich hängen geblieben. «Na ja. Sie wollte sich sofort niederlassen und eine Familie gründen, und dazu war ich noch nicht bereit. Ich wollte dienen.» Er sprach diese Wahrheiten sehr langsam aus. «Also gab sie mir den Ring zurück, und jetzt ist sie mit dem örtlichen Pastor verheiratet. Als meine Mutter mich zuletzt auf den neuesten Stand brachte, hatten sie vier Kinder.»

«Oh.» Natalie sank wieder in ihren Sitz zurück. «Und du freust dich für sie?»

«Natürlich tue ich das. Warum?»

«Es klang so, als wäre sie diejenige, die einfach gegangen ist.»

«Nein, das war meine nächste Freundin.» Er zwinkerte ihr zu. «War nur ein Scherz, Prinzessin.»

«Denk dran, ich habe einen Kuchen in der Hand», sagte sie ruhig. Ein paar Sekunden verstrichen, und er begann zu ahnen, dass er die Klippen dieses Gesprächs noch nicht ganz umschifft hatte. «Apropos Kuchen, ich bin einfach ... neugierig. Du bist sehr gut im ... Du weißt schon, dir selbst ein Stück vom Kuchen zu gönnen. Also, woher hast du so viel Üb...?»

Er schüttelte bereits den Kopf. «*Natalie.*»

«Ich sage ja nur, dass es nicht mit der gurkeneinlegenden Frau des Pastors gewesen sein kann.»

«Dieses Gespräch ist hiermit beendet. Ich habe nur Augen für deinen Kuchen.»

«Erzähl es mir einfach», schnurrte sie.

«Nein.»

«Wir sind beide erwachsene Menschen!»

«Oh mein Gott, ich ... ja, okay. Na gut. Ich habe meine Jungfräulichkeit mit zweiundzwanzig verloren. Ziemlich spät und *dreizehn Jahre her*, Natalie. Das Mädchen war die Freundin eines Freundes, und ich kann mich nicht mal mehr an ihren Namen erinnern, aber sie ... Sie sah sich *ihn* an und sagte: *Du solltest wirklich lernen, wie man eine Frau in Wallung bringt, bevor du auch nur darüber nachdenkst, dieses Ding ins Spiel zu bringen.* Sie zeigte mir ein paar Tricks und ich merkte sie mir. Okay? Und damit ist diese Unterhaltung *beendet*.»

«Bist du dir sicher, dass du dich nicht an ihren Namen erinnerst?» Sie besaß die Frechheit, enttäuscht zu klingen. «Ich hatte gehofft, ihr eine Weihnachtskarte schicken zu können.»

«Sehr witzig.» Sein Gesicht stand in Flammen. «Ich kann nicht glauben, dass ich dir das erzähle.»

«Warum?»

«Weil du meine *Ehefrau* bist. Du sollst annehmen, dass ich nur für dich existiere, vom Tag meiner Geburt an.» In seiner Gereiztheit, die sich allein gegen ihn selbst richtete, war er zu einer tickenden Zeitbombe geworden und konnte nicht verhindern, dass er hochging. Vielleicht war er besorgt, dass sein Geständnis Natalie Zweifel eingeflößt hatte, vielleicht war er es einfach auch leid, die Wahrheit für sich zu behalten. Egal aus welchem Grund, er wählte jedenfalls den Moment, in dem sie vor dem Vos-Anwesen anhielten, um ihr sein Herz auszuschütten. «Und wenn ich dich ansehe, schwöre ich, dass es genau so ist. Ich habe die ganze Zeit nur für dich existiert. Es fühlt sich an, als wäre es schon immer so gewesen.»

Sie war in diesem Moment wunderschön und verletzlich. Außerdem war sie blass und voller Angst.

Großartig.

«Spielst du ... Spielst du das jetzt nur als Vorbereitung darauf, diese Beziehung vor Ingram Meyer vorzutäuschen, oder ...»

«Nein. Alles, was ich gerade gesagt habe, ist mein voller Ernst.» Das war eine Untertreibung. Eine gewaltige Untertreibung. Aber ihre offensichtliche Angst bedeutete ihm, sich zurückzuhalten. «Ich empfinde etwas für dich, Natalie.»

Sie öffnete den Mund und schloss ihn wieder. Er blickte über seine Schulter, als er hörte, wie sich die Haustür öffnete. Schritte näherten sich. «Können wir später darüber reden?»

Ich empfinde etwas für dich.

Natalie betrat das Haus ihrer Kindheit und versuchte verzweifelt, den Kuchen nicht fallen zu lassen. Ihr unechter Ehemann hatte gerade zugegeben, Gefühle für sie zu haben. Welche *Art* von Gefühlen? So weit waren sie noch nicht. Hatte er Lust gemeint? Meinte er, dass er sich für sie interessierte? Denn beides hatte sie schon irgendwie gespürt, aber sie durften nicht darüber sprechen. Das machte es real. Das machte es zu etwas, mit dem sie umgehen mussten.

«Soll ich den Kuchen tragen?», fragte August und legte seine Fingerspitzen auf ihren Rücken. Daraufhin bildete sich eine Gänsehaut in ihrem Nacken, und ihre Lider flatterten, was zum Teil auf das Gespräch zurückzuführen war, das sie vor seinem Geständnis geführt hatten. Sie war schneller von eifersüchtig zu erregt übergegangen, als eine Achterbahnfahrt für einen Looping brauchte. Vielleicht dachten die meisten anderen Menschen anders darüber, aber ein Mann, der in Sachen Sex auf den Rat einer Frau hörte und sich vom Schüler zum Meister entwickelte? Das war unverzeihlich heiß, egal, wie sie es betrachtete.

Trotzdem sollte ihr Bauch bei Sätzen wie «Ich habe nur Augen für deinen Kuchen» nicht anfangen zu kribbeln. Und doch stand sie hier. Mit kribbelndem Bauch und errötet, und versuchte, sich damit abzufinden, dass diese riesige Präsenz in ihrem Leben jetzt auch noch Gefühle für sie hatte.

Gefühle, die sie vielleicht sogar erwiderte. Große, beängstigende Gefühle.

«Nein, ist okay», flüsterte sie. «Ich schaffe das schon.»

«Soll ich dich *und* den Kuchen tragen? Diese Absätze sehen unbequem aus.»

Kurz senkte sie den Blick. «Früher habe ich jeden Tag in der Woche solche Schuhe getragen.» Sie deutete mit dem Kuchen auf das Esszimmer vor ihnen, wo Stimmen zu hören waren, darunter auch die von Ingram Meyer. «Die Absätze geben mir mehr Selbstvertrauen. Ich ... brauche bei Familienessen ein wenig Selbstvertrauen.»

August sah ihr in die Augen, nickte – und Natalie wurde das seltsame Gefühl nicht los, dass er genau gesehen hatte, was in ihrem Kopf vor sich ging. «Ich bin da, Prinzessin.»

Sie blinzelte zu ihm auf. «Du bist da?»

«Was habe ich bei meinem Ehegelübde gesagt? Ich werde bei jedem Streit auf deiner Seite sein, es sei denn, du streitest mit mir. Hast du zugehört oder nur dagestanden und ausgesehen wie eine Göttin?»

Sie blinzelte jetzt sehr schnell hintereinander. «Ich habe zugehört.»

«Gut.» Er beugte sich vor und stupste ihre Stirn mit seiner eigenen an. «Ich bin da.»

Natalie brauchte einen Moment, bis ihr aufging, dass sie zusammen ins Esszimmer gegangen waren, aber irgendwann fiel ihr doch auf, dass die Stimmen verstummt waren. Sie hatten ihre Blicke nicht sofort voneinander gelöst, und nun beobachteten sie alle – Corinne, Julian, Hallie und Ingram – neugierig. Äußerst langsam rissen Natalie und August ihre Blicke voneinander los, und Natalie fühlte sich fast schon trunken davon, seinem Mund so nahe zu sein, ohne geküsst zu werden. Sie beobachtete, wie August schließlich Corinne fokussierte, die stoisch am Kopfende des Tisches stand und sie angrinste. «Hey, Ma.»

Natalie bemerkte kurz den Anflug eines Lächelns, dann rollte Corinne mit den Augen. «Kommt zu uns. Das Essen ist fast fertig. Es gibt Lamm.» Sie deutete auf den Mann zu ihrer Linken, der ausnahmsweise keinen Strohhut auf dem Kopf trug. «Ich bin sicher, ihr erinnert euch noch an Mr. Meyer. Er war auf der Hochzeit.»

Der Kreditsachbearbeiter grüßte träge mit seinem Weinglas. «Schön, Sie wiederzusehen.»

«Gleichfalls», sagten Natalie und August gleichzeitig.

Corinne deutete auf den Kuchen in Natalies Händen. «Wer hat den gemacht?»

«Offensichtlich August», sagte Natalie. «Hätte ich gebacken, hätte ich jetzt keinen Kuchen, sondern nur traurige Reste in einem Plastikbeutel in der Hand.»

Sie bemerkte nur vage, wie August die Stirn runzelte. Warum eigentlich? Es war kein Geheimnis, dass sie nicht kochen konnte, selbst wenn ihr Leben davon abhinge. Indem sie darauf verzichtete, es zu tun, rettete sie buchstäblich Leben. Und hatte er sich nicht erst gestern selbst über ihre mangelnden Kochkünste lustig gemacht?

Corinne blieb stehen, bis August und Natalie nebeneinander am Tisch Platz genommen hatten, dann setzten sich alle.

«Also», quietschte Hallie und beugte sich vor. «Was habt ihr seit der Hochzeit gemacht?» Corinne hustete, und Julian lächelte in sein Weinglas, woraufhin die Blondine mit den lockigen Haaren sofort zurückruderte. «Ich meine, abgesehen davon ... abgesehen davon, dass ihr euch besser kennengelernt habt a-als Mann und Frau ...» Sie zuckte zusammen und merkte offensichtlich, dass sie immer tiefer in diesem Fettnäpfchen versank. «Ich meine ...»

«Also, ich habe an meiner Gärungstechnik gearbeitet», antwortete August elegant. «Wenn Natalie nicht gerade an ihrem Laptop arbeitet, erkundet sie das Gelände. Lebt sich ein.»

Das war nicht der beste Einstieg in dieses Gespräch, um den Kreditsachbearbeiter von ihrer unsterblichen Liebe zu überzeugen, was August offenbar sofort bemerkte. Er griff unter dem Tisch, vor den Augen aller geschützt, nach ihrer Hand und drückte sie, als Zeichen dafür, dass er feststeckte.

Währenddessen schwenkte Ingram Meyer den rubinroten

Inhalt seines Glases. «Natalie ist jetzt formal Angestellte von Zelnick Cellar, nicht wahr? Mit ihrem umfangreichen Wissen über die Weinherstellung muss sie doch eine große Hilfe für Sie sein.»

Natalie spürte ein Ziehen unter dem Schlüsselbein und griff nach ihrem Wasser. Eine große Hilfe? Unwahrscheinlich. Er würde sie nicht einmal zur Tür hereinlassen. August sah ihr mit einer tiefen Furche zwischen den Brauen beim Trinken des Wassers zu, dann schüttelte er sich sichtlich, bevor er antwortete. «Sie ... Ja, sie hat eine Menge Wissen zu bieten. Ich habe wirklich Glück mit ihr.»

«Ich bin sicher, sie wird dir eher im administrativen Bereich eine Hilfe sein», ergänzte Corinne sofort. Zwei Frauen kamen aus der Küche herbeigeeilt und fingen an, Salat auf die kleineren Teller des Gedecks zu geben. Corinne sagte etwas zu einer von ihnen, dann wandte sie sich wieder an Ingram. «Meine Tochter hat ein Händchen für Zahlen, und ich bin sicher, dass das von großem Vorteil für Zelnick Cellar sein wird. Was die Produktion angeht, so wird ihre Position im Betrieb wahrscheinlich in etwa bezeichnet mit: offizielle Geschmackstesterin.»

Natalie hatte gerade etwas Salat aufgespießt, hielt aber inne, als alle über Corinnes Scherz lachten, außer August. Er lächelte nicht einmal. «Das stimmt. Ich weiß, dass ich besser nicht aus der Reihe tanze. Vor allem, wenn diese Reihe die Schlange an der Kasse im Weinladen ist.» Noch mehr Lacher. Aber nicht von August. «Zelnick Cellar könnte Vos in ein paar Jahren starke Konkurrenz machen.»

Corinne wandte sich mit erhobener Augenbraue an August. «Wäre das nicht toll?»

«Das wäre es ganz sicher», stimmte Ingram zu. «Ich bin mir sicher, dass ein kleines Geschäftsdarlehen einen großen Beitrag dazu leisten würde, diese Zukunftsvision Wirklichkeit werden zu lassen.»

Corinne warf Natalie einen vielsagenden Blick zu.

«Ja», sagte Natalie zu Ingram. «Das würde es.» Als August nichts sagte, drückte sie unter dem Tisch seine Hand, und er nickte einmal, ohne ihr in die Augen zu sehen. Was war nur los mit ihm? Er wusste, dass dieses Abendessen wichtig war. Na gut, wenn er sich nicht ins Zeug legen wollte, würde sie das eben für sie beide tun. «Das ist eigentlich gar nicht so weit hergeholt. Ich habe noch nie jemanden gesehen, der sich mit so wenig Mitteln daranmacht, die Kunst der Weinherstellung zu lernen. August kam mit einem Traum und dem festen Willen zu arbeiten nach St. Helena, wo doch andererseits so viele Menschen mit Millionen von Silicon-Valley-Dollars und hochmoderner Ausrüstung hier auftauchen, ohne je wirklich die feinen Veränderungen zu verstehen, die die Trauben durchlaufen. Aber August versucht es, scheitert und versucht es wieder – und irgendwann wird er es schaffen. Ich weiß, dass er es schafft. Und wenn er es schafft, wird das Ergebnis erstaunlich sein, denn er macht alles von Hand. Im Schweiße seines Angesichts. Das Ergebnis wird mehr wert sein als nur Geld.»

Sie war so in ihre Rede vertieft, dass sie nicht bemerkte, wie Ingram sein Glas auf dem Tisch abstellte und sie ernst ansah. Ausnahmsweise ohne Grinsen. «Wenn wir alle jemanden hätten, der so an uns glaubt wie Sie an Ihren Mann, Ms. Vos, könnten wir uns sehr glücklich schätzen.»

«Mrs. Cates», korrigierte sie mit einem verlegenen Lächeln. Und es war unmöglich, nicht verlegen zu sein, wenn August sie an der Hand nahm, um sie näher an sich heranzuziehen und sie dabei fast auf seinen Schoß zu zerren. «Lass das», flüsterte sie.

«Nein.» Seine Stimme klang wieder belegt. «Bei Barbecues sitzt man auf dem Schoß anderer Leute.»

«Ich habe dir doch gesagt, das hier ist kein Barbecue», flüsterte sie als Antwort, und ein Lachen tanzte in ihrer Stimme. «Bei Barbecues gibt es keine Salatteller.»

«Ich sehe keine Salate. Ich sehe gar nichts.»

Jetzt kicherte Natalie regelrecht, schlug auf seine Hand, die an ihr zog, und schließlich gab August sich damit zufrieden, dass ihre Stühle so nah beieinanderstanden, dass ihre Oberschenkel sich berührten. Als sie ihr spontanes Gekabbel beendeten, lösten sie ihre Blicke voneinander und bemerkten, dass die anderen sie anstarrten.

«Wie auch immer», sagte Natalie ernst und strich sich kurz über ihr Haar, «ich sehe große Dinge voraus.»

«Ich auch», stimmte August zu und blickte zu ihr.

Aber sie beschlich das Gefühl, dass sie gar nicht über dasselbe redeten, und der Gedanke ließ ihr Herz hämmern. Es fiel ihr schwer, ihn direkt anzuschauen. Er war einfach so ... *viel*.

Corinne brach schließlich das lange Schweigen, das sie auf ihrem Ritt hinterlassen hatten. «Also, Ingram. Julian und ich haben uns mit Möglichkeiten der Ernteüberwachung aus der Luft beschäftigt. Natürlich bin ich mir nicht sicher, ob dies die richtige Zeit dafür ist, schließlich befinden wir uns im Sabbatjahr, in dem der Weinberg in Ruhe gelassen wird.»

Julian seufzte und setzte sein Weinglas ab. «Ja, wir befinden uns im Sabbatjahr, aber das ist erst recht ein Grund, diese Technologie zu nutzen ... »

Natalie wurde hellhörig. Seit Julian von diesem Service gesprochen hatte, hatte sie sich mit der Geschichte des Unternehmens namens VineWatch beschäftigt und war die Zahlen und Statistiken durchgegangen. Um ehrlich zu sein, hatte sie diese

Nachforschungen angestellt, während sie eigentlich an der Strategie für ihr bevorstehendes Treffen mit dem Investor hätte arbeiten sollen. Das Treffen würde am Freitag in New York stattfinden – also in vier Tagen. Trotzdem konnte sie nicht umhin, fasziniert zu sein.

«Natalie», sagte August plötzlich, «reden die gerade über das Unternehmen, das du seit ein paar Tagen auf deinem Laptop recherchierst?»

Alle blickten zu Natalie.

Er hatte ... bemerkt, was sie auf ihrem Laptop machte?

«Äh ...» Unter dem Tisch legte August seine Hand auf ihren Oberschenkel, und die Wärme war irgendwie genau das, was sie brauchte. «Ja. Ich habe mir VineWatch angeschaut.»

«Und was hältst du davon?», fragte Julian neugierig.

«Natalie ist nicht wirklich auf dem aktuellen Stand, was Vos betrifft», bemerkte Corinne. «Die Technologie mag hochmodern und für einige der florierenden Weingüter genau das Richtige sein, aber wir sind noch nicht so weit.»

«Bei allem Respekt, Mutter, aber wenn du so weit bist, diese neue Technologie einzusetzen, bist du längst weit abgeschlagen», sagte Natalie und überraschte sich damit selbst. Sie wollte ihre eigene Aussage abwinken, aber August drückte wieder ihr Bein unter dem Tisch und nickte ihr zu. Langsam legte sie ihre Gabel ab und befeuchtete sich die Lippen. «VineWatch bietet eine Möglichkeit, die Auswirkungen des Weinanbaus auf die Umwelt zu verringern, indem Wasser gespart und Dünger so verteilt wird, dass keine größeren Mengen verschwendet werden. Es erkennt Krankheiten der Reben, die sich möglicherweise in der Region ausbreiten und andere Weingüter befallen könnten.» Sie hielt inne und war ein wenig überrascht, dass ihr noch immer alle zuhörten. «Ich finde es großartig, dass Vos wieder aufgebaut wird, aber es muss *richtig* aufgebaut werden, und dazu gehört auch, dass man sich neuen Technologien zuwendet. Verantwortungsvollen Technologien. Wenn es nach mir ginge, würde ich sie nicht nur als Dienstleister in Betracht ziehen, sondern auch in die Firma investieren, denn eines Tages, sehr bald, wird diese Art von Technologien eine Voraussetzung für die Winzer sein, den Wein produzieren zu können; und nicht nur eine spaßige Option, über die man vielleicht mal nachdenken könnte.» Sie schob ihr Wasserglas hin und her. «Ich habe mit dem Chief Operations Officer der Firma Kontakt aufgenommen. Zufälligerweise haben sie schon einen Investor ins Boot geholt. Einen Konkurrenten von euch. Allein durch die Steuervergünstigungen für nachhaltige Unternehmen wird sich deren Investition zehnfach rentieren – und man wird sie als Visionäre bezeichnen, während alle anderen es ihnen mit Verspätung nachtun.»

Natalie nippte an ihrem Wasser. Eine Weile sagte niemand ein Wort. Sie blickte zu August auf und stellte fest, dass er ... ehrfürchtig wirkte?

Corinnes Kinnlade hing fast bis zu ihrem Salatteller herunter, und wenn Natalie nicht halluzinierte, zeigte Julian seinen Stolz auf sie ganz offen. Hallie füllte fröhlich die Weingläser der Anwesenden auf.

Es war das erste Mal, dass sie sich in ihrem Elternhaus nicht wie ein Kind fühlte.

«Nun.» Ihr Mann schlug mit der Hand auf den Tisch. «Jetzt, da wir alle davon überzeugt sind, dass meine Frau verdammt brillant ist, ist es an der Zeit, die Babyfotos rauszuholen, wenn es euch nichts ausmacht.»

Es gab nicht genug Babyfotos.

Nur ein mickriges Album? Noch dazu ein sehr dünnes? August war entsetzt.

Wo waren die schlechten Haarschnitte und die Fotos von den ersten sportlichen Versuchen? Seine Mutter hätte Natalie eine Woche lang auf ihrer Couch im Arbeitszimmer sitzen und jedes Jahr seines Lebens auf Film durchgehen lassen, und Natalie hätte das auch verdient. Zu Corinnes Ehrenrettung war lediglich anzuführen, dass das Fehlen fotografischer Beweise für die Spitzbübischkeit ihrer Tochter ihr zumindest zu denken gab.

«Da muss noch mehr sein», sagte seine Schwiegermutter, während sie versuchte, Ingrams Weinglas zum dritten Mal seit dem Ende des Abendessens aufzufüllen. Um es ganz offen zu sagen: Der Mann war betrunken. Sie hatten ihn vor dem Hauptgang von sich überzeugt, und er hatte seine Wachsamkeit abgelegt, aber je näher sie dem Ende des Abends kamen, desto wachsamer wurde August in Bezug auf ihn.

Als Ingram ein weiteres Glas ablehnte, aufstand und sich den Strohhut auf den Kopf setzte, erhoben sich alle. Alle außer August.

«Der heutige Abend war wie immer ein Vergnügen», sagte Ingram und schüttelte Julians Hand. Corinnes küsste er. «Das Einzige, was ihn noch besser gemacht hätte, wäre Daltons Anwesenheit gewesen. St. Helena vermisst diesen Mann. Ich habe die Hoffnung, dass wir ihn früher oder später wieder aus Italien hierherlocken können.»

Corinne behielt ihr Lächeln bei der Erwähnung ihres Ex-Mannes bei. Natalie hingegen zeigte August ihr Augenrollen, setzte sich wieder zu ihm, und das gefiel ihm. Er genoss es, wie sie nebeneinander auf der Couch saßen, seinen Arm um ihre

Schultern, und wie sie jetzt kleine Häppchen der Verärgerung mit ihm teilte. Trotzdem wollte das Gefühl des Unbehagens einfach nicht verschwinden, und einen Moment später wusste er auch, warum.

«Ich bin ziemlich zufrieden, dass dies eine so passende Verbindung zwischen zwei aufrechten jungen Leuten ist. Ich wünschte nur, Dalton wäre hier, um es mit eigenen Augen zu sehen», sagte Ingram und lupfte seinen Hut. «Ich werde morgen früh die notwendigen Papiere einreichen, um das Geld aus Natalies Treuhandfonds freizugeben.»

August hatte erwartet, dass Natalie ihm danken würde. Dass sie aufstand und jubelte. Irgendetwas.

Stattdessen hob und senkte sich ihr Brustkorb scheinbar nur mühevoll. «Und ... ein Treffen mit August, um über den Kredit zu sprechen? Lässt sich das auch arrangieren?»

«Ja, natürlich», antwortete Ingram, der keine Ahnung hatte, dass August keinen Kredit mehr brauchte. Nein, die Investition seines Commanders war noch am selben Morgen in voller Höhe eingetroffen. «Allerdings bin ich diese Woche vollkommen ausgebucht. Ich werde einen Blick in meinen Terminkalender werfen, sobald ich morgen früh in der Bank bin.»

Endlich atmete Natalie aus. «Danke.»

Verdammt, Augusts Kehle brannte. Ihr Plan hatte funktioniert. Natalie würde ihr Geld bekommen. Das war es, was er wollte. Aber es brachte sie einen Schritt näher an den Punkt, an dem sie ihn nicht mehr brauchte.

Als Natalie zu ihm hinauf blinzelte und leise seinen Namen sagte, merkte August, dass er ins Leere starrte und sich die trostlose Welt vorstellte, in der er leben würde, wenn sie ging. Sie würde das Geld aus ihrem Treuhandfonds bekommen und seinen Namen in ein oder zwei Jahren vergessen haben, während er immer noch an der einen Frau hing, die *wirklich* abgehauen war.

Es sei denn ...

Es sei denn, er konnte sie noch vor Freitag davon überzeugen, dass sie gut zueinander passten. Bevor sie nach New York flog. Denn sobald sie den Investor in der Tasche hatte, würde es vorbei sein.

Da er nicht bereit war, seine Niederlage einzugestehen, zog er Natalie auf seinen Schoß, legte sein Kinn auf ihren Scheitel und blätterte zurück zum Anfang des Babyalbums.

«Noch mal.»

KAPITEL 19

Die Gegensätzlichkeit darin, wie August sie in mancher Hinsicht ganz nah an sich heranließ, sie in anderer aber hartnäckig abwehrte, war verblüffend. Gestern Abend im Haus ihrer Mutter hatten sie einander bestärkt und unterstützt. Sie hatten sich mit Berührungen getröstet und ... Gott, irgendwann war es ihr so vorgekommen, als würde sie ihren Mann in die Familie einführen. Sie hatte ihre Abmachung vergessen, bis Ingram aufstand und sich verabschiedete.

Auf der Heimfahrt hatte sie es dann wieder vergessen wollen, aber die Stille war einfach ohrenbetäubend gewesen.

Wartete er darauf, dass sie ihm sagte, sie würde seine Gefühle erwidern?

Wartete er darauf, dass sie verkündete, ihn ernsthaft als Ehemann zu wollen?

An diesem Morgen war es geradezu unmöglich, aus ihm schlau zu werden, denn er arbeitete in der Scheune und hatte die Tür geschlossen, ein klares Zeichen, dass sie draußen bleiben sollte. Sie war dort nicht willkommen. Und es erinnerte sie zu sehr an die Zeit, als sie noch klein war. Sie durfte nur dabei sein, wenn es allen anderen gerade passte und keine Gefahr bestand, dass sie deren Vorhaben vermasselte.

Vielleicht würde sie sein Vorhaben ebenfalls vermasseln, mehr, als es ohnehin schon war. Immerhin war sie in New York auch auf die Nase gefallen, und zwar ziemlich spektakulär.

Vielleicht konnte sie endlich wütend auf ihn sein, wenn er ihr mit Absicht wehtun würde.

Aber wirklich, er war einfach ein sturer, entschlossener Mann, der nur sein Ziel vor Augen hatte und keinen Gedanken daran verschwendete, über welche Leichen er gehen musste, um es zu erreichen. Und anstatt wütend auf ihn zu sein, vermisste sie ihn. Sie vermisste es, Schulter an Schulter mit ihm zu sitzen, wie sie es gestern Abend getan hatten. Vermisste den Klang seines lauten, unausstehlichen Lachens – dabei waren sie gerade mal einen Tag verheiratet.

Sie hatte keine Ahnung, ob sie ihn verletzt hatte, weil sie aus Selbstschutz bisher nicht über ihre Gefühle gesprochen hatte, oder ob er sie ausschloss – sie wollte sein Lachen hören. Sie wollte diese Zeit mit ihm, und sie wollte sie in vollen Zügen genießen, weil sie dabei etwas fühlte, was sie sich noch nicht eingestehen konnte. Nicht, ohne ihre Vision für ihre Zukunft infrage zu stellen.

Natalies Blick schweifte von ihrem Laptop ab und wanderte durch die Küche, bis er an einer Packung Kekse hängen blieb, die über dem Herd standen. Sollte sie August etwas zu essen machen? Denn eines war sicher: Das Letzte, was er erwartete, war, dass sie ihm einen Snack brachte.

Plötzlich kam ihr eine Idee. Für die perfekte Möglichkeit, sein Lachen wieder zu hören.

Sie klappte ihren Laptop zu und vergewisserte sich, dass die Tür verschlossen war, dann verbrachte sie die nächsten fünfundvierzig Minuten damit, ihren Plan in die Tat umzusetzen. Früher war sie in dieser Stadt als die Königin der Streiche bekannt gewesen. Aber es war schon eine Weile her, dass sie jemandem einen Streich gespielt hatte. Seltsam, dass die jetzt geplanten Streiche größeren Reiz auf sie ausübten als die Chance auf eine

Milliarde Dollar für ihre Finanzierung, aber das war ein Problem, mit dem sie sich ein anderes Mal beschäftigen konnte. Im Moment musste sie dringend die Spannungen zwischen August und sich abbauen. Und dabei würde sie ihm heimzahlen, dass er sie auf ihrer Hochzeit zu «Brick House» hatte tanzen lassen.

Fast eine Stunde später platzierte Natalie die von ihr bearbeiteten Kekse auf einem Teller und ging zur Scheune. Kurz vor der Tür blieb sie stehen und beobachtete August, der die Trauben mit solcher Wucht zerquetschte, als hätten sie ihm sein Fahrrad geklaut. Kopfschüttelnd nahm sie den Keks vom rechten Tellerrand und knabberte daran, wobei sie mit der Hüfte das knarrende Scheunentor aufstieß, damit er sie bemerkte.

Als er sich umdrehte, war Natalie überrascht, dass er ein wenig ausgemergelt wirkte. Sie überlegte, ob sie ihren sorgsam zurechtgelegten Plan sein lassen sollte, vor allem, als sich sein Gesicht bei ihrem Anblick aufhellte und die Müdigkeit schlagartig verschwand. Vielleicht hatte er sich hier draußen genauso schlecht gefühlt wie sie sich am Küchentisch.

«Hey», sagte er, zog einen Lappen aus seiner Gesäßtasche und wischte sich über die Stirn. Dann machte er eilig einen Schritt auf sie zu. «Du hast mein Versteck mit den gefüllten Keksen gefunden.»

«Mmmm.» Sie biss ein großes Stück von ihrem Keks ab. «Ich teile nicht. Ich bringe sie nur hier raus, um dir etwas vorzuessen.»

Dass er sichtlich erleichtert auf diese gewohnheitsmäßige Stichelei reagierte, bereitete ihr Bauchschmerzen. Es stimmte: Er hatte sich genauso schrecklich gefühlt wie sie.

«Du hast mir einen Snack gebracht, Prinzessin. Das zählt als Kochen.»

Sie verdrehte die Augen. «Nein, tut es nicht.»

«Alles, was du auf einen Teller legst, ist eine kulinarische Kreation.»

«Versuch nicht dauernd, deine Beleidigung über mich als schlechte Köchin ungeschehen zu machen. Das funktioniert nicht.»

«Du lächelst. Es funktioniert.» Er kam näher und schnappte sich einen der Kekse vom Teller. «Wie wäre es damit? In unserem Haus gilt ab jetzt alles, was auf einem Teller liegt, als Mahlzeit.»

Natalie versuchte, nicht zu selbstgefällig auszusehen, und seufzte. «Wenn du darauf bestehst.»

«Ja.» Er versenkte seine geraden weißen Zähne in dem Keks und kaute. «Hey, ich habe binnen einer Woche zweimal ‹Ja› gesagt, und ...» Er erstarrte. Kaute weiter. Dann drehte er sich um und spuckte den zerkauten Brei auf den Boden. «Mein Gott, was hast du getan? Hast du die Füllung durch *Zahnpasta* ersetzt?»

«Der alte Colgate-Tausch-Trick», bestätigte sie über sein trockenes Husten hinweg. «Kinderleicht.»

«Sag das meiner Speiseröhre», würgte er.

Ein Lachen brach aus ihr heraus.

August sah auf und lächelte, seine Zähne waren mit Keksresten verklebt, was ihr Lachen noch viel lauter werden ließ. «Dir ist doch klar, dass du einen Krieg angezettelt hast», sagte er.

«Ja, Sir. Den einzigen Krieg, in dem ich einen Navy SEAL schlagen kann – und werde.»

Er warf den Kopf zurück und stieß ein lautes «Ha!» aus. «Selbst in deinen wildesten Träumen nicht.»

Sie musterte ihre lackierten Nägel. «Ich hoffe, du hast eine gute Krankenversicherung.»

«Du bist erledigt. Die Sache ist gegessen. Ende der Fahnenstange. Klappe zu, Affe tot. Du bist *erledigt*, Natalie.» Sie standen am Eingang der Scheune und grinsten sich dämlich an. Natalie wollte nicht zugeben, wie viel ruhiger sie sich bereits fühlte. Also würde sie es auch nicht. Ebenso wenig würde sie zugeben, dass sie nicht jedes Mal die Möglichkeit haben würde, einfach in die Scheune zu gehen und ihn zu ärgern, bevor sie das Problem, das sie beide plagte, nicht endlich gelöst hatten.

Aber jetzt, in diesem Augenblick ... hatte sie diese Möglichkeit Gott sei Dank genutzt.

Denn der Gedanke, irgendwo anders zu sein, erschütterte sie.

Sie würde darüber hinwegkommen müssen. Ein anderes Mal.

Natalie drehte sich um und lief eilig in Richtung Haus, ihr war fast schon schwindelig vor Albernheit. Sie konnte nicht aufhören, leise zu kichern, und die Leichtigkeit in ihrer Brust ließ sie förmlich fliegen. Das lag sicher am Streich. Musste einfach am Streich liegen.

«Du solltest wissen, dass ich in meinem Highschool-Jahrbuch als die Person gekürt wurde, ‹die am ehesten das Handdesinfektionsmittel durch Kleber ersetzen würde›.»

Augusts Lachen dröhnte durch den Vorgarten. «Ach ja? Na ja, in meinem Highschool-Jahrbuch wurde ich gekürt zum ...»

«Klassenclown. Furz-Champion. Der Typ, der am wenigsten vermisst werden wird.»

«Falsch, Prinzessin. Zu dem Typen, der vermutlich am ehesten alle überraschen wird.» Eine kurze Pause entstand. «Ich glaube, das war in Anspielung darauf, dass ich mich immer von hinten angeschlichen und gefurzt habe, aber nun denn, es steht da drin.»

Auf halber Höhe der Treppe zum Haus musste sie innehalten, weil sie vor Lachtränen kaum noch etwas sehen konnte. Sie liefen ihr über das Gesicht, und ihre Flanken zitterten. Das war definitiv die Zeit wert, die sie gebraucht hatte, um die Füllung von den fünf Oreo-Keksen abzulecken. Vor allem, als August ihr auch noch ins Haus folgte und auf das Badezimmer zusteuerte. «Ich gehe jetzt duschen, und dann lege ich los. Dann lernst du die schlimmste Version von August Cates kennen.» Auf halbem Weg durch den Flur blieb er stehen. «Du hast doch nichts mit der Dusche angestellt, oder?»

«Was könnte man schon mit einer Dusche anstellen?», fragte sie unschuldig und setzte sich an ihren Laptop. «Ich mache mich wieder an die Arbeit.»

Die Augen zu Schlitzen verengt, drehte sich August um und schloss eine Sekunde später die Badezimmertür hinter sich. Natalie biss sich auf die Unterlippe und hörte, wie er die Schränke öffnete und langsam den Duschvorhang zurückzog, als fürchte er, es könnte plötzlich eine Schlange hervorschießen. Sie hörte sogar, wie er den Verschluss der Shampooflasche öffnete und kräftig am Inhalt schnupperte, was, wie sie zugeben musste, ziemlich klug war.

Bloß zu vorhersehbar.

Ruhig stand sie vom Tisch auf, öffnete die Schublade mit der Plastikfolie, riss ein langes Stück ab und hielt es quer über den Zugang zum Flur. Sie kniff ein Auge zusammen, um Augusts ungefähre Höhe abzuschätzen, befestigte dann die Folie und wartete ab. In diesem Moment hörte sie, wie die Dusche aufgedreht wurde und der Wasserstrahl auf seinen großen Körper prasselte.

Gefolgt von einem baldigen «Was zum *Teufel* ... ?», das durch das ganze Haus schallte, die Katze aus ihrem Versteck scheuchte und gleich im nächsten Winkel verschwinden ließ.

Natalie, die kurz davor stand, vor Aufregung zu platzen, setzte sich an den Tisch und tat so, als würde sie tippen, behielt aber den Flur im Auge. Und tatsächlich kam August einen Moment später aus dem Badezimmer gerannt, das Handtuch nur halb um die Hüften geschlungen, geblendet von dem Hühnerbrühwürfel, den sie in der Duschbrause versteckt hatte. Und ganz nach Plan lief er geradewegs in die Plastikfolie, die sich an sein glitschiges Gesicht presste, bis er sie abriss.

«Stimmt etwas nicht, Schatz?», fragte sie mit gespielter Sorge.

«Du bist ...», stotterte er und drehte sich in die Richtung ihrer Stimme, während er die unmittelbare Umgebung nach etwas absuchte, womit er sich das Gesicht abwischen konnte. «Du bist kriminell.»

Natalie keuchte auf. «So spricht man nicht mit seiner Braut.»

«Na schön. Du bist eine kriminelle Braut. Die neue Serie, ab Herbst auf jedem TV-Sender.»

Okay, dafür hatte er sich ein Papiertaschentuch verdient. Wann hatte sie das letzte Mal so sehr gelacht? Oder für kurze Zeit nicht das Gefühl, dass die Ungewissheit über ihre Zukunft wie ein hundert Pfund schwerer Sack mit Fischinnereien über ihrem Kopf hing? «Hier», sagte sie ein wenig außer Atem, stand auf und reichte August die Papiertuchrolle, die immer auf der Arbeitsplatte stand. «Ich glaube, du hattest genug. Für den Moment.»

«Du hingegen ...» Er rieb sich hastig über das Gesicht und wischte sich die Augen so weit frei, dass er sie mit einem mörderischen Blick fixieren konnte. «Du hast nicht einmal einen Vorgeschmack meines Zorns bekommen.»

«*Oooh*, sieh nur: Ich zittere.»

«Das solltest du auch.»

Irgendetwas musste bei Natalie ganz furchtbar schiefgelaufen sein, denn noch nie in ihrem Leben hatte sie sich zu jemandem mehr hingezogen gefühlt als jetzt zu ihm – und dabei war er gerade mit Glibber in der Geschmacksrichtung Hühnchen bedeckt, und sein Mund schmeckte wahrscheinlich wie Minze aus der Hölle. Doch wenn er sie in diesem Moment geküsst hätte, hätte sie sofort gestöhnt, ihr mehr von dem Hühnchen zu geben.

Sie schluckte diese peinliche Erkenntnis herunter und nahm den Schraubenzieher von der Arbeitsfläche, wo sie ihn hingelegt hatte, und reichte ihn ihm. «Für den Duschkopf.» Sie zuckte mit den Schultern. «Ich glaube allerdings nicht, dass schon ein Werkzeug erfunden wurde, das groß genug ist, um deinen Stolz zu reparieren.»

Er schüttelte langsam den Kopf. Sie erwartete eine scharfe Bemerkung, doch stattdessen sagte er: «Sam hätte dich vergöttert.» Sein Blick wanderte über ihr Gesicht, als wollte er sich ihre Züge einprägen. «Das ist kein Scherz.»

«Danke. Ich danke dir», stotterte sie, weil ihr nichts anderes einfiel. Und weil sie gerade nicht in der Lage war, Gedanken in Worte zu fassen, als in ihrem Inneren die Erde bebte.

August, der selbst auch etwas ratlos aussah, drehte sich auf dem Absatz um und ging zurück ins Badezimmer. «Schlaf besser mit einem Auge offen, Prinzessin», rief er und schloss die Tür.

Kurz bevor sie ganz zufiel, konnte sie sehen, dass er lächelte.

Auf der anderen Seite der Schlafzimmertür kochte August etwas.

Es roch unglaublich gut.

Sie traute dem Ganzen nicht.

Nach Runde Eins des Streiche-Krieges waren sie beide zu ihren Stützpunkten zurückgekehrt. Er war wieder nach draußen gegangen und hatte eine Weile mit dem Reifen trainiert, bevor er die Küche mit einer derartigen Präsenz in Beschlag genommen hatte, dass sie wie ein Feigling geflohen war, um nichts Unüberlegtes zu tun. Wie zum Beispiel, sich zwischen diesen breiten, harten Körper und die Arbeitsfläche zu schieben und dem Schicksal seinen Lauf zu lassen.

Draußen wurde es allmählich dunkel, und es schien eine Verbindung zwischen dem Sonnenuntergang und ihrer Libido zu geben. Das verdammte Teil besaß jetzt eine eigene Persönlichkeit, und es wollte wissen, warum es seit ihrer Hochzeitsnacht nicht mehr verwöhnt worden war. Sie hatte sich ganz sicher nicht so ausgiebig gepeelt und eingecremt, ohne darauf zu hoffen, es könnte *zufällig* wieder etwas zwischen ihnen passieren. Natürlich nicht.

Sie befanden sich im Krieg!

Was würde er als Erstes tun?

Sie kannte seine Streiche noch nicht. Was, wenn er ihr eine Augenbraue abrasierte? Das war genau die Art von plumper Aktion, die ihr Ehemann durchführen würde. Hatte sie sich zu sehr in die Sache hineingesteigert? Warum drehte sich die Aufregung in ihrem Bauch wie ein Riesenrad? Wer hatte so viel Vergnügen an einem unechten Ehemann? Machte sie irgendetwas falsch?

Offensichtlich, ja.

Ein Piepsen ihres Laptops signalisierte ihr den Eingang einer neuen E-Mail. Sie dachte zunächst, es sei Werbung, doch dann las sie Claudias Namen. Warum schrieb ihre Geschäftspartnerin ihr so spät noch eine E-Mail? Ohne Betreff?

Stirnrunzelnd öffnete Natalie die Mail und fand eine kurze Nachricht: *Tut mir leid, wenn ich es dir als Erste sage, aber ich wollte nicht, dass es dich diese Woche unvorbereitet trifft.* Unter dieser kryptischen Aussage befand sich ein Link zu einem Artikel der *New York Times*.

Nein, zu einer Verlobungsanzeige.

Von Morrison und seiner neuen Freundin.

Ihr ganzer Körper spannte sich an, ihr Scheitel kribbelte.

Hauptsächlich aus Schock. Danach wartete sie darauf, dass Eifersucht aufsteigen und sie mit sich in die Tiefe reißen würde.

Aber das passierte nicht.

Die beiden waren eher zwei erfundene Figuren auf dem Bildschirm, lächelnd und zweidimensional und so weit weg. Was machten diese beiden Menschen zum Vergnügen? Sie führten ziemlich sicher keinen Streiche-Krieg. Auf ihrer Hochzeit würden sie bestimmt nicht zu «Brick House» tanzen. Aber Natalie hoffte, dass die beiden eigene Versionen dieser Situationen erlebten. Das hoffte sie wirklich. Wow. Sie ertappte sich dabei, wie sie wirklich hoffte, dass die beiden glücklich waren. Wie erwachsen war das denn?

Danke, dass du mich informiert hast, tippte Natalie als Antwort. *Ich schicke ihnen einen Obstkorb.*

Sie drückte auf Senden und saß noch einen Moment auf der Bettkante, immer noch ein wenig misstrauisch darüber, dass es sie einen Scheißdreck interessierte, dass Morrison verlobt war. Was hatte das zu bedeuten?

Eine ziemlich rau gesungene Version von «Love Train» in der Küche lenkte sie ab. Sie stellte ihren Laptop auf den Nachttisch und vergaß sofort die Neuigkeit über ihren Ex-Verlobten. Es war an der Zeit, sich ihrem Schicksal zu stellen. Sie konnte es nicht länger hinauszögern. Welche Strafe auch immer auf sie zukam, sie würde sie wie eine Frau hinnehmen und sofort Vergeltung planen. Hatte er den Zucker für ihren abendlichen Kaffee durch

Salz ersetzt? Oder vielleicht sogar ein altmodisches Furzkissen besorgt? Das *stank* nach August ...

Kaum hatte sie die Zimmertür geöffnet, kippte oben ein Eimer Wasser um und der Inhalt landete auf ihrem Kopf. Wie in der berühmten Szene aus *Flashdance*, nur dass sie keinen sexy Turnanzug trug und die Dusche nicht freiwillig war. Der Anblick hatte wahrlich keinen cineastischen Mehrwert.

August stand am Herd und lachte wie eine psychotische Hyäne, während er mit seinem Handy ein Foto schoss. «Ein fotografischer Beweis. Ich wette, du wünschst dir, daran hättest du auch gedacht.»

Natalie war immer noch sprachlos in Anbetracht der Sintflut. Ganz zu schweigen von der Tatsache, dass ihre peinliche Situation nun digital verewigt war. Aber als sich der Eimer vom Türrahmen löste und auf ihren Kopf plumpste, reagierte sie sofort und ergriff die Gelegenheit zur schnellen Rache.

«*Autsch.*» Ihre Hand flog zu der Stelle, an der der leere Eimer sie getroffen hatte. Sie holte unsicher Luft und blinzelte schnell, als müsse sie die Tränen zurückhalten. «Au, mein Kopf. Autsch.»

August stand reglos wie eine Statue, jeder Tropfen Blut wich ihm aus dem Gesicht. «Oh mein Gott.» Er ließ sein Handy fallen, es rutschte unter den Tisch, aber er schien es nicht zu bemerken. «Bist du verletzt? Habe ich dir wehgetan?»

Sie schniefte lange und tapfer, sah auf ihre Hand und zuckte zusammen, als hätte sie Blut entdeckt. «Ich ... Ich weiß es nicht. Wahrscheinlich muss das nur mit wenigen Stichen genäht werden.»

«*Stiche?*», brüllte August, stolperte gegen den Tisch und stieß den Salzstreuer um. Der arme Mann sah aus, als stünde er kurz vor einer Ohnmacht. Seine Hände zitterten, während er mit ruckartigen Bewegungen die Herdplatten ausschaltete, nach einem Geschirrtuch griff und mit sich rasch hebender und senkender Brust auf sie zustürmte. «Komm her, Prinzessin. Oh Scheiße, es tut mir so leid. Der Eimer hätte eigentlich nicht runterfallen sollen.»

«Mir ist ein bisschen schwindelig», röchelte sie, kippte zur Seite und klammerte sich an den Türrahmen des Schlafzimmers fest. «Meinst du, es ist eine Gehirnerschütterung?»

«Nein», hauchte er erschrocken. Weiß wie ein Laken. «Nein, nein, nein ...»

Also gut. Schluss jetzt. Der Mann hatte genug gelitten.

Kurz bevor er ihre Hand wegziehen konnte, um die nicht vorhandene Wunde auf ihrem Kopf zu untersuchen, lächelte Natalie. «Reingelegt, Babe.»

Es war, als würde man einer Luftmatratze dabei zusehen, wie sie im Zeitraffer Luft verlor. Er fiel einfach in sich zusammen, krümmte sich und stützte sich mit den Händen auf beiden Knien ab. «Das ist nicht lustig, Natalie», schnaufte er. «Ich hatte Angst, ich hätte dir den Schädel gespalten.»

«Das hast du auch. Aber nur, indem du mir eine Migräne verpasst hast.»

Er hob den Kopf, sein Gesicht war immer noch kalkweiß. «Geht es dir wirklich gut?»

Plötzlich war ihr Herz vierhundert Pfund schwer.

Und hatte ungefähr die Größe einer Wassermelone; das ganze Ding schien ihre Rippen aufbrechen und aus ihrer Brust herausspringen zu wollen. Vielleicht brauchte sie ja doch einen Krankenwagen. «Ja, mir geht's gut. Ich wollte es dir nur heimzahlen.»

«Betrachte die Rechnung als beglichen.»

Er begann mit einer Atemübung – ein, ein, aus, ein, ein,

aus –, von der sie annahm, dass sie ihn beruhigen sollte. Es funktionierte mehr schlecht als recht. Eigentlich fiel ihr das Atmen gerade auch ziemlich schwer, und ihr Herzschlag galoppierte davon wie ein Derbysieger.

Ich bin dabei, mich in meinen Mann zu verlieben.

Heftig und schnell.

Vielleicht war sie sogar schon weit über den Punkt hinaus, an dem sie sich ... *in ihn verliebte.*

Ach du Scheiße.

Und er schob sich noch ein bisschen tiefer in ihr Herz, als er sich plötzlich aufrichtete und sie gegen den Türrahmen drängte, ihr sanft über das nasse Haar strich und sie von oben herab musterte. «Ich muss mir das einmal selbst ansehen», sagte er, sein warmer Atem traf ihre Stirn. «Ich sehe nichts. Gott sei Dank.» Er schloss die Augen, legte seine Stirn gegen ihre. «Du hast mir sechsundvierzig Jahre meines Lebens geraubt.»

«Das ist eine sehr konkrete Zahl», flüsterte sie und starrte auf seinen Mund.

Sah er immer so köstlich aus?

Ja. Immer.

«Das ist die Anzahl unserer Streite, seit wir uns das erste Mal begegnet sind», sagte er, fast wie zu sich selbst, während seine Lippen auf ihrer Stirn verweilten. Er küsste deren Mitte und bewegte sich lange Zeit nicht von dort weg. «Was zufälligerweise auch die Anzahl der Male ist, die ich mir nach jedem Streit selbst in den Hintern treten wollte. Und die schlechte Nachricht ist: Ich glaube nicht, dass ich meine Lektion in nächster Zeit lernen werde. Was Bestrafungen betrifft, kann ich einfach nicht genug bekommen.» Er strich ihr das Haar von der Schulter. «Deine Bestrafungen.»

Ihre Knie wurden weich, gleich würden sie nachgeben und

sie selbst würde einfach fallen. «Ich werde mein Bestes tun, dich weiterhin zu bestrafen.»

«Gut.»

Natalie befeuchtete ihre Lippen, die vollkommen ausgetrocknet waren, obwohl ein Eimer Wasser über ihrem Kopf ausgekippt worden war. «Ich sollte diese nassen Sachen besser ausziehen.» Sie legte ihren Kopf zurück, sodass ihre Münder aufeinandertrafen, und schon rangen sie beide nach Luft. «Willst du mir dabei helfen?»

August schluckte hörbar, dann atmete er lang durch die Nase ein und aus. «Das ist keine Frage des Wollens. Ich will dich immer, verdammt. Jede Minute, jede Stunde des Tages.» Die Worte hatten seinen Mund noch nicht einmal ganz verlassen, da küsste sie ihn, und sie beide stöhnten tief in ihrem Innern auf. «Aber ich habe es dir in der Nacht unserer Hochzeit schon gesagt: Bevor wir das machen, will ich sicher sein, dass du es beim Aufwachen nicht bereust. Wag es nicht, dich morgen früh in meinem Bett umzudrehen und so zu tun, als wäre das ein One-Night-Stand gewesen. Denn das ist es nicht.»

«Was ist es dann?», flüsterte sie gegen seinen Mund, fürchtete sich fast vor der Antwort.

Seltsam, er sah überhaupt nicht aus, als hätte er Angst. Er wirkte nur entschlossen. «Wir werden es herausfinden.» Die Entschlossenheit bröckelte kurz, und Verletzlichkeit schimmerte durch. «Sag mir, was du für mich empfindest, Natalie.»

Ihr Herzschlag breitete sich in ihrem ganzen Körper aus, pulsierte in jedem Glied, jeder Haarwurzel. «Oh mein Gott, wer setzt jemandem denn derart die Pistole auf die Brust?»

«Ich habe es satt, keine Gewissheit zu haben.» Er drängte sie mit langsamen Schritten zurück ins Schlafzimmer. Mund an Mund. Seine Fingerspitzen fuhren sanft die Seiten ihres Gesichts hinab, über ihren Hals. Dann packten sie den Ausschnitt ihres T-Shirts und rissen es entlang der Mitte auf, worauf sie aufschrie. «Ich habe es satt, jede wache Sekunde von dir besessen zu sein und keine Ahnung zu haben, ob du auch von mir besessen bist.»

Sie starrte schockiert auf ihr zerrissenes Oberteil, und ihr Blick schoss wieder nach oben, traf seinen, der immer intensiver wurde. «*Willst* du, dass ich von dir besessen bin?»

«*Ja.*» Mit zusammengebissenen Zähnen öffnete er ihren BH an der Vorderseite, zerrte ihn an ihren Armen hinunter und warf ihn zusammen mit den Resten des T-Shirts durchs Zimmer. «Du magst in der Vergangenheit mit Männern zusammen gewesen sein, die sich nicht festlegen wollten. Aber so bin ich nicht. Nicht, was dich betrifft. Ich möchte, dass du die Minuten zählst, bis wir wieder dieselbe Luft atmen, so wie ich es tue.»

Der Treibsand unter ihren Füßen bewegte sich und bereitete sich darauf vor, sie zu verschlingen. «W-wir haben nur wegen des Geldes geheiratet ... »

Sein Mund presste sich auf ihren, und sie hörte auf, sich gegen die Existenz ihrer eigenen Gefühle zu wehren, und küsste ihn begierig, wimmerte unter dem besitzergreifenden Streicheln seiner Zunge. «Verkauf deine Lügen jemand anderem, Prinzessin», raunte er, zog ihre Leggins und ihr Höschen bis zu den Knien herunter, strich mit seiner Nase über ihren Bauch und zwischen ihren Brüsten hinauf, um ihr wieder direkt in die Augen zu sehen. «Lecke ich dich jetzt wieder nur? Oder gibst du zu, was du für mich empfindest, damit wir es wie die Tiere treiben können?»

Ihr Schoß krampfte sich dramatisch und enthusiastisch zusammen und entschied sich für die zweite Möglichkeit. Aber apropos Tiere, ihr Herz hämmerte immer noch wie die Hinterläufe eines Hasen. Sie sollte einfach zugeben, was sie fühlte? Wer tat so etwas? Offensichtlich Leute, die noch nie ein «Nein danke, ich verzichte» zu hören bekommen hatten.

Natalie stand am Rande einer Schlucht und wurde aufgefordert, über ein schmales Seil auf die andere Seite zu balancieren. Doch je länger sie in seine suchenden Augen blickte, desto stabiler wurde das Seil, bis es sich in eine voll funktionsfähige Brücke verwandelte. «Mir geht es genauso», flüsterte sie hastig. «Ich zähle die Minuten, bis wir wieder dieselbe Luft atmen.»

«Okay.» Er schlang seine Arme um sie, und sein erleichtertes Ausatmen brachte ihr Haar durcheinander. «Verdammt. Okay. Das war doch gar nicht so schwer, oder?»

«Das? Es war, wie mit Honig beschmiert im Wald zu stehen.»

Sein Glucksen kam stockend. «Tapferes Mädchen.» Er strich mit seinen Handflächen ihre nackten Hüften hinunter, seitlich an ihrem Brustkorb hinauf, seine Lippen bewegten sich an ihrem Hals entlang. «*Mein* Mädchen.»

In diesem Moment war das die Wahrheit. Ihr Körper gehörte ihm. Ihr Herz lag schutzlos da.

Es wartete nur darauf, zerfleischt zu werden.

Als sich seine kräftigen Hände schließlich um ihre Brüste schlossen, verlor Natalies Nacken jegliche Spannung, und ihr Kopf kippte mit einem gehauchten Stöhnen zurück. Mit einer schnellen Bewegung legte sich sein rauer Unterarm um ihren Rücken, und er kniete sich auf die Matratze, ließ auch sie darauf sinken. Ihre Leggins hing auf ihren Knien. Ohne den Blick von ihr zu nehmen, zog er ihr die Hose und Unterwäsche ganz aus und ließ sie einfach auf den Boden fallen. Sie gesellten sich zu dem Lappen, der einmal ihr Shirt gewesen war, während August an ihren Brustwarzen leckte. Nur einmal an jeder, und schon *zitterte* sie.

«Habe ich dir in letzter Zeit gesagt, dass deine Titten fantastisch sind?», murmelte er in das Tal zwischen den beiden Hügeln.

«An unserem Hochzeitstag.»

Er hob den Kopf und grinste. «Das hatte dich wieder beruhigt, nicht wahr?»

Nicht sein Lächeln erwidern. Nicht ...

Zu spät. Sie strahlte wie ein Scheinwerfer. «Es hat meine Prioritäten verschoben. Statt zu versuchen, nicht in Ohnmacht zu fallen, habe ich versucht, dir nicht in die Eier zu treten.»

«Mein Schritt ist dir sehr dankbar dafür.» Seine funkelnden Augen zwinkerten ihr zu. «Und ich verspreche dir, dass du mir für meinen Schritt sehr dankbar sein wirst.»

Das Lachen schlich sich an die Oberfläche, bevor sie es unterdrücken konnte. «Du bist so eine Dumpfbacke.»

«Ich bin deine Dumpfbacke.» Die Worte waren gedämpft, denn er schloss gerade seinen feuchten Mund um ihre rechte Brustwarze und saugte leicht daran. Seine Zunge verschaffte ihr gleichzeitig Reibung, und Gott, *Gott*, ihre Beine um seine Hüften zuckten, ihr Rücken wölbte sich zu einem Halbmond. Er ließ seinen Mund auf ihren Brüsten verweilen, leckte und biss sanft hinein und streichelte ihre Spitzen, bis sie kurz davor stand, ihn daran zu erinnern, dass sie sich auf Sex geeinigt hatten. Aber als ihre Erregung anschwoll, wurde ihr klar – wieder einmal –, dass dieser Mann genau wusste, was er tat.

«August.»

Seine Hand glitt nach oben und umfasste ihr Gesicht, seine Zunge spielte, spielte, spielte mit ihrer steifen Brustwarze, und jetzt ... war da eine Art Zugband zwischen der Brustwarze und ihrem Inneren. Es zitterte und summte und sandte Vibrationen durch ihren Körper. «Hmmm?»

«Könntest du bitte?»
«Bitte was?»
«Jetzt in mir sein?»

Die Bewegungen seiner Zunge waren so langsam und genießerisch, dass sie überrascht war, als er den Kopf hob und seine Pupillen fast seine gesamte Iris einnahmen. «Ich werde den Palast nicht betreten, ohne der Königin zu huldigen, Natalie.»

«Was soll das *bedeuten*?»

«Es bedeutet ...» Er leckte über ihren Hals, bis hin zu ihrem Mund, den er mit einem brennenden Kuss eroberte. «Ich dachte, ich hätte meine Chance vertan, dich so haben zu können. Ich bin mir nicht sicher, wie ich danach weiterleben konnte. Ist mir immer noch ein Rätsel.» Er versenkte seine Finger in ihrem Haar, legte ihren Kopf zur Seite und nahm ihren Mund in vielen Küssen, die ihr Gehirn durcheinanderbrachten, während sein großer, vollständig bekleideter Körper sie fest in die Matratze presste und sein Schaft verführerisch zwischen ihren Bäuchen eingeklemmt lag. «Kurz gesagt, ich werde mich nicht wie ein junger, übereifriger Welpe auf dich stürzen. Sosehr ich auch meine Jeans aufreißen und dir die Hölle heiß machen will, Prinzessin, verdiene ich es nicht, mich deinen Ehemann zu nennen, wenn du nicht dein ganzes Leben vor deinem inneren Auge vorbeiziehen siehst, sobald ich dir endlich meinen Schwanz reinschiebe.»

Natalie taumelte innerlich.

Sie öffnete den Mund, um ihm zu sagen, dass die Jeans aufreißen und ihr die Hölle heiß machen nichts Schlechtes war.

Aber August hatte bereits sein Hemd ausgezogen – oh, diese *Muskeln* – und sich auf den Rücken gedreht. «Komm her.» Er fuhr sich mit der Zunge über die Unterlippe, und seine breite Brust hob sich immer schneller. «Lass mich daran lecken.»

Ihr Gehirn hatte sich abgeschaltet. «Was meinst du?»

August hörte sie entweder nicht oder ignorierte ihre Verwirrung, denn seine Zähne bohrten sich jetzt in seine glänzende Unterlippe, und seine Handfläche strich über die Beule in seiner Jeans. «Gott, allein der Gedanke, dass du auf meinem Gesicht sitzt, könnte mich dazu bringen, zu kommen.»

«Du willst, dass ich ...»

«Ich bettle auch, wenn nötig.»

Es war nicht so, dass sie das noch nie gemacht hatte. Im Sitzen. Aber sie hatte die Naturgewalt von Augusts Zunge in ihrer Hochzeitsnacht erlebt, und die Erinnerungen waren nicht nur überwältigend, sondern auch noch frisch. Er brauchte nicht zu betteln. Er musste sie auch nicht zweimal bitten. Sie hockte sich auf das kilometerbreite Gebirge, das seine Brust darstellte, und wimmerte, als er ihren Hintern mit zwei rauen Händen packte und auf seinen Mund zog.

Zerrte.

Dort auf sich bewegte. Auf seiner steifen Zunge.

Und von diesem Zeitpunkt an, so viel war sicher, würde sie die Wirkung der Stimulation ihrer Brustwarzen nie wieder unterschätzen. Es gab in dieser Position keinen peinlichen Moment oder eine langsame Eröffnung, während sie von ihm von unten verwöhnt wurde. Nicht, wo er sie schon so feucht, so *nachgiebig* gemacht hatte. Es gab nur die verzweifelten Bewegungen ihrer Hüften, die seichten, abgehackten Laute, die aus ihrer Kehle drangen, Augusts Stöhnen und das wilde Drängen zum Höhepunkt.

Er drang mit seiner Zunge in sie ein, stieß sie so tief wie möglich – und sogar ihre Gebärmutter zog sich zusammen, ihre Schenkel wurden zu Gummi. «Oh mein Gott. *Oh mein Gott.*»

Sein Mittelfinger kitzelte ihren Hintereingang, während diese magische Zunge in sie drang, hinein, hinaus, hinein - *und tschüss* Realität, sie lebte ab jetzt zwischen den Sternen. Sie ritt auf einem Regenbogeneinhorn über die Milchstraße und winkte einem Astronauten zu. Ihr Körper aber war immer noch im Schlafzimmer, ihre Schenkel drückten sich seitlich an Augusts Kopf, ihre Finger klammerten sich zittrig an das Kopfteil, während Welle um Welle der Lust durch ihren Unterkörper raste, ihre Muskeln wieder und wieder zusammenziehen ließ, sie auf die bestmögliche Weise wild werden ließ.

Selbst nachdem der Orgasmus seinen Höhepunkt erreicht hatte und langsam nachließ, zitterte sie noch, ihre Haut war schweißnass.

Sie musste sogar mehrmals blinzeln, um wieder richtig sehen zu können, und blickte hinab auf Augusts Gesicht. Und er war so erregt von ihrer Reaktion auf das, was sie getan hatten, so sichtlich erregt, dass irgendwie, entgegen aller Wahrscheinlichkeit, ihre eigene Lust wieder an die Oberfläche stieg. Unbekannte, begierige Laute kamen aus ihrem Mund, als sie rückwärts an seinem Körper hinunterrutschte und feststellte, dass er bereits seinen Reißverschluss heruntergezogen hatte. Er nahm seinen Schaft in die Hand.

«Die Pille, sagtest du?»
«Pille. *Ja*.»
«Der Arzt hat gesagt, ich bin gesund, Natalie.»
«Ich auch.»
«Kein Kondom?»
Sie konnte nur den Kopf schütteln.
«*Dann setz dich*», knurrte er zwischen zusammengebissenen Zähnen.

Letztlich war sie der übereifrige Welpe - sie führte seine ganze Härte in sich und hörte nicht auf, bis er ihren Namen rief.

Tief, so tief.

Lichtblitze explodierten hinter ihren Lidern, ihre Hüften bewegten sich wie von selbst. Im Bruchteil einer Sekunde erfüllten sie sein Versprechen, es wie die Tiere zu treiben, ihre Spalte, die noch nie in ihrem Leben nasser war, nahm ihn immer und immer wieder auf, ihr Hintern klatschte auf seine dicken, haarigen Schenkel.

«Hör nicht auf, hör verdammt noch mal nicht auf», keuchte er, seine Fingerspitzen gruben sich in das Fleisch ihrer Pobacken, sein Unterkörper bockte in die Höhe, um den atemlosen Stößen ihrer Hüften zu begegnen. «Wenn du dich schon so verdammt fest um meine Zunge verengt hast, als du gekommen bist, kann ich es kaum erwarten, zu spüren, wie du meinen Schwanz so packst. Du wirst ihn reiten, bis ich es herausfinde.»

«Mhm-hm. Ja, August.»

Oh ja. Offenbar war das jetzt ihr neues Ich. Absoluter Gehorsam.

Wie sollte sie sich auch sonst verhalten, wenn dieser Mann Geheimnisse ihrer Lust entschlüsselte, von denen sie nicht einmal wusste, dass sie verborgen gewesen waren? Er war Magie. Und sein steifes Glied, Gott steh ihr bei, war pure Perfektion. Normalerweise hätte Natalie ihn als zu groß bezeichnet. Auf den ersten Blick *hatte* sie das auch getan. Aber das Vorspiel – das verdammte *Vorspiel* – hatte aus diesem ... zwanzig? Zweiundzwanzig Zentimeter? ... Monster ein Klettergerüst gemacht. Und er war leicht gebogen. Sie musste sogar ihre Hüften ein wenig nach hinten kippen, um diese leichte Biegung auszugleichen, und dabei rieb sich ihre Klitoris an der festen, *so festen* Basis seines Schwanzes, was sie in einen stöhnenden, schwitzenden Haufen Chaos verwandelte.

«Auf deinem schönen Gesicht passiert gerade viel, aber aus

deinem Mund kommt nichts.» Er setzte sich plötzlich auf, und sie wimmerte, denn jedes Mal, wenn dieser Mann sich bewegte, fand sie einen neuen, besseren Winkel, mit dem sie sich köstlich quälen konnte. «Sag mir, was du denkst», forderte er an ihrem Mund. «Sag mir, was dir durch den Kopf geht, Natalie, während du mich so verdammt gut fickst.»

«Ich liebe deinen Schwanz», platzte es aus ihr heraus, und sie hielt sich an seinen Schultern fest, um sich noch schneller bewegen zu können. «Ich liebe ihn.» Seine Augen waren inzwischen fast schwarz, die Oberlippe gekräuselt. «Was liebst du daran?»

Warum zitterte sie so heftig, obwohl sie nicht einmal einen Orgasmus hatte? Verschaffte ihr dieser Mann Vororgasmen? War das möglich, oder sollte sie sich der Wissenschaft zur Verfügung stellen, damit das untersucht werden konnte? «Es ist ... D-du hast mich für ihn bereit gemacht», keuchte sie. «Mit deinem Mund.»

«Als ich an deinen Titten gesaugt habe?» Er ließ seine Hand fest auf ihr Fleisch klatschen und sie schrie in seine Schulter. «Oder als ich meine Zunge in deine Pussy gesteckt habe?»

Ihr liefen schon Tränen aus den Augen, ihre Zähne klapperten. *So gut, so gut, so gut.* «Beides!»

«Sag mir die Wahrheit. Du dachtest, ich werfe dich in die Missionarsstellung, komme nach sechzig Sekunden und schlafe dann ein. Stimmt's?»

«Ja. Nein», brachte sie hervor und bewegte sich hastig auf seinem Schoß. «I-ich weiß es nicht.»

«Nicht bei meiner Frau.» Ohne Vorwarnung drehte er Natalie auf den Rücken und schob sie mit einem wilden Schwung seiner Hüften das Bett hinauf. «Ich werde mir jeden Tag das Recht verdienen, in einer so guten Pussy zu kommen.»

Der Orgasmus schlug diesmal härter zu, und sie genoss es,

gleichzeitig als Objekt benutzt, gefickt und verehrt zu werden. Es war die Art und Weise, wie er sich zu ihr hinunterbeugte, um sie zu küssen, und sie mit diesem zärtlichen Streicheln seiner Zunge wissen ließ, dass er da sein, sich um sie kümmern würde, sobald das hier vorbei war. Dass er sie anbetete.

Sie konnte es spüren.

Er *ließ es* sie spüren.

Jetzt wollte sie ihm etwas zurückgeben. «Du hast sie mehr als verdient», flüsterte sie und strich mit den Fingernägeln über seine Kopfhaut. Sie kratzte ihm über den Rücken, und seine Augen wurden glasig. Dann spannte sie die Muskeln zwischen ihren Beinen an und sah zu, wie seine Beherrschung ins Wanken geriet, sein Kiefer sich anspannte und eine abgehackte Version ihres Namens aus seinem Mund drang. «Obwohl ... »

«Ja?», fragte er heiser und bewegte seine Hüften schneller. «Ja, Prinzessin?»

Sie presste ihren Mund an sein Ohr, spannte sich wieder an und grub ihre Nägel in seinen Rücken. «Musst du dir das wirklich verdienen, wenn ich dich so sehr will?»

«*FUCK*», brüllte er, griff mit der linken Hand nach dem Kopfteil und zog mit der anderen ihr rechtes Knie hoch. Das Bett knarrte bedrohlich unter ihnen, schneller und schneller, während er seine letzten Stöße ausführte, schließlich mit einem Knurren auf ihr zusammenbrach und sie mit flüssiger Hitze ausfüllte. Sie griff nach seinen Pobacken und zog ihn fester an sich, schnurrte in sein Ohr. Er fluchte, keuchte und stöhnte in einer erneuten Serie von Stößen, wobei sich ihr Fleisch miteinander verband und aufeinanderklatschte. Sein riesiger Körper auf ihrem kleineren beherrschte sie auf eine Weise, von der sie instinktiv wusste, dass sie sich für den Rest ihres Lebens danach sehnen würde.

Wenige Augenblicke später waren sie nur noch ein Gewirr aus verschwitzten Gliedmaßen, ihr schwerer Atem beruhigte sich in dem kleinen Zimmer langsam wieder. Augusts Mund wanderte die Rundung ihrer Schulter entlang und küsste sie unter dem Ohr, während seine Finger sich mit ihren verschränkten. «Heilige Scheiße», murmelte er in ihr Haar und klang verblüfft. «Heilige Scheiße.»

«Hmmm.»

«Im Ernst, ich sollte einen Orden dafür bekommen, dass ich so lange steif geblieben bin. Du ...» Er zog sie näher heran und drückte seinen Mund auf ihren Hals. «Ich habe dich *gebraucht*.»

«Ich habe dich auch gebraucht», flüsterte sie, wobei etwas hinter ihren Lidern zu stechen begann.

Er hob den Kopf und sah sie stirnrunzelnd an. «Bist du sicher, dass der Eimer dich nicht verletzt hat?»

Natalie spürte, wie sie sich immer mehr in diesen Gefühlen verlor, die sie für diesen Mann entwickelte und die offenbar nicht aufzuhalten waren, trotz der entgegengesetzten Ziele, die sie verfolgten. Trotz der äußeren Gründe, aus denen sie geheiratet hatten, und trotz der unterschiedlichen Richtungen, in die sie gingen. «Ich bin mir sicher.»

Ihr Herz klopfte stark, so stark, dass sie plötzlich nach dem Glas Wasser auf dem Nachttisch griff, nur um ihre Hände mit etwas zu beschäftigen. Dabei stieß sie gegen ihren Laptop, und der Bildschirm leuchtete auf. Sie bemerkte es kaum, erst als August ihr auf die nackte Hüfte tippte. «Wer ist das?»

«Wer ist wer?»

August deutete über ihre Schulter auf die Verlobungsanzeige der *New York Times*, die immer noch deutlich auf ihrem Bildschirm zu sehen war. Das Glas Wasser blieb auf halbem Weg zu Natalies Mund stehen.

KAPITEL 20

Sobald es zwischen ihm und Natalie ein bisschen reibungsloser lief, kam jedes Mal eine Schlange durchs hohe Gras gekrochen, sprang auf und biss ihm direkt in die Eier. Ernsthaft. Als er sah, wie sich ihre Schultern versteiften, wusste er, dass etwas nicht stimmte. Und dass es ihm nicht gefallen würde.

Ein großer Teil von August wollte nicht, dass sie die Identität des lächelnden Goldjungen im Anzug auf dem Foto bestätigte, denn er hatte sie sich bereits selbst zusammengereimt. Der Central Park im Hintergrund war ein deutlicher Hinweis. Dieser Wichser mit den weißesten Zähnen, die er je gesehen hatte, war Natalies Ex-Verlobter. Sie hatten gerade so unglaublichen Sex gehabt, dass er in seinem Kopf «Lucy in the Sky with Diamonds» von den Beatles gehört hatte, als er kam, und das hier sollte das jetzt kaputtmachen, oder was?

«Wer ist wer?» Ihre Frage hing in der Luft, ihre Augen huschten zu dem Bildschirm, weiteten sich, und das Glas Wasser verharrte in der Luft, bevor sie daraus trinken konnte. «Oh.»

«Oh?»

Sie nahm einen langen Schluck und stellte das Glas wieder auf den Nachttisch. «Das ist mein Ex, Morrison, und das da seine neue Verlobte.» Ihr Lächeln war schmal und verschwand schnell. «Ich habe sie nicht im Internet gestalkt. Die Anzeige hat mir jemand geschickt.»

«Wann?»

Ein kurzes Schulterzucken. «Ich weiß nicht, vor einer Weile.»

Dann geschah alles auf einmal. Als Erstes drehte sich ihm der Magen um, gefolgt von dem Kratzen in seiner Brust, das sie von innen aushöhlte.

Nein, nicht vollständig.

Eine große grüne Rauchwolke wehte herein und trug Eifersucht mit sich. Klebrig, schmutzig und unmöglich, ihr zu entkommen. «Vor einer Weile, also kurz bevor du mich gebeten hast, mit dir zu schlafen.»

«Dich gebeten ...» Sie öffnete den Mund und schloss ihn wieder, rümpfte die Nase. «Ich verstehe nicht, worauf du hinauswillst.»

August stürzte aus dem Bett, kam auf die Füße und schlüpfte mit gefühllosen Fingern in seine Jeans. «Muss ich es dir buchstabieren?»

«Anscheinend.» Ihre Stimme war jetzt lauter, passend zu seiner. «Ja.»

Er konnte den Anblick von Morrisons lächelndem Gesicht keine Sekunde länger ertragen, darum ging er auf die andere Seite des Bettes und klappte den Laptop zu. «Du hast dich beschissen gefühlt, weil dein Ex sich verlobt hat, und ich war ein zweckdienlicher Ego-Boost.»

Das war das erste Mal, dass er Natalie die Sprache verschlagen hatte.

Und es fühlte sich nicht ein *Zehntel* so gut an, wie er es erwartet hatte.

Um genau zu sein, war es das Gegenteil von gut. Es war furchtbar.

Sie starrte ihn einige Sekunden lang an, dann blinzelte sie, offenbar um ihre Tränen zurückzudrängen, und wandte ihr Gesicht ab. «Raus aus meinem Zimmer.»

Es dauerte einen Moment, bis er seine Stimme wiederfand. «Leugne es.»

«Nein, du hast vollkommen recht. Alles, was ich über meine Gefühle für dich gesagt habe, war eine große, ausgeklügelte Lüge, um ein bisschen Sex zur Stärkung meines Egos zu bekommen.» Sie stand auf und schob ihn zur Tür, aber er rührte sich keinen Zentimeter. Er schien sich überhaupt nicht mehr bewegen zu können. «Klingt das nicht genau nach mir?»

Nein.

Nein, das tat es ganz sicher nicht.

Jetzt bedeckte sie ihr Gesicht mit einem Kissen. Versteckte sich vor ihm.

Entschuldige dich. Sofort, verdammt.

«Sag mir, dass das *nicht* einer der Gründe ist, warum du zurück nach New York gehst», knurrte er stattdessen, denn er hatte offensichtlich die Kontrolle über sämtliche seiner Geisteskräfte verloren. Der giftgrüne Rauch der Eifersucht, der in seiner Brust immer dichter wurde, besetzte alle Gefechtsstationen. Dieser Finanztyp war wie geschaffen für Augusts Frau – in die er im Übrigen verdammt verliebt war –, und während sie miteinander geschlafen hatten, war sie die ganze Zeit über traurig darüber gewesen, dass der Arsch eine andere heiratete.

Sie hatte ihn gerade in diesem Bett in einen Rausch gebracht, und die Möglichkeit, dass ihr selbst das nicht ebenso gegangen war, fraß ihn bei lebendigem Leib auf.

«Ich bin nicht verpflichtet, dir gegenüber irgendetwas zu leugnen», sagte Natalie, und ihre Lippen bewegten sich kaum. *Oh-oh.* Jetzt krochen da eine ganze Menge Schlangen mit ausgefahrenen Reißzähnen, die es auf seine Eier abgesehen hatten.

«Zwischen uns hat sich nichts geändert. Die ursprüngliche Abmachung gilt immer noch. Wir führen diese Beziehung nur wegen des Geldes, mehr nicht. Und jetzt verschwinde aus meinem Zimmer.»

Sein Herz kroch bis in seinen Mund, und er schluckte es hinunter, die gesamte schmerzende Masse blieb ihm im Hals stecken. «Wenn ich es mal verlassen habe, wird es sehr schwer sein, dich davon zu überzeugen, mich wieder reinzulassen.»

«Oh, das kannst du dir gar nicht vorstellen, Scheißkerl.»

«Ich bin eifersüchtig, Natalie», sagte er heiser. «Ich bin eifersüchtig.»

«Weißt du was, August? Das ist mir egal. Du darfst nicht einfach sagen, was du willst, nur weil du gerade ein bestimmtes Gefühl hast. Das ist keine Entschuldigung für irgendetwas. Du musst lernen, die Informationen aufzunehmen, die dir dein Gehirn gibt, und deinen Mund davon abzuhalten, sie als Erster zu interpretieren.»

«Weil ich damit deine Gefühle verletze.»

«Ja», flüsterte sie, schien es aber zu bereuen. «Nein. *Raus.*»

Er war in diesem Moment wütend, in erster Linie auf sich selbst. Außerordentlich wütend. Die Frustration steigerte sich immer weiter, ihm entglitt jeglicher Rest von Kontrolle. Nichts konnte er richtig machen. Konnte Natalie nicht länger als ein paar mickrige Minuten am Stück glücklich machen. Konnte Sams Traum nicht gerecht werden. Konnte anscheinend auch jeglichen Mist, den sein Hirn fabrizierte, nicht richtig deuten. Für wen war er dann von Nutzen?

Wahrscheinlich war es richtig, Natalie eine Pause zu gönnen, damit sie sich wieder beruhigte, aber er konnte sich nicht dazu durchringen, den Raum zu verlassen. Er blieb einfach stehen, wie ein lebloses Objekt, mit der Hand am Türknauf. Nein, er konnte nicht weggehen. Das hatten sie beide von Anfang an am Ende eines jeden Streits getan, und es hatte ihrer Beziehung jedes Mal geschadet.

Er würde sie *verlieren*, wenn sich nicht etwas änderte.

Ihre Gefühle waren durch ihn verletzt, und er würde sie nicht einfach im Stich lassen.

August drehte sich um. «Was kann ich tun, damit das hier sich bessert, Natalie?»

Ihr Kinn schnellte in die Höhe. «Außer dich selbst in Brand zu stecken?»

«Vorzugsweise ja.»

«Ich weiß es nicht, August.» Sie seufzte.

«Sag mir, wie du dich jetzt fühlst.» Er wagte einen vorsichtigen Schritt auf das Bett zu. «Das scheint mir ein guter Anfang zu sein.»

«Wütend.» Einen Moment lang dachte er, sie würde es dabei belassen, aber sie hob eine Hand und ließ sie dann wieder sinken. «Ein bisschen leer.»

Ein heiserer Laut entkam ihm. Und ihm kam der Gedanke, dass es definitiv einfacher wäre, einfach wegzulaufen. *Das hier* war der schwierige Teil. Sich anzuhören, was er falsch gemacht und wie sehr er sie verletzt hatte. War es das, was eine Ehe fortbestehen ließ? Diesen harten Scheiß durchzuziehen? «Warum leer?»

«Weil ich ...» Sie blickte auf die zerwühlten Laken. «Ich habe zugelassen, dass ich dir vertraue, und du hast mir nicht vertraut. Du hast mich dazu gebracht, meine Schutzmauern einzureißen, und dann, ich weiß nicht, war es, als würde ich dafür bestraft werden.»

Ihre Worte bohrten sich wie Glassplitter in ihn hinein. Gott, es war schlimmer, als er es sich vorgestellt hatte. Was hätte er nicht schon alles lernen können, wenn er nach all ihren Streitereien einfach mit ihr gesprochen hätte? Er wäre mittlerweile weiser als Doctor Strange. «Gott, es tut mir leid.»

«Ich weiß.» Sie lachte freudlos. «Das ist es ja. Ich weiß, dass es dir leidtut. Ich weiß, dass du so viele deiner Entscheidungen nicht triffst, um mich zu verletzen, obwohl sie es dann doch tun.»

So ... *viele* seiner Entscheidungen?

Was tat er denn sonst noch, womit er sie verletzte?

Er wühlte in seinem Gedächtnis, aber ihm fiel nichts ein. «Natalie, was habe ich ...?» Wie aus dem Nichts erhellte eine Idee die hintersten Regionen seines Gehirns. «Ich kann dir den Rest meines Ehegelübdes vorlesen. Würdest du dich dann besser fühlen?»

War das zögerliches Interesse, das er da spürte? «Da war noch mehr?»

«Ja. Rühr dich nicht vom Fleck.» Er rannte durch das Haus, was Menace fast in Hysterie versetzte, und stürmte durch die halb offene Tür seines Zimmers. Wo hatte er es hingetan? Wohin?

Nachttisch.

August schnappte sich den gelben, linierten Zettel, rannte wieder aus dem Zimmer und kam einige Sekunden später am Fußende von Natalies Bett zum Stehen.

Er räusperte sich theatralisch, aber sie war noch nicht bereit zu lächeln. Na gut. Er konnte von Glück reden, wenn der leere Ausdruck aus ihren Augen verschwunden war, sobald er fertig gelesen hatte.

Verletz nie wieder ihre Gefühle, du Mistkerl.

«Egal wo du bist – du kannst mich rufen, dann komme ich. Da habe ich doch aufgehört, oder?»

Sie nickte.

Gut. Es gefiel ihm zu wissen, dass sie sich genau daran erinnerte, was er vor dem Altar gesagt hatte.

«Okay. Natalie Vos, ich gelobe, dich zu umarmen, wenn du traurig bist. Dich zu ermutigen, wenn du niedergeschlagen bist. Und die Schuld für einen Streit auf mich zu nehmen, wenn das bedeutet, dass wir nicht wütend ins Bett gehen.»

«Auf keinen Fall.» Sie schnaubte. «Das steht da nicht.»

Er drehte das Papier um und hielt es ihr hin, damit sie sehen konnte, dass er das Gelübde wortwörtlich zitierte. «Lies es und weine, Prinzessin.»

Sie warf einen Blick auf das Geschriebene, studierte dann ihre Nägel und versuchte – und scheiterte –, ihren Hauch von Interesse zu verbergen. «Sonst noch was?»

«Ja.» Er stützte sich mit einem Knie auf dem Bett ab. Dann auch mit dem anderen. Er rückte näher an sie heran, trotz der wachsenden Verspannung ihrer Schultern. «Wenn ich dich jemals zum Weinen bringe, darfst du mir die Nippel bis zum Anschlag verdrehen. Steht hier, in Großbuchstaben.»

«Ich weine nicht.»

«Du warst kurz davor», sagte er kläglich. «Das hasse ich.»

«Komm mir nicht zu nahe. Ich werde dir nicht die Nippel bis zum Anschlag verdrehen.»

«So steht es aber im Gelübde.»

«Du hast es nicht vor Gott gesagt. Es zählt nicht.»

«Ich habe es gerade vor einer Göttin gesagt. Es zählt.» Er warf das Stück Papier beiseite, stürzte sich wie ein Bär auf sie und warf sie rücklings auf das Bett. Diese Umarmung brachte ihn fast zum Weinen. Wenn er gegangen wäre, wenn er nach dem Streit einfach abgehauen wäre, würde sie jetzt nicht in seinen Armen liegen, und das wäre immer die falsche Entscheidung. Er musste seine Arme um diese Frau legen, komme, was wolle.

Als sie ein wenig schniefte, griff er nach ihrer Hand und zog sie zwischen ihren Körpern hervor.

Er drückte ihre Fingerspitzen auf seine Brustwarze.

«Halt dich nicht zurück.» Seine Frau brauchte die Aufforderung nicht. Sie legte zwei Fingerknöchel um seine Brustwarze und zwirbelte sie mit geradezu brutaler Gewalt, bis er aufjaulte und der Schmerz durch seine ganze Brust schoss. «Au, au, au, au, *au*.»

Sie verdrehte sie noch fester.

«Natalie! *SCHEIßE.*»

Endlich ließ sie los. Und als er seinen Kopf hob, um ihr seine Ungläubigkeit zu zeigen darüber, dass sie es wirklich getan hatte, besaß sie tatsächlich die Frechheit, unschuldig dreinzuschauen. «Du hast es so gewollt», sagte sie und blinzelte zu ihm hoch. Lächelnd.

Er hatte sie zum Lächeln gebracht. Nach einem Streit.

Die Glückseligkeit darüber überstrahlte fast den Schmerz. Fast.

«Ich habe Angst, nachzusehen, ob meine Brustwarze noch dran ist», würgte er hervor.

Sie gähnte. «Männliche Brustwarzen haben sowieso keine Funktion.»

Sie lachten, und er drückte sie fester an sich, drehte sie auf die Seite und schmiegte sich an ihren perfekten Rücken. «Okay, jetzt hast du es geschafft», knurrte er in ihren Nacken und küsste zwischen jedem Wort ihre weiche Haut. «Du musst heute Nacht bei mir schlafen. Das ist deine Bestrafung dafür, dass du versucht hast, mich umzubringen.»

«Oh mein Gott.» Sie stieß ihm den Ellenbogen in die Rippen.

«Ich hatte keine Ahnung, dass ich so ein großes Baby geheiratet habe.»

«Ich blute wahrscheinlich», murmelte er, drängte seine Knie gegen ihre und lächelte, als sie sich an ihn schmiegte. «Ist zwischen uns wieder alles gut, Babe?» Er drückte seine Lippen auf ihren Nacken. «Bitte sag mir, dass wieder alles in Ordnung ist.»

Nach und nach löste sich die Anspannung aus ihren Muskeln, bis sie völlig entspannt in seinen Armen lag und sein Herz sich als Reaktion darauf zusammenzog. «Zwischen uns ist alles in Ordnung, August.»

Er glaubte ihr.

Aber er glaubte auch seinem Schwanz/Bauch, und der sagte ihm, dass sie noch lange nicht über den Berg waren. New York war immer noch am Horizont zu sehen. Ganz zu schweigen von der Investition seines Commanders, von der er ihr nichts erzählt hatte. Und hatte sie nicht vorhin gesagt, *ich weiß, dass du so viele deiner Entscheidungen nicht triffst, um mich zu verletzen, obwohl sie es dann doch tun?* Worauf auch immer sie das bezog, er musste jetzt aufmerksamer sein. Er musste es besser machen.

Denn er wollte für den Rest seines Lebens mit ihr im Arm einschlafen.

KAPITEL 21

Ein heftiger Donnerschlag ließ Natalie im Bett auffahren, wodurch Augusts schwerer Arm von ihren Schultern auf das Laken glitt und sich das muskulöse Teil innerhalb von Sekunden um ihren Oberschenkel legte. Von ihrem Mann kam heiseres, unverständliches Gemurmel. Kein Zweifel, der Mann war schön, wenn er schlief. Ein großer, gemütlicher Kerl mit offensichtlicher Morgenlatte. Sie hatte nichts anderes erwartet ...

Ein weiteres Donnergrollen schien das ganze Haus zu erschüttern. Mit einem Keuchen huschte ihr Blick zum Fenster. Das Gewitter klang, als käme es aus ihrem Hinterhof. Ihr Zusammenzucken musste August geweckt haben, denn er saß jetzt mit nacktem Oberkörper neben ihr im Bett und runzelte besorgt die Stirn. Er war sofort in Alarmbereitschaft.

Nach einem kurzen Blick zum Fenster musterte er ihr Gesicht. «Geht es dir gut?»

«Ja.»

«Fürchterlicher Sturm», sagte er und fuhr sich mit den Fingern durch seine vom Schlaf verwuschelten Haare. «Wir könnten den ganzen Tag hier drin feststecken.» Dieselbe Hand verschwand unter der Bettdecke, und sie wusste genau, was er dort unten tat. Das Anspannen seiner Unterarmmuskeln verriet ihn.

«Mir fällt nichts ein, was wir tun könnten, um uns die Zeit zu vertreiben. Dir vielleicht?»

Vor etwas mehr als einer Woche hätte sie sich noch über ihn

lustig gemacht. Hätte behauptet, die Polizei anrufen und um sofortige Evakuierung bitten zu müssen. Oder sie hätte in gespieltem Entsetzen gefragt, ob sie gezwungen wären, seinen Wein zu trinken, wenn ihnen die Lebensmittel ausgingen. Aber jetzt wurde sie einfach nur feucht und sehnte sich nach Augusts Gewicht auf ihr, nach der Reibung, die ihre warme Morgenhaut erzeugen würde, wenn er sich bewegte. Zuerst langsam. Dann hart. Dann schnell und heftig.

Danach würden sie reden.

Sie mussten reden.

Entweder, sie hörten auf, immer im Bett zu landen wie ein echtes Ehepaar, oder ...

Oder sie änderten den Zeitrahmen für ihre Abmachung von einem Monat zu ... länger?

Ein Kloß in der Größe eines Gänseeis steckte in ihrem Hals fest. Guter Gott, allein die Vorstellung war beängstigend.

Was, wenn sie tatsächlich versuchen würde, dass das mit diesem Mann gelang, für den sie tiefe, verworrene Gefühle hegte? Was, wenn sie dauerhaft verheiratet blieben? Das würde eine *Menge* Veränderungen erfordern. Ihre Erwartungen und Ziele und ... nun, einfach alles. Sie müsste Claudia für ihre Zeit und die harte Arbeit entschädigen und dafür sorgen, dass ihre Freundin nicht plötzlich auf der Straße stand. Sie selbst würde hier eine Aufgabe finden müssen. Der Finanzsektor operierte nicht von Napa aus. Wein war ihre einzige Chance, aber bis jetzt hatte August ihr nur Steine in den Weg gelegt und sie daran gehindert, ihm zu helfen.

Er hatte noch keinen Platz für sie in seinem täglichen Leben geschaffen. Von morgens an schloss er sie aus, wenn er arbeitete, anstatt ihre Hilfe anzunehmen. Sie hereinzulassen.

Vielleicht geschah diese Zurückweisung unbewusst, aber sie

fand statt. Wenn sie ihm ihre Bedenken erklären würde, würde ihn das zwingen, bald etwas zu ändern, und sie konnte seinen Trauerprozess ja nicht einfach vorspulen. Aber konnte sie ihre gesamte Zukunft aufs Spiel setzen dafür, dass er sie vielleicht irgendwann hereinließ? Was, wenn er das nicht tat und sie sich erneut auf ein Leben einließ, wie das, mit dem sie aufgewachsen war? Immer nur in der Peripherie der Vos-Familie, nie im inneren Kreis.

August beugte sich vor und ließ seinen Mund über ihren gleiten. Er drängte sie in die Laken und legte sich auf sie, leckte sie in einen stöhnenden Kuss, der ihre Sorgen einfach aushöhlte. «Ich war gerade beim Aufwachen schon völlig ausgehungert nach diesem Ding zwischen deinen Beinen.» Er stöhnte an ihrem Hals. «Ich weiß nicht, ob du noch ein bisschen sauer bist wegen letzter Nacht, also frage ich ganz höflich, ob ich dich dort lecken darf.»

Sie sollte ihm wirklich noch einen Nippel verdrehen, weil er ihre Vagina als *dieses Ding* bezeichnet hatte. Leider gefielen ihr alle Worte, die aus seinem Mund kamen, und sie wollte mehr. Sofort. «Ja», murmelte sie und spreizte die Beine, während sein Mund begierig nach unten wanderte ...

Natalies Handy klingelte auf ihrem Nachttisch.

«*Nein*», jammerte August. Direkt an ihrem Schoß. «Bitte, Gott, nein.»

Es gelang ihr nicht, ihr Kichern zu unterdrücken. Zu jeder anderen Zeit hätte sie den Anruf ignoriert, aber als sie kurz hinübersah, bemerkte sie Julians Namen auf dem Display. Ihr Bruder rief immer nur an, wenn es einen guten Grund dafür gab. Sie musste das Gespräch annehmen.

«Sorry, das ist mein Bruder», sagte sie und fuhr mit den Fingern durch das Haar ihres Mannes. Als August sich geschlagen gab und sich mit elendiger Miene auf den Rücken drehte, nahm sie das Handy und drückte auf die grüne Taste. «Hallo?»

«Hey, ich bin's», meldete sich ihr Bruder am anderen Ende der Leitung.

«Julian, hey ...»

«Schaust du gerade Nachrichten?»

«Was?» Sie nahm das Handy lange genug vom Ohr, um auf die Uhr sehen zu können. Neun Uhr morgens. «Nein, ich bin gerade erst aufgewacht. Ist etwas passiert?»

«Ja. Ist August da? Er geht nicht an sein Telefon.»

Natalie runzelte die Stirn, ein seltsames Gefühl breitete sich in ihrer Magengrube aus. «Er ist hier. Ich stelle dich auf Lautsprecher.» Sie tippte auf den Bildschirm. «Okay, jetzt hören wir dich beide.»

«Es hat eine Sturzflut in St. Helena gegeben», sagte Julian ohne Vorrede. Direkt, wie immer, aber etwas stockend. «In den Nachrichten zeigen sie Hubschrauberaufnahmen. Eine ganze Straße hat sich in einen Fluss verwandelt und ein Minivan steckt mittendrin fest.» Er hielt inne. «Mit Kindern und der Mutter.»

«Oh mein Gott», hauchte Natalie, warf die Decke beiseite, ihre Füße trafen auf den kalten Boden.

«Die Rettungskräfte sind überall in der Region und in ähnlichen Situationen im Einsatz. Man schickt Reservisten aus anderen Bezirken her, aber durch den Zustand der Straßen kommt es zu Verzögerungen. Die Polizei ist vor Ort, aber ihr erster Versuch, den Wagen zu erreichen, war erfolglos ...»

August zog seine Hose hoch und verschwand aus dem Schlafzimmer.

Einfach *bumm*. Weg.

Seine Füße rannten über die Dielen in der Küche. Das Knarren einer sich öffnenden und schließenden Tür im Flur, ein Klicken, das sie als das der Tür des Wäscheschranks erkannte. Wollte er duschen? Oder war das nur Wunschdenken? Denn sie hatte plötzlich die Befürchtung, dass ihr aktuell noch unechter Ehemann vorhatte, sich direkt in eine Sturzflut zu begeben.

«August ist ... Ich weiß nicht, was er macht. Bleib dran.» Julian war noch auf Lautsprecher, während Natalie mit ihrem lästigen Herzen in der Kehle aus dem Schlafzimmer rannte. «August?»

Sie fand ihn im Hausflur. Aber dieser Mann dort war ein Fremder.

Verschwunden waren sein treuer Hund mit der heraushängenden Zunge und das Gebaren des entspannt am See sitzenden und Bier trinkenden Herrchens. An seine Stelle war ein Soldat getreten. Sein Blick war hart und konzentriert, die Bewegungen seiner Hände präzise und effizient. Aus dem Wäscheschrank, den sie schon so oft geöffnet hatte, hatte er einen riesigen Rucksack hervorgeholt. Er überprüfte den Inhalt, nickte, warf ihn sich auf den Rücken und schritt zur Tür.

«Du gehst?» Natalie lief hinter ihm her wie ein Geist. «Du gehst.»

«Ich gehe», sagte August, ohne stehen zu bleiben.

«Er geht», wiederholte Julian und klang erleichtert.

Erleichtert? Natalie war, als hätte ihr jemand eine Stange Dynamit in die Brust gestoßen. Ihre Füße wollten ihr kaum noch gehorchen, trotzdem rannte sie hinter August her, barfuß und im Nachthemd. Nach draußen. Innerhalb von Sekunden war sie bis auf die Haut durchnässt. August auch, obwohl er sich im Regen fast wohlzufühlen schien und unbeirrt in Jogginghose und ohne Oberteil durch den Regen lief.

Er wollte der Familie helfen, die in der Sturzflut gefangen war.

Einfach so.

Ihr Herz war zwiegespalten. Natürlich wollte sie, dass die Kinder und ihre Mutter gerettet wurden, aber sie hatte vor vier Jahren während des Feuers gesehen, wozu die Natur fähig war. Überschwemmungen waren gefährlich. Er war ein einzelner Mann – kein Team aus SEALs.

Würde das gut für ihn ausgehen?

Natalie legte auf, das Blut pochte in ihren Schläfen. Sie sah, wie August auf den Fahrersitz seines Pick-ups kletterte, und zögerte nicht einmal, bevor sie zur Beifahrerseite rannte und sich in das Fahrzeug warf.

«*Raus*», bellte er und deutete auf das Haus. Zum ersten Mal, seit sie sich kannten, fühlte sie sich von ihm eingeschüchtert. Aber nicht genug, um sich aus dem Wagen vertreiben zu lassen und zusehen zu müssen, wie er in den Höllensturm hineinfuhr.

«Nein. Ich komme mit. Ich kann nicht einfach hier sitzen und mich f-fragen, ob es dir gut geht.» Warme, salzige Feuchtigkeit rann ihr über die Wangen, wie Tränen in einem Zeichentrickfilm, und sie wischte sie sich mit zittrigen Fingern weg. «Zwing mich nicht dazu. Bitte.»

«Natalie ...» Er schüttelte den Kopf und klammerte zwei Fäuste um das Lenkrad. «Wenn es darum geht, dich oder irgendjemand anderen auf dieser verdammten Welt zu retten, dann werde ich mich für dich entscheiden. Ich werde mich auf dich konzentrieren. Ich werde nicht in der Lage sein, an irgendetwas anderes zu denken.»

«Mir wird nichts passieren. Ich werde dafür sorgen, dass mir nichts passiert.» Sie schnallte sich mühsam an, ihre Finger waren taub. «Wir verschwenden Zeit.»

Ein Augenblick verging.

Mit einem Fluch legte er den Rückwärtsgang ein und schoss die von Bäumen gesäumte Einfahrt hinunter, während ihr Herz im Takt der Scheibenwischer pochte.

Es war so viel schlimmer, als sie es sich vorgestellt hatte, dabei hatte sie sich schon die Apokalypse ausgemalt. Nicht weniger als zwei Dutzend Einsatzfahrzeuge parkten verstreut an dem Weg, der zu der überfluteten Straße führte. Ein Hubschrauber kreiste darüber. Menschen strömten aus Übertragungswagen von Fernsehsendern und diskutierten mit Polizeibeamten um Zutritt zu dem abgesperrten Gebiet. Währenddessen regnete es weiter, Blitz und Donner stritten heftig, vermutlich befanden sie sich direkt im Zentrum des Unwetters.

August brachte den Wagen an der Polizeiabsperrung zum Stehen, das Fenster hatte er bereits halb heruntergekurbelt. «Unteroffizier Cates, ehemals SEAL Team Fünf. Ich kann helfen.»

Sie winkten ihn durch, und er gab Gas.

«W-wie genau willst du denn helfen? Hast du einen Plan?»

«Nö.»

«Fuck oh fuck oh fuck.»

«Ich bin für die schnelle Rettung im Wasser ausgebildet, aber ich muss erst die Situation vor Ort beurteilen. Ich muss gucken, wie die Umgebung ist und welche und wie viele Leute zur Verfügung stehen. Dann werde ich einen Plan haben.» Er trat auf die Bremse und schaltete den Wagen in den Parkmodus. «*Dein* Plan, Natalie, ist, in diesem Pick-up zu bleiben, ansonsten wird es, so wahr mir Gott helfe, zu dem schlimmsten Streit kommen, den wir je hatten», endete er mit lauter Stimme.

«Ich habe keine Angst vor einem Streit», schrie sie zurück. «Ich habe Angst, dass du verletzt wirst.»

August betrachtete lange ihr Gesicht, er schien ihre Angst zum ersten Mal zu bemerken. Wie höflich von ihm. Für einen Moment wurde er sanfter, legte eine Hand an ihre Wange. «Ich füge das zu meinem Ehegelübde hinzu. Ich werde nicht verletzt werden. Es ist jetzt in Stein gemeißelt, genau wie die anderen Teile des Gelübdes.» Er küsste sie fest und betrachtete noch einmal ihr Gesicht. «Mein Gott, ich bin verdammt noch mal verrückt nach dir.»

Mit diesen Worten hastete er mit dem Rucksack über der Schulter aus dem Wagen und ließ sie unsicher und mit stark blutendem Herzen zurück. Doch in der Sekunde darauf meldete sich ihr Instinkt. Natalie ließ sich auf der warmen Stelle nieder, die sein Körper hinterlassen hatte, und beobachtete August durch die Windschutzscheibe, wobei das Kratzen der Scheibenwischerblätter plötzlich zum Soundtrack eines Horrorfilms wurde. Er rief einer Gruppe zusammengekauerter Männer etwas zu und lief zu ihnen. Nach einem kurzen Gespräch bewegten sie sich als eine große Einheit auf den oberen Teil der Straße zu – und in diesem Moment wurde ihr endlich klar, wo sie sich befanden.

Sie hatte diese Abkürzung schon eine Million Mal genommen, um dem Verkehr auszuweichen, wenn die Stadt mit Touristen überfüllt war. Diese Stelle lag vermutlich viel tiefer als der Rest der Umgebung, aber das war ihr bis heute nie wichtig vorgekommen.

Vor ihr verschwand August mit einer Gruppe von Rettungskräften um eine Kurve, und kaum dass ihr Mann außer Sichtweite war, schrie alles in ihr danach, aus dem Wagen zu steigen und ihm hinterherzurennen. Aber sie würde ihn in einer so gefährlichen Situation nicht ablenken. Auf gar keinen Fall. Wenn er einen Fehler machte und ihretwegen verletzt oder getötet wurde, würde sie sich das nie verzeihen. Sie würde in dem verdammten Pick-up bleiben.

Aber es war niemand da, der den Pick-up davon abhalten könnte, ein kleines Stück vorwärts zu kriechen.

Nur so weit, dass sie sämtliche Entwicklungen im Auge behalten konnte.

August hatte den Motor laufen lassen, also legte sie den Gang ein und fuhr langsam um die Polizeifahrzeuge und ihre blinkenden Lichter herum, bis das rauschende Wasser in Sicht kam. Dann hielt sie an.

Ihr wurde kalt ums Herz.

Der Van war zur Hälfte in dem aufgewühlten Wasser versunken.

Teri Frasier, die einzige Kundin von Zelnick Cellar, und ihre Drillinge klammerten sich an das Dach des Wagens und kämpften um ihr Leben.

Natalie fiel ein Mann am Rand dieser Szene ins Auge, in einen durchnässten Anzug gekleidet, eine Decke um seine Schultern gewickelt. Seine hysterische Stimme drang durch den Regen und die Windschutzscheibe, und obwohl sie gedämpft war, wusste Natalie irgendwie sofort, dass das Teris Mann war. Hilflos sah er zu, wie das Wasser um seine Familie herum langsam anstieg.

«Oh nein. Oh nein.» Ein kalter Schauer durchfuhr Natalie und ließ sie noch stärker zittern als zuvor. Durch ihren vor Panik heftigen Atem beschlug die Windschutzscheibe, also schaltete sie die Fensterheizung ein, rutschte ganz auf den Sitz und zog die Knie an die Brust. «Bitte, bitte, bitte, August. Hol sie da raus. Hol sie da raus und verletz dich nicht. Bitte.»

Ein paar Minuten später näherte sich ein gelbes Floß gegen den Strom. Gesteuert von August, mit zwei Polizisten hinter ihm. Man hatte August einen Helm aufgesetzt, aber die Schwimmweste war offensichtlich zu klein für seinen riesigen Körper, sodass sie nur lose an ihm hing und im Wind flatterte. Er rief Teri etwas zu, lächelte, und sie nickte.

«Ich liebe dich», flüsterte Natalie. «Ich liebe dich. Komm schon. Bitte.»

Das Timing war wirklich barbarisch. Warum musste ihr klar werden, dass sie diesen großen Kerl liebte, unmittelbar bevor er etwas Lebensbedrohliches tat? Konnte das nicht passieren, während er Eier kochte oder versuchte, sich mit der Katze zu unterhalten? Natalie war sich nie zuvor so sicher gewesen, dass sie Morrison *nicht* geliebt hatte, denn dieses große, wilde, beängstigende Gefühl hatte sie nur einmal im Leben gespürt.

In diesem Moment. Für August.

Sie verstand es jetzt. Die Liebe machte das Herz anfällig. Wenn ihm etwas zustieß, würde sie das verdammte Ding nie wieder dazu bringen, richtig zu schlagen. Es schien jetzt für ihn zu schlagen.

Die Zeit schien stillzustehen, als August den Rand der überfluteten Straße erreichte. Aus seinem Rucksack zog er etwas heraus, das aussah wie ... ein Enterhaken? Er hob ihn hoch und versenkte ihn in der Erde und den Felsen, die sich entlang der Straße erstreckten, drehte und schraubte ihn fest in die Erde. Einer der Polizisten sprang vom Floß auf die Felsen und sicherte ihn zusätzlich, indem er das Seil daran mehrmals um seinen Unterarm wickelte. August warf das restliche Seil auf die andere Straßenseite, wo ein weiterer Polizist es auffing und mithilfe eines Riegels an der Vorderseite seines Fahrzeugs befestigte.

Sobald der Mann sich umdrehte und August einen erhobenen Daumen zeigte, sprang der in das reißende Wasser. Natalie drehte sich der Magen um. Die Strömung trug ihn mehrere Meter in Richtung des überfluteten Wagens, und Natalie begann zu weinen, grub die Handballen in die Vertiefungen ihrer Wangen. So fest, dass es wehtat. Doch ihr Atem stockte, als August plötzlich stehen blieb und Natalie aufging, dass er sich in der Mitte des Seils, das senkrecht zur Straße verlief, eingehakt hatte.

«Okay», hauchte sie. Sie zitterte unkontrolliert. «Ist das okay? Ist das gut?»

Es war niemand da, der ihre unsinnigen Fragen hörte. Oder hörte, wie sie immer wieder den Namen ihres Mannes rief, während sich ihre Fingernägel in ihre Knie und den Sitz gruben. Die Tatsache, dass der Wagen so stark nach Grapefruit roch, war nicht hilfreich. Oder war das vielleicht das *Einzige*, was half? Sie wusste es nicht. Sie konnte nur die Luft anhalten, während August sich auf den Minivan zubewegte und Teri und die drei Kinder anwies, auf die Motorhaube zu klettern, die teilweise schon überspült war.

Die Frau zögerte und hatte sichtlich Angst, überhaupt ins Wasser zu steigen, aber was auch immer August zu ihr sagte, schien sie zu beruhigen, und so bewegte sie sich schließlich hinunter und reichte ihm das erste der drei Kinder. Er zog seine Schwimmweste aus und schnürte das kleine Kind mit dem Gürtel so fest wie möglich darin ein, dann setzte er den Jungen auf seinen Rücken und begann, sich Hand für Hand an dem Seil entlang zum Straßenrand zu ziehen. Natalie konnte sehen, dass er mit dem weinenden Kind sprach, und mehr als *alles* andere wollte sie wissen, was er sagte. Wahrscheinlich nur das Beste der Welt, denn er war der verdammte August Cates.

Als das Kind wieder mit seinem Vater vereint war, stieß Natalie die Luft aus, von der sie nicht wusste, dass sie sie angehalten hatte, denn ihr Herz flatterte immer noch so schnell wie der Flügelschlag eines Kolibris.

«Was soll's. Ich bin mit Captain America verheiratet.» Sie schniefte, ihre Sicht verschwamm. «Ich kann mir das nicht noch dreimal ansehen. Das schaffe ich nicht.»

Aber sie tat es.

Als Teri an der Reihe war, auf seinen Rücken zu steigen, sah sie nicht mehr besorgt aus. Ihre Kinder waren außer Gefahr.

Und dann war es vorbei. Es schüttete zwar immer noch wie aus Kübeln, aber es war vorbei.

Zu diesem Zeitpunkt hätte nur noch ein Wunder Gottes Natalie im Pick-up halten können.

KAPITEL 22

August stapfte ans Ufer, die Jogginghose klebte nass an seinen Beinen, seine Haut war zerkratzt von Trümmern, die im Wasser gegen ihn geprallt waren. Er nahm eine Decke von einem der Rettungskräfte entgegen und winkte ab, als die Anwesenden ihm applaudierten, er war einfach nur erleichtert und froh, die fünf Mitglieder der Familie Frasier vereint zu sehen. Er selbst hatte nur ein Ziel vor Augen. Den Pick-up. Die Frau.

Sie hier rauszuholen, verdammt noch mal, und zurück in sein Haus zu bringen, in Sicherheit.

Und es dauerte nicht lange, da hatte er schon die Gewissheit, dass es ihr gut ging, denn Natalie kam ihm in ihrem Nachthemd entgegengerannt.

Das war das Schönste, was er je in seinem Leben gesehen hatte – und mit Sicherheit das Schrecklichste. Sie befanden sich immer noch in einer gefahrvollen Situation, noch immer prasselte der Regen in beängstigender Menge herab. Wenn die Straße hinter ihm in Sekundenschnelle überflutet werden konnte, dann galt das auch für die Straße, auf der sie sich befanden. Von Erdrutschen, umstürzenden Bäumen und herabfallenden Stromleitungen ganz zu schweigen.

«Steig wieder in den Pick-up», rief er, die Stimme heiser vom Schreien.

Natürlich lief sie weiter auf ihn zu. Sie verringerte nicht einmal ihr Tempo.

Das Nachthemd klebte an ihr, das schwarze Haar lag nass und gelockt auf ihrem Hals und den Wangen. Sie war barfuß. Hatte sie die Hoffnung, diesen verdammten Morgen mit einer Tetanusspritze abzurunden? Oder war sie eher die Art Frau, die auf Unterkühlung stand?

Wäre ihr Anblick nicht der schönste, den er je in seinem Leben gesehen hatte, dann hätte er seine Wut vielleicht im Zaum halten können. Aber er sehnte sich am ganzen Körper, mit jeder Faser, nach ihrer Berührung, weil er während der Rettung immer nur ein und denselben Gedanken gehabt hatte.

Was, wenn ich sie bei dem allerletzten Mal, an dem wir uns gesehen haben, angeschrien habe? Was, wenn das ihre letzte Erinnerung an mich ist? Letztendlich war jede Mission mit einem Risiko verbunden, ganz egal, wie groß oder klein sie auch sein mochte.

Etwa zehn Meter von August entfernt stieß sie sich den Fuß an der Straße, worauf das Abendessen, das sie gegen Mitternacht endlich zu sich genommen hatten, ihm beinahe wieder hochkam.

«Natalie», knurrte er, bereit, sie auszuschimpfen, weil sie die Sicherheit des Pick-ups verlassen hatte, wo er doch verdammt noch mal auf dem Weg zu ihr war. Doch der Vortrag erstarb in seiner Kehle, als sie schluchzend in seine Arme stürzte, ihr Körper zitterte wie eine Waschmaschine im Schleudergang. «Hey.» Er hielt seine Stimme so sanft wie möglich, aber sie war dicker als Pfannkuchenteig. «Es geht allen gut, Prinzessin. Alles ist in Ordnung.»

«Himmel noch mal», flüsterte sie erstickt an seinem Hals. «Also, *Himmel* noch mal?»

August trug sie zur offenen Beifahrertür des Pick-ups, aber er lief langsam, denn es gab in diesem gottverdammten Universum nichts, das besser war, als diese Frau zu halten, außer vielleicht, sie an einem sicheren, trockenen Ort zu halten. «Was ist denn los? Hast du noch nie eine Sturzflut gesehen?»

Sie klammerte sich fester an ihn. «Nein!»

«Zivilisten.» Er seufzte und kitzelte sie ein wenig in der Seite. «Halt dich bei Sturm lieber von dieser Straße fern. Sie liegt tiefer als der Bach.» Sie sagte nichts, also stupste er sie an. «Versprich es mir, Natalie.»

«Okay. Ich verspreche es.» Sie hob den Kopf ein wenig, und ihre geschwollenen Augen und die gerötete Nasenspitze brachten ihn fast zum Straucheln. «Aber sollte ich jemals da draußen feststecken, schnallst du dir natürlich einfach einen Gurt um und kommst mich retten. Ganz ruhig und gelassen, als würdest du ein Mikrowellenessen aufwärmen.»

Er nahm sich einen Moment, um die Reaktionen seines Körpers wahrzunehmen, registrierte das unkontrollierte Brummen in seiner Kehle, das Kribbeln in seinen Fingerspitzen. Das Zusammenziehen seines Herzens, das bei ihren Worten halsbrecherisch schnell schlug. «Damit das klar ist: Ich bin nicht ruhig. Ich habe genug aufgestautes Adrenalin in mir, um diesen Pick-up umwerfen und vielleicht einen Halbmarathon laufen zu können. Wenn du diejenige wärst, die ich retten müsste, Natalie ...» Er schüttelte den Kopf, und das so lange, dass man meinen könnte, er hätte völlig die Kontrolle verloren. «Ich wäre nicht gelassen genug, um den Gurt anzulegen. Ich wäre einfach hineingesprungen und geschwommen.»

Das Bild, das sie in seinen Kopf gepflanzt hatte – sie selbst, gestrandet auf ihrem blauen Auto, wie auf einer Insel, inmitten einer reißenden Strömung –, ließ seine Arme und Knie schwach werden, also setzte er sie seitlich auf dem Beifahrersitz ab, bevor er noch etwas Peinliches tun konnte, wie mitten auf der Straße zusammenzubrechen. Er versuchte, das rasende Adrenalin zu zügeln, und es dauerte einen Moment, bis er bemerkte, wie sie ihn ansah. Sanft, mit feuchten Augen und Lippen, auf denen ihre Zähne Spuren hinterlassen hatten. Ihre Brüste hoben und senkten sich zitternd. Sie war so verletzlich, wie er sie noch nie gesehen hatte. Alle Schutzmauern waren weg.

«Ich glaube, ein Monat reicht nicht mehr», sagte sie zögernd, wischte sich über die Augen und rang nach Luft. «Vielleicht müssen wir unsere Bedingungen neu verhandeln.»

Oh Scheiße. Damit hatte er sein Herz endgültig verloren. Es schlug laut und dröhnend, wie eine Kanone. Meinte sie das ernst, was sie da sagte? Oder war sie aufgewühlt wegen der Rettungsaktion? Es war ihm egal. Er wollte einfach nur seine Ehefrau. «Vergiss die Verhandlungen.» Er beugte sich hinunter und legte seine Stirn an ihre. «Ich brauche keine hochtrabenden Worte, um zu wissen, dass du zu mir gehörst.»

Sie warf ihm einen tränenerfüllten, zweifelnden Blick zu. «So einfach ist es nicht.»

«Ich *will* es nicht einfach», sagte er zwischen zusammengebissenen Zähnen. «Keiner von uns beiden will es einfach.»

«Also ... was? Ich kann nicht ...» Der Regen prasselte so laut auf das Dach seines Pick-ups, dass er sein Ohr fast an ihren Mund legen musste, um den nächsten Teil zu verstehen. «Ich kann nicht ... New York einfach aufgeben.»

Augusts Lunge füllte sich so schnell mit Sauerstoff, dass ihm schwindelig wurde. Die Art, wie sie diese Worte aussprach, klang nicht sehr bestimmt. Nein, sie klang, als wäre sie offen für Verhandlungen. Hieß das etwa, sie zog die Möglichkeit in Betracht, an die Ostküste zurückzukehren? Heilige Scheiße. «Doch, das kannst du. Du kannst bei deinem Mann bleiben, der sich für dich in die Fluten stürzen würde.»

«Das ist ...» Hatte sie Atemnot? Musste er sie wiederbeleben? «Das ist sehr romantisch, aber wir sind wahrscheinlich etwas zu schnell, weil wir gerade etwas Schreckliches erlebt haben.»

Er schüttelte den Kopf. «Ich kann nicht glauben, dass es lediglich einer normalen Wasserrettung bedurfte, damit du darüber nachdenkst zu bleiben.»

Ein dünnes Lachen brach aus ihr heraus. «Daran war nichts normal. Du warst heldenhaft. Du warst ...» Die Muskeln in ihrer Kehle zuckten. «Du hättest sterben können.»

«Ich? Nein. Ich bin zu dickköpfig.» Warum schien seine Antwort sie noch mehr aufzuregen? Zitterten ihre Lippen jetzt? Gott, das gefiel ihm nicht. Ganz und gar nicht. *Bring sie zum Lachen.* «Nur so aus Neugierde, wie beängstigend klingt es für dich, ständig mit mir zusammenzuleben? Auf einer Skala von Mikrowellenessen bis Sturzflut.»

Sie zögerte nicht einen einzigen Augenblick. «Wie eine Sturzflut nach der anderen.»

«Danke für deine Ehrlichkeit», erwiderte er trocken. «Wir werden versuchen, es auf einen Sommersturm ohne mögliche Todesopfer zu reduzieren.»

Ihr Blick wanderte zu seinem Mund, und das verdammte Ding wurde trocken, als hätte sie mit den Fingern geschnippt und es sich gewünscht. «Das gefällt mir», murmelte sie. «Ich liebe einige Teile des Sturms zwischen uns.» Lange sahen sie sich in die Augen. Ihr Blick war unsicher, aber hoffnungsvoll, und so schön, so unergründlich. Ein Hühnerknochen schien jetzt hinter seiner Halsschlagader zu stecken. Und der verdoppelte seine Größe, als sich ihre Beine auf dem Sitz leicht spreizten und seine Hüften näher an ihre Wärme heranrücken konnten. «Denke ich wirklich darüber nach, länger als einen Monat zu bleiben? Ich habe keinen richtigen Job, meine Familie könnte mich jeden

Moment wieder fallen lassen, und du ... Wir kommen kaum miteinander aus ...»

«Wir sind ein verdammtes Dreamteam, und das weißt du auch. Wir *schaffen* das.»

«Noch nicht. Nicht ganz.» Sie schloss die Augen. «Aber jetzt, in diesem Moment, schaffen wir es. Ich habe dich. Und du hast mich. Kannst du mich bitte nach Hause und ins Bett bringen?»

Gestresst überprüfte August noch einmal seine Vitalwerte. Das Adrenalin war überhaupt nicht gesunken – wenn überhaupt, dann war es bei der sehr realen Möglichkeit, dass Natalie möglicherweise in Betracht zog, in St. Helena zu bleiben, in die Höhe geschossen. Bei der Möglichkeit, dass er tatsächlich eine Chance haben könnte, ihre Ehe von einer Zweckehe in eine Liebesbeziehung zu verwandeln.

Für immer. *Für immer*, sagte sein Herz.

Und sein Schwanz. Denn das verdammte Ding war immer mit am Start und ließ sich nicht zum Schweigen bringen. Schon bei der bloßen Vorstellung, in Natalies warmer, feuchter Pussy zu versinken, wuchs der Kerl auf die Größe von Jacks magischer Bohnenranke aus dem gleichnamigen Märchen an. *Verdammt*. Er würde mit dem Ding so hart Liebe machen, dass das Kopfteil des Bettes dabei zerbrechen würde. Leider würde er dabei vielleicht auch die Frau seiner Träume in zwei Hälften spalten. «Du musst mir zwanzig Minuten geben, um mit dem Reifen zu trainieren, sobald wir zu Hause sind.»

Verwundert runzelte sie die Stirn. «Was?»

«Das restliche Adrenalin, Natalie. Ich muss erst etwas davon abbauen, sonst ...» Er deutete auf den Scheitelpunkt ihrer sehr glatten, sehr leicht zu spreizenden Oberschenkel. «Beleidige ich die Königin.»

Sie verdrehte die Augen. Kniff ein Auge zusammen. «Moment, ich bin also die Prinzessin, und meine Vagina ist die Königin?»

«Und ich bin ihr treuer Untertan. Ja.»

Stille breitete sich aus.

Die aber einen Moment später von ihrem Lachen durchbrochen wurde.

Ein klarer, musikalischer Klang, der seine Brust zu einem Knoten zusammenzog und ein heiseres Glucksen aus seinem Mund drängte. Mit geröteten Gesichtern schüttelten sie sich mitten in dem noch immer tobenden Sturm vor Lachen. «Du bist so ein Spinner», keuchte sie.

«Du kannst lernen, damit zu leben.»

Sie nickte, wurde ernst. «Vielleicht.» Ihre Fingerspitzen wanderten über seinen Oberkörper nach unten, und als sie sich unter den Bund seiner Jogginghose schoben, sah er Sterne. «Ich will nicht warten, bis du mit dem Reifen fertig bist.»

«Ich muss mit dem Reifen trainieren. Ich will dir nicht wehtun.»

«Denkst du etwa, das turnt mich ab?»

«Ich weiß es nicht. Ich bleibe einfach hundertprozentig ehrlich und hoffe auf das Beste.»

«Oje», flüsterte sie und strich mit ihren Lippen an seinem Kiefer entlang. «Das macht mich auch an. Wir werden es nicht einmal bis nach Hause schaffen.»

Jacks magische Bohnenranke war fast zu ihrer vollständigen Größe ausgefahren. «Reifen.»

«Vergiss den Reifen», schnurrte sie und berührte mit ihrer Zunge sein Ohrläppchen.

Farben und Formen verschwammen vor seinen Augen. «Welcher R-reifen?»

Schritte näherten sich von Augusts rechter Seite, und er handelte instinktiv, trat von Natalies Schenkeln zurück und schob ihre Knie zusammen. Es gab nur eine Person, die das Privileg hatte, ihr Höschen zu sehen, und diese Person konnte gerade nicht einmal einen ordentlichen Satz formulieren.

Jemand klopfte ihm auf den Rücken.

«Nochmals vielen Dank für Ihre Hilfe, Cates.»

August blickte über seine Schulter zurück und sah, dass einer der Polizisten die Hand zum Schütteln vorgestreckt hatte. Dank seiner ausgefahrenen Bohnenstange konnte er sich allerdings nur teilweise umdrehen und in die Handfläche des Polizisten einschlagen. «Keine Ursache.» Der Kerl stand einfach da, nickte und grinste, trat von einem Fuß auf den anderen. Oh Mann, August kannte diesen Blick. Er stand kurz davor, auf ein Bier mit den Jungs eingeladen zu werden. «Ich muss meine Frau nach Hause bringen, bevor sie sich noch eine Erkältung einfängt.»

Natalie fuhr mit einem Fingerknöchel den kleinen Pfad aus Haar, der in seine Hose führte, entlang, und er verschluckte fast seine Zunge. «Das Einzige, was ich mir einfangen werde», flüsterte sie nur für seine Ohren bestimmt, «ist dieser Schw...»

«Okay, passen Sie auf sich auf. Wir können ja bei Gelegenheit mal ein Bier trinken gehen», brachte August hervor und schob Natalies Beine in den Pick-up, wobei sein Blut zu kochen begann wie heiße Bratensauce. In diesem Moment war ihm sogar egal, wer seinen Ständer sah, solange er die Frau in den nächsten zehn Minuten nach Hause bringen konnte. Ruhe in Frieden, Kopfteil. Mit wenigen langen Schritten umrundete er die vordere Stoßstange, rutschte eilig hinter das Lenkrad und fuhr rückwärts durch das Labyrinth der Einsatzfahrzeuge. «Oh, den wirst du dir einfangen, Natalie königliche Prinzessin Cates.»

Sie glitt anmutig an der Armatur seines Wagens entlang und drückte ihren Mund auf seine Schulter. Sie küsste, leckte ... und biss so fest zu, dass seine Eier bis in seine Kehle hinaufkatapultiert wurden.

«Fuck.»

«Ja, bitte.» Sie packte seinen Schwanz durch den nassen Stoff seiner Jogginghose, und mit dem großen, bebenden Atemzug beschlug jedes einzelne Fenster des Pick-ups. «Und ich will gar nicht, dass du mich mit Samthandschuhen anfasst. Unser Versöhnungssex wurde heute Morgen unterbrochen. Vielleicht *sollte* es ein wenig ...»

«Grob sein.» Mit einem Knurren tastete er nach dem Schalter für die Fensterheizung. «Du hast ja keine Ahnung, wie groß die Schmerzen sind, die du mir zufügst, Prinzessin.»

Ihre magische Hand begann, auf und ab zu streicheln. «Fahr rechts ran und zeig es mir.»

«Natalie», stöhnte er und versuchte, die winzigen Lichtpunkte, die vor seinen Augen tanzten, wegzublinzeln. «Ich glaube, dein Gehirn hat einen Kurzschluss.»

«Es tut mir leid», sagte sie, sah aber nicht im Geringsten zerknirscht aus. Himmel, was kam als Nächstes?

Er erhielt die Antwort, als sie sich das durchnässte Nachthemd über den Kopf zog.

Nur mit einem Höschen bekleidet, das kaum mehr war als ein winziger Streifen Stoff, rieb sie ihn weiter, aber jetzt war ihre Hand im Zielbereich. Sie befand sich in seiner Jogginghose und verrichtete die Arbeit des Herrn, spielte mit seinen Eiern und zog sanft an seinem Schwanz, mit einem Griff, der erst druckvoller und dann grob wurde.

«*Verflucht*», zischte er durch die Zähne und zwang sich, zu atmen. Und sich auf die Straße zu konzentrieren. Wenn er mit seinem Pick-up einen Unfall baute, mit Natalie auf dem Beifahrersitz, würde er wahrscheinlich schon allein vor Schuldgefühlen sterben. «Ich kann hier im Wald nicht anhalten, Natalie. Ich will nicht riskieren, dass du vom Blitz getroffen wirst oder ... Gott, eine weitere überflutete Straße ...»

«Solange du bei mir bist, bin ich in Sicherheit.»

Jetzt streichelte sie also auch noch sein Ego? Er war Manns genug, um zu wissen, wann er eine Schlacht verloren hatte. «Da hast du verdammt recht, Prinzessin.» Ihre Hand gab jetzt alles. Bildete er sich das ein, oder sang jemand im hinteren Teil seines Pick-ups Opernarien? «Ich unterbreche kurz unseren Streit, um dir mitzuteilen, dass das der beste Handjob ist, den ich je erlebt habe. Und etwa neunundneunzig Prozent davon habe ich selbst ausgeführt, als Experte für meinen eigenen Schwanz. Du machst das absolut perfekt.»

Ihre Lippen verzogen sich an seinem Kiefer zu einem Lächeln, ihr tiefes Brummen fuhr durch ihn hindurch. «Weißt du, was sich noch besser anfühlen würde ...?»

«Deine Pussy? Ja, das ist so ziemlich das Einzige, woran ich denken kann.»

«Fahr rechts ran», schnurrte sie und massierte seine Eier.

August biss die Zähne zusammen und suchte nach einer Lücke zwischen den Bäumen. Irgendwo hier in der Nähe gab es eine. Er hatte sie schon hundertmal genutzt, um zu wenden, wenn er mal wieder vergessen hatte, Katzenfutter zu kaufen. Komm schon, komm schon. Es gab kein Zurück mehr. Er würde in seine Hose kommen.

So.

Jeder Tropfen Blut aus seinem Körper befand sich in seinem Unterleib und machte seinen Schwanz so steif, dass ihm schwindelig war, als er den Pick-up parkte, die Fahrertür aufriss und Natalie vom Sitz zerrte. Raus in den Regen. Er kam nicht zu Atem, konnte an nichts anderes denken, als in sie einzudringen, wo es warm war und wo er hingehörte, und wo sie Lust verspüren würde. Gott, das wollte er mehr als alles andere. Er wollte sie so sehr befriedigen, dass sie sich danach eine Woche lang im Delirium befand. «In Ordnung, wir tun's.» Er schloss die Tür, hob sie dagegen und hielt sie fest gegen das Metall gedrückt. Fest genug, um das Fahrzeug ins Wanken zu bringen. *Du bist doppelt so groß wie sie.* «Natalie, ich ... das Adrenalin ... »

«Ich weiß, was ich tue», hauchte sie und drückte ihren Rücken durch. Gewährte ihm damit einen langen, heißen Blick auf ihre Titten. Diese steifen, rosigen Brustwarzen. «Ich weiß, worauf ich mich einlasse.»

«Aber nur um das klarzustellen ... » *Mein Schwanz explodiert gleich.* «Sehr harter Sex. Mit mir. Jetzt.»

«Ja.»

«Kein Vorspiel.»

«Nein», sagte sie schroff. «Bitte. Bitte. Ich möchte, dass du mich nimmst, um das Adrenalin loszuwerden. Jetzt, August.»

Ihr Höschen wurde zur Seite, seine Jogginghose nach unten geschoben, dann drang er mit einem schnellen Aufwärtsstoß seiner Hüfte in sie ein. Eine Abfolge von Bildern aus seinem Leben tauchte vor seinen Augen auf. Fahrradfahren lernen, die Hell Week bei den SEALs, passende Socken für seine großen Füße kaufen. Kein einziger Moment in seinem Leben war mit diesem zu vergleichen. Der, in dem er seine Frau ausfüllte und sie triefend nass war, kurz davor, von nur einem Stoß zu kommen. «Verdammt, Prinzessin», grunzte er und brachte die Fenster zum Klirren. «Wo wir gerade von Sturzfluten sprechen ... »

«Nein.»

«Sorry.»

Ihre Münder fanden sich zu einem Kuss, und sie stieß einen erstickten Laut aus, der ihn krank vor Verlangen machte. Und auch sie war krank vor Verlangen. Er erkannte es daran, wie sie während dieses atemlosen Kusses die Augen so fest zukniff und ihre Beine so fest um seine Hüften schlang, dass er hätte schwören können, dass ihre Gliedmaßen gerade zu einem Teil von ihm wurden. Daran, wie sie beinahe sofort einen Orgasmus hatte, wie die Vorfreude sich in ihren Blick schlich und dieser dann vollkommen leer wurde, wie ihr Kopf gegen das Fenster sackte und ihre Schenkel unkontrolliert zitterten. «Oh Gott, August, ja. Ja. *Fester*.»

Diese Frau war ein Schatz. Seine Hüften bewegten sich in einem hämmernden Rhythmus, sein Schwanz war härter als ein verdammter Hammer, ihr Arsch quietschte an der nassen Tür seines Pick-ups auf und ab, und sie verlangte nach mehr. «Alles, was du willst.»

«Nein, alles, was du willst.» Sie zitterte so sehr, dass er ihre Worte kaum noch verstehen konnte. «Das ist es, was ich will.»

«Ach ja?» Die Anspannung in ihm löste sich und er knirschte nah an ihrem Ohr mit den Zähnen. «Ich will, dass du ein braves Mädchen bist und dich vorbeugst, damit ich dich so richtig schmutzig von hinten nehmen kann. Was sagst du dazu?»

In diesem Moment lernte August etwas über ihre Beziehung.

Diese Frau ließ ihm seinen Scheiß nicht ungestraft durchgehen.

Es sei denn, er bescherte ihr einen Orgasmus.

Also würde er das anscheinend ziemlich häufig tun.

August hob Natalie von der Seite des Pick-ups und riss die Fahrertür auf. Sie löste ihre Beine von seiner Hüfte und drehte sich um, hielt sich am Rand des Sitzes fest, die Hüften in die Höhe gedrückt, das Höschen in Fetzen. Er riss es ihr ganz herunter und leckte auf dem Weg nach oben an der Spalte ihres Pos, was er für den Rest seines Lebens gerne jede Minute tun würde, vor allem, wenn sie dabei stöhnte und sich ein wenig weiter öffnete. Sie keuchte seinen Namen, ihr glatter Rücken hob und senkte sich. Und verdammt, er konnte nichts anderes tun, als diese hübsche Spalte weiter zu lecken, sich zwischen die straffen Backen zu drücken und seine Zunge daran zu reiben.

«*August*.»

«Mmmm.»

Sie wand sich an seinem Gesicht. Es war wirklich wunderschön. «*August*.»

Wenn er so weitermachte, würde er etwas versuchen, was er nicht heute tun sollte, wo er nicht langsam oder sanft sein konnte, selbst wenn sein Leben davon abhinge. «Ich komme, Prinzessin.»

Er richtete sich ganz auf, drückte sich an Natalies Rücken und hob sie auf die Zehenspitzen, ihren Arsch wie einen Traum in seinen Schoß gepresst. Dann griff er nach unten und stieß seinen Schwanz in sie hinein, erschauderte, weil sie ihn so enthusiastisch begrüßte. Sie schrie auf und hob ihren Hintern an, ermöglichte ihm den tiefen Zugang, den er so dringend brauchte, und seine Eier fluchten fast laut.

«*Gott*, ich liebe es, dich zu ficken», knurrte er gegen ihre Wirbelsäule, packte ihre Hüfte mit der rechten Hand, hielt sich mit der linken am Lenkrad fest. «Ich liebe es, meine *Frau* zu ficken. Ich fühle das, ganz tief in meinem Herzen, weißt du? Es war noch nie so wie jetzt. Es wird nie wieder so sein wie jetzt, für keinen von uns. Okay? Wir haben es geschafft.» Er drückte seinen Mund in ihren Nacken. «Du liebst es, deinen Ehemann zu ficken.» Seine Hand glitt von ihrer Hüfte nach unten, tauchte zwischen ihre Pussy und den Rand des Sitzes und massierte ihre Klitoris mit zwei Fingern. «Sag es.»

Sie holte zweimal tief Luft und stieß ihre Hüften zurück, um seinen schnellen und wilden Stößen entgegenzukommen. «Ich liebe es, meinen Ehemann zu ficken.»

«Warum?»

«Es ist so gut. Es ist einfach so gut.»

«Nicht nur das ist gut, Natalie.» Er nahm seine linke Hand vom Lenkrad und griff in ihr Haar, zog ihren Kopf zurück, schaute ihr von oben herab in die Augen. «Es ist auch außerhalb des Bettes gut. Du weißt, dass es so ist. Wir raufen uns noch zusammen. Ich ...» Davor hatte er sich insgeheim gefürchtet, vollkommen aufgedreht vom Adrenalin. Er hatte Angst, diese drei Worte zu früh zu sagen. Sie damit zu verschrecken. *Verlang nicht zu früh zu viel.* «Ich brauche meine Frau. Ich werde meine Frau *immer* brauchen, verdammt.»

Ihr Atem stockte und sie blinzelte einige Male schnell hintereinander. Wahrscheinlich hätte ihre Antwort auch noch warten können. Gerade passierte so viel gleichzeitig, der strömende Regen, der Donner und dass er in ihren Körper stieß, als hinge das Schicksal der Menschheit davon ab, dass er kam. Aber sie überraschte ihn, drängte sich mit dem Rücken gegen seine Brust und rieb ihren Kopf gegen seine Hand, bis seine Finger sich wie von selbst lösten, um ihr Gesicht zu streicheln. «Ich brauche meinen Ehemann auch so sehr.»

Oh Mann.

Das war zu viel.

Der Schwindel verstärkte sich durch seinen rasenden Herzschlag und den enormen Druck zwischen seinen Beinen. Sein System war überlastet. Er wollte sie unbedingt bei sich haben, wollte nie wieder ohne sie irgendwohin gehen, und rieb ihre Klitoris auf eine Weise, von der er wusste, dass ihr dadurch die Augen verdreht würden – und dann verloren sie mit ersticktem Stöhnen jegliche Beherrschung. August ließ sein Gesicht in ihren Nacken sinken und kam wie von Sinnen, stieß mit seiner Hüfte grob vor, brachte sie zum Schreien und trieb den zweiten Orgasmus zu seinem Höhepunkt, bis sie beide einfach zusammengesackt über dem Fahrersitz hingen.

Er küsste ihr Haar mit der wenigen Kraft, die ihm geblieben war. «Solange du mich brauchst, Natalie, bin ich bei dir. Welche Entscheidungen auch immer du triffst, was auch immer passiert, ich bin dein gottverdammter Mann.»

«Ich weiß.»

Einige Sekunden verstrichen, und mit jeder einzelnen schwoll seine Brust weiter an. «Ich liebe, dass du es weißt.» *Ich liebe* dich. Er strich mit den Lippen an ihrer Schulter entlang, um zu verhindern, dass ihm diese Worte doch noch entschlüpften. Sie hatte zugegeben, dass sie ihn brauchte, dass sie mehr als einen Monat wollte. Er musste dankbar und geduldig sein. Für den Moment. «Ich werde dich nach Hause bringen – in unser Zuhause – und alles tun, was in meiner Macht steht, damit du es nicht vergisst.»

KAPITEL 23

Eines konnte Natalie über August auf jeden Fall behaupten. Er war ein sehr überzeugendes Argument dafür, in Napa zu bleiben. Sie hatte aufgehört zu zählen, wie oft sie sich in der vergangenen Nacht geliebt hatten – es war der einzige Marathon, an dem sie je teilgenommen hatte. Sie waren am Nachmittag nach der Rückkehr von der Rettungsaktion ins Bett gefallen, ihre nackten Körper von Kopf bis Fuß aneinandergedrängt, die Glieder ineinander verschlungen, als wollten sie einander nie wieder loslassen. Stunden später war sie aufgewacht und hatte sich nach ihm gesehnt. *Gesehnt*. So sehr, dass ihr die Tränen kamen, als sie ihn ritt. Seine Finger waren in ihrem Haar, hielten einzelne Strähnen umklammert, während seine Hüften nach oben stießen und sie beide nicht genug vom Mund des anderen bekommen konnten.

Der Rest der Nacht und der darauffolgende Morgen – den sie größtenteils gemeinsam unter der Dusche verbracht hatten – waren wie im Fluge vergangen. Das hier aber war das genaue Gegenteil. Er war wieder in der Scheune, ohne sie, und das tat jedes Mal mehr weh. Und vielleicht sollte es das nicht. Vor ein paar Stunden hatte er beim Rausgehen gezögert und vorgeschlagen, sie könnte Aufgaben in der Verwaltung von Zelnick Cellar übernehmen, so wie Corinne es vorgeschlagen hatte ... aber es fühlte sich ein bisschen so an, als wollte er sie beschwichtigen. Oder vertrösten.

Ein so großer Teil von Augusts Herz bestand aus Ehre, aber all das war mit der Erinnerung an Sam verwoben. Die Art und Weise, wie er sich im Namen seines Freundes mit dem Wein abmühte. Die Arbeit *war* sein Herz. Aber Natalie aus diesem Prozess auszuschließen bedeutete auch, dass er sich ihr immer noch nicht vollständig geöffnet hatte. Dass er sie noch nicht ganz in sein Innerstes gelassen hatte. Und was die Liebe betraf, war sie es wirklich leid, sich mit halben Sachen zufriedenzugeben. Das hatte sie bisher schon von ihrer Familie, ihren Freunden, ihren Kollegen und Morrison bekommen.

Jetzt ging es um alles oder nichts. Mit August.

Vielleicht war dies ein weiteres eindeutiges Zeichen dafür, dass sie ihn liebte.

Weniger als absolutes Vertrauen würde sie nicht akzeptieren.

Sie musste sich auf das Positive konzentrieren – sie beide entwickelten sich in ihrer Beziehung weiter.

Er war bei ihrem letzten Streit nicht davongestürmt, sondern geblieben. Er hatte ein Gelübde verfasst. Ein wunderschönes Gelübde. Er hatte sie im Beisein ihrer Familie unterstützt. Er gab ihr das Gefühl, in Sicherheit zu sein und geschätzt zu werden. Er brachte sie zum Lachen. Sagte ihr, dass er sie brauchte.

Dass er ihr Ehemann war.

Bedeutete das, dass sie Claudia anrufen und ihre Firma einfach in den Wind schießen sollte? Ihre letzte verbliebene New Yorker Freundin war so loyal gewesen, ihren Job aufzugeben und mit Natalie ins Boot zu steigen. Sie hatte im letzten Monat viel vorbereitet, die Papiere zur Anmeldung des Unternehmens eingereicht und auf der Suche nach willigen Investoren zahllose Anrufe getätigt.

Jetzt war es Donnerstagmorgen, ein Tag vor dem geplanten

Treffen mit dem potenziellen Investor William Banes Savage. Das könnte der Startschuss für sie sein. Die Belohnung.

War sie wirklich bereit, ihr Blut, ihren Schweiß und ihre Tränen einfach fortzuwerfen ... ?

Ganz zu schweigen von dem Comeback, von dem sie seit Monaten geträumt hatte?

Ihr Blick wanderte zu der verschlossenen Tür der Scheune, und ein nicht zu ignorierender Dolch bohrte sich in ihr Brustbein. Machte August da drinnen Fortschritte? Konnte sie ihm auf Umwegen helfen – und sich damit von lebensverändernden Entscheidungen ablenken? Ja. Sie würde die Bank anrufen und ein Treffen mit Ingram Meyer für den Kredit vereinbaren. Damit würde sie August doch nicht auf die Füße treten, oder?

Dann würde sie Claudia anrufen. Und sie wissen lassen, dass der Plan, dauerhaft nach New York zurückzukehren, nun nicht mehr ganz so sicher war. So würde Claudia nicht überrumpelt sein, falls Natalie sich wie durch ein Wunder entschließen sollte, zu bleiben. Claudia würde Zeit haben, ihren Lebensunterhalt sicherzustellen.

Überzeugt von ihrem Plan, rief Natalie bei der Bank an.

«Hallo. Hier ist Natalie Cates. Kann ich bitte Ingram Meyer sprechen?»

Einen Moment später hörte sie Ingrams vertraute Stimme an ihrem Ohr. «Mrs. Cates – ich hatte mir schon gedacht, dass Sie sich melden würden. Ich nehme an, Sie haben die neuen Nullen auf Ihrem Konto bemerkt. Wenn es keine Verzögerung gegeben hat, sollte das Geld jetzt da sein.»

Nullen.

Konto.

Ihr Treuhandfonds. Sie hatte tatsächlich vergessen zu überprüfen, ob das Geld eingegangen war.

Wenn das kein Zeichen war, dass Natalies Herz hier bei August war, was dann?

«Ich danke Ihnen. Ja. Ich bin sicher, es ist alles in Ordnung.» Sie blickte über den Vorgarten und sah August, der ins Sonnenlicht trat und sich eine Kanne mit Wasser über den Kopf schüttete. Unerwartet schwoll etwas in ihrer Brust an, und ihr Herz pochte so schnell, dass es ihr nur mit Mühe gelang zu atmen. Liebe. Sie war wohl oder übel verliebt. «Ich rufe eigentlich wegen Augusts Termin an. Sind Sie sicher, dass Sie uns diese Woche nicht doch noch dazwischenquetschen können?»

August sah Natalie aus dem Haus kommen, und in seinem Kopf wurde es für einen Moment ganz still. Es war, wie aus einem Hubschrauber in pechschwarzes Wasser zu fallen, für einen Moment verschwanden alle Geräusche, bis auf das seines Herzens. *Bumm, bumm, bumm.* Wenn er das Glück hätte, seine Frau in den nächsten sechzig Jahren regelmäßig auf sich zukommen zu sehen, würde er ... als glücklicher Mann sterben?

Nein, nicht ganz.

Solange sie noch atmete, würde er mit dem Mann da oben um mehr Zeit feilschen.

Gott würde das sicherlich verstehen. Natalie war dessen Meisterstück.

«Hey», sagte er, vollkommen sprachlos in ihrer Gegenwart, weil sie so ... entspannt aussah. Weich. In einem lockeren Jeanskleid mit goldenen Knöpfen vorne, die Haare in einer Art Knoten, der aussah, als könnte er jeden Moment auseinanderfallen. Vielleicht würde er das tatsächlich tun, wenn er sie küsste? Verdammt, ja. Das klang für ihn nach einer hervorragenden Idee.

Mit Sex wirst du sie nicht zum Bleiben überreden.

Was war dafür entscheidend? Was war es, das er ihr noch nicht gegeben hatte? Die Antwort schien zum Greifen nahe, war aber schwer zu packen und entglitt ihm immer, bevor er sie erkennen konnte.

Ihr Lächeln lenkte ihn von seinen unruhigen Gedanken ab. «Es gibt tolle Neuigkeiten. Ich habe für morgen früh einen Termin mit Ingram wegen des Kredits für Zelnick vereinbart. Acht Uhr dreißig. Er wird uns noch vor Öffnung der Bank reinschmuggeln, da er den Rest des Tages Termine hat.»

Und Augusts Magen sackte bis auf den Boden.

Ja, richtig.

Er hatte ihr immer noch nichts von der Investition seines Commanders gesagt.

Dass er überhaupt kein Kapital von der Bank brauchte.

Es war von Anfang an darum gegangen, dass Natalie bekam, was sie brauchte. Aber würde sie ihm das glauben, nachdem so viele Männer in ihrem Leben versucht hatten, sie mithilfe von Geld zu kontrollieren? August wollte darauf vertrauen, dass Natalie nicht so über ihn dachte. Dass sie es besser wusste. Dass er anders war. Aber jetzt, wo er sie gerade dazu gebracht hatte, über ein Bleiben in Napa nachzudenken, war nicht der richtige Zeitpunkt für eine Lüge. Etwas zu sagen, was sie dazu bringen könnte, sich endgültig für die Ostküste zu entscheiden. Sie hatten eine Abmachung getroffen – und er hatte die ganze Zeit gelogen, indem er ihr wichtige Fakten verschwiegen hatte.

Wenn sie jetzt ging, wo sie so kurz davor waren, eine gemeinsame Basis zu finden, würde er verdammt noch mal zerbrechen.

Was also sollte er tun?

Wenn sie zu dem Termin gingen, würde Ingram einen Blick auf sein Bankkonto werfen und sich fragen, wozu er Geld brauchte, wo die Zahlen dank seines Commanders doch bereits gut aussahen. Und wenn er *nicht* zu dem Termin ging, würde Natalie ihm Fragen stellen.

Komm schon, Universum.

Er brauchte nur ein bisschen mehr Zeit, um sicherzustellen, dass sie ihm gehörte – für immer.

«August?», fragte sie, und ihr Lächeln wirkte jetzt verwirrt.

«Ja, Prinzessin. Morgen früh acht Uhr dreißig klingt gut.»

August hatte die Angewohnheit, Sam um Rat zu fragen, wenn er nicht wusste, was er tun sollte. Also ging er in den frühen Morgenstunden zu ihm. Er ließ die unglaublichste Frau der Welt, die nackt in seinem Bett schlief, zurück – was, nebenbei bemerkt, sehr schmerzhaft war – und machte sich auf den Weg zum Friedhof, wobei er darauf achtete, dass ihm genug Zeit blieb, vor dem Banktermin zurückzukehren.

Falls er den wirklich wahrnehmen und nicht am Ende doch Natalie anrufen und absagen würde. Vielleicht war es klug, ihr vor Publikum die Wahrheit zu sagen.

Die Sonne schaute gerade ein erstes Mal über den Horizont, als August sich genau hundertdreiundsiebzig Zentimeter von Sams Grabstein entfernt hinsetzte, da er nicht auf seinem Freund Platz nehmen wollte. Er vergrub seinen Kopf in den Händen und kam direkt zur Sache, erzählte Sam alles, was seit dem Morgen der Hochzeit geschehen war. «Wenn ich einen Wunsch frei hätte, dann würde ich mir wünschen, dass du sie kennenlernst, Mann. Sie ist wirklich tough.» Himmel, ihm standen die Tränen in den Augen. «Es fühlt sich an, wie ... na ja ... Ein einziger Fehltritt, und ich verliere sie. Ich hoffe, dass es sich nicht auf ewig so gefährlich anfühlen wird, aber selbst wenn es so wäre, würde ich an ihr kleben wie Leim. Sie ist es wert, ein endloses Feld voller Landminen zu durchqueren.» Er atmete tief durch. «Sag mir, was ich mit diesem Banktermin machen soll, Mann.»

Normalerweise konnte er Sams Stimme aus dem Nichts herbeizaubern. Konnte sich vorstellen, was sein Freund sagen würde. Aber dieses Mal versagte seine Vorstellungskraft. Der Klang der Stimme seines Freundes wurde immer schwächer; er traf den Tonfall nicht richtig, hatte keine Ahnung, was Sam ihm raten würde – und der ausbleibende Zuspruch, in Verbindung mit der verblassenden Erinnerung an Sam, zusätzlich zu allem anderen, war einfach zu viel.

Er legte sich rücklings ins Gras, schloss die Augen und atmete tief durch, um nicht von seinen Gefühlen überwältigt zu werden. Nicht, wenn er an diesem Morgen anwesend sein musste, denn sein Fokus lag einzig und allein auf seiner Ehe mit Natalie.

Doch als er die Augen schloss, holte ihn der Druck durch seine Unentschlossenheit wieder ein.

Er schlief ein und träumte von Natalies Lächeln.

8:52.

Kein August.

Natalie schaute auf das Display ihres Telefons und versuchte, August mit reiner Willenskraft dazu zu bringen, ihre Anrufe zu erwidern. Oder auf eine der zahlreichen SMS zu antworten, die sie ihm geschickt hatte. Sie waren spät dran für den Termin mit Ingram, und ehrlich gesagt konnten sie es jetzt auch gleich sein lassen. Ingram hatte nur dreißig Minuten Zeit, und ein Großteil davon war jetzt verstrichen.

Das sah August gar nicht ähnlich.

Andererseits ... vielleicht doch?

Sie waren erst seit sechs Tagen verheiratet. Vielleicht lag es in seiner Natur, ohne Vorwarnung zu verschwinden, noch bevor sie aufwachte. Und zwar nicht nur, um mit seinem Reifen zu trainieren – sondern um zu verschwinden. Vom Grundstück. Sie hatte im Haus und in den beiden Scheunen nach ihm gesucht, und das Gefühl des Unbehagens in ihrem Magen wurde von Minute zu Minute größer. Stimmte etwas nicht? War er zu einem Notfall gerufen worden? Warum hatte er sie nicht geweckt, um zu helfen?

Dann endlich hatte sie den Zettel gefunden, der an ihrem Lieblingskaffeebecher klebte.

Bin zu Sam gegangen.

Bis zu diesem Moment hatte sie nie darüber nachgedacht, wann August sie mit zu Sam nehmen würde. Oder ob er das jemals tun würde. Aber so nah, wie sie sich gestern und letzte Nacht gewesen waren, so verletzlich, wie sie ihm gegenüber gewesen war, fühlte es sich ein wenig so an, als würde August sie ausschließen, wenn er allein zum Friedhof ging. Schon wieder. Das war vielleicht keine rationale Reaktion, aber davon wollte ihr Herz, das in einem Meer aus Traurigkeit versank, nichts hören. August hielt einen Teil seines Lebens privat – seinen Kummer – und bewachte ihn wie ein Löwe.

Es war ein Teil von ihm, den sie niemals berühren würde. Sie musste das einfach akzeptieren.

Sie hatte sich diesem Mann gerade geschenkt, nicht nur durch ihren Namen, sondern auch emotional.

Nicht einmal einen Tag später fühlte sie sich, als hätte er sie fallengelassen, ohne Fangnetz.

Widerwillig startete sie ihr Auto und fuhr aus der Parklücke vor der Bank. Aber sie hatte keine Lust, nach Hause zu fahren. Zu Augusts Haus. Es war zu ruhig ohne ihn, und sie suchte nach einer Bestätigung, nicht nach noch mehr Fragen.

Tief in ihrem Inneren hätte sie wissen müssen, dass das Vos-Anwesen der letzte Ort war, an den sie sich begeben sollte. Vielleicht war sie Masochistin, vielleicht hatte sie aber auch einen winzigen Funken Hoffnung, dass ihre Beziehung zu Corinne jetzt stärker war. Sie hatte ihre Mutter mit ihrer Recherche zu VineWatch überrascht, nicht wahr? Und wenn sie und Corinne irgendetwas gemeinsam hatten, dann die Enttäuschung durch einen Mann. Also fuhr sie nach Hause, mit einem Funken Hoffnung im Herzen.

Die wurde in dem Moment zerstört, als sie in die geschwungene Einfahrt einbog, wo vor dem Haus zwei Hybrid-Autos standen. Mit aufgedrucktem VineWatch-Logo auf den Fensterscheiben. Zwei Männer und eine Frau in Khakihosen und marineblauen Polohemden stiegen gerade aus, und Julian und Corinne gingen ihnen entgegen, um sie zu begrüßen.

Offensichtlich war Natalie gerade in ihr Meeting geplatzt.

Ein Meeting, das ohne sie stattfand. Eigentlich sollte sie das nicht überraschen.

Und doch tat es das? Anscheinend konnte ihre Familie ihr immer noch Verletzungen zufügen, denn ihr Magen rebellierte heftig, und sie war unfähig, etwas anderes zu tun, als zu starren.

Julian musste sie gesehen haben, denn er stand plötzlich neben ihrem Autofenster und bedeutete ihr, es herunterzukurbeln.

«Hey», sagte er freundlich. «Ich bin froh, dass Corinne entschieden hat, dich zu dem Treffen einzuladen. Ich habe ihr gesagt ... »

«Sie hat mich nicht eingeladen», beschied Natalie düster. «Ich bin nur zufällig hier.»

Das fasste perfekt zusammen, was sie in diesem Moment über den ganzen Tag, vielleicht sogar ihr ganzes Leben dachte.

Julian rückte seine Krawatte zurecht, war offenkundig verwirrt. «Ich verstehe. Sie wollte eure erste Woche als Ehepaar nicht mit Geschäftlichem stören. Fürs Protokoll, ich wusste, dass du gerne hier sein wolltest ...»

«Das spielt keine Rolle, Julian.» Sie klang wie betäubt. Fühlte sich wie ausgehöhlt.

Was mache ich in dieser blöden Stadt?

Nichts hatte sich geändert. Sie würde immer die Außenseiterin sein. In ihrer Familie. In ihrer Ehe. New York war der einzige Ort, an dem andere sie wahrgenommen hatten. Es war der einzige Ort, an dem ihr Tun jemals *geschätzt* worden war.

Hier nicht.

Hier noch nie.

«Ich habe heute Abend einen geschäftlichen Termin in New York, falls mich jemand sucht, ich werde dort mit einem Technologie-Milliardär im Scarpetta essen», sagte sie, legte den Rückwärtsgang ein und erteilte der Bitte ihres Bruders, zu bleiben und zu reden, eine Absage. Sie ignorierte das Telefon, das auf dem Heimweg zu klingeln begann. August. Als auch ihre Mutter sie anrief, schaltete sie das Gerät ganz aus. Und das fühlte sich gut an. Es fühlte sich gut an, so zu denken wie als Zwanzigjährige, als sie niemanden außer sich selbst gebraucht hatte. Natalie gegen den Rest der Welt.

Sie würden sie nicht einmal vermissen.

Gott sei Dank hatte sie Claudia nicht angerufen, um das Treffen mit William Banes Savage abzusagen.

Kaum dass Natalie durch die Tür von Augusts Haus trat,

klappte sie ihren Laptop auf und buchte ihren Nachmittagsflug auf die nächstmögliche Maschine nach New York um. Zum ersten Mal seit Monaten hatte sie das Gefühl, wieder die Kontrolle zu haben. Sie lud die Bordkarte auf ihr Handy und verstaute den Laptop in ihrer Handtasche. Noch eine Stunde, bis sie zum Flughafen aufbrechen musste, und August war immer noch nicht zu Hause. War der Besuch bei Sam sehr anstrengend?

Nicht mein Problem. Das hat er deutlich gemacht.

Der Schmerz stach ihr in die Brust und nannte sie eine Lügnerin. Sie musste beim Packen ihres kleinen Handgepäckkoffers innehalten und Luft holen. Es würde offenbar nicht einfach werden, sich von August zu lösen. Nicht so wie vorher, bei ihrem Ex. Bei jedem Ex vor ihm. Wäre das Überwinden von Trennungen eine olympische Disziplin, hätte sie in allen Wettkämpfen Gold geholt. In «Wahrheit ignorieren». Und in «Vor der Verantwortung davonlaufen».

Im «August-Staffellauf» würde der Gewinn der Goldmedaille nicht so leicht werden.

In ihrem Herzen herrschte Chaos. Und zum Flughafen zu fahren, ohne sich zu verabschieden, würde ihr nicht die gewünschte Genugtuung verschaffen. Das wurde schon dadurch deutlich, dass sie immer wieder zur Haustür sah, in der Hoffnung, er käme gleich hereinspaziert.

Ihr Blick fiel durch das Fenster auf die Scheune. Verboten. Sie durfte sie nicht betreten und sich nicht in den Gärungsprozess einmischen.

Tja, zu schade.

Natalie schlüpfte in ein paar flache Schuhe und stapfte aus dem Schlafzimmer, stolperte auf dem Weg zur Haustür über die ausgestreckt daliegende Katze. Sie riss die Tür auf und hasste sich dafür, dass sie insgeheim hoffte, Augusts Wagen draußen stehen zu sehen. Aber er war nicht da. Da war nur eine leere, mit Ölflecken übersäte Betonplatte.

Mit aufgeregt pochendem Herzen betrat sie die Scheune. Zu ihrer Überraschung stellte sie fest, dass die wie ein Bogen gespannte Sehne in ihrem Brustkorb zunehmend lockerer wurde, je weiter sie in Augusts Werkstatt vordrang, in der sie nichts zu suchen hatte. Ja, sie hatte nicht seine ausdrückliche Erlaubnis, sich dort zwischen seinen Sachen aufzuhalten, aber sie hatte ja auch nie zugestimmt, dass er sie dazu bringen sollte, sich in ihn zu verlieben, nur um dann außen vor und auf Distanz gehalten zu werden. Nah, aber nicht zu nah, genauso wie in ihrer Familie.

Mit August hätte es anders sein sollen.

Natalie bemerkte, dass sie durch einen Tränenschleier hindurch auf die Reihen von Eichenfässern starrte. Ihre Nase brannte, und diesem Brennen folgte eine Kerosinspur bis in die Mitte ihrer Brust, entzündete dieses traurige, leidende Organ und verwandelte es zu Asche. Teilweise.

Ein Teil davon war offenbar am Leben geblieben, denn sie wischte sich über die Nase und öffnete den Verschluss des ersten Fasses, wobei sie sofort erkannte, dass der Inhalt gefiltert werden musste.

Niemand wollte ihre Hilfe, schon gar nicht August.

Tja, das war verdammt schade, nicht wahr?

Ich bin eingeschlafen. Wie konnte ich einschlafen, während sie auf mich wartet?

Wie konnte ich das tun?

Als August auf seinem gewohnten Platz vor dem Haus hielt, hatte sich sein Magen bereits in einen brodelnden Kessel voller

Säure verwandelt. Sie nahm seine Anrufe nicht an, immer ging direkt die Mailbox an, und jetzt war ihr blauer Hatchback weg. Natalies Auto. War weg.

Er sprang aus dem Wagen und begann sofort, ihren Namen zu rufen: «Natalie.»

Sie war nicht im Haus. Er wusste es, denn wenn sie irgendwo in der Nähe wäre, würde er ihre Anwesenheit spüren. Trotz dieser Intuition trat er die Tür des Hauses fast ein, als seine Finger nicht in der Lage waren, sie aufzuschließen, und rief dabei die ganze Zeit ihren Namen.

Als er ins Haus kam, war es totenstill. Menace saß auf der Kante eines Esszimmerstuhls, ihr Blick aus zusammengekniffenen Augen war eine einzige Anklage. Panik stieg in ihm auf, er holte sein Handy heraus und rief Natalie an, fluchte lauthals, als wieder die Mailbox ansprang. Vielleicht war sie zu Vos Vineyard gefahren? Vielleicht war sie so wütend auf ihn, dass sie ein paar ihrer Sachen zurück ins Gästehaus gebracht hatte? Denn, ja, seine Frau war weder in den Schlafzimmern noch im Bad, und ihre verdammte Zahnbürste war verschwunden, eine Tatsache, die seine Luftröhre auf die Größe eines Nadelöhrs zusammenschrumpfen ließ.

«Nein. Nein, nein, nein ... »

Julian wusste sicher, ob sie wieder ins Gästehaus gezogen war. Er würde Julian anrufen.

August bemerkte erst, dass seine Hand zitterte, als er die Nummer von Natalies Bruder wählte.

«Ja?», antwortete der Professor nach dem zweiten Klingeln.

«Ist Natalie da?», bellte August in den Hörer.

«Sie war hier. Aber sie ist wieder gefahren.» Eine lange Pause, ein Knarren. «Das war vor über zwei Stunden. Auf deine Anrufe antwortet sie also auch nicht?»

«Wenn sie das täte, würde ich dich nicht anrufen!»

«Klingt logisch», sagte Julian – und August gefiel tatsächlich überhaupt nicht, dass dieser normalerweise unerschütterliche Kerl besorgt klang. «Also gut. Atme tief durch. Sie war offensichtlich verärgert, ich hätte nur nicht gedacht, dass sie wirklich *gehen* würde ...»

«Ich weiß, sie ist wütend, weil ich heute Morgen unseren Termin bei der Bank verpasst habe. Ich war bei Sam und konnte ihn nicht mehr *hören*, dann bin ich eingeschlafen. Aber sie würde wegen des verpassten Termins doch nicht einfach gehen. Oder doch? Sie würde hierbleiben und mit mir streiten. Sie sollte also *hier* sein.»

Julian schwieg ein wenig zu lange.

«Was?», fragte August, dem vor Angst das Blut in den Adern gefror.

«Corinne und ich hatten heute Morgen ein Meeting mit VineWatch. Um kurz nach neun Uhr. Als Natalie da angefahren kam, dachte ich, sie sei wegen des Meetings hier. Aber meine Mutter hatte sie nicht eingeladen.» Er fluchte leise vor sich hin. «Ich hätte das persönlich machen sollen.»

August stand wie erstarrt mitten in der Küche. «Warum solltet ihr Natalie auch nicht zu einem Meeting mit VineWatch einladen? Sie kennt diese Firma in- und auswendig. Besser als ihr beide zusammen.»

«Da hast du recht. Das tut sie.»

Wie war es möglich, dass er noch atmete, wenn ein fünfzig Tonnen schwerer Amboss auf seiner Brust lag? «Also ...» Er wollte schlucken, aber es ging nicht. «Du willst also sagen, dass ich den Termin in der Bank verpasst habe – und dann ist sie bei Vos aufgetaucht und hat herausgefunden, dass es ein Meeting gibt, ohne sie?»

Meine Frau.
Meine Frau.
Wir haben ihr das Herz gebrochen. Ich habe ihr das Herz gebrochen.

August hatte das Haus jetzt wieder verlassen, die Eiseskälte der Panik hielt seine Halsschlagader und beide Lungenflügel fest im Griff. Scheune. Sie würde nicht in der Scheune sein, aber er musste trotzdem nachsehen.

Er hatte sie gebeten, nicht dort hineinzugehen. Jetzt wollte er sie unbedingt dort drin finden.

Komisch, wie schnell die Dinge sich ändern können.

Nein, das war überhaupt nicht komisch. Er hatte sie gebeten, sich von diesem Ort fernzuhalten, an dem er zu Ehren seines Freundes das Ritual des Weinmachens vollzog. Er hatte sich geweigert, sie einzubeziehen; genau wie ihre Familie. Hatte sie weggestoßen, genau in dem Moment, in dem es darauf ankam, und gleichzeitig erwartet, dass *sie* ihm körperlich und emotional näherkam. Die ganze Zeit über ...

War *er* derjenige gewesen, der Mauern zwischen ihnen errichtet hatte.

«Oh mein Gott, ich bin so verdammt dumm.»

«August ...» Julian seufzte. «Das Schlimmste habe ich dir noch gar nicht erzählt. Sie sagte, sie würde nach New York fliegen. Sie hat eine Verabredung zum Abendessen in einem Lokal namens Scarpetta. Manchmal weiß man nicht genau, ob Natalie etwas ernst meint, aber offensichtlich ... ist sie hingefahren.»

Oh, Gott. Nein. Mitten in der Scheune drohten Augusts Beine nachzugeben. Er fuhr sich mit der Hand über das Gesicht und betrachtete die Scheune und seine gesamte Ausrüstung mit düsterem Blick.

Kein Wunder, dass mein Wein scheiße ist. Er hat sie gebraucht. Ich habe sie gebraucht.

Er war keinen Deut besser als ihre Familie. Sie hatte so sehr versucht, dazuzugehören, wichtig für sie zu sein, und hatte schließlich aufgegeben. Er hatte sich für sie darüber aufgeregt. Wer konnte denn jemanden von sich fernhalten, der so unglaublich klug und dynamisch und lebendig war ... ?

Und doch hatte er genau dasselbe getan.

Er hatte ihre Hilfe zurückgewiesen. Er hatte *sie* zurückgewiesen. Er hatte ihnen beiden die Chance verwehrt, sich näherzukommen, weil er darauf bestand, allein durch die Dunkelheit zu tappen. Wie ein Mann, der sich weigerte, anzuhalten und nach dem Weg zu fragen, nur hundertmal schlimmer, denn geschätzt zu werden, beachtet zu werden ... Das bedeutete seiner Natalie so viel. Er hätte ihr sicherer Ort sein sollen, aber er hatte ihr die ganze Zeit wehgetan.

Und jetzt war sie weg.

Irgendwie wusste August, dass sich etwas verändert hatte, noch bevor er die Reihen von Fässern erreichte – und nachdem er ein paar Proben genommen hatte, war die Veränderung offensichtlich. Der Wein hatte viel von seiner Trübung verloren. Er war weniger trüb. Und der Geschmack hatte sich nicht zu hundert Prozent verbessert – so schnell ging das nicht –, aber bei Gott, er war verdammt viel besser.

Sie hätte ihm die ganze Zeit über helfen können. Und sein dummer Stolz hatte sie ausgeschlossen.

«Ich hab's versaut», krächzte er ins Telefon und stützte sich auf seine Ellbogen. «Ich muss los.»

«August, warte.» August hatte kaum noch Kraft, das Telefon an sein Ohr zu halten. «Es ist noch gar nicht so lange her, da hätte ich die Sache mit Hallie fast an die Wand gefahren. Ich weiß, dass du dich jetzt gerade beschissen fühlst. Gott ist mein Zeuge, dass ich das tue ...»

August wimmerte etwas Unverständliches.

«Meine Mutter und ich schulden Natalie eine Entschuldigung. Aber du bist derjenige, der jetzt an sie herankommen muss. Handle früher, als ich es bei Hallie getan habe. Dann ist das Loch nicht so groß, aus dem du klettern musst.»

«Ich habe mir vom ersten Tag an ein Loch gebuddelt, Mann. Mittlerweile dürfte es bis nach China reichen.»

«Dann fang jetzt an, da rauszuklettern.» Julian hielt inne. «Frauen besitzen die Fähigkeit zur Vergebung und ein Ausmaß an Mitgefühl, das Männer nie ganz begreifen werden. Vielleicht beschließt sie, dein Leben zu verschonen.»

Genau darum ging es. Um sein Leben. Er spürte bereits, wie ihn der Lebenswille verließ. «Ich bin in deine Schwester verliebt. Ich liebe sie so sehr.»

«Das haben wir doch schon notiert.»

«Sie ist erst seit Kurzem weg, und ich vermisse sie schon so sehr ...»

«August, jetzt wird es langsam seltsam.»

«Okay. Tut mir leid.» Er räusperte sich, bemühte sich um eine feste Stimme, aber es klang verdächtig nach einem Schniefen. «Bis später, Mann.»

«Tschüss, August. Und viel Glück.»

August nahm das Gerät vom Ohr und vergrub den Kopf in den Händen. «Verdammt noch mal.»

Sie war nach New York gegangen. Dreitausend Meilen außerhalb seiner Reichweite.

Dann bewegst du deinen Arsch besser zum Flughafen, brüllte Sams Stimme, lauter denn je. *Es gibt wahrscheinlich keine Sitzplätze mit extra Beinfreiheit mehr, aber du wirst es überleben.*

Hätte August diese Worte aus dem Äther reißen und an seine Brust pressen können, er hätte sie nie wieder losgelassen. Natürlich war Sam verstummt gewesen. Vermutlich hatte Augusts Gewissen die mentalen Echos blockiert.

Komm schon, August, du kannst das wieder in Ordnung bringen. Ich glaube an dich.

Diese letzte Dosis Zuversicht von seinem besten Freund war genau das, was er brauchte, um zum Haus zu sprinten. Wenn seine Frau sich auf der anderen Seite des Landes befand, musste er auch dorthin.

# KAPITEL 24

In Natalies Hinterkopf war ein leises Summen zu hören. Es hatte begonnen, als sie in New York gelandet war. Es war immer noch da, als sie im Hotel an der Park Avenue eincheckte, und es wurde jetzt lauter, als der potenzielle Investor über den edlen Tisch hinweg mit ihr redete und von seiner jüngsten Reise nach Mykonos erzählte. So funktionierten diese Treffen. Man sprach nicht über Geld oder Anlagestrategien; bis zu den letzten fünf Minuten war alles nur Geplauder. Bis zu diesem Zeitpunkt wurde jede Sekunde dafür genutzt, herauszufinden, ob ihr sozialer Status ausreichte, um sich mit ihr einzulassen.

In der nicht allzu fernen Vergangenheit hatte sie diese Art von Treffen nicht einmal in Betracht ziehen müssen. Ihr Portfolio hatte für sich selbst gesprochen. Aber dieser Weg funktionierte nicht mehr. Ihre Firma hatte sie zwar gebeten, still und heimlich zurückzutreten, ohne dass es jemand mitbekam, aber nach ihrer längeren Abwesenheit und ohne ein erfolgreiches Unternehmen im Rücken war ihr Ansehen als Finanzexpertin deutlich gesunken.

«Sie glauben gar nicht, wie unglaublich dieses Meer war», sagte der Investor und knabberte an einer Art Crostini mit Hummersalat darauf. «Man konnte unmöglich sagen, wo es aufhörte und der Himmel anfing. Wir überlegen jetzt, ob wir über Weihnachten wieder dorthin fahren. In New York sind im Dezember zu viele Touristen.»

Ihren Recherchen nach stammte er aus Florida, aber gut. Sollte er doch auf Leute herabsehen, die einfach auch nur Urlaub machen wollten.

«Griechenland im Dezember», zwang sich Natalie in fröhlichem, interessiertem Ton zu antworten. «Das ist die beste Zeit, um die Hitze zu meiden.» Stimmte das überhaupt? Natalie wusste es nicht. Sie musste sich auf das Spiel konzentrieren, aber sie konnte es nicht. Hatte August schon entdeckt, dass sie in der Scheune gearbeitet hatte? War er wütend, dass sie sich über seine Regeln hinweggesetzt hatte, oder ... war er möglicherweise überrascht, dass er ihre Vorgehensweise nicht schon früher eingesetzt hatte, und würde sie weiter nutzen, auch wenn er nicht selbst darauf gekommen war?

Unwahrscheinlich. Er war zu starrköpfig.

Und es war wirklich total lächerlich, ihn so sehr zu vermissen, dass sie es schon körperlich spürte.

Hatten sie wirklich in dieser Woche zum ersten Mal miteinander geschlafen?

Es fühlte sich an, als würden sie schon seit einem Jahrhundert Liebe machen.

«Ah!» Der Investor unterbrach ihre Gedanken, indem er jemandem über ihre Schulter hinweg ein Zeichen gab. «Ich sehe einen meiner Kollegen an der Bar. Sollen wir rübergehen und ihm Gesellschaft leisten?»

Mein Gott, dieser ganze Abend war ihr entglitten. Sie war dreitausend Meilen geflogen, um sich einen Teil des Geldes dieses Mannes zu sichern. Claudia hatte sich den Arsch aufgerissen, um ihn für Natalie zu gewinnen. Und jetzt, wo sie endlich die Chance dazu bekam, ließ sie sie verstreichen?

Natalie schüttelte sich innerlich und beugte sich vor. «Bevor wir das tun, Mr. Savage – und der heutige Abend geht natürlich auf mich –, würde ich gerne mit Ihnen über das neue Unternehmen sprechen ...»

«Hören Sie, Miss Vos, ich will ganz offen sein», unterbrach er sie, wischte sich den Mund mit der weißen Stoffserviette ab und legte sie beiseite. Sie sah die Absage schon von Weitem kommen, aber alles, was sie denken konnte, war *Ich bin nicht mehr Miss Vos. Ich bin Mrs. Cates.* «Ich weiß es zu schätzen, dass Sie den ganzen langen Weg aus Napa hergeflogen sind, um an diesem Treffen teilzunehmen, aber ich bin mir nicht sicher, ob es für mich der cleverste Schachzug wäre, mich mit Ihnen einzulassen.»

Es kostete sie körperliche Anstrengung, nicht laut über seine Formulierung zu lachen. «Ich verstehe Ihr Zögern natürlich vollkommen. Ich saß bei dieser Art von Spiel eine Weile auf der Ersatzbank, aber das ist ein Vorteil, kein Nachteil. Ich bringe dadurch eine frische Perspektive mit. Sie werden von mir mehr bekommen als die ewig gleichen altbackenen Spielchen. Sicher, mein Unternehmen ist der Inbegriff von jung, aber Sie haben den Ruf, ein Underdog zu sein. Sie sind auch risikofreudig. Zu Beginn Ihrer Karriere haben Sie in Mikroprozessoren investiert, noch bevor diese Art Technologie zum Standard in jedem Portfolio wurde.»

Er schmunzelte. «*Mein* Wagnis hat sich ausgezahlt.»

Diese Worte machten eine Sache schmerzhaft offensichtlich: Savage wusste, dass sie gefeuert worden war. Natürlich wusste er das. Solche Nachrichten blieben in der Finanzbranche nicht unbemerkt, vor allem, weil Natalie eine so sichtbare Größe gewesen war, bevor sie verschwand. Heute Abend war das erste Mal, dass sie jemandem aus der Finanzwelt ins Gesicht schaute und ihr Untergang zur Sprache kam. Es war viel einfacher, als sie es sich vorgestellt hatte. Es war fast so, als wäre der Stachel weg. Von den Machthabern verehrt zu werden, war nicht mehr das Wichtigste in ihrem Leben. Was war es dann?

Oder genauer gesagt ... wer?

Natalie atmete sich durch eine Welle der Einsamkeit.

«Ja. Es hat sich ausgezahlt. Aber in letzter Zeit sind Sie auf Nummer sicher gegangen. Sehen Sie die Männer an der Bar?» Sie warf einen kurzen Blick über die Schulter, und ihr Magen kribbelte. Morrison war da. Ihr Ex-Verlobter hatte gerade einen Hocker für seine neue Angebetete zurechtgerückt, der Barkeeper legte Cocktailservietten vor dem hübschen Paar ab und sagte etwas, das sie beide zum Lachen brachte.

Oh Gott, warum hatte sie nicht ein anderes Restaurant gewählt?

Dies war ein typischer Treffpunkt für Leute aus dem Finanzsektor. Sie erkannte mehrere Gesichter an der Bar.

Natalie drehte sich wieder um und betete, dass ihr Gesicht nicht fuchsrot war. *Red weiter.* «Für diese Männer ist Sicherheit gleichbedeutend mit Stagnation. Sie fragen sich allmählich, ob es da überhaupt noch flüssige Mittel gibt, oder ob da nur noch verstaubte Stapel von Geldscheinen liegen, die darauf warten, vererbt zu werden. Ist eine Investition in mein Unternehmen ein Wagnis? Ja. Aber es ist auch ein Signal an die Haie, dass Sie mehr als genug Geld haben. So viel Geld, dass Sie es auch verbrennen könnten, wenn Sie das wollen. Vielleicht ist eine Investition in mich das Äquivalent dazu. Vielleicht ist es aber auch ein lautes Signal, mit dem Sie zeigen ‹Ich gehe Risiken ein, ich weiß etwas, das ihr nicht wisst›? Das öffnet mehr Türen. Es bringt Ihren Namen auf den Tisch von Leuten, die darüber nachdenken, wen sie für die Investition des Jahrhunderts ins Boot holen sollen. Es macht Sie jung.»

Natalie lehnte sich in ihrem Stuhl zurück.

Bekannte Gesichter an der Bar starrten sie an. Sie spürte die Hitze auf ihrem Rücken. Ihnen ging allmählich auf, dass sie sich im selben Lokal befand wie ihr Ex und seine zukünftige Frau. Sie hofften auf ein Feuerwerk. Höchstwahrscheinlich wussten sie auch, dass sie dort war, um den Einfluss dieses Mannes zu nutzen, und hofften, einen Hinweis auf das Ergebnis erhaschen zu können. Haie, wirklich.

Hatte ihre Rede gewirkt? Das war schwer zu sagen. Savage grinste nicht mehr, schien aber eher gereizt als begeistert von ihren Worten zu sein. Er wischte sich unnötigerweise immer wieder über einen Mundwinkel, während er Natalie musterte. «Ich brauche ein bisschen mehr Zeit, um darüber nachzudenken», sagte er schließlich und warf die Serviette auf den Tisch.

Nun gut. Das war vielversprechender als ein deutliches *Zur Hölle, nein*. Wo war das Gefühl des Triumphs? Oder gar der Hoffnung?

Völlig abwesend, das war es.

Sie hatte ihr Bestes gegeben, um zu gewinnen. Für sich selbst. Für Claudia.

Konnte es aber auch gleich zugeben: Sie hatte gehofft, er würde Nein sagen.

«Danke», sagte sie, streckte die Hand aus und schüttelte seine.

Der Kellner legte das lederne Büchlein mit der Rechnung vor sie, und sie legte ihre Karte darauf, ohne auf die Summe zu schauen, was Savages Grinsen wieder hervorlockte. Nachdem sie die Quittung unterschrieben hatte, schoben beide ihre Stühle zurück und standen auf. «Vielen Dank für Ihre Zeit, Mr ... »

«Sie trinken doch noch etwas mit uns, bevor Sie zurück ins Weinland jetten, oder nicht?» Er hob eine Augenbraue und warf ihr einen Blick über die Schulter zu. «Es sei denn, es gibt jemanden, dem Sie aus dem Weg gehen wollen?»

Offensichtlich hatte auch er ihren Ex gesehen. Entweder war dies ein Test ihrer Sturheit oder die Revanche dafür, dass sie ihn beim Abendessen auf seine mangelnde Risikobereitschaft hingewiesen hatte. «Wenn ich es mir zur Gewohnheit machen würde, unangenehme Situationen zu vermeiden, wäre ich jetzt nicht hier.»

Er legte den Kopf schief, als wollte er sagen *Beweisen Sie es.*

«Ein Drink», sagte sie knapp und drehte sich herum.

Es war schlimmer, als sie erwartet hatte. Alle Augen im Lokal waren auf sie gerichtet. Den meisten dieser Analysten und Portfoliomanager war sie im Laufe der Jahre an diesem Ort begegnet und hatte gelächelt, während sie voreinander mit ihren Kundenlisten angegeben hatten. Bei einigen war sie sogar Gast auf der Hochzeit gewesen. Jetzt war sie nichts weiter als der morgige Klatsch und Tratsch im Büro.

Der Blickkontakt mit Morrison war unvermeidlich, und alle warteten auf dessen Ausgang. Egal, wie sie reagierte, man würde die Geschichte ausschmücken oder Natalie als wütend und eifersüchtig darstellen. Aber in diesem Moment war die einzige Person, die zählte, der Investor, den sie zu umwerben versuchte. Obwohl, meine Güte, von diesem Kerl auf die Probe gestellt zu werden, wurde allmählich anstrengend. Sie verlor langsam aus den Augen, warum das überhaupt wichtig war.

Außerdem wollte sie einfach nur gerne, so gerne nach Hause, zu August.

Natalie schluckte die Handvoll Reißzwecken in ihrem Hals hinunter, folgte William zur Bar und ließ ihren Blick zu Morrison hinübergleiten, der dort mit seiner Verlobten saß. Den beiden zuzuwinken und dabei zu lächeln war nicht annähernd so schwer, wie sie erwartet hatte. Es fühlte sich sogar irgendwie *gut* an. Wie ein Abschluss. Aber das hielt die Leute um sie herum nicht davon ab, zu tuscheln. Sie kicherten in ihren Single Malt Scotch. Amüsierten sich noch einmal auf ihre Kosten ...

Der Gedanke erstarb im Keim, als jemand die Bar betrat.

August.

August?

Nein, ihre Augen spielten ihr sicher einen Streich.

Wie ... ?

Er ... war es wirklich. Diesen riesigen Ex-SEAL konnte man unmöglich verwechseln. Seine breiten Schultern hatte er in eine marineblaue Anzugjacke gezwängt, sein Haar war nach hinten gekämmt und noch ein wenig nass, sein Gesicht glatt rasiert. Er saugte alle unerwünschte Aufmerksamkeit von Natalie ab wie ein überdimensionaler Staubsauger. Männer, die bisher an der Bar gekauert hatten, stellten sich jetzt aufrechter hin, wie auf Kommando, und versuchten, mit Augusts Größe und Lässigkeit mitzuhalten.

Lieber Gott, diese Lässigkeit.

Er kam herein, als schulde ihm jeder der Anwesenden hundert Dollar, als wäre er selbst aber zu faul, das Geld einzutreiben.

Wo hatte er einen Schneider gefunden, der einen Anzug anfertigen konnte, der groß genug für drei normal große Männer war? Und es war zwecklos, so zu tun, als sähe er darin nicht aus wie Sex auf zwei muskulösen Beinen, die jeden Tag mit einem Lastwagenreifen trainierten. Von Kopf bis Fuß pulsierte ihr Fleisch und wurde *heiß*.

Ich bin nervös. Mein eigener Mann macht mich tatsächlich nervös.

Wahrscheinlich, weil er sie das letzte Mal, als sie ihn gesehen hatte, mit Orgasmen gefüttert hatte wie mit Süßigkeiten. Er hat sie ihr in den Mund geschoben wie Bonbons.

Mehr, bitte, Sir.

Moment.

Natalie schüttelte sich. Was machte er hier?

Die Uhren tickten schlagartig langsamer, als sie Augusts Blick begegnete. Er war um die Ecke der Bar gebogen und schritt in seiner frechen Art direkt auf sie zu, und jetzt war sie zum ersten Mal an diesem Abend wirklich eifersüchtig. Denn dieser Anzug schmiegte sich an seinen kräftigen Körper, so wie sie es gerne tun würde – sie wollte sich um jeden Zentimeter von ihm wickeln, sich mit einem Knoten daran festmachen, bis sie ihn vollständig umfing.

Doch als August nur noch ein paar Meter entfernt war, mischte sich etwas anderes in die Lust.

Freude.

Pure Freude, ihn zu sehen.

Damit nicht warten zu müssen, bis sie zurück in St. Helena war. Er war hier.

Er hätte die ganze Zeit hier sein sollen. Sie hätten *zusammen* sein sollen.

Das war es, was das Summen in ihrem Kopf versucht hatte, ihr zu sagen.

Natalie hielt den Atem an, als ihr Mann direkt vor ihr stehen blieb. Die lauten Gespräche an der Bar waren zu einem Summen verstummt. Oder wurden die Geräusche von den Wellen, die in Natalies Kopf rauschten, übertönt? Die Wellen wurden noch lauter, als August sich zu ihr hinunterbeugte und sie auf die Wange küsste, wobei seine Hand besitzergreifend auf ihrer Hüfte landete. Er drückte sie als wortlose Mitteilung. *Ich habe dich vermisst.* Oder interpretierte sie das nur hinein?

«Entschuldigen Sie mich einen Moment, Mr. Savage», brachte sie heraus und führte August außer Hörweite ihres potenziellen Kunden. Der Duft von Grapefruit umwehte Natalie, und sie atmete ihn gierig ein. «Was machst du hier?», flüsterte sie und zog ihn am Revers seiner Jacke näher an sich heran, wobei sie darauf achtete, dass mindestens ein paar Zentimeter Abstand zwischen ihren Körpern blieb. Ein Abstand, den sie beide ganz offensichtlich unbedingt beseitigen wollten, ihrem heftigen Atmen nach zu urteilen.

«Willst du die Wahrheit wissen?» Er vergrub seine Nase in ihrem Haar und atmete tief ein. «Ich habe die Hell Week überlebt, Verletzungen, ein Training, bei dem ich fast gestorben wäre, ich habe meine Wunden selbst genäht, ohne Schmerzmittel zu nehmen, nicht mal eine Tablette. Und nichts davon, Natalie, war eine schlimmere körperliche Folter, als von dir getrennt zu sein.»

Das Blut schoss ihr in die Ohren und begann zu pochen. Das Geschehen um sie herum schien sich wie in einem Traum abzuspielen, alles war körnig und weit entfernt. Der Abstand zwischen ihnen schrumpfte, bis er nicht mehr existierte, die Vorderseiten ihrer Körper trafen sich, drängten sich aneinander, das Tempo ihres Herzschlags verdreifachte sich. «Ich wäre morgen nach Hause gekommen.»

«Das ist nicht früh genug. Eine weitere Stunde wäre nicht früh genug gewesen.»

Wenn sie sich nicht sofort abschottete, würde sie untergehen. Ruhe in Frieden, Natalie. «Ich bin immer noch wütend auf dich, weil du den Termin verpasst hast. Weil ...»

«... ich dich ausgeschlossen habe. Das ist gut. Das solltest du auch sein. Ich hab's versaut. Ich versaue es schon, seit wir uns kennen.» Seine Finger auf ihrem Rücken krallten sich in den

Stoff ihres Kleides. «Es tut mir leid. Ich weiß, das ist keine Entschuldigung, aber ich war gestern bei Sam, und es war nicht wie sonst. Normalerweise kann ich so tun, als ob er da wäre und mit mir reden würde, aber dieses Mal konnte ich das nicht. Ich habe einfach irgendwie ... abgeschaltet.»

Die Erkenntnis traf sie wie ein Lastwagen. Oh ... nein. Er hatte allein damit fertigwerden müssen, weil sie ihn allein gelassen hatte?

«Dann tut es mir auch leid, August.» Starrten alle im Restaurant sie an? Wie sollten sie das auch nicht tun? Aber da ihre neugierigen Blicke durch die Wand von Augusts Körper abgeschirmt wurden, befand sie sich in einem kleinen Es-ist-mir-egal-Kokon. «Es fällt mir schwer, mich zu konzentrieren, wenn du diesen Anzug trägst.»

Aus dem Augenwinkel sah sie, wie sich kleine Fältchen in seinen Augenwinkeln bildeten und seine Lippen zuckten. «Ist der noch besser als mein Hochzeitsanzug?»

Sie sog einen weiteren Hauch von Grapefruit ein, dann schob sie ihn leicht von sich. Nach reiflicher Überlegung zog sie ihn wieder ein kleines Stückchen näher an sich heran.

Ich verliere den Verstand.

August ergriff wortlos ihre unentschlossenen Handgelenke, ließ seinen Mund unmittelbar über ihr Ohr gleiten und brummte: «Babe.»

Der Effekt war ähnlich wie bei einer Nadel, die man in einen aufgeblasenen Luftballon stößt. Sie entlud sich einfach. «Ich glaube nicht, dass ich die Investition bekomme, und ... es fühlt sich auch nicht an, als würde ich ein Geschäft abschließen, sondern eher so, als würde ein weiterer Mann Geld benutzen, um mich nach seiner Pfeife tanzen zu lassen, verstehst du?» Sie beobachtete, wie sich der Kloß in Augusts Hals auf und ab bewegte. «Jeder starrt mich an. Sie halten mich für eine Witzfigur. Und Morrison taucht aus heiterem Himmel mit seiner zukünftigen Frau auf, sitzt an der Bar und macht mich zum Live-Act des Abends.»

August versteifte sich bei der Erwähnung ihres Ex. «Wie geht es dir damit, dass er hier ist?»

Er hatte sich verletzbar gemacht, indem er ihr bei seiner Ankunft hier die Wahrheit gesagt hatte. Jetzt konnte sie sich nur revanchieren. «Ich fühle gar nichts.»

Seine Brust bebte, die Anspannung wich aus seiner breiten Gestalt. «Und als ich reinkam?»

«Ich dachte ... du hättest schon die ganze Zeit über hier sein sollen.»

Ein schroffer Laut entkam seinem Mund, die Muskeln in seinem Hals bewegten sich.

Er öffnete den Mund, um etwas zu sagen, wurde aber von Savage unterbrochen.

«Und wer ist dieser junge Mann?», fragte der potenzielle Investor. Bildete sie sich das nur ein, oder hatte er die Tonlage seiner Stimme absichtlich um mehrere Oktaven gesenkt?

«Mr. Savage, ich möchte Ihnen meinen Ehemann vorstellen, August Cates.»

«Ehemann?» Der Mann lehnte sich ein wenig zurück und wechselte einen Blick mit einigen Männern hinter ihm an der Bar. «Na, das war dann wohl eine ziemlich stürmische Romanze zwischen Ihnen.» Er reichte August zur Begrüßung die Hand. Ihr Mann schien nicht begeistert, Natalie loslassen zu müssen, um diese Hand zu schütteln. «Bitte, nennen Sie mich William. Schön, Sie kennenzulernen. Tut mir leid, dass Sie das Abendessen verpasst haben.»

August nickte. «Freut mich auch, Sie kennenzulernen.»

Savage musterte Natalies Mann. «Sind Sie Sportler oder so?», fragte er und schob seine Schulter vor.

«Ich bin ein SEAL. Seit über drei Jahren im Ruhestand.»

«Sie wollen mich doch verarschen! Ein Navy SEAL.» Der Mann ließ seinen Drink auf die Theke knallen, ohne darauf zu achten, dass er auf das Jackett des nächstbesten Gastes spritzte. «Als Kind wollte ich immer ein SEAL sein. Ich habe ununterbrochen davon geredet. Mein Vater hat sogar Hindernisparcours im Garten aufgebaut und es Kleinkindtraining genannt. Ich würde gerne ein paar Kampfgeschichten hören.»

August sah zu ihr hinunter. «Ich bin mir sicher, dass Sie davon heute Abend schon einige von Natalie gehört haben, oder nicht? Ich weiß nicht viel über die Finanzwelt, aber ich kann mir vorstellen, dass eine Frau an der Wall Street härter kämpfen muss als jeder andere.»

Savage lachte. «Härter als ein SEAL? Da bin ich mir nicht so sicher.»

Augusts Augen schienen sich um eine Nuance zu verdunkeln. «Es ist eine andere Art des Kämpfens. Und sie hat sich hierher zurückgekämpft, fast ohne Unterstützung. Niemand hat sie dazu ermutigt. Gott allein weiß, woher sie diese innere Stärke nimmt, aber ich sage Ihnen, die ist größer als meine. So groß, dass sie sich ohne Belohnung hier raus wagt, und mir tut wirklich jeder leid, der jemanden mit so viel Mut nicht ernst nimmt.»

Es war pure Selbstbeherrschung, dass Natalie nicht in Tränen ausbrach. Er hatte recht. Sie hatte sich den Arsch aufgerissen und sich den Weg zurück erkämpft, und dieser Einsatz war nicht anerkannt worden. Von niemandem. Und sie war nicht die einzige Frau, die sich Tag für Tag abmühte, während die Leute *immer mehr* von ihr erwarteten, und darum gefiel ihr der Gedanke, dass die gesamte Frauenwelt in diesem Moment mit ihr feierte. Diesen Moment, in dem ihr Mann es endlich *verstanden* hatte. In dem er sie endlich sah.

Die Miene des Investors war während Augusts Rede von scherzhaft zu nachdenklich gewechselt. Jetzt wandte er sich an Natalie. «Wenn ich Ihnen mein Geld anvertraue, welchen Zug würden Sie dann als Erstes damit machen?»

Natalie holte tief Luft und ließ es so richtig krachen. «Natürlich setzen wir auf eine klassische Long-Short-Anlagestrategie. Wir tätigen die intelligenten Investitionen, die uns einen Vorsprung verschaffen und uns Spielraum geben, und dann gehen wir short in Portfolios mit Technologie, Pharma und Öl, auf der Grundlage von gewagten Prognosen und Markttrends. Und ich spreche nicht nur von den Vereinigten Staaten. Wir werden die Märkte und die Reaktionen der Verbraucher an jedem Ort der Erde beobachten und dabei alles bedenken, bis hin zum verdammten Wettergeschehen. Wenn sich Ihr Geld im ersten Quartal nicht verdreifacht hat, gebe ich Ihnen jeden Cent Ihrer ursprünglichen Investition zurück.»

Ein Muskel zuckte in Savages Wange. Augusts Stolz war in jeder Faser seines Körpers zu spüren, aber sie konnte nicht riskieren, ihn anzusehen, sonst würde sie ihre coole Fassade nicht mehr aufrechterhalten können.

«Ich werde mit ein paar Zahlen jonglieren und Sie am Montag anrufen», sagte Savage schließlich und reichte August die Hand, dann schüttelte er Natalies ebenfalls noch einmal und setzte sich zu seinen Freunden an die Bar.

«Heilige Scheiße, das war unglaublich», flüsterte August ihr aus dem Mundwinkel zu.

«Bleib cool. Tu so, als ob ich immer so abgehen würde.»

«Abgemacht. Aber lass uns von hier verschwinden, Prinzessin», sagte er und atmete aus. «Diese Hose wird mir im Schritt langsam zu eng.»

Natalie schüttelte den Kopf, um ihr Lachen zu verbergen, schob sich an ihrem Mann vorbei und machte sich auf den Weg zum Ausgang. «Niemand anderes schafft es, so etwas Romantisches, wie quer durch das Land zu mir zu fliegen, durchzuziehen und dann in etwa acht Sekunden mit Gerede über seinen Schritt zunichtezumachen.»

August folgte so dicht hinter ihr, dass sie seine Körperwärme durch den eng anliegenden Stoff ihres Kleides spüren konnte. «Acht Sekunden sind ein ganzes Leben, wenn einem Mann die Blutzufuhr zu seinen Hoden abgeschnitten wird.»

«Ist das ein Trick?», fragte sie über ihre Schulter. «Und wenn wir dann in meinem Zimmer sind, wirst du mir sagen, dass du aus medizinischen Gründen deine Hose so schnell wie möglich ausziehen musst?»

«Na ja, *jetzt* natürlich nicht mehr, wo du mich darauf angesprochen hast. Das ist eine Idee für das nächste Mal.»

«Das nächste Mal?»

Er grunzte.

Sie kamen an Natalies Ex und dessen Verlobter vorbei. Die beiden nippten an ihren Getränken und sahen Natalie und August kühl an. Oder waren sie vielleicht einfach auf der Hut? Wenn Natalie nicht alles täuschte, hatten sie und die Tochter ihres Partners sich auf Firmenfeiern immer gut verstanden. Die Situation an sich war einfach peinlich. Außer für Natalie. Aus irgendeinem Grund fühlte sie sich vollkommen wohl dabei, neben dem Paar stehen zu bleiben, beiden die Hand auf den Rücken zu legen und ihnen von Herzen zu gratulieren. Sie hatte Morrison nie wirklich geliebt, warum also sollte sie ihm missgönnen, dass er eine andere Liebe gefunden hatte?

Ihr Ex lächelte seine Neue an. Sie lächelte zurück. Sie bedankten sich unisono bei Natalie.

Dann nahm sie Augusts Hand, und nach einem kleinen Zupfen – August hatte ihrem Ex offensichtlich etwas sagen wollen – gingen sie weiter in Richtung Aufzug, der sie nach unten ins Erdgeschoss bringen würde. «Was wolltest du ihm sagen?», fragte sie, als die goldenen Türen sich vor ihren Augen schlossen.

«Ich weiß es nicht. Ich hatte nur Julia Roberts' Satz aus *Pretty Woman* im Kopf. Du weißt schon. *Ein blöder Fehler. Blöd. Idiotisch.* Aber dann hast du dich entschieden, die ganze verdammte Sache erwachsen anzugehen. Das hat mich irgendwie überrascht.» Er zuckte mit seinen breiten Schultern. «Das ist wahrscheinlich auch gut so. Ich würde lieber mit einem Zitat aus *Rambo* in Erinnerung bleiben. Oder *Happy Gilmore*.»

«Wow. Du hast gerade wirklich deine ganze Persönlichkeit in zwei Filmen zusammengefasst.»

Er grinste zu ihr herüber. «Jetzt bist du dran.»

Natalie legte ihren Kopf in den Nacken. Die Verspannung, die seit dem Betreten des Flugzeugs immer stärker geworden war, war jetzt verschwunden. Spaß. Sie hatte Spaß. Hatte sie immer Spaß mit diesem Mann, selbst wenn sie sich stritten? «*Wall Street*. Und *Brautalarm*.»

«Bam. Wunderbar gelöst.»

«Danke.»

August drängte sie ohne Vorwarnung mit dem Rücken gegen die Wand des Fahrstuhls, sein Mund verharrte einen Millimeter vor ihrem. «Du weißt, dass ich versuche, deinem Beispiel zu folgen und erwachsen zu sein, aber eigentlich wollte ich deinem Ex die Faust ins Gesicht rammen.»

Tief in ihrem Inneren wusste sie das. So klar wie ihren eigenen Namen. «Ja», hauchte sie.

«Gut. Nur damit wir uns verstehen.»

«Hmm.»

Ihr Gehirn sagte: «Sex. Sex, genau hier und jetzt.»

Unglücklicherweise öffneten sich die Fahrstuhltüren und gaben den Blick frei auf ein Dutzend Leute, die sie anstarrten.

August murmelte einen Fluch, während er ihre Hand nahm und sie durch das Gedränge auf die Straße führte. «Wo wohnst du?», fragte er und geleitete sie durch die Glastür des Gebäudes auf den Bürgersteig. Es war ein Freitagabend in einem Teil der Stadt, in dem es nicht viele Bars gab, die meisten Passanten waren also Angestellte, die bis spät in die Nacht im Büro geblieben waren. Aber der Verkehr rauschte wie üblich in halsbrecherischem Tempo vorbei, Huptöne und Schimpfwörter waren zu hören, Musik dröhnte aus geöffneten Autofenstern, Passanten telefonierten mit ihren Handys.

«Einen Block entfernt», rief sie ihm über den Lärm hinweg zu.

«Ah.» Er nickte und zog sie dichter an sich, als er sich mit einem Stirnrunzeln durch die Menschen auf dem Bürgersteig schob. «Ich wohne ganz im Osten.»

Natalie kämpfte gegen die Enttäuschung an. «Du ... hast ein Zimmer gebucht?»

«Ja, also, es ist so ...», antwortete er langsam. «Glaub mir, ich wünschte, die Situation zwischen uns wäre so entspannt, dass ich automatisch davon ausgehen könnte, in deinem Zimmer zu übernachten. Fuck. Du kannst es dir nicht vorstellen. Mein Schwanz hat im Moment Ähnlichkeit mit dem unteren Ende eines Hockeyschlägers. Du erinnerst dich doch noch an diese Beugung, wenn er hart wird ...»

«Ja», keuchte sie. «Daran erinnere ich mich noch.»

«Gut.» Er biss sich kurz auf die Zunge, offenbar in dem

Versuch, ein Lächeln zu unterdrücken, aber das verschwand schnell wieder. «Was ich getan habe, war nicht richtig.» Sie zog kurz an seiner Hand, als Zeichen, dass sie ihr Hotel erreicht hatten, dann betraten sie gemeinsam die Lobby. Die Geräusche der Großstadt wichen dem leisen Gemurmel von Gesprächen und Klaviermusik. Aber sie hörte kaum etwas, weil Augusts Stimme und das Klopfen ihres Herzens alles übertönten, vor allem, als er sie in eine ruhige Ecke der Lobby führte und sie ernst ansah. «Ich habe dich gebeten, alles aufzugeben und in Napa zu bleiben. Ich habe dich gebeten, deine Schutzmauern für mich einzureißen, obwohl ich selbst nicht bereit war, das Gleiche zu tun. Ich habe dich außen vor gelassen, indem ich deine Hilfe bei der Lösung meines Hauptproblems auf dem Weingut verweigert habe. Das ist mir jetzt klar, Natalie. Und ich habe mich so verdammt überheblich verhalten, als hätte ich meine Seite der Beziehung vollends im Griff. Aber das habe ich nicht. Ich war das schwache Glied. Und das tut mir leid. Es tut mir leid.»

Er führte ihre Hände zu seinem Mund und küsste die Gelenke. Ihr Herz pochte wild in ihrem Hals. Durch seine Berührung. Seine Worte. Die ihr so deutlich machten, dass er sie wirklich wahrnahm.

Sie hatte ihn wieder einmal unterschätzt, nicht wahr?

«Du hast keine Ahnung, wie sehr ich mit dir nach oben kommen möchte. Ehrlich, jeder in der Lobby steht kurz davor, einen erwachsenen Mann weinen zu sehen. Mein Schwanz wird sich gleich von meinem Körper lösen, Menschengestalt annehmen und mir ins Gesicht schlagen. Aber, also ... » Er stieß einen langen Seufzer aus. «Ich habe dich heute Abend in der Bar gesehen, und du sahst aus, als wärst du am richtigen Ort, durch und durch stilvoll und selbstbewusst und elegant. Du hast diesen Bastard von den Socken gehauen. Das ist der Ort, an den du gehören *willst*. Ich hätte von Anfang an auf dich hören sollen. Vielleicht, äh ... Vielleicht bin ich nicht der Richtige für dich. Natalie ...» Er beugte sich hinunter, küsste sie sanft auf den Mund, verharrte dort, atmete einen Moment lang schwer. Dann schluckte er hörbar und trat einen Schritt zurück, seine Miene spiegelte sein Elend. «Ich muss mich davor schützen, noch tiefer in diese Sache hineinzugeraten, denn du wirst gehen, vielleicht *solltest* du gehen. Und jedes Mal, wenn wir zusammen sind, scheint es mir unvorstellbarer, dass du und ich getrennt sind.»

Getrennt sein? Er ging davon aus, dass sie die Entscheidung bereits getroffen hatte, Napa zu verlassen. Für immer.

Auf dem Flug hierher hatte ihr Kompass genau dorthin gezeigt. Nach New York.

Endgültig.

Jetzt war sie sich nicht mehr so sicher. Wie konnte sie sich aus dem Leben dieses Mannes entfernen, wo er doch heute Abend aufgetaucht war und sie durch seine bloße Existenz wieder zusammengeheftet hatte? Sie war schwer in August Cates verliebt, und irgendwie wurde das allmählich wichtiger für sie als ihr Comeback.

Sehr viel wichtiger.

Ihre Unentschlossenheit ließ ihn leiden, also musste sie eine Entscheidung treffen. Und zwar jetzt. Heute Abend.

Und als sie den Blick hob und diesen Mann ansah, gab es eigentlich gar keine Entscheidung mehr zu treffen, oder?

# KAPITEL 25

Das ist also Liebe.
Ein schmerzhaftes Arschloch.

Das alte Sprichwort «Wenn du jemanden liebst, dann lass ihn gehen» galt tatsächlich im richtigen Leben, und das tat, um es vorsichtig auszudrücken, höllisch weh, wie eine offene Wunde. Aber, bei Gott, was er gesagt, hatte, entsprach der Wahrheit. Sie passte in diese Bar voller Millionäre wie Zucker in Kaffee. Eine dringend nötige Dosis Süße inmitten all der Bitterkeit. Hinreißend und bereit, es mit der Welt aufzunehmen – all das stand ihr ins Gesicht geschrieben.

Er hatte sich wie ein Trottel gefühlt, als er, eingezwängt in seinen Anzug, dort hineingegangen war. Mit schweißnassen Handflächen.

Der wahre Grund, aus dem er gekommen war, wollte ihm nicht über die Lippen kommen. Verdammt, Natalie zu sagen, was er für sie empfand, war genau das, was er tun *musste*, um überhaupt weiteratmen zu können. Aber mit ihr ins Bett zu steigen, in dem Wissen, dass sie eines Tages – bald – in diese Stadt zurückkehren und dort bleiben würde? Genauso gut könnte man ihn ohne Betäubung am offenen Herzen operieren.

Diese schicken Hotelaufzüge würden sie nach oben bringen. In ein Zimmer mit einem wirklich schönen Bett, und, ja, das elegante Kleid, das sie trug, würde ganz leicht von ihrem Körper gleiten. Einfach zu Boden schweben. Er würde sich hinknien und sie vernaschen, bis sie durchdrehte. Sie würde nicht mehr annähernd so elegant sein, wenn er mit ihr fertig war.

«August, das, was du gesagt hast ...», begann sie, hielt dann inne und hob eine Augenbraue. «Ich weiß, woran du denkst.»

August seufzte und widerstand dem Drang, seine Erektion zu richten. «Das bezweifle ich.»

Sie blinzelte unschuldig. «Du denkst nicht daran, mich zu lecken?»

Jetzt war es an August, zu blinzeln. Und das tat er. Ungefähr neunundsechzig Mal. «Hast du kein Wort von dem verstanden, was ich vorhin gesagt habe? Darüber, mich zu schützen?»

«Doch, das habe ich.» Sie holte tief Luft. «Ich habe dich gehört und ich habe verstanden. Du hast recht. Je mehr Zeit wir zusammen im Bett verbringen, desto schwieriger wäre es, wenn unsere Wege sich trennen.»

Das klang nach einem verdammt guten Grund, nach oben zu gehen, oder etwa nicht?

August knirschte mit den Backenzähnen und versuchte gleichzeitig, zu lächeln.

Alles tat weh. Sein Herz, sein Hirn und sein Schwanz waren ein Dreigespann des Elends.

«Ich warte hier, bis du oben bist.» Er steckte beide Hände in seine Taschen, um sich davon abzuhalten, sie zu berühren. «Ruf mich an, wenn du im Zimmer bist und die Tür abgeschlossen hast. Und einen Stuhl unter die Klinke geklemmt hast, Prinzessin. Du glaubst gar nicht, wie leicht sich diese kleinen Sicherheitsverriegelungen überwinden lassen.»

«August ...»

«Bitte, Natalie, du musst gehen. Meine Entschlossenheit schwindet. Du hast keine Ahnung, wie sehr ich dich jetzt brauche.»

Denn, Gott, sie war wunderschön. Sicher starrte die ganze Lobby seine Frau an. Ein Blick in die Runde würde ihm das bestätigen, wenn er seine Augen nur für eine Sekunde von ihr abwenden könnte. Er würde für den Rest seines Lebens von Küste zu Küste fliegen, einfach nur um hier stehen und ihre Stimme hören zu können. Ihm war auch klar, dass eine Fernbeziehung zwischen ihnen niemals funktionieren würde, denn er würde jede Sekunde ohne sie hassen und er hatte immer noch eine Verantwortung gegenüber Sam. Und nun auch gegenüber seinem Commander.

Der Gedanke an seinen befehlshabenden Offizier rief ihm in Erinnerung, was Natalie vorhin in der Bar gesagt hatte. *Ich glaube nicht, dass ich die Investition bekommen werde, und ... es fühlt sich auch nicht an, als würde ich ein Geschäft abschließen, sondern eher so, als würde ein weiterer Mann Geld benutzen, um mich nach seiner Pfeife tanzen zu lassen, verstehst du?*

Er war nach New York gekommen, um ihr seine Fehler zu offenbaren, aber er brachte es nicht übers Herz, ihr zu sagen, dass er eine Investition von zweihunderttausend Dollar vor ihr verheimlichte. Sie hatte sich höchstwahrscheinlich innerlich schon von ihm getrennt, musste er sie wirklich so weit bringen, ihn auch noch zu hassen? Ihn in eine Schublade mit ihrem Vater, dem Investor und dem Ex-Verlobten zu stecken? Diesen Schlag würde sein Herz nicht verkraften.

Was ging gerade in ihrem Kopf vor? Zwischen ihren Augenbrauen hatte sich eine Furche gebildet, als wüsste sie weder ein noch aus. War es das jetzt? Wollte sie die Sache hier und jetzt beenden?

«August, ich möchte, dass du mich auf mein Zimmer bringst ...»

«Natalie ...» Seine Zunge krampfte in seinem Mund, und sei-

ne Hände fühlten sich nutzlos an, weil sie nicht auf ihr lagen.
«Ich kann das nicht, ohne mit reinzukommen.»

Denk nicht an unsere Hochzeitsnacht.

Nicht ...

Zu spät.

Er würde noch in seinem letzten Moment hier auf Erden an ihren Mund in jener Nacht denken.

Jetzt aber musste er noch ein paar Minuten überstehen.

Danach würde er in einem Taxi zu seinem Hotel fahren und so schnell wie möglich auf sein Zimmer gehen. Dann würde er auf seinem Handy die Bilder aufrufen, die er aus den sozialen Medien gespeichert hatte, und sich auf Natalie in ihrem Hochzeitskleid einen runterholen. Wenn das kein Zeichen dafür war, dass er von dieser Frau besessen war, was dann? Schon die Erinnerung an den Moment, in dem sie ihm in der Öffentlichkeit geschworen hatte, seine Frau zu werden, machte ihn an. Das konnte nicht normal sein.

Natalie packte ihn an der breitesten Stelle seiner Arme und schüttelte ihn. «August. Ich weiß das. Ich weiß, dass du mich nicht zu meinem Zimmer begleiten kannst, ohne mit reinzukommen.» Sie schob ihre Handflächen nach oben, an seinen Schultern entlang weiter hinauf und streichelte sein Gesicht. Es fühlte sich so unglaublich an, dass er sich ein Stöhnen verkneifen musste. «Du brauchst dich nicht zu schützen. Das ist es, was ich dir zu sagen versuche. Ich komme mit dir nach Hause. Nach St. Helena. Ich bleibe dort. Mit dir. *Wegen* dir.»

Was?

Augusts Lunge war plötzlich leer, die Geräusche der Lobby ein Flüstern um ihn herum.

Hatte ihm jemand im Flugzeug eine Schlaftablette verabreicht, und er träumte das alles nur? Denn er hätte schwören können, dass Natalie gerade gesagt hatte, sie würde mit ihm nach Hause kommen.

Sein ganzer Körper war ein einziges lautes Pulsieren, und es gelang ihm kaum, seine Gedanken über das dröhnende Geräusch hinweg zu sammeln, das er verursachte. «Das verstehe ich nicht. Du kommst zurück und bleibst dann, obwohl ich mich wie ein Idiot benommen habe? Obwohl du das Geld aus dem Treuhandfonds hast? Und das vom Investor?»

«Du bist mehr wert als all diese Dinge», flüsterte sie, wobei ihre Augen leuchteten.

Er beugte sich vor, stützte die Hände auf die Knie, und dann endlich wich der Zweifel der Freude, die sich wie ein Lauffeuer in ihm ausbreitete. «Ich hoffe, das ist nicht einer deiner Scherze.»

«Bring mich nach oben und find es raus.»

Sie machten gleichzeitig einen großen Schritt aufeinander zu, und Natalie legte ihre kleine, elegante Hand in seine größere. Sie verschränkten ihre Finger ineinander und hielten sich fest.

Gott, was für ein Privileg. Das hier geschah wirklich. Hier und jetzt.

Die Fahrt mit dem Aufzug zu Natalies Stockwerk erlebte er wie benommen. Er konnte nicht einmal genug Gehirnschmalz zusammenkratzen, um sie zu küssen, alles war von Erleichterung, Schock und Glück erfüllt. So viel Glück. Türen öffneten sich, Füße bewegten sich über den mit Teppich ausgelegten Flur, und als Natalies Zimmer in Sicht kam, inklusive ihrem bevorstehenden offiziellen Wiedersehen, schaltete sich zum Glück sein Gehirn wieder ein. Größtenteils.

Wann hatte er sie mit dem Rücken gegen die Tür gedrängt? Ihre Münder waren nur einen Atemzug davon entfernt, sich zu berühren, ihre Titten drängten gegen seine Brust. Er *brannte* vor Verlangen, ihr einen Orgasmus zu verschaffen. Er hörte ihre Forderungen, fühlte, wie sich ihre Finger in sein Haar verirrten, wie sich ihre Pussy zusammenzog ...

«Hör auf, darüber nachzudenken, August, und tu es.» Sie schob ihre Zunge langsam in seinen Mund und fuhr mit den Zähnen über seine Unterlippe. «Bring mich rein. Drück mich dort gegen die Wand.»

Wenn in diesem Moment ein Hotelgast vorbeikommen würde, würde er annehmen, dass Natalie überfallen wurde, so schnell griff er nach ihrer Handtasche. «Den Schlüssel, Prinzessin. Den Schlüssel.»

Ein verzweifelter Laut entkam ihr, dann fummelten beide am Verschluss ihrer Handtasche herum, um sie zu öffnen und die Schlüsselkarte zu suchen. Kaum dass sie sie gefunden und die Tür geöffnet hatten, schob er Natalie in den Raum und schlug die Tür hinter ihnen zu. So geil, wie August war, angespornt durch ihre Forderung nach Sex an der Wand, würde er sicher derjenige sein, der den Ton angab.

Er irrte.

Natalie schob das Jackett von seinen Schultern und begann, den Knoten seiner Krawatte zu lösen, gab aber auf halbem Weg auf und kümmerte sich um seinen Gürtel, die Krawatte hing locker von seinem Hals herab. Spoiler: Sonst hing gar nichts. Eine Tatsache, die Natalie wenige Sekunden später bemerkte, als sie den Reißverschluss seiner Hose öffnete, ihre Hand hineinschob und die Finger um Augusts Schwanz legte.

«Oh mein Gott», stöhnte sie und strich mit ihrer Handfläche daran entlang, brachte ihn zum Pulsieren. Ließ ihn noch weiter anschwellen, was eigentlich nicht möglich war. «Ich weiß, ich wiederhole mich, aber du musst wissen, dass du ... »

Er drückte sie gegen die Wand und fing ihren Mund in einem wilden Kuss ein. *Ich küsse meine Frau. Gott sei Dank.* «Was?», sagte er und rang nach Luft. «Du willst, dass ich *was* weiß?»

Ihr Blick war glasig, benommen. Sehnsüchtig. «Dass du den besten Schwanz hast», flüsterte sie. «Ich meine, i-ich musste im Flugzeug die ganze Zeit an ihn denken. Und während des Geschäftsessens. Wenn du das Ding in Massen produzieren lassen würdest, wären viele Leute viel weniger wütend.»

«Aber er gehört nur dir, Natalie», grummelte er und zog mit rauen Händen den Saum ihres Kleides hoch, war so erregt, dass es ihn fast schmerzte. Wenn sie weiter davon sprach, wie sehr sie seinen Schwanz liebte, würde er gleich in ihrer Hand abspritzen. «Du willst ihn doch nicht wirklich mit jemandem teilen», sagte er zwischen zwei Küssen, während seine Hüften sich bewegten und er seinen Schwanz in ihre enge Faust hinein und wieder herausschob. «Oder, Babe?»

Er zog ihr das Höschen über die Knie und ließ es auf ihre Knöchel fallen.

«Nein», keuchte sie und zitterte. «Niemals.»

Sie sah nach diesem Geständnis verletzlich aus, also legte auch er ein Geständnis ab, denn etwas in ihm verlangte, es ihr Schritt für Schritt gleichzutun. Gefühlsmäßig, körperlich. Zu jeder Zeit. «Ich hatte mich schon darauf eingestellt, für den Rest meines Lebens von den Erinnerungen an dich zu zehren. Es hätte mich getötet.» Er kniete sich vor sie, zog ihr rechtes Knie hoch und legte sich ihren Fuß auf die Schulter. «Ich kann nicht glauben, dass ich stattdessen von dir zehren kann. Ich kann nicht glauben, dass du mich leben *lässt*.»

Die Zärtlichkeit in ihrem Blick machte ihn fast schwindelig. «Hier geht es nicht um Lassen. Du bist die beste Entscheidung, die ich je getroffen habe.»

Ein schroffer Laut kam aus Augusts Kehle, seine verzweifelte Sehnsucht danach, sich mit dieser Frau zu vereinen, wuchs bis zum Schmerz. Er wollte sich an sie binden, emotional, körperlich. Auf jede nur mögliche Weise. Sie war seine Frau, und vor Vorfreude auf seinen Mund, seinen Schwanz war sie triefend nass geworden. Das Gefühl der Verantwortung, sie zu befriedigen, ihr Vergnügen zu bereiten und ihrer beider Wunden zu heilen, ließ August vorwärtsdrängen und ihren Schoß küssen. Er wanderte tiefer. Schob ihr Fleisch sanft mit seiner Zunge auseinander und fand die Knospe, begrüßte sie vorsichtig, dann mit mehr Druck, als ihr Stöhnen lauter wurde und ihre Finger an den Strähnen seines Haares rissen. «*August.*»

«Ich weiß», knurrte er nach dem nächsten Zungenschlag. «Ich weiß, dass du das liebst.»

Er fuhr mit den Fingerspitzen seiner rechten Hand die linke Innenseite ihres Oberschenkels hinauf und hinterließ eine Spur von Gänsehaut. Während sie nach Atem rang, zeichnete er mit seinem Mittelfinger die Spalte ihrer Pussy nach und schob ihn dann tief in sie hinein, während er mit seiner Zunge über ihre Knospe strich. Und sie zerschmolz förmlich an der Wand, ihr Inneres umklammerte seinen Finger und bettelte um einen zweiten. Also gab er ihn ihr, nahm sie mit einem Stoß ein, trieb seine Finger weiter in sie hinein und wieder heraus, während er aufstand und ihren Mund in einem hungrigen Kuss nahm.

«An der Wand, ja?», keuchte er. «Das hast du dir vorgestellt?»

«*Ja*. Weil du so stark bist», platzte sie heraus und schüttelte sofort den Kopf. «Ich weiß nicht, warum ich diese Dinge immer wieder laut ausspreche.»

«Hör nicht auf damit.» Er hob sie hoch und drückte sie an die

Wand, legte seine Stirn an ihre und sah ihr in die Augen. «Versteck dich nie vor mir.»

«Das werde ich nicht», hauchte sie, hob ihre Knie an und legte sie um seine Hüften. «Das ... kann ich nicht.»

Triumph und Euphorie und eine Million anderer Emotionen erschütterten August.

Meine Frau. Meine Frau.

Er stieß seine Hüften nach oben und versank tief in ihr, stöhnte in die Wand neben ihrem Kopf, als sie wimmernd ihren ersten Orgasmus durchlebte. «Auf das hier habe ich dich vorbereitet, nicht wahr? Du liebst es, wenn ich das Ding mit der Zunge ficke.»

«Ja.» Sie keuchte und wand sich weiter zwischen ihm und der Wand, ihre Schenkel um seine Hüften zitterten, die goldenen Augen waren auf seine fixiert. «Mehr. Mehr von dir.»

«So viel, wie du brauchst.» Er stützte seine Arme unter ihre Knie und begann, hart zuzustoßen. Schnell. «So viel, wie ich brauche. Heute Nacht nehme ich dich in jeder nur möglichen Position, und dann werde ich dich den ganzen Weg zurück tragen, nach Kalifornien, wo du hingehörst. In unser Zuhause. Mit deinem Mann.»

«Ja.» Sie schluckte, drückte ihre Beine fest um seine Rippen und schrie auf, als er ihre Schenkel mit einem Ruck weiter auseinander drängte und das Tempo seiner Stöße erhöhte, sie mit jedem Stoß gegen die Wand drückte und ihre Titten im Ausschnitt ihres Kleides wippten. «Oh mein Gott, das ist so *gut.*»

«*Meiner* ist gut?» Er biss ihr in den Hals. «Ich habe das ganze verdammte Land durchquert für die enge Pussy meiner Frau.» Die Art und Weise, wie sie sich bei diesem Geständnis zusammenzog, wie sie nasser und heißer um sein stoßendes Fleisch wurde, ließ den letzten Rest seiner Selbstbeherrschung in Flammen aufgehen. Es gab nur sie. Sie war alles, was er zum Überleben brauchte, und die Wahrheit darüber, *seine* Wahrheit, strömte jetzt aus ihm heraus. «Scheiß drauf, ich bin besessen von dir. Ich kann mich an keine Zeit erinnern, in der ich das nicht war. Gib mir den Orgasmus. Gib ihn mir, Prinzessin. Deinen. *Na los.* Ich brauche ihn, verdammt.»

Natalie griff mit den Fingern in sein Haar und zog ihn zu einem wilden, fast animalischen Kuss zu sich, aus ihrer Kehle kamen begierige kleine Laute. Sie war kurz davor, so kurz – und dann verwandelte sich ihr Zittern in ein Erdbeben, ihre Lippen lösten sich von seinen, um aufzuschreien, während ihr Körper immer noch gegen die Wand gedrückt wurde. Sein Grunzen wurde zu einem Knurren, seine Hüften schlugen zwischen ihren Schenkeln aufwärts, begierig darauf, ihren Orgasmus zusammen mit ihr zu erleben. Das Pochen und Beben seiner *Frau*.

«Fuck, fuck, *fuck*.» Augusts Höhepunkt war wie die Landung nach einem nächtlichen Fallschirmsprung ins Meer. Eine Weile dachte er, er würde sterben, doch dann kam die Erleichterung. Eine so tiefe Erleichterung, dass seine Beine auf halbem Weg fast nachgaben, aber sein Körper ließ nicht zu, dass er aufhörte. Er bohrte ihren Hintern in die Wand und hielt ihn umklammert, wobei er so stark zitterte, dass seine Zähne klapperten und seine Muskeln vor Anstrengung schrien. «Natalie. *Herrgott.* Oh Gott ... *Ich liebe dich. Ich liebe dich.*»

Seine Brust fiel fast in sich zusammen, als er die Worte aussprach, aber er konnte sie nicht zurückhalten, denn sie gehörten ihr. *Er* gehörte ihr, und sie sollte es wissen. Vielleicht war sie noch nicht so weit, es zu erwidern. Und das war in Ordnung. Er sollte sogar *davon ausgehen*, dass sie zögerte, nachdem er sie so auf Distanz gehalten hatte. Er würde, wenn nötig, ewig, für den

Rest seines Lebens, auf diese drei Worte von ihr warten. Im Moment sollte er einfach dankbar sein, dass sie nach Hause kam.

Kaum dass er fertig war, stolperte er auf halb tauben Beinen zum Bett, Natalie sicher in seinen Armen, und legte sich hin, zog sie so nah wie möglich an sich und küsste ihren Haaransatz. Ihr warmer Atem streifte seinen Hals, und er schlang seine Arme fester um sie und zog die Bettdecke, auf der sie lagen, so gut er konnte um ihre halb nackten Körper. «August, ich glaube, du weißt nicht, was es mir bedeutet, dass du hierhergekommen bist», sagte sie leise. «Ich glaube, du weißt nicht, wie wertvoll und wichtig ich mich dadurch fühle. Ich danke dir.»

Es dauerte einen Moment, bis er den querstehenden Bleistift in seiner Kehle heruntergeschluckt hatte. «Du bist der wichtigste Mensch in meinem Leben, Natalie. Das wirst du immer sein.»

Ihre Fingerspitzen beschäftigten sich einen Moment mit seinem Brusthaar, dann hielten sie inne und Natalie atmete langsam aus. «An dem Tag, als du Teri Frasier und ihre Kinder aus der Flut gerettet hast ... Da habe ich gemerkt, dass ich dich liebe, aber als du heute Abend hereinkamst, habe ich ... Du hast dich wie mein Ehemann angefühlt. Du warst zum ersten Mal mein richtiger Ehemann, und ich habe dich so sehr geliebt. Ich liebe dich so sehr ... »

«Oh mein Gott.» Augusts Körper bewegte sich von selbst, drückte sie in die Kissen und bedeckte ihren ganzen Körper. Er hielt sie fest, als wolle er die Worte einfangen, bevor sie davonflatterten. Sein Herz schlug nicht mehr in seiner Brust. Es war irgendwo oben in den Wolken. Es war sehr wahrscheinlich, dass er sie erdrückte, und wäre das nicht die Ironie des Schicksals? Eine Frau gibt zu, einen Mann zu lieben, und wird sofort erdrückt. Aber er hatte keine Kontrolle mehr über seinen eigenen Körper. Er zitterte verdammt heftig, er war so demütig und dankbar und verliebt. So verliebt, dass er nicht wusste, wie ein Körper, selbst sein großer, das alles aushalten konnte. «Du liebst mich, Natalie?»

«Vollkommen. Mit Haut und Haar. Ich *liebe* dich, August.»

Ein warmer Balsam breitete sich in seiner Seele aus. «Wir fahren nach Hause und machen das mit dem Weingut gemeinsam, okay? Es gehört sowohl uns als auch Sam. Ich werde mich in Zukunft bessern.»

Sie nahm sein Gesicht in ihre Hände, ihre feuchten Augen blickten in seine, die ebenso feucht waren. «Ich werde mich auch bessern. Du bist nicht der Einzige, der nicht vollkommen ist.»

«In diesem Punkt sind wir uns einig, dass wir uns nicht einig sind.» Er küsste sie hart. «Sag mir noch einmal, dass ich dein richtiger Ehemann bin.»

«Du bist mein richtiger Ehemann», hauchte sie, und eine Träne rann ihre Wange hinunter. «Jetzt zeig es mir.»

Als sie sich auf die Seite rollte und ihren nackten Hintern gegen seinen Schoß drückte, brauchte er keine weitere Aufforderung. Er würde es ihr jeden einzelnen Tag zeigen, solange er lebte.

# KAPITEL 26

Am Morgen nach ihrer Rückkehr aus New York schmeckte die Luft süßer, ihr Herz fühlte sich leichter an, und sie war so optimistisch wie seit Langem nicht mehr. Nicht diese verzweifelte, nervöse Art von Optimismus, die mit dem Versuch einherging, die Karriereleiter der Finanzwelt hinaufzuklettern, sondern ... ein ruhiges Gefühl, das ihr zeigte, dass sie am richtigen Ort war. Dass sie genügte, ohne sich immer wieder aufs Neue beweisen zu müssen.

Vom Flughafen aus hatte Natalie Claudia angerufen, ihr alles erklärt und angeboten, sie für ihren Einsatz für ihr Start-up zu entschädigen. Natürlich hatte die Kollegin das Angebot angenommen, denn sie war verdammt schlau. Natalies treue Freundin schien sogar ein wenig froh darüber zu sein, dass die Ehe mit August Bestand haben würde. Nicht, dass sie das jemals zugeben würde. Natalie hatte auch Savages Assistenten eine Nachricht hinterlassen, in der sie ihm mitteilte, dass sie die Investition nicht mehr benötigten. Es sei denn, er hätte Lust, sein Geld in ein Weingut mit einer Internetbewertung von nur einem Stern zu stecken.

Bisher keine Rückmeldung.

Julian und Corinne hatten bei ihrer Ankunft in Augusts Einfahrt gewartet, nachdem August sie per SMS über ihre Landung in Napa informiert hatte. Ihre Mutter hatte sich tatsächlich entschuldigt – und es auch so gemeint, es sei denn, Natalie irrte vollkommen. Ihre Mutter hatte Natalie während «ihrer Flitterwochen» nun wahrlich nicht mit Geschäftlichem stören wollen. Aber sie würde sie in Zukunft in alle Interaktionen mit VineWatch einbeziehen.

«Und nicht nur das, ich bin dir auch für deine Ratschläge sehr dankbar», hatte ihre Mutter gesagt.

Ja. Die Luft fühlte sich heute anders an. Sie war leichter einzuatmen.

Vor der Produktionsscheune blieb Natalie kurz stehen.

Selbst nach Augusts Zusicherung, kein Teil des Weinguts sei mehr tabu für sie, konnte sie sich immer noch nicht dazu durchringen, einfach hineinzugehen. Ihr Mann war schon in der Scheune, kam ihr jetzt mit einer Lederschürze über seinem weißen T-Shirt entgegen und winkte ihr aus dem dämmrigen Innenraum zu.

«Guten Morgen, Prinzessin.»

Bei der heiseren Vertrautheit in seiner Stimme wurde ihr warm ums Herz, und sie musste mit einem Schluck Kaffee gegen den Kloß in ihrer Kehle ankämpfen. «Guten Morgen.»

Er wischte sich die Hände länger als nötig an einem Lappen ab, während er sie musterte. «Ich hatte gehofft, du könntest mir hier heute helfen.»

Ihre Finger legten sich um die Kaffeetasse, und das Glück kitzelte wie Kohlensäure in ihrer Kehle. «Bist du dir sicher?»

«Ja», sagte er rau, sein Blick fiel kurz auf die Weinfässer, dann sah er ihr wieder in die Augen. «Ich brauche dich.»

Natalie schüttelte den Kopf. «Du kannst dir ruhig Zeit nehmen, mich in dein Innerstes zu lassen, August.»

Er hatte diese Antwort offenbar erwartet, denn sein Gesichtsausdruck änderte sich nicht. Seine Stimme blieb ruhig, obwohl ihn das offensichtlich ziemliche Mühe kostete. «Du bist schon drin, Natalie. Du bist ganz tief drin, und genau da will ich dich haben. Ich kann das nicht allein für Sam tun. Ich brauche dich bei mir. Ich habe dich die ganze Zeit gebraucht.» Er hielt inne. «Das ist wahrscheinlich der Grund, warum ich ihn neulich nicht hören konnte. Er hat mich mit Schweigen bestraft, bis ich meinen Kopf endlich aus dem Sand gezogen habe. Jetzt ist Sam wieder da.»

Natalie atmete vorsichtig ein und aus, weil sie sicher war, dass ein zu starkes Luftholen sie in zwei Hälften zerreißen würde. «Ich bin so froh, August», flüsterte sie mit zittriger Stimme. «Ich bin froh, dass er zurück ist.»

«Ich habe versucht, meine Schuldgefühle darüber, dass ich Sam nicht retten konnte, zu verdrängen, indem ich das alles selbst gemacht habe, aber die Wahrheit ist ... Er hätte das nicht gewollt.» Er sah sich in der Scheune um, als sähe er das alles zum ersten Mal. «Er hätte nie gewollt, dass ich seinen Traum verwirkliche ... auf deine Kosten.» Sein Blick fand den Weg zurück zu ihr. «Weil du mein Traum bist. Er hätte gewollt, dass ich dich habe, so, wie er diesen Ort haben wollte. Und ... ich bin derjenige, der noch hier ist. Er würde mir sagen, dass ich mit dem Scheiß aufhören, mich nicht schuldig fühlen und diesen Traum mit meiner Frau leben soll.»

Es war schwer, in diesem Moment überhaupt Worte zu finden, geschweige denn die richtigen, also sprach sie einfach aus, was sie fühlte. «Du hattest Glück, Sam zu haben, August. Aber er hatte auch Glück, dich zu haben.»

«Danke.» Er räusperte sich und schob den Lappen hastig in seine Tasche. «Herrgott, ich kann nicht glauben, dass ich dich jemals gebeten habe, draußen zu bleiben, jetzt, wo ich dich so verdammt dringend hier bei mir haben will, Natalie.»

«Okay, ich komme ja schon», sagte sie atemlos und versuchte verzweifelt, seinen Redefluss zu stoppen, bevor er noch etwas sagte, ein letztes Wort, das sie zusammenbrechen lassen würde.

«Okay.» Sie hielt ihre Tasse an sich und ging auf ihn zu, wobei ihr Herzschlag unruhiger schlug, je näher sie August und seiner großen Lederschürze kam. «Du musst nicht gleich so dramatisch werden.»

«Ich bin doch wegen dir so dramatisch. Find dich damit ab.»

Sie schlüpfte an ihm vorbei in die Scheune, wobei sich die Vorderseiten ihrer Körper berührten, was ihnen den Atem raubte. «Wenn ich dein Drama ertragen muss, musst du auch meinen Vortrag über die Feinheiten der Weintraube ertragen.»

«Abgemacht.» Er folgte Natalie, ließ ihr kaum Luft zum Atmen. «Ich bin ganz Ohr. Und Muskeln, natürlich. Erzähl mir was über diese Feinheiten, Prinzessin.»

Natalie blieb vor den aufgereihten Fässern stehen und bemerkte sofort, dass August den Vormittag damit verbracht hatte, den Wein in den Fässern zu filtern, für die sie am Freitag keine Zeit gehabt hatte.

Sie sah August an, der mit verschränkten Armen und ernstem Gesichtsausdruck dastand.

Er hatte das nicht einfach so dahergesagt, er war wirklich bereit, ihr zuzuhören und mit ihr zusammenzuarbeiten.

«Ähm ...» Sie befeuchtete ihre plötzlich trockenen Lippen. Warum raste ihr Puls so? «Also, der Charakter einer Traube hängt von einer Vielzahl von Faktoren ab. Klima, Boden, ob die Reben viel oder wenig Wasser bekommen haben, und von der Temperatur, bei der sie geerntet und gelagert wurden. Ich bin mir sicher, dass du inzwischen weißt, was Tannine sind. Sie sorgen für Textur. Sie geben dem Wein Struktur.» Sie warf einen Blick auf die Geräte hinter ihr, die nicht mehr in Gebrauch waren. «Du scheinst dem Wein eine kurze Maischestandzeit bei einer höheren Temperatur gegeben zu haben. Das ist eine gute Methode, um die Tannine zu extrahieren. Der Fehler liegt in der Zeitspanne, die du der Gärung gegeben hast.»

«Die Filtration hat geholfen», sagte August, ohne seinen Blick von ihrem Gesicht abzuwenden. «Ich habe den Wein probiert und wollte mich nicht gleich hinlegen und sterben. Aber es ist noch viel Arbeit nötig.»

«Ja. Wir haben die Bakterien und die überschüssige Hefe entfernt. Aber wir müssen unseren Wein weiter mischen. Er hat noch nicht genug Sauerstoff bekommen.»

«Das ist doch irgendwie symbolisch, oder?» Er beugte sich vor und küsste die Seite ihres Halses, verweilte dort für einen zweiten, feuchteren Kuss. «Die Verschmelzung von zwei Leben ...»

«Wirst du jetzt immer so romantisch sein?» Sie keuchte, als seine Lippen heiß über ihr Ohr wanderten. «Oder turnt dich das ganze Gerede über Bakterien an?»

«Ich werde dir so viel Romantik geben, wie du ertragen kannst, Natalie königliche Prinzessin Cates.» Sein Lächeln spielte verführerisch mit ihrem Mund. «Aber es geht vor allem um das Gerede von ‹unserem Wein› und ‹wir müssen ihn weiter mischen›. Das klingt, als wären wir ein Team.»

«Das sind wir ja auch», flüsterte sie, und ihre Gefühle vibrierten wie eine Stimmgabel. «Ist doch so, oder nicht?»

«Nein, Natalie. Wie ich dir schon gesagt habe ...» Seine Stirn senkte sich auf ihre. «Wir sind ein Dreamteam.»

Sie lächelte im Anschluss an ihren Kuss. «Ich glaube, du hast gerade unseren ersten Jahrgang benannt.»

«Den ersten von vielen.»

Ein paar Tage später, auf dem Heimweg vom Socken-ohne-Löcher-Shopping für August – ernsthaft, er besaß kein einziges intaktes Paar –, verspürte Natalie das dringende Bedürfnis, anzuhalten und Blumen zu kaufen. Dieser Einkaufsbummel wich stark von ihrer üblichen Routine ab, bei der sie gegen vier Uhr nachmittags eine der vielen Weinhandlungen von St. Helena betrat, um eine Flasche Cabernet zu kaufen – und zwar die zweite Flasche. Wer war diese Person, in die sie sich langsam verwandelte? Heute Morgen hatte sie sich nicht einmal die Haare geföhnt, sondern sie nach dem Duschen einfach trocknen lassen, sodass sie jetzt in unregelmäßigen Wellen lagen, denn sie hatte es kaum erwarten können, August bei der Produktion zu sehen, wo er bereits arbeitete.

Jeden Morgen, während sie ihren Kaffee trank, beobachtete sie ihn vom Fenster des Hauses aus und lächelte bei jedem Schluck, während er immer wieder über die Schulter blickte und darauf wartete, dass sie zu ihm kam. Er sehnte sich sichtlich danach, seine Komplizin in der Scheune an seiner Seite zu haben. Sie hatte ihre morgendliche Föhnzeit gerne aufgegeben, um dafür ihn zu beobachten. Zu beobachten, wie sehr er ihre Gesellschaft wollte. Wie sehr er sie um sich haben wollte, die ganze Zeit.

Jetzt fuhr Natalie auf den staubigen Seitenstreifen, parkte und stieg aus. Hinten im Auto hatte sie die gekauften Lebensmittel verstaut, aus denen August ihnen heute ein Abendessen kochen würde, denn manche Dinge würden sich nie ändern. Sie würde zwar Winzerin, aber auf keinen Fall auch noch Köchin werden. Es gab nur einen Koch in der Familie, das hatte gestern ihr kläglicher Versuch, Eier zuzubereiten, bewiesen. Es war ein genialer Schachzug gewesen, einen Mann zu heiraten, der es gewohnt war, sich von Feldrationen zu ernähren – er hatte die Eier ohne mit der Wimper zu zucken heruntergewürgt, und danach war ihm augenscheinlich auch nur ein klein wenig schlecht gewesen.

Auf dem Weg zum Blumenstand schwoll ihr Herz so stark an, dass sich ihre gesamte Brust wie ein angeschlagener Musikantenknochen anfühlte. Das geschmeidige Gefühl schmolz bis in ihre Fingerspitzen und kribbelte dort weiter. Sie lief schneller, weil sie nach Hause wollte.

Irgendetwas in ihr heilte in rasantem Tempo, nicht nur wegen dieses Liebesrausches, der sie völlig mit sich mitgerissen hatte. Sondern auch, weil sie in die Richtung von genau dem drängte, was sie brauchte und verdiente. Nichts Geringeres würde sie akzeptieren, und die *Belohnung* ...

Die war wie die zahllosen Blüten, die aus allen Ecken des Standes am Straßenrand hervorlugten. Farbenfroh. Wunderschön. Jedes Mal, wenn sie einen der Sträuße betrachtete, sah sie etwas Neues, etwas anderes. Sie hatte lange Zeit hinter einer Mauer verbracht, voller Angst vor Ablehnung. Und August war hinter einer anderen Mauer gewesen. Sie hatten sich nicht sehen können, bis sie beide darübergeklettert waren und sich in der Mitte getroffen hatten. In einem Meer von Blumen.

Oder Trauben, wenn man so wollte.

«Was soll es sein? Rosen oder Lilien?»

Natalie hob verwirrt den Kopf. Sie hatte es noch nicht einmal auf diese beiden Optionen heruntergebrochen. Sprach der Blumenverkäufer mit ihr?

Ein Herr, der ihr vorher nicht aufgefallen war, hatte sich dem Stand von der Seite genähert. Moment mal ... Sie kannte ihn. Das war Augusts Commander. Commander Zelnick. Was machte er schon wieder in St. Helena?

Der Commander sah Natalie kurz an und nickte höflich, erkannte sie aber offensichtlich nicht – kein Wunder. Als sie dem Mann das letzte Mal begegnet war, hatte sie einen Rock und eine Bluse getragen, dazu perfekt frisiertes Haar und Make-up. Jetzt trug sie eine lockere Boyfriend-Jeans, ein Tanktop ohne BH, hatte Sonnenbrand auf den Wangen und sah aus, als wäre sie gerade durch einen Windkanal gelaufen.

Sie ging langsam auf den Commander zu, um ihn zu begrüßen und zu fragen, was ihn zurück nach St. Helena geführt hatte. Er sprach gerade mit dem Verkäufer. «Ich bin mir nicht sicher. Ich habe sie erst einmal getroffen, aber ich glaube, sie ist eher der Rosentyp.»

War es möglich ... dass er hier war, um August zu besuchen, und dass diese Blumen für sie waren? Mehr als möglich. Es war wahrscheinlich. Wen sonst sollte dieser Mann in einer Stadt kennen, in der er nicht wohnte?

Während der Blumenverkäufer sich daranmachte, die Rosen in Papier zu wickeln, trat Natalie zu ihnen und räusperte sich leise. «Entschuldigen Sie, Commander Zelnick. Ich bin's. Natalie. Augusts Frau.» Das Lächeln, das sich nach diesen Worten auf ihrem Mund ausbreitete, war nicht aufzuhalten, also ließ sie es einfach zu und reichte ihm die Hand zum Gruß. «Kann es sein, dass Sie gerade Blumen für mich kaufen?»

Nach einem Moment sichtlicher Verwirrung schien er sich über sich selbst zu ärgern. «Es tut mir leid.» Er schüttelte ihr fest die Hand. «Ich habe Sie nicht erkannt.»

Ich erkenne mich in letzter Zeit selbst nicht.

Zumindest nicht die vielen neuen, guten Seiten an mir.

Natalie nickte. «Das habe ich mir schon gedacht.» Sie deutete auf ihre staubigen Jeans. «Wir haben heute einige Zeit im Weinberg verbracht, um den Boden zu kultivieren. Ich bin schnell zum Laden gefahren, um ein paar Zutaten für das Abendessen zu holen – es ist mehr als genug für drei Personen. Ich nehme an, Sie sind auf dem Weg zu August?»

«Das bin ich. Einen Soldaten muss man auf Trab halten.» Er nahm den Strauß von dem Verkäufer entgegen, zögerte und reichte ihn ihr dann leicht errötend, was sie zum Lachen brachte.

«Die sind wunderschön. Ich danke Ihnen. Und Sie haben recht, ich bin definitiv der Rosentyp.»

«Ausgezeichnet.» Er gab dem Mann hinter dem Tresen einen Zwanziger mit dem Hinweis, das Wechselgeld zu behalten. «Ich nehme an, wir sehen uns in ein paar Minuten bei Zelnick Cellar. Ich bin gespannt, wofür August meine Investition genutzt hat. Vielleicht hat er ein paar neue Geräte gekauft, oder ...»

Er brach ab in der Erwartung einer Antwort von Natalie. Aber sie hatte keine.

Investition?

Der Mann bemerkte offensichtlich nicht, dass sie vollkommen fassungslos war, und fuhr fort, während er seine Autoschlüssel aus der Hosentasche kramte: «Ich weiß, es ist erst ein paar Wochen her, aber ich bin gespannt, welche Fortschritte sich ergeben haben.»

Ein paar Wochen.

Der Commander hatte August Geld gegeben? Für das Weingut?

Seit ihrer Rückkehr aus New York waren sie so glücklich, dass sie nicht einmal über den verpassten Termin mit Ingram bei der Bank gesprochen hatten. Sie hatten keinen Versuch unternommen, einen neuen Termin zu vereinbaren. August hatte es nicht einmal erwähnt. Wenn sein befehlshabender Offizier August schon vor Wochen Geld gegeben hatte, hatte er dann überhaupt jemals einen Bankkredit gebraucht? Hatte er ihr auch etwas verheimlicht?

Hatte er es überhaupt *nötig* gehabt, sie zu heiraten?

«Welche Investition?», krächzte sie.

August zog den Lappen aus seiner Gesäßtasche und wischte sich damit über die schweißnasse Stirn, ein Lächeln umspielte seine Lippen, als er ein Auto vor dem Haus vorfahren hörte. *Schatz, ich bin zu Hause.* Er hatte Natalie angefleht, diesen Satz zu sagen, nur ein einziges Mal, aber sie hatte sich geweigert. Irgendwann würde er ihn aus ihr herauslocken. Vielleicht heute Abend. Vielleicht sogar *jetzt*.

Er zog sein Hemd aus.

Ging zur Hintertür und machte ein paar Klimmzüge am Türrahmen, in der Hoffnung, dass seine Muskeln dadurch noch besser hervortraten. Seine Frau war vollkommen vernarrt in diese Brustmuskeln, was mehr als gerecht war, denn er war vernarrt in sie. Die Woche seit ihrer Rückkehr aus New York war nicht nur die glücklichste seines Lebens, sie war die glücklichste in *jedermanns* Leben, und er würde sich mit jedem anlegen, der nicht dieser Meinung war.

Dabei gäbe es in ihm gar nicht genug Wut, um überhaupt einen Schlag auszuführen. In diesen Tagen bestand er nur aus eitel Sonnenschein und Schmetterlingen. Seine Frau war wirklich seine Frau. Sie war glücklich mit ihm. Verdammt, sie, dieses menschliche Kunstwerk, *erwiderte* seine Liebe. Und mit jedem Tag entdeckte er auch mehr an ihr. Ihre kitzeligen Stellen, ihr ausführliches Prozedere unter der Dusche, mit etwa neun verschiedenen Produkten, die alle himmlisch dufteten, diese alberne Stimme, mit der sie mit der Katze sprach, wenn sie dachte, er würde sie nicht hören.

Die hoffnungsvolle Art, mit der sie über ihre Familie sprach, die immer mehr zueinanderfand, die aufmerksame Art, mit der sie ihm zuhörte, als brenne sie darauf, seine Vertraute zu sein, die Art, mit der sie manchmal einfach nur ein Gummiband für ihr Haar benutzte. Im Ernst, er hatte angefangen, einige dieser kleinen schwarzen Bänder an seinem Handgelenk zu tragen, weil sie nie eines fand, obwohl sie *überall* im Haus herumlagen. Um sie zum Lächeln zu bringen, musste er ihr manchmal nur ein Gummiband reichen, damit sie ihre Haare zu einem dieser wilden Knoten drehen konnte. Beim ersten Mal hatte sie ihn angeschaut, als hätte er gerade seinen Stuhl für sie bei *The Voice* umgedreht.

Sie stritten um die Fernbedienung des Fernsehers.

Sie stritten wegen *vieler* Dinge.

Sie konnte absolut nicht kochen.

Und er liebte sie mit der Intensität von tausend Sonnen.

Was dazu führte, dass diese Streite verdammt schnell endeten, weil seine Brust zu brennen begann und er sie einfach nur wieder glücklich machen wollte. Dabei half, dass sie sich auch nicht mehr gerne mit ihm stritt. Heute Morgen hatte sie ihn vor dem Kaffee angeschnauzt, und zwei Minuten später war sie am Esstisch auf seinen Schoß gekrochen und hatte ihn mit Entschuldigungsküssen übersät. Was zu Entschuldigungssex führte. Seine Eier kribbelten auch jetzt wieder, wenn er nur daran dachte, wie sie ihn geritten und *Sorry* an seinem Mund gehaucht hatte.

Wie sie sich nur einmal auf seinem Schoß bewegt und sein Gehirn sich sofort aufgelöst hatte.

War es möglich, sie noch einmal zu heiraten? Oder musste er eine bestimmte Anzahl von Jahren warten, um das Gelübde zu erneuern?

Diese phänomenale Frau hatte sich über Mauern geschlichen, von denen er nicht einmal wusste, dass sie in ihm existierten. Sie hatte begonnen, ihm zu helfen, Sams Traum zu verwirklichen ... und langsam wurde es auch ihr Traum. Ja, es wurde zu *ihrer beider Traum*, und das war mehr als okay. Das war jetzt sein Leben, und er wollte es unbedingt für immer weiterleben.

August ließ sich nach ein paar weiteren Klimmzügen auf den Boden fallen und runzelte die Stirn, als ein zweites Auto heranfuhr. Wer war das?

Als er aus der Scheune trat, war Natalie die Person, deren Anblick er brauchte – und er sah sie. Nur kurz. Sie schaute ihn mit einem seltsamen Ausdruck auf dem Gesicht an, bevor sie mit einem Rosenstrauß im Arm ins Haus schlüpfte und die Tür hinter sich schloss. Was zum Teufel sollte das?

Er lief ihr nach, blieb aber kurz stehen, als sein Commander aus dem zweiten Wagen kletterte.

«Cates.»

Wie immer wollte er sich beim Klang der Stimme seines befehlshabenden Offiziers gerade aufrichten, aber sein Verstand folgte ihm nicht. Diesmal nicht. Irgendetwas war mit seiner Frau. Warum kribbelte es in seinem Nacken, als wäre Gefahr im Verzug?

Commander Zelnick kam auf ihn zu, die Hände hinter dem Rücken verschränkt. «Ich will nicht immer überraschend hier auftauchen, Cates, aber ich weiß nie, wann ich gerade Zeit habe, von Coronado hier raufzufahren.» Er nickte in Richtung der Scheune. «Ich vertraue darauf, dass die Dinge voranschreiten.»

«Ja, Sir», sagte er automatisch – und die Antwort entsprach der Wahrheit –, aber in seinem Magen hatte sich eine Last von hundert Pfund ausgebreitet, und irgendetwas zupfte an den Rändern seines Bewusstseins. «Sir, würden Sie bitte einen

Moment hier warten, während ich versuche, aus meiner Frau schlau zu werden?»

Das hatte nicht lächerlich klingen sollen, aber sein Mund hatte keine Verbindung zu seinem Gehirn. Sie hatte angehalten, um Blumen zu kaufen? Für ihr Haus? Warum gab ihm das das Gefühl, dass in seiner Brust ein Sackhüpfen veranstaltet wurde? Und warum hatte sie ihn nicht angelächelt?

Stimmte irgendetwas nicht?

Ja, irgendetwas stimmt nicht.

Während ihrer Woche vollkommener Glückseligkeit hatte er vermieden, darüber nachzudenken, aber mit dem Auftauchen seines befehlshabenden Offiziers sprang ihm die monumentale Sache, die er vor Natalie verheimlicht hatte, ins Gesicht und grub ihre Zähne in seine Halsschlagader. Jedes Mal, wenn er glaubte, genug Mut gesammelt zu haben, um ihr von der Investition zu erzählen, erinnerte er sich daran, wie ihr Vater und ihr Ex-Verlobter sie mit dem Guthaben ihrer Bankkonten manipuliert hatten. Oder mit ihrem Treuhandfonds. Ganz zu schweigen von dem Investor, mit dem sie sich in New York getroffen hatte. Und daran, wie sehr sie ihnen die Weigerung, in Geldangelegenheiten ehrlich mit ihr zu sein, verübelt hatte.

Nur kurz noch, hatte er immer wieder gedacht. *Ich werde ihr von der Investition erzählen, wenn seit meinem letzten Fehltritt ein bisschen mehr Zeit vergangen ist.* Es war nun wirklich gerade mal eine Woche her, dass er sie bis ans andere Ende des Landes vertrieben hatte. Sie waren so glücklich. Er hatte, was ihre Ehe betraf, lediglich mehr Dinge in der Pro-Spalte haben wollen, bevor er *Verheimlicht Geld* auf die Contra-Seite setzte.

«Natürlich, begrüßen Sie Ihre Frau», antwortete der Beamte lachend. «Ich habe sie am Blumenstand nicht erkannt. Sie sieht anders aus. Gut anders. Fröhlicher.»

«Danke», schaffte August hervorzubringen, sein Puls raste. «Haben Sie ... Sie haben die Investition doch nicht erwähnt, oder? Ich habe ihr noch nicht davon erzählt.»

Der Mann schaute nur verwirrt. «Warum nicht?»

«Es ist kompliziert.» August sackte in sich zusammen, stützte sich mit den Händen auf den Knien ab und atmete zitternd aus. «Sie haben es ihr gesagt. Sie weiß es.»

«Das Thema kam zur Sprache, ja.»

«Oh Scheiße.»

«Cates?»

«Tut mir leid. Oh Scheiße, Sir.»

Das war nicht gut. Das war gar nicht gut.

Seine Milz stand kurz vor einem Riss, dabei wusste er nicht mal, wo seine Milz lag. Oder welche Funktion sie hatte.

Bring das in Ordnung. Bring das sofort in Ordnung.

«Ich brauche ein bisschen Zeit mit Natalie, Sir», sagte er erschöpft. «Wenn Sie Glas klirren oder Türen zuschlagen hören, machen Sie sich keine Sorgen, das ist hier ganz normal.»

«Soll ich später noch mal wiederkommen?»

August holte auf dem Weg zum Haus tief Luft. «Das ist vermutlich eine gute Idee, Sir.»

Mit einem zackigen Nicken schritt sein befehlshabender Offizier zu seinem Auto, als stünde eine Schlacht bevor.

Und so war es. Die große Schlacht.

Warum zum Teufel hatte August ihr das so lange verheimlicht? Wusste er es inzwischen nicht besser?

August hielt mit der Hand auf dem Türknauf inne, öffnete dann vorsichtig die Tür und wartete einen Moment, nur für den Fall, dass ihm ein Teller oder eine Bratpfanne an den Kopf flog.

«Prinzessin?»

Keine Antwort.

Verdammt. Ich bin am Arsch.

Natalies Schweigen war viel schlimmer als ein Streit, weil er ihre Stimme nicht hören konnte und weil es bedeutete, dass sie verletzt war. Die reinste Folter.

«Natalie», sagte er und betrat langsam das Haus, «es tut mir leid. Ich wollte es ...»

Kurz hinter der Tür hielt er inne, denn diesen Anblick hatte er nicht erwartet. Natalie stand in der Mitte der Küche und rang die Hände. Sie schien ... nervös zu sein? Warum?

Wurden Menschen nervös, bevor sie um die Scheidung baten? Wahrscheinlich.

Säure flutete seine Organe, so zäh, dass er sie im Mund schmecken konnte. «Es tut mir leid», sagte er noch einmal, mit brüchiger Stimme. «Ich wollte es dir sagen, aber wir sind so glücklich, und ich wollte nicht, dass du mich in einen Topf mit deinem Vater und Morrison und Savage wirfst. Hör mir zu, es ist nicht so, wie du denkst. Ja, ich habe Geld von Sams Vater angenommen. Aber nicht, weil ich deine Hilfe bei dem Bankkredit nicht wollte. Ich habe dich nicht ausgeschlossen, so, wie ich es bei der Herstellung unseres Weins getan habe. So war es überhaupt nicht, Natalie. Ich wollte nur ...» Er trat vor und fasste sie an den Schultern, beugte sich bis auf Augenhöhe hinunter und stellte erschrocken fest, dass ihre Augen voller Tränen waren. *Oh Gott, oh Gott. Ich habe geschworen, dass ich sie nie wieder zum Weinen bringe.* «Ich wollte, dass du das Geld aus deinem Treuhandfonds bekommst. Weil du es brauchst und ich dich liebe. Ich war mir nicht sicher, ob du mich heiraten würdest, wenn der Deal einseitig wäre. Ich habe dich geheiratet, weil du bei unserer ersten Begegnung mein Herz in einer Tupperdose mit nach Hause genommen und nie wieder zurückgegeben hast. Ich *will* es gar nicht wieder zurück.» Er drehte sich im Kreis. *Reiß dich zusammen.* «Dass ich dieses Geheimnis für mich behalten habe, hat nichts mit Stolz zu tun. Oder damit, dass ich das Weingut allein zum Erfolg führen wollte. Ich wollte einfach etwas Bedeutendes für die Frau tun, die der Grund ist, warum ich morgens aufstehe. Das alles habe ich aus Liebe getan. Nichts anderem.»

Einige Sekunden herrschte Schweigen.

Dann nickte sie, für ihn überraschend.

«Ich muss dir auch etwas sagen», flüsterte sie und zitterte unter seinen Händen auf eine Weise, die ihn heftig in Bedrängnis brachte. «Oh Gott, August ...»

«Was ist los? Wir kriegen alles hin.»

Sie holte tief Luft und stieß sie langsam wieder aus. «Am Tag der Hochzeit hat mein Vater angerufen und angeboten, das Geld aus meinem Treuhandfonds freizugeben.» Sie schaute ihm in die Augen, und ihr kamen die Tränen. «Ich habe Nein gesagt. Auch nicht, weil ich zu stolz war, sondern ... weil ich dich heiraten *wollte*. Ich konnte damals nicht sagen, was ich für dich empfand, aber ...» Sie wischte sich über die Augen, ein Schluchzen entkam ihr. «Ich habe dich da schon geliebt – das weiß ich jetzt. Ich weiß es ganz tief in mir.»

Ein Schwall unvorstellbaren Glücks wehte heran und warf ihn um.

«Entschuldigung, warte mal.» August ließ sich auf einen der Esszimmerstühle fallen. Das Möbelstück schob sich unter dem plötzlichen Ansturm von Gewicht laut quietschend zur Seite. «Ich kann nicht atmen.»

Natalie kniete sich vor ihm nieder und tastete ihn hastig ab, als wolle sie ihn auf eine Verletzung untersuchen. Als sie keine fand, umfasste sie sein Gesicht mit ihren Händen. «August.»

«Ich bin hier. Ich weiß nur nicht, ob ich weinen oder mich übergeben soll.»

«Mach keins von beidem.»

«Reingelegt.» Er nahm ihr Gesicht in seine Hände und sah sie staunend an. Seine Frau brachte ihn immer wieder zum Staunen, verdammt. Wahrscheinlich würde er in hundert Jahren noch von dem unerwarteten Geschenk ihres Geständnisses überwältigt sein. Und solange sie da war, um ihn zu halten, war das auch in Ordnung.

Sie wirkte benommen und schüttelte den Kopf. «Also, eigentlich hätten wir nicht heiraten müssen. Es war nur so, dass wir es ... wollten?»

«Falsch. Ich *musste* dich heiraten.»

«Du weißt, was ich meine.»

«Ich weiß, dass ich dich liebe», raunte er, küsste sie inniglich und prägte sich das tränennasse Gesicht seiner Frau ein. Und die Zuneigung, die von ihr ausging. «Ich weiß, dass es richtig war, egal, wie es dazu gekommen ist. Ich kann nicht atmen, weil ich dich liebe, und dich zu lieben ist die einzige Möglichkeit, wie ich atmen kann.»

Sie sprang vom Boden auf seinen Schoß, wo sie hingehörte, und verteilte Küsse auf seinem ganzen Gesicht, die er nur zu gerne annahm, während sein Verstand noch immer damit kämpfte, Anschluss zu finden. *Lieber Gott, wenn du zuhörst, bitte, bitte schenk mir ein Jahrhundert voller Momente wie diesem.* «Ich liebe dich genauso sehr, August Cates», sagte sie schließlich an seinen Lippen. «Trotz unserer Kämpfe. Vielleicht sogar wegen ihnen. Denn es gibt niemanden, für den es sich mehr zu kämpfen lohnt.»

Seine Frau, die Liebe seines Lebens, küsste ihn mit Tränen in den Augen.

Und endlich ergab die Welt einen Sinn.

EPILOG

Acht Jahre später

In den acht Jahren ihrer Ehe hatte Natalie August oft genug wütend erlebt. Ihr Umgang miteinander war schon immer sehr temperamentvoll gewesen und war es auch weiterhin, und sie führten gemeinsam ein erfolgreiches Weingut. Natürlich stritten sie auch. Das Schöne daran war, dass sie verzeihen konnten – und das konnten sie *wirklich* gut. Egal, ob sie über das Temperaturmanagement des Weins oder die Anbaustrategie stritten, sie blieben nie lange wütend. Normalerweise ging einer von ihnen nach fünf Minuten Schweigen in die Knie. Und das war ganz wörtlich gemeint, denn in der Regel *versöhnten* sie sich nach einem wilden Streit im Weinkeller, außer Hörweite ihrer Angestellten.

Ja, sie hatte August schon oft wütend erlebt. Aber noch nie so wütend wie heute, als er erfuhr, dass der Tanzpartner ihrer Tochter nicht zur Aufführung erschienen war.

«Sie haben fünf Monate lang geübt, und er kommt nicht zur *Aufführung*?» August begann, auf und ab zu gehen, während er sich mit den Fingern durch sein vom Wind zerzaustes Haar fuhr, das an den Schläfen bereits einen Hauch von Grau aufwies. «Wie geht es ihr? Ist sie ...» Er schlug die Hände zusammen, sodass sie ein riesiges X formten. «Prinzessin, sag mir nicht, dass sie weint.»

Sie standen in einer großen Gruppe vor der Schulaula, Natalie, August, Hallie, Julian, Corinne und deren neuer Mann. Augusts Eltern waren auch hier, sie waren für den großen Abend aus Kansas eingeflogen. Um ehrlich zu sein, war es schwer, Augusts Eltern von Napa *fernzuhalten*. Sie hatten erst spät ihre Leidenschaft für Cabernet entdeckt und waren nun stolze Träger von sommerlicher Leinenkleidung und Strohhüten, womit sie perfekt mit den Einheimischen verschmolzen. Augusts Mutter bezeichnete ihre stilvolle neue Beinkleidung als «Weinhose», und Natalie liebte die Frau abgöttisch. Immerhin hatte sie die Liebe ihres Lebens großgezogen. Einen Mann, dem das Vatersein so leichtfiel, als wäre er schon immer für Töchter bestimmt gewesen.

Und das war auch gut so, denn sie hatten drei davon.

Parker, mit sieben Jahren die Älteste. Kurz: Parks.

Elle, die Jüngste, zwei Jahre alt.

Beide waren gerade mit einem Babysitter zu Hause - in demselben Haus, über dessen Schwelle August Natalie getragen hatte. Sie hatten einfach immer weitere Zimmer hinzugefügt.

Die Katze bestrafte sie immer noch.

Samantha, ihre mittlere Tochter, war fünfeinhalb Jahre alt - und heute Abend fand ihre Tanzaufführung statt. Ihre ältere Schwester, Parker, betrieb Sport. August verbrachte viel Zeit damit, ihre Mannschaften zu trainieren. Als Samantha ihr Interesse am Tanzen geäußert hatte, bestand er darauf, den Interessen seiner mittleren Tochter die gleiche Aufmerksamkeit zu schenken, damit sie sich nicht benachteiligt fühlte. Er war zwar davor zurückgeschreckt, den Tanzkurs zu unterrichten, hatte aber bei den Proben so viele Fragen gestellt, dass die Lehrerin schließlich dazu überging, seine erhobene Hand zu ignorieren.

«Natürlich ist sie ein bisschen aufgeregt, aber die Lehrerin hat Saft und Kekse dabei, und sie hat neuen Mut geschöpft», sagte Natalie, legte eine Hand auf Augusts Arm und zog ihn zu sich heran. «Es geht ihr gut. Die Situation ist nicht ideal, aber sie kann den Tanz auch ohne ihren Partner aufführen.»

«Beim zweiten Übergang gibt es eine Pose, in der er sie nach hinten sinken lässt, Natalie.» August sah sie lange und eindringlich an. «Sie kann sich nicht selbst sinken lassen.»

Ihr Herz tat ein paar verliebte Hüpfer. «Sie wird das durchstehen. Es wird eine gute Lektion sein. Das Leben gibt uns manchmal Zitronen ...»

«Niemand gibt meinen Mädchen Zitronen», sagte er, sichtlich angegriffen. «Auch meiner Frau nicht», sagte er und beugte sich zu ihr hinunter, um sie zu küssen. «Ich hoffe, du bekommst keine Zitronen.»

«Niemand gibt mir Zitronen.»

Ihr Mund lenkte ihn offenbar von dem aktuellen Problem ab. «Du siehst heute Abend irre aus, das weißt du, oder?», sagte er mit gesenkter Stimme, und sein Blick wanderte über die Vorderseite ihres burgunderroten Seidenwickelkleides nach unten, seine rechte Hand hob sich, um ihre Hüfte zu streicheln. «Ich wollte es dir schon sagen, als wir hier ankamen, aber du hast mich mit der Sache mit dem fehlenden Partner überrumpelt. Verdammt, sieh dir nur deine Beine an. Ich könnte dich buchstäblich auffressen.»

«Da unsere ganze Familie hier ist», flüsterte sie und bedeutete ihm mit einer Geste, leiser zu sein, «muss das bis später warten.»

«Du liest meine Gedanken. Verabredung im Weinkeller, heute Abend?»

«Wenn das so weitergeht, können wir da unten auch gleich ein Bett aufstellen.»

«Schlau *und* heiß.» Er drückte seine Lippen mitten auf ihre

Stirn, seine Arme umschlangen sie zu einer Bärenumarmung. «Wie konnte ich nur so viel Glück haben?»

Sie atmete tief seinen Grapefruitduft ein, und einen Moment lang gab es nichts und niemanden außer ihnen beiden. Dieser Mann, den sie unter dem Deckmantel einer Vernunftehe geheiratet hatte, in den sie aber die ganze Zeit über verliebt war. Dieser Mann, der ihr bester Freund, Geschäftspartner, größter Unterstützer und Mit-Elternteil geworden war. Sie waren das Beste, was dem anderen je passiert war, und keiner von ihnen betrachtete das als selbstverständlich.

Wenn sie zurückblickte, waren acht Jahre wie im Flug vergangen, und doch war jeder Moment noch so lebendig, dass sie ihn in Zeitlupe wiedergeben konnte. Es war fast so, als würden sie diese schönen Erinnerungen zweimal durchleben. Der Abend, an dem sie eine Flasche ihres ersten Jahrgangs geöffnet hatten und er tatsächlich anständig schmeckte. August hatte Natalie auf den Rücken genommen und war durch den Weinberg gerannt, während sie noch die offene Flasche in der Hand hielt. Als sie schließlich zusammenbrachen und sich im Mondschein liebten, mit dem Duft von Trauben und Erde in ihren Nasen, beide mit Wein bekleckert. Zwei Jahre harter Arbeit später hatte ihr Wein angefangen, sich besser als anständig zu verkaufen, und das war gutes Timing, denn sie hatte gerade erfahren, dass sie mit Samantha schwanger war.

Seltsam, sie hatte sich selbst nie als Mutter vorstellen können. Nicht, bis sie jemanden traf, der ihr in Erinnerung rief, dass sie furchtlos war. Jemanden, der ihr die doppelte Kraft verlieh, denn sie waren ein Team. In allem. August gab Natalie das Gefühl, ein so wichtiger Teil dieser Familie zu sein, dass sie davon träumte, sie zu erweitern. Seine Reaktion darauf, als sie das Thema Kinder ansprach?

Prinzessin, ich dachte, du würdest nie fragen.
Sie kamen achtundvierzig Stunden lang nicht aus dem Schlafzimmer.

Zehn Monate später verlor August im Kreißsaal vor Mitgefühl das Bewusstsein und stieß sich den Kopf an einem Metallwagen, was neunzehn Stiche zur Folge hatte.

Er hatte die Narbe noch immer und behauptete, sie mache ihn noch attraktiver.

Natalie konnte ihm an diesem Punkt nicht widersprechen. Wem gefiel es nicht, daran erinnert zu werden, dass der eigene Mann so viel Einfühlungsvermögen und Liebe in seinem Herzen trug, dass er darüber das Bewusstsein verlieren konnte?

Das war August. Einfühlungsvermögen, Liebe ... und bedingungslose Unterstützung. Als sie ihren Treuhandfonds nutzen wollte, um Aktien von VineWatch zu kaufen, hatte er sie ohne zu fragen unterstützt und an ihrer Seite stolz mitverfolgt, wie sich diese Investition innerhalb eines Jahres vervierfachte. Es war ihr gelungen, Corinne und Julian davon zu überzeugen, dasselbe zu tun. Das Vertrauen der beiden in sie ließ eine tiefe Wunde heilen, die seit ihrer Kindheit in ihr schwärte. Die Familie Vos war seither definitiv enger zusammengewachsen. Die Familienessen waren dank der Kinder chaotischer. Julian und Hallie waren Eltern von wunderschönen fünfjährigen Zwillingsjungen. Einer von ihnen war sehr ernst und wie besessen von Haien. Der andere war wild bis ins Mark und hatte einmal sogar am Kronleuchter in Corinnes Esszimmer gehangen.

Eines Tages, in nicht allzu ferner Zukunft, würden diese Cousins und Cousinen St. Helena unsicher machen.

Im Moment allerdings hatten sie ein Tanzproblem bei einer Aufführung.

«Meinst du, ich sollte mit ihr reden?», fragte August jetzt, während er Natalie das Haar glatt strich. «Oder mache ich es damit nur noch schlimmer?»

«Du machst alles nur noch besser», sagte sie automatisch.

Er neigte den Kopf zu einem fast verschämten Lächeln. «Machst du gerade dieses Ding, bei dem du noch mal deine Erinnerungen durchlebst und mir gegenüber sentimental wirst?»

Sie presste ihre Lippen fest zusammen und nickte. «Vielleicht.»

Sein Lächeln wich langsam einer ernsten Miene. «Wenn ich einen Wunsch frei hätte, dann wäre es, die Zeit mit dir zu verlangsamen, Natalie. Hundert Jahre wären nicht genug.»

Wenn sie so weitermachten, würde sie entweder in Ohnmacht fallen oder vor ihrer ganzen Familie weinen. Mit einem tiefen Einatmen richtete sie den Kragen seines Hemdes. «Geh und rede mit Samantha. Sie braucht dich.»

Er studierte lange ihr Gesicht, als wollte er sich jedes Merkmal einprägen, bevor er ging. Natalie wusste nicht genau, warum sie ihm folgte. Vielleicht wollte sie ihm als zweiter Elternteil im Notfall beistehen, falls das Weinen wieder losging. Vielleicht wollte sie auch einfach nur einen Moment zwischen August und ihrer mittleren Tochter miterleben. Aus welchem Grund auch immer – sie schlich hinter ihm her durch den Bühneneingang und spähte durch den Türspalt.

Da saß Samantha auf Augusts Schoß, das Ebenbild Natalies in diesem Alter, in ihrem smaragdgrünen Paillettenkleid und dem passenden Mini-Hut. Wie Natalie befürchtet hatte, zitterte ihre Unterlippe wieder. Sosehr sie auch den Impuls verspürte, das Zimmer zu betreten und ihr Baby zu trösten, blieb Natalie, wo sie war. August hatte alles im Griff.

«Weißt du was?» Natalies Mann blickte übertrieben deutlich

über die beiden Schultern seiner Tochter. «Der Junge hatte sowieso immer Rotz an der Nase.»

Samantha kicherte und schniefte gleichzeitig.

«Sie werden behaupten, er hat Windpocken, aber wir kennen die Wahrheit. Er konnte nicht mit dir mithalten.»

«Nein», sagte ihre Tochter, wie immer ganz logisch. «Er konnte mithalten. Es sind wahrscheinlich nur die Windpocken.»

«Wenn du das sagst», entgegnete August skeptisch. «Ich weiß nur eines: Ich werde im Publikum sitzen und denken, dass du sehr mutig bist. Das werden wir alle. Du bist *so* mutig, Samantha. Genau wie deine Mutter. Erinnerst du dich an die Geschichte, die ich dir erzählt habe, wie sie diesen Fiesling im Anzug in New York besiegt hat?»

«Ja.»

«Und die, in der sie einen großen Trottel heiratet, damit sie ihren Träumen folgen kann?»

Samantha schnappte nach Luft. «Du bist kein großer Trottel.»

«War ich. Bin ich manchmal immer noch. Es ist gut, dass ihr Mädchen mich trotzdem liebt.» Ein kleines Lächeln umspielte seine Lippen. «Weißt du noch, als wir den Weinkeller aufgeräumt haben und eine Fledermaus herausflog? Ich habe geschrien, eure Mutter aber hat nicht einmal gezuckt. Deine Tapferkeit hast du von ihr.»

Ihre Tochter schwieg lange, ihre winzigen Halsmuskeln spannten sich an. «Dad?»

«Ja?»

«Muss ich alleine mutig sein?»

«Nein, das musst du nicht», sagte Natalies Mann, ohne zu zögern. Und so kam es, dass August schließlich als Samanthas

Partner bei der Aufführung mittanzte, mit einem kleinen grünen, mit Pailletten besetzten Zylinder auf dem Kopf, und jede Bewegung fehlerfrei ausführte. Eine weitere Erinnerung, die Natalie für den Rest ihrer Tage immer wieder durchleben würde.

DANKSAGUNG

Als ich mich hinsetzte, um diese Enemies-to-Lovers-Geschichte zu schreiben, habe ich mich gefragt: «Was ist diese eine Sache, die nötig ist, damit ich nach dem Lesen eines Buches, in dem zwei Menschen sich dauernd streiten, zufrieden bin? Was hilft mir, mich gut zu fühlen, nachdem die beiden sich dermaßen gestritten haben?» Ich wusste die Antwort sofort. Ich brauche den unwiderlegbaren Beweis, dass der Held die Heldin die ganze Zeit über geliebt hat. Ich hoffe, ihr stimmt mir zu, dass es hier so ist. August und Natalie mag ich von allen Figuren, die ich bisher beschrieben habe, besonders gern – ich wünsche allen Leserinnen und Lesern viel Spaß mit den beiden und ihrer sturen, aber auch verletzlichen Art.

Vielen Dank an alle, die an diesem Buch mitgewirkt haben. Ein besonderer Dank geht an meine unglaubliche Lektorin Nicole Fischer, die es immer wieder schafft, eine Geschichte auf Hochglanz zu polieren. Vielen Dank auch an Daniel H., dem ich Fragen über das Finanzwesen stellen durfte. Mathe ist mir noch immer ein Rätsel.

Und wie immer ein Dankeschön an die besten LESERINNEN der Welt. Eure Titten sehen fantastisch aus.

In Liebe

Tessa

Weitere Titel

Die Bellinger-Schwestern

It happened one Summer

It happened with you

Duty&Desire-Trilogie

Duty & Desire – Vorsätzlich verliebt

Duty & Desire – Verboten sinnlich

Duty & Desire – Verdächtig nah

Napa Valley-Reihe

Secretly Yours